여명의 눈동자

9

여명의 눈동자

김성종 장편대하소설

9

여명의 눈동자
9

도 망 ················· 7

사형대의 아침 ················· 67

흔들리는 산하 ················· 117

아아, 그날 ················· 175

입 성 ················· 235

붉은 도시 ················· 283

지하시대 ················· 335

그 여름의 초연 ················· 389

도 망

하림은 여옥을 굳게 믿었기 때문에 설마했다. 그러나 여옥은 정오가 지나도록 출근하지 않고 있었다. 하림은 차츰 불안해지고 초조한 생각이 들었다.

기다리다 못해 그는 마침내 여옥의 집으로 전화를 걸어 보았다. 노인이 대신 그의 전화를 받았다.

"누구신가요?"

"저……장하림입니다. 안녕하십니까?"

"아, 네……"

장하림을 알고 있는 노인은 적이 당황하는 눈치였다.

"대운이 엄마, 집에 있습니까?"

"없는데요."

"어디 갔습니까? 아직 출근하지 않았는데……"

"글쎄, 어젯밤에 집에 들어왔다가 나갔는데……"

하림은 가슴이 철렁 내려앉았다. 기어코 문제가 터진 모양이라고 생각하니 머리가 어지러워졌다.

"어, 어디 간다고 했습니까?"

"글쎄, 모르겠습니다. 어디로 간다는 말도 없이 나갔으니까요."

"아이들은요?"

"여기 그대로 있습니다."

"짐은 챙겨가지고 나갔나요?"

"예, 가방을 들고……언제 올지 모른다고 하면서."

하림은 숨을 몰아쉬었다. 이젠 의심의 여지가 없을 것 같았다.

"떠날 때 어땠습니까? 울던가요?"

"예……울었지요. 몹시 서럽게……"

노인의 목소리가 갑자기 풀리고 있었다.

"저한테 편지 같은 거 남기지는 않았습니까?"

"편지 같은 건 없습니다."

"그럴 리가 없는데……"

믿어지지가 않았고, 마치 버림받은 기분이었다. 이 여자가 도대체 무슨 배짱으로 도망쳤단 말인가. 도망친들 어디까지 가겠는가.

"저하고 여옥씨하고는 그럴 사이가 아닙니다. 사실대로 말씀해 주십시오. 여옥씨는 지금 어디 있습니까? 어디로 간다고 하면서 갔습니까?"

"정말 모릅니다. 저는……아무 것도 모릅니다."

노인의 목소리가 왠지 비통하게 들려왔다. 하림은 수화기를 내려 놓고, 불안하고 초조한 나머지 실내를 왔다갔다 했다.

그때 그의 직속 부하가 헐레벌떡 뛰어들어왔다.

"방첩대 친구들이 몰려왔습니다!"

"왜, 무슨 일로?"

그는 눈을 부릅뜨고 물었다.

"윤여사를 찾고 있습니다! 지금 저쪽 방에 와 있습니다! 어떻게 할까요? 협조를 구하고 있는데……"

"사실대로 말하면 되지 않아! 없다고 그래!"

하림은 자기도 모르게 큰 소리가 나왔다. 부하는 고개를 갸우뚱 했다.

"도무지 전 무슨 일인지 이해할 수가 없는데요. 윤여사가 스파이라니, 그럼 우리는 뭡니까? 이용당한 거 아닙니까?"

"잔말 마! 우리 기관에 아무도 출입시키지 마! 협조는 해 줄 수 있어도 아무도 우리를 조사할 수는 없어!"

자신의 말소리가 공허하게 들려왔다. 공허하다 못해 무력하게 느껴졌다.

밖으로 나온 그는 여옥의 집으로 달려갔다.

예상했던 대로 여옥의 집은 수라장이 되어 있었다.

먼저 그는 아이들의 울음 소리부터 들었다.

아는 아저씨가 나타나자 아이들은 들으라는 듯이 맹렬히 울어댔다. 하림을 적대시하고 그의 얼굴을 할퀴던 큰아이는 그전과는 달리 그에게 매달리며

"아저씨, 엄마, 엄마가 갔어!"

하고 마구 울어댔다. 하림은 우는 아이들을 한꺼번에 안아 들고

눈을 감았다.

"울지 마! 울지 마! 엄마 곧 온다."

"엄마, 어디 갔어?"

"음, 쩌어기 갔어. 엄마 곧 올 거야. 우리 대운이는 다 컸으니까 안 울어. 우는 사람은 바보다."

아이는 울음을 뚝 그쳤다. 울지 않으려고 버티는 모습을 보니 하림은 오히려 자기 쪽에서 눈물이 나올 것 같았다. 목이 메어서 말을 할 수가 없었고, 가슴은 찢어지는 것 같았다. 아이들을 내버리고 가다니 매정한 여자다! 아무리 자신이 위험하다고 이럴 수가 있는가! 여옥의 행동을 이해할 수 없었고 갑자기 그녀가 생판 다른 여자처럼 생각되었다.

"큰애가 통 밥을 먹지 않아요. 큰일 났습니다."

노인이 안으로 들어서는 그를 맞으며 걱정스레 말했다. 하림은 수라장이 된 집안을 둘러보았다.

"누가 이랬나요?"

"사람들이 와서 뒤졌습니다. 그 사람들……지금 이층에 있습니다. 애기 엄마를 찾고 있는데, 전들 알 수가 있어야지요. 무슨 큰일이라도 난 모양이지요?"

"걱정하지 않으셔도 됩니다. 집이나 잘 지켜 주십시오. 아이들하고 말입니다. 제가 아이들을 데려가고 싶지만 저 역시 홀몸이라……"

"그러고 말고요. 그건 염려하지 마십시오."

이층에는 기관원 네 명이 와 있었다. 그들은 이잡듯이 집안을 뒤지고 있었다. 그중 두 명은 과거 그의 밑에서 일하던 사람이었다. 하림을 보자 그들은 꼿꼿이 서서 거수경례를 했다.

"무슨 일인가?"

그는 감정을 숨기고 부드럽게 물었다. 그들은 난처한 표정을 지었다. 그중 상급자로 보이는 낯선 사나이가 하림을 빤히 쳐다보며 설명했다.

"윤여옥을 체포하라는 지시가 내렸습니다."

"아, 그래."

하림은 대수롭지 않다는 듯 고개를 끄덕였다.

"수색영장 있나?"

"네, 있습니다."

상대는 당당하게 압수수색영장을 내보였다. 하림은 가만히 한숨을 내쉬었다.

"윤여옥은 특별한 여자니까 함부로 다루지 마. 예의를 지키란 말이야. 이게 뭔가!"

그는 말끝에 슬그머니 노여움을 나타냈다. 상대는 굳은 표정을 지었다.

"눈치를 채고 도망치고 말았습니다! 예의를 갖출 만한 상대가 아닙니다! 그 여자는……거물입니다!"

방안에는 무거운 긴장감이 감돌고 있었다. 하림은 벽에 걸려 있는 십자가를 바라보았다. 모순이었다.

"무얼 가지고 그 여자를 거물이라고 할 수 있나?"

"증거가 확보됐습니다! 움직일 수 없는 증거입니다!"

"무슨 증거인가?"

"스파이 행위를 한 증겁니다!"

"증거를 봤나?"

"보지는 못했습니다! 본부에서 보관중입니다!"

하림은 미소했다. 여유 있는 미소였지만 마음은 그렇지가 않았다. 말할 수 없는 참담한 기분이었다.

"그게 사실이라면 덮어둘 수야 없지. 그렇지만 아무리 죄가 크다 해도 예의는 지켜. 그 여자는 두 아이의 엄마니까 말이야. 혐의내용이 사실이라면 자의로 그러지는 않았을 거야. 아마 모르면 몰라도……타의에 의해서……강요를 받아 그런 짓을 했겠지."

이때처럼 자신이 무력하게 느껴지기는 처음이었다. 아무리 침착하려고 했지만 참담한 기분이 드는 것을 어찌할 수 없었다.

"알겠습니다. 하여간 조사는 해야 하니까 협조해 주십시오."

더 이야기하고 싶지 않다는 듯 상대방은 부하들에게 눈짓했다. 하림이 나타나는 바람에 잠시 주춤했던 그들은 다시 집안을 수색하기 시작했다. 명령대로 움직이는 사나이들이니 탓할 것이 못 되었다.

그것을 보고 있는 동안 하림은 처음으로 여옥으로부터 배신감을 느꼈다. 그와 함께 분노가 일었다. 어젯밤까지만 해도 끝까지 부인하지 않았던가. 그래 놓고 자식들을 버리고 혼자 도망친 것이다. 그녀의 어느 구석에 그토록 사악하고 간교한 점이 있었단 말인가. 철저히 속임을 당했다고 생각하니 화가 나서 견딜 수가 없었다.

"망할 년 같으니!"

그는 자기도 모르게 중얼거렸다.

그때 서재 쪽에서 환성이 들려왔다. 하림은 그쪽으로 급히 가 보았다. 한 사람이 의자 위에서 손을 흔들고 있었는데, 손에는 종이가 한 주먹 움켜쥐어져 있었다. 천장 구석에 휑하니 구멍이 뚫린 것이 보였다.

천장을 더 찢어 젖히자 먼지와 함께 백지가 와르르 쏟아져 내렸다. 방안은 온통 백지로 하얗게 뒤덮였다.

하림은 정신을 차릴 수가 없었다. 어깨에 떨어지는 종이를 한 장 집어서 들여다보았다. 그것은 타이프 용지였고, 거기에는 영어로 된 군사기밀이 타이핑되어 있었다.

"샅샅이 뒤져! 더 나올 거야!"

고함 소리를 들으며 그는 방을 나왔다. 엄연한 사실로 드러난 죄상 앞에 그는 아무 말도 할 수가 없었다. 너무 기가 막혀 분노도 일지 않았다.

허탈에 빠져 창밖을 바라보고 있는데 지휘자가 다가와 말을 걸었다.

"함께 좀 가셔야겠습니다. 본부에서 모시고 오라는 지시입니다."

다른 한 명은 이미 그를 경계하고 있었다. 하림은 서글펐다. 고개를 끄덕이면서 앞장섰다.

"갑시다. 수갑을 채우려면 채우시오."

"그럴 것까지는 없습니다."

밖으로 나가는데 아이들이 또 울면서 따라왔다. 하림은 말없이 두 아이의 머리를 쓰다듬어 주었다. 누구보다도 아이들이 불쌍했고 그 아이들의 앞날이 걱정되었다.

검은 지프에 실려가는 동안 그는 묵묵히 밖을 바라보고 있었다. 무더운 날씨였다. 작렬하는 태양에 눈을 뜰 수가 없어 그는 눈을 가늘게 뜨고 무더위에 지친 거리의 풍경들을 멀거니 쳐다보고 있었다.

옆 사람이 담배를 권하자 그는 거절했다. 끈적거리는 땀이 자꾸만 이마에서 흘러내리고 있었다.

얼마 후 그는 지프에서 내려 방첩대 본부로 들어갔다. 기다리고 있던 두 사람이 그를 지하실로 데리고 갔다. 지하실은 숨막힐 정도로 더웠다. 너무 더워서 머리가 돌아 버릴 지경이었다.

책상을 사이에 두고 그는 두 사람과 마주앉았다. 맞은편에 앉아 있는 두 사람은 처음 보는 얼굴이었다. 수사에 공정을 기하기 위해 일부러 그가 모르는 사람들에게 조사를 맡긴 것 같았다.

한 사람은 40대였고 또 한 사람은 설흔댓 살쯤 되어 보였다. 본격적으로 신문을 시작하려는지 그들은 상의를 벗어붙이고 러닝셔츠 바람으로 앉았다. 그리고 하림에게도 옷을 벗으라고 말했다.

"벗으세요. 더운데 벗으세요."

"괜찮아요."

자기보다 계급이 낮은 줄 알면서도 그는 죄인이 된 심정으로 공손히 말했다. 그는 모든 것을 감수할 각오가 되어 있었다. 땀이 비오듯이 흘러내렸지만 그는 결코 옷을 벗지 않았다.

"이해해 주십시오. 저희들도 즐거운 마음은 아닙니다. 이래서는 안 된다는 걸 알면서도……"

그들 역시 공손했고, 하림에게 미안한 기색을 보였다. 하림은 그것이 싫었다.

"제발 그런 말은 하지 맙시다. 법은 만인 앞에 공정해야 된다는 것……그 원칙을 지키도록 합시다. 장하림이라고 해서 특별 대우를 받아서는 안 되죠. 상대가 누구이건 죄가 있으면 법대로 처리해야 한다는 게 내 생각이니까 염려하지 말고 시작하시오. 성의껏 대답해 줄 테니까."

하림이 그렇게 나오자 두 사람은 말문이 막히는 것 같았다. 감동을 받은 표정으로 한동안 머뭇거리고 있다가 40대가 먼저 입을 열었다.

"그렇게 말씀하시니 할말이 없습니다. 그럼 빨리 일을 끝내도록 하겠습니다."

잔기침을 하고 나서 상대는 다시 말을 이었다.

"지금 제일 급한 것은 윤여옥을 체포하는 문제입니다. 그 여자가 숨어 있는 곳을 빨리 알아내라는 지시입니다. 저희가 알기로는 장중령님이 평소 제일 가까운 사이인 것 같은데……"

"그건 사실이오. 그 여자와 나는 아주 가까운 사이요. 남들이 보는 것 이상으로 가깝다고 할 수 있어요."

"그래서 장중령님의 협조가 필요합니다. 중령님께서는 그 여자의 소재를 알고 계실 것이라 믿고 여쭤 보는 겁니다."

"그건 잘못 생각한 거요. 어젯밤까지 나는 그 여자를 만났어요. 그렇지만 그 여자는 나한테 아무 언질도 주지 않았어요. 그 여자는 그러니까⋯⋯아무 말 없이 갑자기 사라진 거요."

"혹시 갈 만한 데라도 모르십니까?"

"몰라요. 나 역시 그 여자를 찾고 싶은 심정이오."

"이렇게 되면 참 곤란합니다. 우리는 중령님께서 알고 계시리라 믿고 있었는데⋯⋯"

"미안하게 생각하고 있소."

"혹시 윤여옥이 체포되는 걸 기피하시는 것 아닙니까? 사랑하는 사람이라면 얼마든지 그럴 수 있다고 생각하는데⋯⋯"

"솔직히 말한다면 나로서는 윤여옥의 오늘의 처지가 매우 안타깝고 가슴 아파요. 패씸하면서도 그런 생각이 드는 것은 어쩔 수가 없어요. 그렇지만 만일 그 여자한테 죄가 있다면⋯⋯그것을 비호할 생각은 추호도 없다는 걸 분명히 말해 주고 싶소. 그리고 나한테도 책임이 크다는 것도 말이오. 윤여옥과 나와의 관계는 역사가 만들어 준 것이었고, 우리는 그것을 숙명처럼 받아들이고 있었소."

그는 이마에 흐르는 땀을 손으로 걷어 내면서 한숨을 토했다.

"윤여옥의 남편은 유명한 커뮤니스트입니다. 알고 계시죠?"

질문이 차츰 날카로워지고 있었다.

"알고 있소."

"그런 사실을 알면서 어떻게 윤여옥을 정보기관에서 일하도록 내버려두었죠? 상식적으로 생각해도 납득이 안 갑니다. 모종의 묵계가 없는 한 그런 일은 있을 수가 없다고 생각하는데, 거기에 대해서 어떻게 생각하고 계시나요?"

밝히고 싶지 않은 사실이 도마 위에 올려지고 있었다. 이렇게 된 이상 그 사실을 덮어둔 채 넘어갈 수는 없을 것 같았다. 비극의 시초는 거기에 있었으니까.

하림은 무거운 음성으로 조용히 말하기 시작했다. 수년 전의 일들이 주마등처럼 머리를 스쳐 가고 있었다.

"벌써 5년이란 세월이 흘렀군. 바로 어제 일 같은데……모든 것은 일본 제국주의자들 때문에 일어난 거요. 그들이 우리 나라를 침략하지 않았다면 그런 일은 일어나지 않았을 거요.

나는 동경 제대 의학부에 다니다가 학도병으로 일본군에 끌려가 중국 전선에 배치되었었소. 그후 내가 있던 부대는 남양군도로 갔는데, 나는 사이판도에서 그 여자를 만난 거요. 윤여옥이를……. 본인에게는 욕되는 말이겠지만 이 판에 사실을 숨길 수는 없겠죠. 그 여자는 다른 여자들과 함께 소위 정신대라는 이름으로 거기까지 끌려와 일본군의 위안부 노릇을 하고 있었던 거요. 그때 그 여자의 나이는 불과 열 여덟 살이었소. 꽃이라면 꽃봉오리일 텐데, 야수의 집단에 끌려와 무참히 짓밟힌 거요. 그 여자는 중국 대륙에서 짓밟히다가 사이판도까지 끌려온 거요.

지도를 놓고 보십시오. 사이판도가 얼마나 먼 곳인가를. 그 여자는 야수들에게 몸을 제공하기 위해 그곳까지 끌려온 거요. 그런 여자의 모습이 어떠했겠는지 한번 상상해 보시오. 날개도 털도 모두 빠지고 뼈까지 문드러진 비참한 몰골을 상상하면 될 거요. 그 어린 여자의 배 위로 과연 몇 명의 일본군들이 지나갔는지 한번 생각해 보시오. 생각한다는 것만으로도 비참한 느낌이 들 거요. 그런데도 그 여자는 죽지 않고 살아 있었소. 더구나 임신까지 하고 말이오. 정말 모진 게 사람 목숨이란 것을 나는 그때 처음으로 실감했었소. 그 여자는 어린 나이에 미모와 교양을 갖추고 있었소. 겉으로 보기에는 너무 초라해서 그런 면이 눈에 띄지 않았지만 자주 만나는 동안에 나는 그녀의 진면목을 알아볼 수 있었던 거요.

나는 위생병이었기 때문에 위안부들을 검진하러 자주 그들이 있는 막사에 들르곤 했고, 그러다 보니 윤여옥이에게 각별히 관심을 기울이게 된 거요. 조금 전에도 말했지만 그녀는 임신하고 있었고, 아기 아버지가 누구인가를 분명히 알고 있었소. 처음 중국으로 끌려갔을 때 거기에서 역시 학도병인 최대치를 알게 되고 그를 사랑한 나머지 임신까지 하게 된 거요. 여러 남자들을 상대한 위안부가 비록 임신했다고 하지만 어떻게 아기 아버지를 알아낼 수 있느냐고 반문할 수도 있을 거요. 그렇지만 그것은 전적으로 여자만이 알 수 있고 느낄 수 있는 것이라고 나는 생각해요. 여자한테는 누구의 씨인가를 감별할 수 있는 신비한 힘이 있겠지요. 그런데 놀랍게도 윤여옥은 뱃속에 있는 아이한테 모든 희망을 걸고 있었소. 놀라운 일이 아닐 수 없었지요. 위안부라면 아기 같은 것을 겁내야 당연하지 않겠소?"

목이 탄 하림은 냉수를 벌컥벌컥 들이켰다. 수사관들은 무더위 속에서도 꼼짝하지 않고 그의 말을 경청하고 있었다.

"극한상황 속에서 자기 몸 하나 주체하기 힘들 판인데 아기까지 낳겠다니 나는 어이가 없었소. 그것은 죽음을 재촉하는 짓이나 다름없었지요. 하긴 그녀가 아기를 낳지 않겠다 해도 거기서는 어떻게 손을 쓸 도리가 없었지요. 미군과의 결전을 앞두고 정신이 없었을 뿐만 아니라 군대에는 산부인과를 전공한 군의관이 있을 턱이 없었지요. 그러니 강제로라도 수술할 수 있는 여건이 못 됐지요. 나날이 배는 불러오는데, 정말 보기 딱했습니다. 그러던중 사이판에 미군이 진주하고, 우리는 모두 수용소에 수용됐습니다. 그리고 여옥은 마침내 아기를 낳고 말았는데……그 아이를 내가 받았었소. 옥동자였지요. 산모와 아기는 모두 건강했고, 아기의 울음 소리는 컸습니다. 신비하고 감동적이었죠. 죽음의 전장에서 새로운 생명이 태어난 것을 보니 인간 생명의 위대함을 보는 것만 같았소. 그건 정말 위대한 장면이었소."

"그 아기는 어떻게 됐나요?"

40대가 눈을 빛내며 물었다. 하림은 처음으로 자랑스러움을 느꼈다.

"그 아이는 지금 무럭무럭 자라고 있지요. 그애 말고 또 아들이 하나 있지요. 둘째는 서울에서 낳았어요."

"아들만 낳는 여자군요."

그들은 이상한 분위기에 싸여 소리 없이 웃었다. 하림은 다시 말을 계속했다.

"그후 나는 미군 OSS에 편입되어 특수훈련을 받고 국내로 잠입했소. 그리고 해방될 때까지 첩보활동을 하면서 테러와 파괴로 시간을 보냈는데 윤여옥을 다시 만난 것은 그때였지요. 그 여자 역시 OSS에서 특수훈련을 받고 중국을 거쳐 국내로 잠입한 거지요. 몸에 핏덩이를 안고 말이오. 일본군 위안부로 끌려갔던 여자가 완전히 다른 사람이 되어 돌아온 거지요. 복수의 칼을 품고 말이오."

"무서운 여자였군요!"

"하늘이 그 여자를 도와준 거지요. 아기까지 있는 연약한 여자의 어디에 도대체 그런 힘이 있었는지 나는 지금도 신기하기만 해요. 윤여옥은 나중에 밝혀진 거지만……미군의 원자탄 계획에 참가하기 위해 잠입한 거죠."

"원자탄 계획이라니요?"

"미국은 히로시마에 이어 나가사끼에 원자탄을 투하할 계획이었는데 나가사끼에는 연합군 포로수용소가 있었어요. 그런데 그 위치를 알 수가 없었지요. 포로수용소를 피해 원자탄을 투하해야 했기 때문에 정확한 위치를 알아낼 필요가 있었던 거요. 윤여옥의 임무는 그러니까 그 위치를 알아내는 거였죠."

"미군도 너무했군요! 아기까지 있는 연약한 여자한테 그런 걸 시키다니!"

그들이 분개하는 것을 보고 하림은 같은 피의 뜨거움을 느꼈다. 여옥을 체포하기 위해 혈안이 되어 있는 그들이 그녀를 동정하고 있는 것이었다.

"그러나 명령이니 하는 수 없었지요. 그 여자 외에는 적당한 인물도 없었고요. 거절할 수도 있었지만 그녀는 그러지 않았어요. 일본에 대한 사무친 원한이 그녀로 하여금 그 임무를 수행하게 한 거지요. 윤여옥은 자기를 추적해 온 일본군 특무대의 스즈끼 대위를 관부연락선에서 독살하고 일본으로 건너가 임무를 성공적으로 수행했어요. 그리고 돌아오자마자 특무대에 체포되어 모진 고문을 받다가 해방이 되는 바람에 극적으로 살아난 거지요."

그는 이마에 흐르는 땀을 소매로 닦았다. 이야기를 하는 동안 그는 자신도 모르게 흥분해 있었다. 마치 험산준령을 넘어온 기분이었다.

"기막힌 이야기군요. 자, 한 대 피우시죠."

"고맙소."

그는 맛있게 담배를 빨았다. 그가 담배를 다 피울 때까지 실내는 무거운 침묵으로 덮여 있었다. 수사관들은 그가 다시 입을 열기를 목이 타게 기다리고 있었다. 하림은 마음을 가라앉힌 다음 차분한 목소리로 다시 말하기 시작했다.

"해방과 함께 모든 것이 끝나고 새로운 인생이 시작되리라고 기대했죠. 새로운 인생이 시작된 건 사실이었죠. 그렇지만 여옥의 경우 그것은 희망과 행복으로 가득 찬 새 인생은 아니었어요. 그녀의 앞길에는 여전히 어둠이 도사리고 있었죠. 해방이 되어 자유로운 몸이 되자 여옥은 먼저 고향으로 내려갔죠. 그러나 부모님은 이미 세상을 떠난 뒤였고 옛집에는 잡초만 무성히 자라 있었소. 여옥이 이제 기댈 곳은 대치밖에 없었지요. 사이판도로 가기 전 중국에 주둔하고 있는 일본군 부대에서 첫사랑을 나누었던 그 학도병이 이제 그 여자의 모든 희망이 된 거지요.

그렇지만 그때 이후 죽었는지 살았는지 생사를 알 길이 없었지요. 그녀는 아기의 아버지를 찾아야 한다는 일념으로 수소문해 보았지만 만날 수가 없었소. 만나기는 커녕 전사했다는 소식만 들었죠. 실의에 빠진 그 여자에게 도움이 될까 해서 나는 미군 정보국에 타이피스트로 근무해 볼 것을 권했소. 그 여자 역시 먹고 살려면 취직할 필요가 있었기 때문에 내 제의를 순순히 받아들였던 겁니다.

나와 여옥이가 함께 정보국에 근무할 수 있게 된 데에는 아얄티 정보국장의 배려가 크게 작용했죠. 그는 과거 나와 여옥을 훈련시킨 OSS의 일급 요원이었으니까요. 그런 그가 한국에서 근무하게 되는 바람에 우리는 뜻밖에도 해후를 하게 된 거지요. 여옥은 후에 원자탄 계획에 참가하여 맡은 임무를 성공적으로 수행한 공로를 인정받아 맥아더로부터 미군 최고 훈장까지 받았어요. 사실 그녀 덕분에 나가사끼의 포로수용소에 갇혀 있던 7백여 미군이 목숨을 구할 수 있었으니까요."

"믿을 수가 없는데요."

그들은 듣기에 벅차다는 듯 고개를 흔들었다.

"그렇겠죠. 믿기 어려운 이야기이니까요."

"그런 여자가 왜 이제 와서, 뭐가 아쉬워서 스파이 짓을 했죠?"

"그렇게 될 수밖에 없는 이유가 있지요. 이제부터 그 이야기를 하지요."

그는 자세를 고쳐 앉은 다음 허공을 잠시 바라보았다.

"미군 정보국에 근무하는 동안 여옥은 새 삶을 찾은 듯이 보였고, 과거의 상처에서 벗어난 것 같았어요. 그런데 어느 날 애꾸눈의 사나이가 그녀 앞에 나타났지요."

"최대치군요?"

30대가 큰 소리로 물었다. 하림은 무겁게 고개를 끄덕였다.

"윤여옥에게 첫사랑을 심어 주었고, 그녀로 하여금 그 씨를 낳게 한 그 학도병이 홀연히 나타난 겁니다. 정말 꿈같은 일이었죠."

한 사람이 들어와 서류뭉치를 놓고 말없이 도로 나갔다.

"그토록 애타게 찾던 남자가 나타났으니 그 여자의 마음이 어떠했겠어요? 윤여옥은 앞뒤 가릴 것 없이 그의 품으로 뛰어든 거죠."

"극적인 순간이었겠군요."

"그렇죠. 아마 그런 극적인 순간도 없을 겁니다."

"최대치는 어떻게 해서 나타나게 됐나요?"

"그의 과거는 아직 베일에 싸여 있습니다. 대강 알기로는 학도병으로 입대해서 관동군으로 중국 전선을 누비다가 나중에 버마 전선까지 갔던 모양입니다. 거기서 패주하던중 부대를 탈출해서 혼자 버마 국경을 넘어 중국으로 들어갔다고 하더군요. 아마 그때 한쪽 눈을 다친 모양이에요."

"그건 거짓말 같은데요. 버마 국경을 넘다니, 그건 불가능한 일입니다. 비행기를 타고 날아간다면 몰라도 사람이 혼자 걸어서 넘는다는 건 있을 수 없는 일입니다. 도저히 불가능한 일입니다. 저도 버마 전선에서 싸워 봤기 때문에 아는데, 국경 쪽은 밀림과 늪, 불모의 사막이 수백 킬로나 계속되는 곳입니다. 그런 곳을 뚫고 어떻게 갔다는 겁니까?"

40대는 노병으로 버마 전선까지 끌려갔었던 모양이다.

"그것이 사실인지 아닌지 나도 모르고 있어요. 다만 그렇게 들었을 뿐이지요. 이것만은 분명해요. 최대치라는 인물이 보통 사람으로서는 상상할 수 없을 정도의 초인적인 투지를 지니고 있다는 점입니다. 그의 이야기를 좀 하죠. 최대치는 그후 중공군에 들어가 8로군 장교로 활약하고 있다가 해방과 함께 귀국했어요. 그때 그는 이미 철저한 커뮤니스트가 되어 있었지요. 그러한 그가 귀국하자마자 좌익의 선봉에서 활약한 것은 당연한 일이었을 겁니다. 위대한 혁명가 연하고 말입니다. 그러던 중 여옥이 미군 정보국에서 일하고 있는 것을 알고는 손을 뻗었던 것 같습니다.

그런 줄도 모르고 나는 여옥이 그자와 결혼하게 되었을 때 진심으로 축복해 주었지요. 여옥이 오랜 고생 끝에 마침내 행복을 잡았다고 생각했지요. 그런데 생각과는 달리 결혼생활은 평탄

하지 않았어요. 잘 알겠지만 최대치가 좌익 테러리스트로 자주 부상하고 쫓기는 몸이 되니 행복한 결혼생활이 이루어질 리가 없었지요. 여옥이 독수공방 남편을 기다리는 동안 최대치는 좌충우돌하면서 동에 번쩍 서에 번쩍하고 있었죠. 최근에 와서는 빨치산 활동을 많이 하고 있다는 거, 잘 알고 있을 겁니다.

지금 생각해 보니 여옥은 자신의 의사가 아닌, 전적으로 최대치의 강요에 의해서 스파이 짓을 했던 것 같습니다. 그 여자는 절대 커뮤니스트가 아니에요. 내 목을 내놓고서라도 그것만은 장담할 수 있어요. 그 여자는 남편과 헤어지기가 두려워 그런 짓을 했을 겁니다. 결국 윤여옥의 지나온 과거를 돌이켜 보면 비극의 역사에 짓밟힌……비련의 여주인공이라고 할 수 있지요. 그렇게 기구한 운명의 여자도 세상에 없을 거요. 자식들까지 버리고……어디서 어떻게 헤매고 있는지……생각만 해도 가슴이 찢어지는 것 같아요. 배신감이 안 드는 것은 아니지만……그래도 그런 생각보다는 비감스러운 기분이 더 강하게 드는군요. 어쩔 수 없는 내 속성인지는 몰라도……"

두 사람은 꿈에서 깨어난 듯 하림을 바라보았다. 어둡고 긴 터널을 빠져나온 것 같은 그런 표정들을 짓고 있었다. 숨막힐 것 같은 침묵이 한동안 흐른 후 40대가 조심스럽게 물었다.

"윤여옥이 남편한테 이용당할 거라는 걸 짐작 못하셨나요?"

핵심을 찌르는 질문이었다. 이용당할 것을 알면서 내버려두었다면 책임 문제가 발생한다. 아니, 이미 책임은 면할 수 없게 되었다. 그는 방조죄로 당장이라도 구속될 수가 있는 것이다.

그러나 그것이 두려운 것은 아니었다. 책임을 회피할 생각은 추호도 없었다. 차라리 당장 구속되어 엄한 처벌을 받고 싶은 것이 그의 솔직한 심정이었다. 그래서 그는 이렇게 말했다.

"윤여옥이 그런 짓을 했다는 건 전적으로 나에게 책임이 있으니까 그 점을 가장 중하게 다루어 주십시오. 내가 그 여자를 정보국에 받아들이지 않았다면 이런 문제가 발생하지 않았을 거요. 모든 책임은 나한테 있으니까 나를 처벌해 주시오."

"감히 어떻게 저희들이……"

"그런 건 상관하지 마시오. 나는 이런 몸으로 어떠한 직책도 맡을 수 없으니까 사표를 내겠소. 나를 강등시키거나 군복을 벗긴다 해도 나는 할말이 없소."

"저희들은 조사만 할 따름이고, 모든 결정은 상부에서 내릴 겁니다. 우리가 알고 싶은 것은 중령님께서 윤여옥의 스파이 활동을 고의적으로 묵인했는가 하는 점입니다."

"고의적으로 묵인하지는 않았소. 여옥이 나를 배신하는 그런 짓을 감히 할 것이라고는 생각지 못했기 때문에 그 여자를 믿고 함께 일한 거요."

"잘 알겠습니다."

"윤여옥에 대한 수사는 어떻게 이루어졌나요?"

"잠깐 기다리십시오."

30대가 밖으로 나가더니 두 사람을 데리고 들어왔다. 한 사람은 30대 여인이었고, 다른 한 사람은 청년이었다. 두 사람 다 수갑을 차고 있었고, 몹시 지친 모습들이었다. 여자는 많이 본 적이 있는 사람이었다.

"이 여자를 기억하실 겁니다. Q에서 청소부로 일하던 여자입니다."

하림은 벌어진 입을 다물 수가 없었다. 비로소 윤곽이 잡히는 것 같았다.

"이 여자는 계획적으로 침투해서 윤여옥이 내주는 정보를 빼내 이놈한테 넘겼습니다. CIC에 있을 때부터 그랬습니다. 사실인가 아닌가?"

"사실입니다."

여자가 들릴 듯 말 듯 조그만 목소리로 대답했다.

"어떻게 정보를 빼냈는지 말해 봐."

여자의 눈이 적의와 공포를 담은 채 번득였다. 매섭게 생긴 여자였다.

"윤여옥이가 정보를 쓰레기통에 집어넣으면……그통을 들고나와 빼냈어요. 그 다음 퇴근길에 이 사람한테 넘겼어요."

"이번에는 네가 말해 봐. 넌 그걸 누구한테 줬지?"

"캡한테 줬습니다."

청년은 떨면서 대답했다.

"여옥이 넘긴 정보는 이렇게 흘러나갔습니다. 그것이 북쪽으로 넘어간 건 물어 보나마나한 사실입니다. 이들까지 포함해서 일당 12명이 체포됐습니다만 도주한 놈들이 더러 있습니다. 우리는 Q에서 근무하는 한국인들을 하나도 빼놓지 않고 감시했었습니다. 그 결과 이 여자가 걸려든 겁니다. 그 동안 많은 인원이 투입됐고 고생이 이만저만 아니었습니다."

하림은 여자를 가만히 쏘아보았다. 분노로 그의 얼굴은 일그러지고 있었다.

"당신이 여옥이한테 정보를 빼내라고 협박했지?"

"협박하지 않았어요. 여옥이는 자발적으로 한 거예요!"

"거짓말하지 마! 윤여옥은 그런 짓 할 여자가 아니야!"

"흥, 모르시는 말씀이에요. 윤여옥이는 엄연히 우리 당원이에요!"

"뭐라고!"

하림은 벌떡 일어나면서 주먹을 부르쥐었다. 상대가 여자라 차마 때리지는 못하고 도로 주저앉았다. 그러자 여자가 웃음을 터뜨렸다. 절망적인 웃음이었다.

"여옥이한테 대면 나 같은 건 아무 것도 아니에요. 나 같은 건 그 여자 발꿈치도 못 따라가요."

"여옥이한테 모든 걸 덮어씌우지 마!"

하림은 주먹으로 책상을 쳤다. 여자가 깔깔거리고 웃었다.

"화내실만 하겠죠. 그렇지만 저한테 화내실 것까지야 없지 않겠어요? 화내시려면 여옥이한테 화내셔야죠. 안 그래요? 그 여자한테 철저히 배신당하신 거니까요?"

"악마 같은 것……"

그는 중얼거리면서 터져나오는 분노를 어금니로 깨물었다. 자신의 몰골이 말할 수 없이 비참하게 생각되었다. 분노를 터뜨리면 더욱 비참해 보일 것 같았다.

"데리고 나가!"

40대가 눈을 부라리면서 소리치자 두 남녀는 곧 끌려나갔다.

"이걸 한번 보시면 윤여옥의 죄상이 어느 정도인지 아시게 될 겁니다."

서류뭉치가 그 앞에 놓여졌다. 하림은 고개를 저었다.

"보고 싶지 않소."

"보아야 합니다."

뒤에서 다른 목소리가 들려왔다. 어느새 들어왔는지 그의 뒤에는 책임자가 서 있었다.

"읽어 보셔야 합니다."

그는 뚜벅뚜벅 걸어와 하림 앞에 멈춰 섰다.

"그것이 Q본부에서 흘러나온 것인지 확인해 주셔야 합니다. 지금까지 흘러나간 것들을 모두 모아 놓으면 엄청난 양이 될 겁니다. 이번에 우리가 압수한 양이 이 정도이니 충분히 짐작이 가고도 남을 겁니다."

하림은 할 말을 잃었다. 앞에 놓인 정보 자료들을 바라보는 그의 눈은 공포에 질려 있었다.

"윤여옥을 체포하면 과연 어느 정도 정보자료를 빼냈는지 알아낼 수 있겠죠. 월북하기 전에 체포해야 될 텐데……"

"개인적으로 나도 그 여자한테 동정이 갑니다. 그 여자의 과거에 대해서 어느 정도 알고 있는 사람이라면 동정이 안 갈 수 없겠지요. 그렇지만 개인과 국가를 동일시할 수야 없겠죠. 아무리 상대가 동정이 가는 사람이라 해도 국가의 안전을 위태롭게 하는 스파이는 용서할 수 없습니다. 동정도 있을 수 없고요. 엄하게 처벌해야만 됩니다. 안 그렇습니까?"

책임자는 노기 어린 목소리로 물었다. 하림은 상대를 바라보고 나서 고개를 끄덕였다. 당연한 말이었기 때문이다.

"국가적 차원에서 엄하게 다스려야겠죠. 저도 윤여옥을 변호할 생각은 없습니다. 하루빨리 체포해서 법에 따라 처벌하십시오. 물론 저도 처벌되기를 바라고 있습니다."

하림이 자신도 처벌해 달라는 말에 책임자는 아무 대답도 하지 않았다. 곤혹스런 눈빛으로 그를 바라보다가 잠자코 정보자료를 가리킨다.

"어서 읽어 보십시오."

하림은 떨리는 손으로 제일 위에 놓여 있는 자료를 집어들고 거기에 눈을 박았다. 거기에는 분명히 있어야 할 그 자신의 사인이 없었다.

"제 사인이 없는데요?"

"없을 수밖에요. 윤여옥은 언제나 같은 내용을 두 벌씩 타이핑해서 한 벌은 제출하고 한 벌은 빼돌렸으니까요."

하림은 겉장을 넘겼다. 영어로 타이핑된 자료였다. 그는 숨을 죽이고 그것을 내려다보았다.

△ 1950년도 군사 추경예산에 제출된 작전국의 38도선 축성 공사비를 계산한 긴급 건의서 = 작전국은 38도선의 견고한 축성 외에는 북한 공산군들을 방어할 특별한 수단이 없다

고 판단, 다음과 같은 긴급건의서를 국회에 제출했다.

① 병력 ＝ 북한의 병력은 인민군, 38경비 여단, 유격대, 민청 훈련소, 해군, 공군 등으로 구성되어 있고, 총계 18만 4천 명에 달하고 있다. 이에 비해 한국군은 국군 10만, 국립 경찰 4만의 14만 명이지만 경찰의 장비는 소총뿐이며, 더욱이 행정 경찰력을 포함하고 있으므로 실제적인 전투원은 10만 명에 지나지 않는다. 거기다가 징병제도는 시행되었으나 전시동원에 필요한 법령이 정비되어 있지 않기 때문에 실행은 어렵다.

② 장비 ＝ 피하의 물적 차이를 비교하면 다음과 같이 엄청난 격차가 있다. 인민군이 각종 포 609문, 전차 및 장갑차 272대, 비행기 168대를 보유하고 있는데 대해 한국군은 105밀리 포 91문, 장갑차 27대, 비무장 연습기 10대를 가지고 있을 뿐이다.

③ 교육훈련 ＝ 북한은 폭동이나 기타 방해되는 일 없이 수개 년에 걸쳐 예정된 훈련을 해 왔다. 그들은 제일선이나 후방을 불문하고 착실히 전투력을 향상하여 대부대의 연습까지 끝내고 있다. 반면 한국군은 여순반란군의 진압이나 남파 유격대의 소탕에 쫓겨 병력을 소모했을 뿐만 아니라 아직 중대 훈련의 단계에 있다.

④ 후방지원 ＝ 북한은 기존의 군수공장을 이용하여 그 무기 생산력을 증강하고 있다. 그러나 국군은 권총의 시작 단계(試作段階)에 있다.

△ 긴급건의서에 대한 국회의 결정 = 국회는 작전국이 제출한 긴급건의서를 진지하게 검토하여 토론하지도 않은 채 그에 따른 긴급예산동의를 대부분 삭감했다.

하림은 시야가 뿌우옇게 흐려 왔다. 글자가 보이지 않았다. 눈 속으로 땀이 흘러들어 눈이 쓰렸다.
"어떻습니까? Q본부에서 흘러나간 것이 맞습니까?"
"네, 맞습니다."
그는 땅이 꺼져라 한숨을 내쉬었다.
"이 자료를 본 적이 있습니까?"
"네, 있습니다. 보고 나서 미군에게 넘겼습니다."
"이제 윤여옥의 죄상을 부인하지는 않으시겠죠?"
힐책하듯 상대방이 묻는다. 하림은 창백하게 굳어진 얼굴을 밑으로 떨어뜨렸다.
"부인하지 않습니다."
어떻게 부인하겠는가. 바보 같은 년. 그는 여옥을 욕했다. 여옥의 배신에 처음으로 치가 떨렸다. 그만큼 사랑하고 아꼈는데 배신하다니, 나쁜 년, 너 같은 건 저주받아 마땅하다! 여옥이 눈앞에 있다면 때렸을 것이다. 그만큼 그는 분노하고 있었다.
"인정하신다면 윤여옥을 체포할 수 있게 협조하셔야죠."
"협조해 드리고 싶습니다. 그렇지만 저도 그 여자의 간 곳을 모르고 있습니다."
"모르실 리가 있습니까? 그 여자가 어떻게 혼자 도망칠 수 있겠습니까? 누구의 도움 없이는 도망칠 수 없습니다."

"아무튼 저는 그 여자의 간 곳을 모릅니다. 미안합니다."

"우리는 그 점을 이해할 수 없습니다."

"미안합니다. 모릅니다."

"윤여옥이 사형돼도 좋습니까?"

"……"

하림은 문득 울고 싶어졌다. 안타까워 견딜 수가 없었다.

"자수한다면 정상이 참작될 수는 있습니다. 그러나 체포되면 사정이 다릅니다. 잘 알고 계실 텐데……"

"하는 수 없지요. 윤여옥이 사형당해도 할 수 없지요. 난 아무 상관도 하지 않겠습니다. 나를 배반한 여자에 대해 미련은 없습니다. 아무렇게나 하십시오."

"정말 아무렇지도 않을까요? 두 사람의 사이가 뜨거웠다는 건 공공연한 비밀이었는데……"

"그건 지난 과거입니다. 애정문제는 이야기하지 마십시오."

"미안합니다. 우리한테 협조할 일이 없는가 한번 잘 생각해 보십시오. 이 자료는 여기 놔두고 갈 테니 검토해 보십시오. 윤여옥의 죄상이 얼마나 큰가를 알면 아마 기절하실 겁니다."

그들은 거기에 하림을 혼자 남겨두고 모두 밖으로 나가 버렸다. 문이 쾅하고 닫히는 소리를 들으면서 하림은 두 손으로 머리를 감싸쥐었다. 자기도 모르게 눈물이 한 방울 책상 위로 굴러 떨어졌다.

어떻게 하면 좋을까. 그는 한숨을 토했다. 모든 것이 끝났다는 생각이 들었다. 사람을 사랑하고 믿는다는 것이 얼마나 어리석은 짓인가 하는 것이 느껴졌다. 한마디 말도 없이 도망쳐 버리다니, 그럴 수가 없는 일이다. 바로 어젯밤에 그렇게 물었는데도 왜 솔직히 말하지 않았는가. 나한테 고백만 했어도 이렇게 배신감을 느끼지는 않았을 것이다.

그녀가 무슨 짓을 해도 배신감을 느끼리라고는 생각지도 않았었다. 그러나 막상 엄청난 사실에 부딪치고 보니 그렇지가 않았다. 배신당했다는 생각이 뼛속 깊이 스며들고 있었다.

지금 어디에 숨어 있을까. 언제까지 숨어 있겠다는 것인가. 아이들까지 버리고 가다니, 그렇게 모진 여자인 줄은 몰랐다. 아이들은 앞으로 어떻게 될까. 자기 혼자 살겠다고 도망쳤으니, 이제 아이들은 고아나 다름없이 되었다. 나쁜 여자, 배은망덕한 여자, 가련하고 불쌍한 여자, 윤여옥⋯⋯윤여옥⋯⋯윤여옥⋯⋯윤여옥⋯⋯.

그는 손등으로 땀인지 눈물인지 모를 것을 닦아 냈다. 문득 대치를 죽이지 못한 것이 한이 되었다. 그를 죽였더라면 오늘 여옥이 그런 신세가 되지는 않았을 것이다. 원인은 바로 그놈에게 있다. 그놈을 제거했어야 옳았다. 이제 와서 한탄한들 무슨 소용이 있겠는가.

그는 다시 자료를 집어들었다. 그리고 숨을 죽이고 들여다보기 시작했다.

△ 1949년 육군본부 종합 정보 판단 = 적이 취할 수 있는

행동 방침을 번호순으로 요약하면 다음과 같다.

· E — ① = 주력은 의정부 국도를 주요 공격로로 삼고 보조 공격부대는 개성과 연안 방면을 견제한다. 기타는 정면을 지킨다.

· E — ② = 주력은 개성 — 문산 — 서울 국도를 주요 공격로로 삼고, 보조 공격부대는 연안과 의정부 국도를 견제한다. 기타는 수비태세를 취한다.

· E — ③ = 구화리(九化里) — 장단(長湍) — 문산 — 서울 국도를 주요 공격로로 삼고, 보조 공격부대는 연안, 개성, 의정부 정면을 견제한다. 기타는 수비태세.

· E — ④ = 전면 공세. 옹진, 연안, 춘천 정면의 순으로 축차(逐次)공세를 취하여 각개 격파를 도모한 다음 E — ③의 어떤 정면을 주공으로 하여 중앙부를 돌파한다.

· 판단 = 이상의 어느 안을 채택하든 E — ①의 공산이 가장 커서 적은 한강 이북에서 강제로 결전을 강요하여 단시일에 서울점령을 기도할 것이다.

△ 1949년 종합 정보 보고에 따른 방위 계획
① 옹진 지구의 제17독립 연대는 인천으로 철수하여 경인 지구의 방어에 참가한다.
② 개성 지구 부대(제1사단)는 적을 지연시키면서 임진강 남안의 방어선으로 철수한다.
③ 동두천 지구(제7사단), 춘천 지구(제6사단), 주문진 지

구(제8사단)의 각 부대는 적을 최대한으로 지연시킨다.

④ 남부의 3개 사단과 수도 경비대(3개 연대와 기갑연대)를 운용하여 반격한다.

⑤ 만일 적을 저지할 수 없는 상황이면 한강선, 금강 — 소백산맥선, 낙동강선에 의거하여 순차로 적을 지연시킨다.

△ 1949년 종합 정보보고에 따른 작전계획

① 38도선 남쪽의 선을 A선으로 하여 일반전초(GOP)의 책임을 지운다.

② 예성강 어귀로부터 우측으로 구부러진 요선(要線)을 이어 모선으로 하고, 이를 주저항선으로 한다.

③ 남부 3개 사단을 24시간 이내에 서울로 집중시킨다.

이마에서 흘러내린 땀방울이 종이 위에 뚝뚝 떨어졌다. 모두가 Q에서 그의 손을 거쳐 나간 정보보고서들과 똑같은 내용들이었다. 손이 부들부들 떨려 그것을 들고 있을 수가 없었다. 너무 기가 막혀 벌어진 입이 다물어지지가 않았다. 숨을 거칠게 내쉬며 여옥이 훔쳐낸 자료들을 성난 눈으로 노려보았다. 이제는 여옥이라는 여자가 천하의 바보처럼 생각되었다. 바보가 아니고는 이런 것을 훔쳐낼 수 없을 것이다. 철저히 스파이 교육을 받고 침투해서 이런 짓을 했다면 놀라지도 않을 것이다. 그렇지도 않는 여자가, 그가 가장 믿고 사랑했던 여자가 이런 엄청난 짓을 저질렀다니, 바보가 아니고는 어떻게 그럴 수 있단 말인가.

  그는 담배를 연거푸 피워대면서 실내를 왔다갔다 했다. 여옥의 생애가 이제 끝나고 말았다는 생각이 비수처럼 그의 가슴을 후비고 들어왔다. 그는 절망적인 신음 소리를 내며 머리를 흔들었다.

  일이 터졌을 때 하림의 마음속에는 여옥을 구해 내야 한다는 생각이 강하게 작용한 것이 사실이었다. 여옥이 아무리 반역의 대죄를 지었다고 해도, 그리고 아무리 그를 배신했다 해도 그만은 그녀를 버릴 수가 없었던 것이다. 그녀를 너무 깊이 이해하고 너무 뜨겁게 사랑하고 있었기 때문이다.

  그러나 그녀가 빼낸 극비 정보자료들을 보고 난 지금은 그녀를 구해내야 한다는 생각은 눈 녹듯이 사라지고 없었다. 너무나 엄청난 죄상 앞에 다만 넋이 빠질 뿐이었다. 그녀는 너무나도 완전하고 명백한 스파이 행위를 저지른 것이다. 그녀는 스파이치고도 보기 드문 거물이었다. 그리고 그는 그 거물 스파이를 아껴 주고 사랑한 것이다. 고위직의 정보담당자가 여자 스파이의 손에 놀아나다니! 모두가 손가락질하고 비웃을 것이다. 그 생각을 하니 미칠 것 같았다.

  설사 구해 보고 싶은 마음이 있다 해도 윤여옥의 경우는 너무나 엄청나서 손을 쓴다는 것이 불가능하다. 더욱이 그는 그럴 마음이 일지 않았다. 동정할 여지가 없었다. 여옥에게 기울던 마음은 이미 차갑게 가라앉아 있었다. 그녀는 이제 그에게 있어서 전혀 관계없는 남이었다. 그녀가 죽든 살든 그는 상관하고 싶지가 않았다.

△ UN 군사감시반의 보고(접수번호 UN doc. S/1518) = UN 한국위원단의 요청에 의해 파견된 군사감시반은 다음과 같이 한국사태를 보고한다.

① 한국군은 전지역에 걸쳐 종심(縱深)으로 배치되어 있다. 38도선 남쪽에서는 산재되어 있는 진지와 소규모의 병력에 의한 순찰을 볼 수 있을 뿐이다. 또한 어느 지역에 있어서나 공격을 위한 군의 집결은 볼 수 없다.

② 공산군은 많은 지역에서 38도선 남쪽의 돌출지점을 점령하고 있다. 그러나 한국군이 그들을 몰아낼 조치를 취하고 있는 증거는 볼 수 없다.

③ 상당수의 한국군이 동부산악지대에 침투한 북한 게릴라 소탕에 참가하고 있다. 그들 게릴라 집단은 파괴자재를 갖추고 있고 중무장하고 있다.

④ 한국군의 장비는 기갑·항공·중포 등의 지원이 없는 한, 그 군사적 수준으로는 북진을 목적으로 하는 어떠한 행동도 불가능하다.

⑤ 한국군은 공격에 필요한 보급품을 보유하고 있지 않다. 그리고 전방지역에 저장하고 있는 징후도 없다. 어느 지역에서도 군대의 집중 수송을 확인할 수 없다.

⑥ 일반적으로 한국군의 지휘관은 방어에 중점을 두고 있다. 그들이 내린 명령은 전부 예정된 진지 이상으로의 후퇴를

금하는 것이었다.

⑦ 한국군이 북쪽에 대해 광범위한 정찰을 하고 있는 징후도 없고 사령부에도 본부에도 공격을 위한 긴장감을 볼 수 없었다. 감시반은 작전실에도 어느 구역에도 자유롭게 출입이 허용되었다.

⑧ 감시반은 38도선 북쪽에 관한 정보입수에도 역점을 두었다. 일부지역에 사는 북한주민이 38도선 북쪽 4킬로 이상으로 소개했다고 들었다. 동진의 연대본부가 제출한 보고는 북쪽 약4킬로 지점의 해주 지역에서 군대의 행동이 활발화하고 있다는 내용이었다. 그러나 공산군의 이례적인 활동에 의해 38도선 연변에 긴박사태가 발생하고 있다는 보고는 없다.

윤여옥의 스파이 행위가 백일하에 드러나 하림까지 곤욕을 치르고 있을 때 그녀는 어디서 무엇을 하고 있었을까.

여옥은 그때 술집 「갈매기」에서 부두 노무자들을 상대로 술을 따르고 있었다. 접대부로 전락한 것이다. 물론 위장이었지만, 손님들이 그것을 알 리 없었다. 그들은 어디까지나 그녀를 접대부로 취급하고 있었다. 여옥이 접대부로 나서면서부터 술집 갈매기는 갑자기 손님들로 북적대기 시작했다. 미모의 접대부가 나타났다는 바람에 그 일대의 부두 노무자들이 그녀를 집적거려 보려고 갈매기로 몰려든 것이다.

여옥은 되도록 자신을 평범한 접대부로 보이게 하려고 애를 썼지만 그것은 쉬운 일이 아니었다. 그녀의 몸에서 풍기는 것이

어쩐지 여느 접대부들과는 다를 수밖에 없었던 것이다. 그것이 손님들의 눈에는 도도하게 얼굴값 하는 것으로 보였다. 그래서 거친 사나이들은 너나 할 것 없이 그녀를 꺾어 보려고 기를 쓰게 되었다. 자연 그녀가 술자리에 앉게 되면 말썽이 일지 않을 때가 없었다. 손님들이 몰려드는 것은 좋은 일이었지만 말썽이 자주 일어 술상이 뒤집히는 것은 환영할 일이 못 되었다. 그래서 주인은 웬만하면 손님들 요구대로 몸도 팔아 보라고 권했지만 여옥은 그것만은 막무가내로 들어주지 않았다.

지내면서 보니 주인 사내는 남과 북에 양다리를 걸친 채 적당히 살아가고 있는 기회주의자인 듯했다. 좌익사상에 물들어 있으면서도 남쪽의 자유분방한 사회에 맛을 들여 요령있게 살아가는 사나이였다.

확실한 것은 알 수 없었지만 주인 사내는 북쪽과 연락하면서 쫓기는 자들을 숨겨 주고 그들을 안전하게 도피시켜 주는 역할을 맡고 있는 듯했다. 그 일을 위해 그는 강한 조직을 가지고 있는 것 같았다. 그리고 그 일을 흥정삼아 적당한 대가를 받고 있는 것 같았다. 그 사내가 돈에 매우 집착하고 있다는 사실을 알게 되면서부터 여옥은 불안을 느꼈다. 자신이 흥정의 대상이 되어 혹시 엉뚱한 곳으로 팔리지나 않을까 하고 생각한 것이다.

갈매기에 잠복한 지 한 주일이 지났는데도 그 사내는 여옥에게 앞으로의 일정에 관해 아무 말도 해 주지 않았다. 여옥이 어떻게 된 일이냐고 물으면 얼굴을 찡그리면서

"정신 있어 없어? 지금 부두에는 당신을 잡으려고 형사들이

쫙 깔렸어. 나가면 붙잡힌다고. 가라앉을 때까지 기다려야 해. 본부에서도 아직 아무 연락이 없어."
하고 말하는 것이었다. 그러면 여옥은 감히 아무 말도 할 수가 없었다.

그녀가 접대부가 된 것은 사내의 지시에 따른 것이었다. 낯선 여자가 하는 일 없이 술집에 앉아 있으면 의심을 살 테니, 아예 기회가 올 때까지 접대부로 나앉으라는 것이었다. 그래서 그녀는 눈물을 머금고 술상 앞에 나앉은 것이다.

술이라면 질색하고 절대 입에도 대지 않던 그녀였지만 손님들이 강권하는 바람에 하는 수 없이 한잔 두잔 받아 마시게 되었고, 그러다 보니 취기에 젖어 젓가락 장단에 맞춰 노래까지 불러 댔다.

그녀는 노래를 아주 잘 불렀다. 아름다운 목소리로 흐드러지게 슬픈 가락을 뽑아대면 손님들은 미친 듯이 환호성을 지르곤 했다. 자연 슬픈 노래 끝에는 눈물이 따르기 마련이었다.

그녀의 눈물은 남다른 눈물이었다. 그 눈물을 이해할 수 있는 사람은 아무도 없었다. 눈물을 보이지 않으려고 기를 썼지만 그럴수록 눈물이 더 나왔다.

그녀를 제일 괴롭히는 것이 아이들의 모습이었다. 아이들을 생각하면 가슴이 찢어지는 것 같았다. 당장이라도 훌훌 털어 버리고 아이들 곁으로 달려가고 싶었지만, 그럴 수가 없으니 가슴은 더욱 타는 듯했다.

언제나 아이들 때문에 울었다. 아이들을 생각하면 눈물이 나왔다. 자신의 신세야 이미 길바닥에 굴러다니는 돌멩이 같은 것이니 아무래도 좋았다. 손님들한테 시달림 받는 것쯤이야 그러려니 하고 얼마든지 견딜 수가 있었다. 그러나 아이들에게 향하는 모정만은 어찌할 수가 없었다. 더구나 일부러 내버리고 왔다는 사실로 하여 그녀는 더욱 고통을 느끼고 있었다.

아이들을 생각하면 아무 것도 먹을 수가 없었다. 먹지 않고 매일 손님들한테 시달림 받으니 몸이 배겨날 리 없었다. 그녀는 눈에 띄게 수척해져 갔다.

도망 열흘째 되는 날 아침에 그녀는 더 참지 못하고 술집을 몰래 빠져나와 가까운 우체국으로 달려갔다. 그리고 서울집으로 시외전화를 걸었다. 이윽고 수화기를 통해 노인의 목소리가 들려오자 그녀는 목이 잠겨 말이 잘 나오지 않았다.

"아, 여보슈, 누구요?"

"저예요! 할아버지, 저예요!"

"뭐라구? 아니, 어떻게 된 일이오?"

노인의 목소리가 떨리고 있었다.

"아이들은 잘 있나요?"

"잘 있소만……통 뭘 먹지를 않고 어멈만 찾고 있으니 야단이오."

"할아버지, 죄송해요! 다른 일은 없었나요?"

"말도 마오. 웬 사람들이 몰려와서 집안을 모두 뒤지고 야단이 났었소. 그 사람들 말대로 정말 그런 죄를 지었소?"

"할아버지……"

그녀는 손등으로 흐느낌을 막았다.

"쯔쯔쯧……여자가 어쩌려고 그런 짓을……지금 어딨소?"

"말씀드릴 수 없어요. 죄송해요."

"아이들 걱정은 하지 말아요. 배고프면 먹겠지, 뭐."

"아이들을 잘 좀 돌보아 주세요! 이 은혜 잊지 않겠어요!"

"그러나 저러나 어멈이 걱정이오. 객지에서 그러고 있으니 고생이 심하겠지."

"전 괜찮아요. 장선생님 오시지 않았던가요?"

"그 양반 입장이 난처해진 것 같습디다. 어멈이 떠나고 나서 다음 날 낮에 여기 왔었는데 여기 미리 와서 뒤지던 사람들하고 함께 간 뒤로는 오지 않았어요. 그날 보니께 몹시 난처해 하는 것 같습디다."

"죄송해요……할아버지, 죄송해요……"

그녀는 울다가 아이들을 바꿔 달라고 했다. 아이들 목소리라도 듣고 싶었던 것이다. 먼저 큰애의 목소리가 들려왔다.

"대운아! 나야! 엄마야!"

"엄마!"

아이는 큰 소리로 엄마를 부르더니 미친 듯이 울어대기 시작했다.

"엄마! 미워! 미워! 혼자만 가고, 미워! 미워!"

"대운아, 미안하다! 엄마 곧 갈께 조금만 기다려, 응?"

"싫어! 싫어!"

울부짖는 아들의 울음 소리에 그녀는 정신을 차릴 수 없었다.

터져나오는 울음을 손으로 막으면서 그녀는 떨고 있었다. 큰아이의 울부짖음 사이사이로 웅이의 목소리도 들려왔다. 목소리가 적은데다 아직 말을 제대로 하지 못하는 둘째는 다만 "엄마……엄마……" 하면서 힘없이 울고 있는 것 같았다. 그녀는 마침내 아무 말도 못한 채 흐느껴 울었다. 뒤에서 두런거리는 소리가 들려왔지만 그녀는 상관하지 않고 두 아들을 부르면서 울었다.

누가 어깨를 쳤을 때에야 그녀는 울음을 그치고 뒤를 돌아보았다. 우체국 직원 하나가 눈을 세모꼴로 뜨고 그녀를 쩨려보고 있었다.

"여기서 이러면 어떡해요? 여기가 안방인 줄 알아요? 기다리는 사람들도 생각해 줘야죠. 생기기는 그렇게 안 생겼는데……. 빨리 나오슈!"

쫓기다시피 전화박스에서 나온 그녀는 요금을 치르고 밖으로 뛰쳐나왔다. 호기심어린 눈으로 쳐다보는 사람들의 따가운 시선을 견뎌내기가 힘들었다.

골목으로 들어가 전봇대에 몸을 가리고 서서 두 손으로 얼굴을 감싸자 봇물이 터지듯 울음이 다시 터져나왔다. 가냘픈 어깨가 부서질 듯 떨어댔다. 이 몹쓸년……이 몹쓸년……. 한없이 자신을 저주해 보았지만 소용없는 짓이었다.

한참 울고나자 가슴이 텅비면서 공허감이 밀려왔다. 그녀는 힘없이 골목을 나와 미친 여자처럼 거리를 돌아다녔다. 술집으로는 돌아가고 싶지가 않았다. 그렇지만 갈 데도 없었다.

날씨가 잔뜩 흐린 것이 곧 비가 올 듯했다. 몹시 무더운 날씨였다. 바다 쪽에서는 비를 머금은 바람이 불어오고 있었다. 그녀는 하루종일 굶은 채 바닷가에 앉아 있었다.

그녀가 앉아 있는 곳은 방파제의 끝이었다. 파도가 몰아칠 때마다 방파제가 흔들거리는 것 같았다. 파도가 칼날같이 일어서면서 밀려올 때마다 그녀는 파도 속으로 뛰어들고 싶은 충동을 느끼곤 했다. 이 조그만 몸뚱이 하나, 파도에 던지면 모든 것은 끝나겠지. 이 괴로움도 저 파도 속에 묻혀 버리겠지. 대치도 하림도 그런 대로 살아가겠지. 그렇지만 아, 저 불쌍한 내 자식들을 누가 돌보나. 아빠라는 사람한테는 이제 기대할 것이 없다. 그는 오히려 가족을 불행 속에 몰아넣는 악마. 버림받은 내 자식들은 어떻게 될까. 과연 누가 그 애들의 잠자리를 보살펴 주고, 밥을 먹여 주고, 기저귀를 갈아 주고, 손발을 씻어 줄까.

바람에 몸이 날아갈 것 같았다. 어둠이 밀려들면서 비가 뿌렸다. 그녀는 머리를 저으면서 비틀비틀 일어났다.

그녀가 갈매기에 다시 나타났을 때, 그녀의 몸은 비에 흠뻑 젖어 있었다. 몸을 떨며 서 있는 그녀를 주인 사내가 사납게 흘겨보았다.

"미쳤군. 허락도 없이 함부로 돌아다니다니! 다시 한번 그랬다가는 가만두지 않을 거야! 빨리 손님 받아! 귀한 손님 오셨으니까."

그녀는 옷을 갈아입고 머리를 빗고 나서 방으로 들어갔다. 안으로 들어서자 마자 커다란 손이 그녀를 끌어당기더니 다짜고

짝 따귀를 철썩 갈겼다.

"요년, 어디 갔다 이제 오는 거야? 널 보려고 불원천리하고 왔는데, 어디 가서 서방질하고 오는 거야?"

방안에 앉아 있던 사내들이 와르르 하고 웃었다. 모두가 거나하게 취해 있었다. 여옥은 몸을 빼려고 했지만 꼼짝할 수가 없었다. 무쇠 같은 팔이 가는 허리를 우악스럽게 휘어감고 있어서 숨쉬기조차 불편했다.

"야, 잘 모셔야 해. 그렇지 않으면 혼날 줄 알아."

여기저기서 모두가 한마디씩 했다. 그들은 자기들이 보는 앞에서 여옥이 사내에게 꺾이는 것을 보고 싶다는 듯 눈을 번득이고 있었다.

독수리가 병아리를 채듯 그녀를 꿰차고 앉아 있는 사나이는 기골이 장대하고 험상궂어 보였다. 한쪽 뺨에 칼자국까지 나 있는 것이 인생을 거칠게 살아온 사람인 듯했다.

"내가 그분 소개를 하지."

턱이 뾰족하게 생긴 사내가 눈을 깜박거리면서 여옥을 바라보았다.

"그분은……물건이 장대해서 오장대라고 부르지."

와아하고 사람들이 웃었다. 여옥은 밑으로 시선을 떨어뜨렸다. 솥뚜껑 같은 사내의 손이 귀여운 듯 그녀의 얼굴을 어루만지고 있었다.

"요 일대 여자 치고 오장대 물건 맛보지 않은 여자는 없지. 오장대한테 한번 걸렸다 하면 그 자리에서 요절나니까. 고것들이 처음에는 앙탈하다가도 오장대가 물건 한번 휘두르면 아그그 그하면서 개구리 새끼처럼 사지를 뻗는다니까."

계속 웃음이 터져나오고 있었다. 사내는 계속 떠벌리고 있었다.

"고렇게 한번 맛을 들인 계집은 좀처럼 떨어지려고 하지 않는단 말이야. 오장대는 여복이 많아 귀찮을 지경이야. 지금이라도 손짓만 하면 요앞에 쪼르르 달려와서 나래비줄을 설 계집들이 수십 명은 될 거야. 그렇게 해서 깐 오장대 새끼들이 몇 명인고 하면 무려 열 다섯이야."

사람들은 웃다 못해 술상을 치고 야단법석이었다. 오장대의 손이 저고리 밑으로 기어 들어와 그녀의 젖가슴을 어루만졌다.

"오장대는 선장이겄다 돈도 잘 벌어. 그 많은 자식들을 다 잘 기르고 있다구. 이번에 한 달 동안 고기잡이 나갔다가 왔으니 얼마나 계집이 그립겠어. 돌아와 보니 갈매기에 쓸만한 계집이 있다고 해서 달려온 거야. 듣기에 아직 아무도 손을 못 댔다고 하니, 역시 오장대가 맡아야겠어. 계집도 임자를 만나야 활짝 피는 거라구. 안 그래? 호호호······"

밖은 벌써 어두워져 있었다. 비바람과 함께 파도가 울부짖는 소리가 방안에까지 들려오고 있었다. 뇌성 소리도 들려 오고 있었다.

여옥의 몸이 붕떴다. 여옥은 사내를 밀어젖혔지만 아무 소용이 없었다. 오장대는 술상을 거기에 벌려 둔 채 여옥을 안아들고 옆방으로 건너갔다. 그 행동거지가 세상의 어떤 여자도 호릴

만했다.

"오장대, 잘 다루라고! 길을 잘 내놔야 우리가 고생하지 않지!"

사내들이 문을 두드리며 성원을 보내고 있었다.

문고리를 걸고 난 오장대는 이것저것 가리지 않았다. 먼저 방바닥에 이불을 편 다음 자기 옷부터 훌훌 벗어 버렸다. 듣던 대로 그는 장대한 무기를 가지고 있었다. 40대의 육체는 바다에서 단련된 탓인지 바위처럼 단단해 보였다. 그는 거침없이 여옥을 끌어다 눕히고는 덮쳐 눌렀다.

여옥은 그렇게 힘있고 우악스런 손길을 경험해 본 적이 없었다. 마치 어린애를 다루듯 오장대는 그녀의 옷을 벗겨 내고 있었다.

"잘한다! 잘해!"

문 밖에서는 사내들이 부채질하고 있었다. 문틈으로 안을 들여다보느라고 문짝이 떨어져 나갈 것 같았고 몹시 시끄러웠다.

"비키세요! 이게 무슨 짓이에요!"

여옥은 죽을힘을 다해 사내를 밀어냈지만 사내는 끄덕도 하지 않았다. 그는 잘 벗겨지지 않고 걸치적거리는 옷은 아예 찢어 버렸다. 옷가지가 북북 찢겨 나가면서 맨살이 하얗게 드러나자 사내는 완전히 야수가 되어 그녀를 겁탈하려고 들었다.

마침내 여옥은 나체로 사내의 육체 밑에 깔렸다. 사내가 힘을 가하자 여옥은 몸이 으스러지는 것 같았다.

"아아……안 돼……안 돼요……"

그녀는 가냘프게 호소했지만 통할 리가 없었다. 두 다리를 벌리지 않으려고 기를 쓰고 오므렸지만 가운데로 파고드는 그 우악스런 힘을 당해 낼 수는 없었다. 사내가 한번 밀어붙이자 그녀의 두 다리는 찢어질 듯 벌려지고 완전히 무방비 상태에 놓여졌다.

사내는 노출된 먹이를 단숨에 먹어 치우기가 아까운 듯 상체를 조금 일으키고 그녀를 슬슬 얼렀다.

"예쁘게 생긴 것이 앙탈이 심하구나. 시키는 대로 곱게 굴면 귀여워해 주겠지만 그렇지 않고 계속 앙탈하면 아예 찢어 버리고 말 테다!"

여옥은 눈을 감았다. 이대로 죽는 한이 있어도 몸을 버릴 수는 없다는 생각이 번개처럼 머리를 스치고 지나갔다. 애정 없는 육체관계를 그녀는 혐오하고 있었다. 더욱이 강압적인 수단으로 자기의 육체를 범하려는 남자에 대해서 죽이고 싶도록 증오감을 느끼고 있었다. 무수한 남자들에게 강간당할 수밖에 없었던 과거가 그녀로 하여금 살기(殺氣)에 가까운 증오감을 품게 한 것이다.

사내가 드디어 그 장대한 것을 들이대면서 공격할 자세를 취하는 것과 동시에 여옥의 오른손이 앞으로 쑥 뻗어 나갔다. 두 개의 가냘픈 손가락이 송곳처럼 날카롭게 사내의 두 눈을 찔러 버렸다.

"으악!"

장대한 사내는 얼굴을 움켜쥐면서 뒤로 벌렁 나자빠졌다. 그것을 보고 여옥은 놀랐다. 단 한번 써먹어 본 것인데 그것이 정통으로 들어맞은 것이다.

그 위력에 그녀는 정신을 차릴 수가 없었다. 수년 전 사이판 도에서 OSS특공훈련을 받을 때 그녀는 상대방의 급소를 치는 방법을 배운 적이 있었다. 그렇지만 그렇게 정성들여 배운 것도 아니어서 배우면서도 반신반의했고 그 동안 한번도 써먹어 본 적이 없었다. 그러다가 이번에 순간적으로 눈 딱 감고 해본 것인데 의외로 놀라운 효과를 나타낸 것이다.

"개 같은 년, 죽여 버릴 테다!"

고릴라처럼 두 손을 벌리고 달려드는 사내를 보고 여옥은 이젠 죽었구나 하고 생각했다. 뒤로 주춤주춤 물러나다가 고리짝 위에 놓여 있는 것을 집어들었다. 가위였다. 사내가 달려들면 찔러 버릴 심산이었다.

"함께 죽는 거다!"

그녀는 절망적으로 중얼거렸다.

두 남녀는 한참 동안 서로를 노려보고 있었다. 벌거숭이 남녀가 대치하고 있는 모습은 우스꽝스럽기도 하고 한편으로는 비참해 보이기도 했다.

"그걸로 나를 찌르겠다는 거냐?"

사내가 숨을 몰아쉬면서 물었다. 여옥은 입을 꼭 다문 채 노려보기만 했다. 그 서슬퍼런 모습에 오장대의 모습이 꺾이는 듯했다.

"보기와는 딴판이구나. 독한 계집 아닌가!"

"……"

"그걸로 나를 찌르면 네가 온전할 줄 아느냐? 이리 내놔!"

"……"

여옥은 오른손에 들고 있는 가위를 더욱 바짝 움켜쥐었다. 왼손은 비참하게도 국부를 가리고 있었다. 그러나 무성한 음모를 가리기에는 그녀의 손은 너무 작았다. 탐스러운 젖가슴은 완전히 노출된 채 몸을 움직일 때마다 덜렁거리고 있었다.

두 사람은 방안을 빙빙 돌았다. 그러나 오장대는 이내 멈춰 서서 흐르는 눈물을 닦았다. 찔린 눈에서 자꾸만 눈물이 흘러내리는 모양이었다. 그의 몸에서는 이미 야수의 모습이 사라지고 없었다.

남성다운 기도 보이지 않았다. 뼈까지 녹아 버린 흐물흐물한 모습으로 겁에 질린 듯 그녀를 눈물 사이로 바라보고 있었다. 비록 한 주먹에 가루로 만들어 버릴 수 있을 정도로 여자는 조그마했지만, 가위를 움켜쥔 눈에 살기를 띠고 있는 그 모습은 조금치도 빈틈을 보이지 않고 있었다. 죽음을 각오한 그 모습에 사내는 두 손을 떨어뜨렸다.

"지독한 년……어디 두고보자."

옷을 주섬주섬 입고 난 오장대는 들어왔을 때와는 달리 숫제 주눅이 들린 모습으로 방을 나갔다. 그것은 결과를 기다리고 있던 사람들을 놀라게 하기에 충분했다.

한번 여자를 잡았다 하면 그 즉석에서 틀림없이 해치우고야 마는 그 유명한 오장대가 기가 팍 죽어 나왔으니, 그들이 놀라

도망 · 51

는 것도 무리는 아니었다.

"허어, 오장대도 이제 끝났구나!"

"고것 하나 못 잡순 걸 보니까, 대단한 년은 대단한 년인가 보지."

두런거리는 소리를 들으며 여옥은 무릎을 꿇었다. 손에 움켜쥐고 있는 가위를 놓을 수가 없었다. 자기도 모르게 그것이 가슴팍을 겨누고 있었다. 이대로 죽어 버리자. 가슴을 찔러버리면 되는 거다. 구차하게 도망 다니면서 이러한 꼴을 당하느니, 차라리 죽어 버리는 게 났다. 자, 찔러라! 찔러! 가슴팍에서 가위 끝이 바르르 경련을 일으켰다.

그때 문이 발칵 열리면서 주인 아낙이 들어왔다. 눈에 쌍심지를 돋우고 여옥을 노려보면서 소리친다.

"아니, 이, 이년이 어디서 뒈지려고 그러지? 죽으려면 썩 나가서 죽어! 여기서 죽으문 누가 송장 치우라는 거야?"

여옥은 가위를 떨어뜨렸다. 입이 얼어붙어 아무 말도 할 수 없었다.

"그 양반이 어떤 손님이라고 대접을 그렇게 해? 오장대 끼지 않으면 장사를 할 수가 없어, 이 바보야! 그 양반 비위 거슬려 놨으니 우리 장사도 다 했다! 에이, 재수 없어! 어디서 이런 것이 굴러 들어와 가지고……퉤!"

여옥의 머리 위로 침이 떨어졌다. 그래도 여옥은 참고 견뎌내고 있었다. 나중에는 남자까지 들어와 여옥을 윽박질렀다.

"쯔쯔쯧……망할 것 같으니."

그렇게 여옥을 타박하면서도 주인 사내는 그녀의 나체를 감상하느라고 정신이 없었다. 둘만 남게 되자 그는 그녀의 손을 잡으면서 은근히 이렇게 말했다.

"지금 자신의 처지를 생각해야지. 이게 다 서로 살자는 거 아니야? 그런 식으로 나가다가 눈치나 채이면 어떡하려고 그래. 어차피 이렇게 된 이상 몸이라도 팔아서 살아남아야지. 그렇지 않으면 남들이 의심한다구. 이판에 정조 같은 게 무슨 필요가 있어. 목숨이 더 중하지 정조가 더 중한가. 생각해 봐. 숫처녀라면 또 몰라. 그렇지도 않으면서 죽자사자 그걸 지킬 게 뭐야. 오장대는 여간내기가 아니야. 그 사람이 여기 발을 끊으면 장사가 안 돼. 다음에는 그러지 마. 잘못했다고 그러구 받아들이란 말이야. 알았지?"

어깨를 껴안기까지 한다. 여옥은 목석처럼 가만히 있었다.

오장대를 물리쳤다고 해서 유혹이 사라진 것은 아니었다. 소문이 퍼지자 사내들은 서로 내기까지 하면서 오직 그녀를 꺾을 욕심으로 갈매기에 몰려들었다. 그 바람에 갈매기는 날이 갈수록 많은 손님들로 북적거리게 되었고, 그 틈바구니에서 여옥은 정신을 차릴 수 없을 정도로 시달렸다.

그러다 보니 손님들의 웬만한 수작쯤은 가볍게 받아넘기게끔 되었다. 그런 것에 일일이 신경 쓰다가는 미쳐 버릴 것 같았기 때문에 아예 신경을 쓰지 않게 된 것이다.

부두 노무자들이라 손버릇이 거칠고 말투가 상스러웠다. 젖가슴을 만지거나 치마 밑으로 손을 쑥 집어넣는 것은 보통이었고, 끊임없이 몸을 요구해 오곤 했다. 그러다 듣지 않으면 으레 욕설을 퍼부어 대곤 했다.

그러나 여옥은 그럴수록 몸을 더욱 단단히 무장시켰다. 정절이란 것이 중요해서가 아니라 여기서 지신이 무너지면 모든 것이 끝장이라는 생각이 들었기 때문이다. 그와 함께 그녀에게는 남자들의 욕망에 대한 본능적인 증오와 혐오감이 있었다.

그 많은 유혹의 손길 중에서도 주인 사내의 위협은 가장 그녀를 괴롭혔다. 날이 갈수록 그는 노골적으로 몸을 요구했다.

어느 날 밤이었다. 그날 밤도 비가 억수같이 퍼붓고 있었다. 손님들이 모두 가고 나자 주인 사내 곽씨는 그녀의 귀에다 대고 속삭였다.

"저기, 창고로 와. 오른쪽에서 두번째야. 할말이 있으니까 아무도 모르게 와야 해."

칼자루를 쥐고 있는 그가 오라는데 안 갈 수가 없었다. 술집에서 백 미터쯤 떨어진 곳에 창고들이 늘어서 있었다. 어물을 쌓아 두는 창고였다.

여옥은 눈치를 보다가 방으로 들어가 궤짝 밑에서 피스톨을 꺼내 품속에 찔러 넣고 밖으로 나갔다. 무기를 휴대한 것은 오늘밤 어떤 결정이 내려질 것 같았기 때문이다.

더 이상 갈매기에서 작부 노릇만 하고 있을 수 없었다. 곽씨는 그녀를 이용하려고만 했지 어떤 언질도 주지 않고 있었다. 그녀는 더 기다릴 수 없었다. 북으로 가든 남으로 가든 어디로든 가야 했다.

그녀는 비를 맞지 않으려고 뛰어갔다. 그러나 창고에 이르렀을 때는 온몸이 비에 젖어 있었다. 조금 있자 곽씨가 뛰어왔다. 떨고 있는 여옥을 보자 그는 어둠 속에서 히죽 웃었다.

포효하는 바다의 함성이 어둠을 뒤흔들고 있었다. 높이 일어선 파도가 창고를 덮칠 듯 밀려왔다가 물러가곤 했다.

사내가 열쇠로 창고 문을 열었다. 그리고 여옥의 손을 움켜쥐고 안으로 들어갔다. 창고가 금방이라도 부서져 나갈 듯 삐걱거렸다.

"할말이 뭐예요?"

그녀는 무서움을 참으며 물었다. 그 말이 떨어지기가 무섭게 곽씨가 뒤에서 그녀의 허리를 끌어안았다.

"내 말 잘 들어야 해."

다분히 위협적이었다. 금방이라도 굵은 팔로 목을 휘어감을 것 같았다.

"어쩌시겠다는 거예요? 상부에 보고하겠어요. 묵과하지 않을 거예요!"

"호호호……상부에 보고하겠다고? 내 말을 듣지 않으면 너는 한 발짝도 움직일 수가 없어. 나를 잘 사귀어야만 살아날 수 있단 말이야!"

허리에 점점 힘이 가해지고 있었다. 술냄새가 확 끼쳐 왔다.

"보내줘요! 보내달라구요! 가겠어요!"

"어디를 가겠다는 거야? 내 손에서 벗어나면 너는 당장 체포돼! 체포되면 어떻게 되는 줄 알아? 사형이야!"

"……"

그녀는 분노에 차서 씨근거렸다.

"내 말만 들어주면 내일이라도 당장 배를 태워 주지. 어때?"

"무슨 말을 들어주라는 거예요?:

"나한테 몸을 바쳐."

"……"

그녀는 기가 막혀 말이 나오지 않았다.

"내가 너를 얼마나 좋아하는 줄 아니? 너를 봤을 때부터 반했단 말이야."

손이 하체를 더듬었다. 그녀는 그 손을 뿌리쳤다.

"아, 안 돼요!"

"흐흐흐……가만있어! 여긴 아무도 없단 말이야!"

"이거 놔요! 놓으라고요!"

"못 놓겠다! 너를 가지기 전에는 놓을 수 없어! 한번만 허락해! 딱 한번만이다! 그럼 내일 안전한 곳으로 보내 주겠다!"

"싫어요! 아무 것도 싫어요! 갈 거예요!"

"말 안 들으면 너를 경찰에 넘길 수도 있어! 나는 양쪽에 다 통하는 사람이야!"

"악마 같으니!"

"뭐라고 해도 좋아. 그런 건 상관없어! 나한테 몸을 바치지 않으면 절대 보내 주지 않을 테니까 그렇게 알아! 너를 살리고 죽이는 건 나한테 달렸어!"

말을 마치자 저고리를 확 벗겨냈다. 여옥은 몸부림쳤다.

"이것이!"

사내가 끙하고 힘을 쓰자 여옥은 맥을 못 추고 쓰러졌다. 그 위를 사내의 몸이 덮쳤다.

"가만있어! 죽여 버릴 테니까!"

차가운 것이 목에 와 닿았다. 섬뜩해진 여옥은 저항을 멈추었다.

"이건 칼이야! 알았어? 말 안 들으면 찔러 버릴 테다! 바다에 던지면 고기밥이 돼!"

칼끝을 목에 겨누고 있는데 그녀라고 별수는 없었다. 그녀는 걸레처럼 바닥에 처박혔다. 치마가 헤쳐지고 하체가 드러나자 사내는 틈을 두지 않고 그녀의 배 위에 올라탔다.

파도가 대지를 두드리는 소리가 우르르 우르르 들려왔다. 바람에 창고가 날아갈 듯 들썩거렸다. 파도가 머리 위로 덮쳐 오는 것 같았다.

그녀는 꼼짝없이 사내에게 유린당했다. 너무 기가 막혀 그녀는 의식마저 흐릿해져 왔다. 몽롱한 의식 속에서 떠오르는 무수한 얼굴들이 있었다. 모습이 뚜렷하지 않은 얼굴들이었다. 하나같이 머리들을 깎고 있었다. 일본군들이었다. 그들은 하나씩 나타나 그녀의 몸속에 정액을 쏟아 넣고 어둠 속으로 사라지곤 했다. 끊임없이 나타났다 사라지는 그들의 머릿수를 헤아리다가 그녀는 깜박 의식을 잃었다.

정신을 차렸을 때는 자신이 어느 군용막사 안에 누워 있다고 생각했다. 마지막 일본군이 몸을 일으키고 있었다.

"이 짐승!"

저주와 함께 증오심이 치솟았다. 자기도 모르게 권총을 들어 일본군을 겨누었다. 주저하지 않고 곧장 방아쇠를 당겼다.

탕!

한 방의 총소리와 함께 그녀의 손에서 권총이 굴러떨어졌다. 파도 소리에 묻혀 총소리는 별로 크지 않았다. 검은 동체가 신음하며 뒤로 나가떨어지는 것이 보였다.

그녀는 바람 소리와 파도 소리, 그리고 괴로운 신음 소리를 들으며 그대로 가만히 누워 있었다. 신음 소리는 오래 가지 않았다. 괴로운 듯 잠시 계속되다가 이내 잠잠해졌다.

그녀는 비틀비틀 일어나 헤쳐진 옷들을 고쳐 입었다. 그리고 바닥을 더듬어 권총을 집어들었다. 이제 자신의 차례인 것 같았다. 주저할 필요가 없었다. 총구를 가슴에 대고 방아쇠에 손가락을 걸었다. 허공을 바라보았다. 마음은 평온했다. 갈등도, 공포도, 세상에 대한 미련도 없었다. 그때 아이들의 모습이 나타났다. 그녀는 주춤했다. 엄마는 죄인이야! 이제 난 너희들의 엄마가 될 자격이 없어! 저리 가! 무릎이 떨려 왔다. 머리가 밑으로 떨어졌다. 파도 소리 사이로 아이들의 울부짖는 소리가 들려왔다.

그녀는 권총을 들고 있는 손을 밑으로 떨어뜨렸다. 권총이 굴러 떨어졌다. 권총이 시멘트 바닥에 부딪히는 소리가 뚜렷이 들려왔다.

"나는 살인자야."

그녀는 중얼거리며 밖으로 나갔다.

"아이들에게 가야지. 죽더라도 아이들을 보고 죽어야지."

비바람이 얼굴을 후려쳤다.

"나는 살인자야. 스파이에다 살인자······"

미친 여자처럼 산발한 머리에 비를 흠씬 맞고 들어서는 그녀를 보고 주인 아낙과 접대부들이 눈을 휘둥그렇게 떴다.

"아니, 저것이 미쳤나? 도대체 왜 그러고 다녀? 어디 갔다 오는 거야?"

주인 여자가 눈을 부라리며 물었다. 여옥은 방으로 들어가 가방을 챙겨 들고 나왔다.

"아니, 저것이 갈수록 가관이네? 도대체 어디 가겠다고 나서는 거지?"

여옥은 출입구 쪽으로 걸어갔다.

"아이그, 쯔쯔쯧······기어코 당한 모양이요. 저것 좀 봐요."

작부 하나가 짓이겨진 치마를 가리키며 말하자 주인 아낙의 목소리가 더욱 커졌다.

"그러니까 내가 뭐랬어. 이왕 당할 거······이불 위에서 당하라고 골백번 말했잖아. 이리 들어오지 못해?"

여옥은 문을 열고 밖으로 나갔다.

"가만 놔두세요. 지가 가면 어딜 가겠어요."

작부들의 말을 뒤로 하고 그녀는 비바람 속으로 들어갔다.

무서운 밤이었다. 비바람이 얼굴을 할퀴고 있었다. 번개가 치고 뇌성이 울었다.

절로 울음이 나온다. 울면서 걸어간다. 방향 없이 움직인다.

곽가를 죽임으로써 그녀는 스스로 도주로를 끊은 것이다. 이제 그녀는 기댈 곳이 없었다. 힘이 있을 때까지 혼자서 도망칠 수밖에 없게 된 것이다.

비바람 때문에 더 이상 움직이기가 어려웠다. 그녀는 처마 밑으로 들어가 비를 피했다. 몸이 오들오들 떨려 왔다. 추워서 턱이 딱딱 마주쳤다.

"그는 죽었어. 나는 살인자야! 스파이에다 살인자!"

그녀는 자신이 아직 살아 있다는 사실에 놀라고, 그것을 저주했다. 그녀는 다시 흐느껴 울었다. 무섭고 외롭고 비참해서 견딜 수가 없었다.

가자. 가는 수밖에 없다. 가다가 붙잡히더라도, 가다가 쓰러지더라도 어디든 가야 한다. 자신의 종말을 재촉하기라도 하듯 그녀는 다시 비바람 속으로 들어갔다.

밤이 깊은데다 모진 비바람까지 불고 있어서 거리에는 사람의 움직임이 하나도 보이지 않았다. 마치 죽음의 도시를 걸어가는 기분이었다.

그녀는 허기지고 피로하고 추웠다. 거듭되는 충격에 제정신을 지니기가 힘들었다.

비바람 사이로 불빛이 보였다. 높은 곳에서 흐릿하게 빛나는 불빛이었다. 그녀는 시내에서 한참 벗어난 곳에까지 와 있었다. 그곳은 변두리의 조그만 마을 같았다. 불빛은 그 마을 오른쪽 높은 곳에서 빛나고 있었다. 마을은 어둠 속에 잠겨 있었다.

흐릿하게 보이는 그 불빛이 십자가임을 알아본 것은 조금 더 가까이 가서였다. 그것을 보는 순간 그녀는 마치 구세주를 만난 듯 가슴이 뛰기 시작했다. 십자가는 그녀에게 빨리 오라고 손짓하는 것 같았다.

그녀는 고향에 돌아온 기분이었다. 숨을 거칠게 내쉬며 그녀는 어두운 비탈길을 올라갔다. 교회 건물이 손에 잡힐 듯이 가까이 보였을 때 그녀는 그만 쭉 미끄러지고 말았다. 그녀는 서너 바퀴 구른 다음 길 한쪽 움푹 패인 곳으로 처박혔다. 탈진한 상태에서 쓰러진 것이다. 충격이 컸다.

흐릿해져 오는 의식 속에서 일어나야 한다고 생각했지만 마음대로 되지가 않았다. 몸은 반쯤 물에 잠긴 것 같았다. 손을 뻗어 무엇이라도 붙잡으려고 했지만 손에 닿는 것은 미끈거리는 흙탕뿐이었다.

의식은 점점 흐릿해져 갔다. 그녀는 얼굴을 땅바닥에 가만히 댔다. 포근한 느낌이 들었다. 잠들고 싶었다. 눈이 사르르 감겨왔다.

마침내 의식을 잃었다. 쓰러진 그녀의 몸위로 빗물이 거세게 쏟아지고 있었다. 그녀는 움직이지 않았다. 그녀의 모습은 어둠 속에 잠겨 어둠 속에 용해되어 갔다. 언제 윤여옥 같은 여자가 세상에 있었느냐는 듯 어둠은 그녀를 흡수해 버렸다. 오직 십자가만이 그녀가 거기에 있다는 것을 알고 있는 듯했다.

그날 밤따라 비가 밤새도록 내렸다. 폭우였다. 빗물이 넘쳐 흐르는 소리가 사방에서 들려오고 있었다. 크게 홍수가 지고 있었지만 어둠이 그것을 가리고 있어서 보이지 않았다.

먼동이 트기 시작했을 때 교회 쪽에서 남자가 한 사람 나타났다. 검정 바지에 와이셔츠 차림의 30대 남자였는데, 인상이 창백해 보였다.

밤새 내리던 비는 겨우 수그러져 가랑비로 변해 있었다. 그는 교회 앞에 서서 물에 잠긴 들판을 한동안 바라보다가 천천히 비탈길을 내려왔다. 도중에 그의 시선이 한곳에 머물렀다.

그는 이상하다는 듯 잠시 머뭇거리다가 비탈길을 옆으로 내려서서 허리를 굽혔다. 흙에 덮인 것이 어쩐지 사람 같았다. 그 옆에 가방도 떨어져 있었다. 그는 조심스럽게 흙을 헤쳐 보았다. 사람의 손이 나왔다.

"이런 곳에 사람이 죽어 있다니……"

그는 다른 곳을 헤쳐 보았다. 이번에는 헝클어진 머리칼이 나왔다. 여자의 머리칼이었다. 거기에 사람이 쓰러지자 빗물을 타고 흙이 밀려 내려와 사람을 덮은 모양이었다.

"세상에 이럴 수가!"

그는 급히 흙을 헤쳐 냈다. 걸레처럼 구겨진 여자의 모습이 드러났다. 손을 잡아 보았다. 이미 싸늘하게 식어 있었다. 맥을 짚어 보았다. 끊어질 듯 말 듯 가늘게 뛰고 있었다.

"살았구나!"

그는 여자를 안아 들었다. 그리고 교회 쪽으로 뛰어갔다.

교회 옆에 조그만 함석집이 한 채 있었다. 그는 그곳으로 여옥을 안고 들어갔다. 방 아랫목에 여자를 눕히고 먼저 젖은 옷부터 벗겨냈다. 흙에 뒤범벅되어 있어 제 모습이 드러나기까지는 한참이나 걸렸다.

여자를 살리기 위해서는 하는 수 없었다. 여자를 벌거벗긴 다음 그는 수건에 물을 적셔 몸에 묻은 흙을 닦아 내기 시작했다. 그런 일은 처음인지 손의 움직임이 몹시 서툴렀다. 그런 대로 몸을 깨끗이 닦아 내고 이번에는 머리를 감겼다. 머리 속까지 흙이 차 있어서 몹시 힘이 들었다.

대강 끝내고 나자 여자의 몸에서 빛이 나는 듯했다. 깨끗한 요를 펴서 그 위에 눕히고 이불을 두껍게 덮어 주었다. 그리고 무릎을 꿇고 앉아 기도하기 시작했다.

"주여, 이 버림받은 불쌍한 여인을 구해 주시옵소서!"

여자는 쉽게 깨어나지 않았다. 한 시간이 지났다. 맥은 뛰고 있었지만 숨소리도 들리지 않았다.

안 되겠다고 생각했는지 그는 밖으로 뛰어나갔다. 그는 계속 뛰어갔다. 부근에 병원이 없었기 때문에 멀리 시내까지 들어가야 했다. 반 시간 동안이나 달려 겨우 병원에 도착한 그는 숨이 턱에 차서 안으로 들어섰다.

그가 의사를 네리고 교회에 돌아온 깃은 기의 두 시간 가끼이 지나서였다. 그때까지도 여자는 깨어나지 않고 있었다.

"목사님, 매우 위험한데요."

맥을 짚어 보고 난 의사가 어두운 표정을 지으면서 말했다. 목사라고 불린 그 사내는 호소하듯 의사를 바라보았다.

"이 사람은 주님이 제게 보내신 여자입니다. 주님이 도와주실 겁니다. 포기하지 말고 도와주십시오."

"자신할 수 없습니다만 해보겠습니다."

의사는 여옥의 몸에 주사를 놓았다. 여기저기 주사를 놓고 나서 마지막으로 혈관에 링겔주사를 꽂았다.

"체온이 너무 낮습니다. 몸에 피가 잘 돌지 않고 있으니까 몸을 주물러 주세요. 필요한 조치는 다 취해 놓았습니다만……자신은 못하겠습니다."

의사가 돌아가자 목사는 이불 속으로 손을 넣어 여옥의 몸을 주무르기 시작했다.

그는 노총각이었다. 결혼하지 않고 오직 신앙에 몸을 던진 사람이었다. 그러한 그가 여자의 나체를 만지게 되었으니 몹시 괴로운 일이 아닐 수 없었다. 그러나 그는 욕망을 극복할 줄을 알았다. 동요하는 빛 없이 그는 팔이 저리도록 낯선 여자를 주물렀다.

의사가 가고 난 뒤 한 시간쯤 지나 마침내 여자의 입에서 가는 신음 소리가 흘러나왔다. 목사는 허리를 굽혀 귀를 기울여 보았다. 숨소리가 가느다랗게 들려오고 있었다.

"살았구나!"

목사의 눈에 환희의 눈물이 맺혔다. 그는 더욱 부지런히 그녀의 몸을 어루만졌다. 여옥이 살아난 것은 하늘의 도움이라고 할 수밖에 없었다. 그녀가 교회를 찾아간 것 자체가 하늘의 계시였는지도 모른다.

만일 교회를 찾아가지 않았다면, 그리고 목사를 만나지 않았다면, 아마 그녀는 살아나지 못했을 것이다. 다른 사람이 보았다면 변시체로 오인되어 그대로 버림받았을 것이다.

그녀는 두 아들을 양팔에 껴안고 천사가 되어 하늘로 올라가고 있었다. 축복의 순간이었다. 그러다가 눈을 떴다.

낯선 곳에 자신이 누워 있는 것을 발견하고 일어나려고 했다. 그러나 꼼짝할 수가 없었다. 곧이어 문이 열리고 어떤 남자가 들어왔다. 낯선 남자였다.

"아, 깨어나셨군요!"

환희에 젖은 목소리였다. 여옥은 남자가 흘려넣어 주는 따뜻한 보리차를 마셨다.

"여긴 교회이고 저는 목사입니다. 안심해도 좋습니다."

그녀는 어렴풋이 생각나는 것이 있었다.

"아침에 나가보니 쓰러져 있었습니다. 아마 밤새 비를 맞고 있었나 봅니다. 이렇게 깨어나 다행입니다. 주님의 도움이 컸습니다."

"……"

그녀는 단 한마디라도 하고 싶었다. 그러나 아무 말도 할 수 없었다. 웬일인지 한 방울의 눈물도 나오지 않았다.

"마음 푹 놓고 누워 계십시오. 옷이 모두 젖었기에 벗겨두었습니다."

그제야 그녀는 자신이 벌거벗겨져 있다는 것을 깨달았다. 그녀는 수치심으로 얼굴이 빨갛게 물들었다. 최초의 반응이었다.

조금 후 그녀는 다시 의식을 잃었다. 그러나 오래 가지는 않았다.

"왜 저를 살려 주셨어요!"

그녀는 목사를 원망스러운 듯 바라보았지만 입술만 움직여질 뿐 말소리가 흘러나오지는 않았다.

사형대의 아침

갈매기 주인이 어물창고에서 피살체로 발견됨으로써 문제는 심상치 않은 방향으로 발전되어 나갔다. 경찰이 주목한 것은 곽씨가 총에 맞아죽었다는 사실이었다. 총기를 휴대한 범인이라면 자연 좌익일 가능성이 높다는 결론이 나왔다.

곽씨의 죽음과 동시에 자취를 감춘 접대부가 가장 유력한 용의자로 지목되었다. 그 미모의 접대부가 어디서 흘러와 어떻게 해서 갈매기에서 일하게 되었는지 아는 사람은 아무도 없었다.

접대부가 권총을 휴대하고 있다면 혹시 스파이가 아닐까. 그렇다면 왜 갈매기에 잠복하고 있었을까. 혹시 갈매기가 거점으로 이용된 것이 아닐까. 그렇다면 곽가도 의심해 볼만한 대상이 아닐 수 없다.

이런 결론에 이른 수사진은 갈매기를 샅샅이 뒤지는 한편 곽가의 아내를 족쳤다. 마룻장 밑에서 권총 두 자루와 수류탄 열 개, 그리고 무전기가 발견되자 여자는 마침내 술술 불었다.

서울에서 사나이들이 내려온 것은 수사가 시작된 지 열 시간 쯤 지나서였다. 그들이 윤여옥의 사진을 보이자 갈매기의 접대부들과 부근의 노무자들은 이구동성으로 바로 그 여자라고 대답했다.

즉시 인천 일원에 비상경계망이 퍼졌다. 밖으로 통하는 모든 통로는 봉쇄되고 젊은 여자들에 대한 검문검색이 실시되었다. 여자들은 때 아니게 영문도 모른 채 수난을 겪었다. 비슷하게 생긴 여자들은 부근 파출소나 방첩대 분소로 연행되어 조사를 받고 신원이 확인된 뒤에야 풀려났다.

며칠을 두고 수백 명의 수사요원들이 인천 바닥을 이잡듯이 뒤졌지만 여옥의 행방은 좀처럼 드러나지 않았다. 열흘쯤 지나자 수사도 활기를 잃고 요원들의 얼굴에는 실망의 빛이 드러나기 시작했다.

그즈음 여옥의 정체는 의외의 방향에서 한 꺼풀씩 벗겨지고 있었다. 그때까지도 그녀는 변두리에 자리잡은 교회의 목사 사택에서 치료를 받고 있었다. 죽음 직전에 간신히 목숨을 건지기는 했지만 그녀는 급성폐렴에 걸려 치료를 받지 않을 수 없게 된 것이다.

하루에도 몇 번씩 고열로 혼수상태에 빠지면서 앞길을 점칠 수 없게 되었을 때 그녀 곁에 붙어 앉아 정성껏 간호해 준 사람은 홍기려(洪起呂)라는 젊은 목사였다. 노총각인 홍목사는 미모의 여인을 간호하는 동안 자기도 모르게 연정을 품게 되었다. 아름다운 일이었지만 그것이 비련일 줄 그가 알 리 없었다.

의사가 매일 왕진을 오고 홍목사가 정성껏 간호해 준 덕분에 여옥의 병세는 차츰 호전되어 갔다. 그런데 그때쯤에는 이미 신자들, 특히 여신도들 사이에 홍목사가 미모의 여인에게 홀딱 빠져 있다는 소문이 자자하게 퍼져 있었다.

홍목사는 여신도들의 관심의 대상이었다. 여신도들 중 아직 결혼하지 않은 처녀들은 거의 그를 사모하고 있었다. 목사인데다 지성을 갖춘 총각이니 그러는 것도 무리는 아니었다.

자연 그들 사이에는 홍목사의 사랑을 받기 위해 눈에 보이지 않는 암투가 벌어지고 있었다. 그런 판에 정체불명의 여인이 나타나 목사의 사랑을 독차지하고 있으니 여자들의 눈이 뒤집힐 만도 했다.

그녀들은 목사의 사택에서 과연 무슨 일이 일어나고 있을까 하고 궁금해 했고, 질투의 감정을 이기지 못해 끊임없이 모여 앉아 수군거리고 멋대로 상상하고 한숨을 내쉬었다. 그녀들을 더욱 안타깝게 만든 것은 도대체 목사를 사로잡고 있는 여인의 얼굴을 볼 수 없다는 점이었다. 의사를 통해서 그녀가 대단히 미녀라는 말은 들었지만, 과연 어느 정도의 미녀인지 한없이 궁금하기만 했다.

모든 소식은 의사를 통해서 흘러나오고 있었지만 그녀들의 궁금증을 풀어주기에는 그것은 너무 미흡했다. 추측이 꼬리를 물고 난무하더니 급기야 두 사람이 몸을 섞고 동거하고 있는 것이 틀림없다는 데에 그녀들의 의견이 일치했다. 실망과 질시가 엇갈리는가 싶더니 이내 목사에 대한 비난으로 확대되었다.

"목사라는 사람이 집안에 여자를 숨겨 놓고 놀아나다니. 세상에 그럴 수가 없어······"

일단 목표가 정해지자 그녀들은 이구동성으로 목사를 비난하기 시작했다. 적어도 자신을 제외한 다른 여자들에 대해서만은 금욕적인 청교도상이어야 한다는 것이 목사에 대한 그녀들 개개인의 속마음이었던 것이다.

긴장이 고조되더니, 그녀들은 마침내 목사의 설교를 거부하기에 이르렀다. 그리고 목사에게 진상을 밝히지 않으면 교계에 탄원하고 추방도 불사하겠다고 강경하게 나왔다. 신도들 모두가 여기에 동조했다.

홍목사는 당황했다. 그러나 그는 침착하게 사정을 숨김없이 이야기했다. 신도들은 날카롭게 질문을 던졌다. 주로 여신도들이었다.

"목사님은 깨끗합니까?"

"깨끗하다고 생각하고 있습니다."

"육체적으로도 깨끗합니까?"

"네, 깨끗합니다."

의사가 처음 왕진했을 때 그 여자의 옷이 모두 벗겨져 있었다고 했는데 사실입니까?"

"네, 사실입니다."

"왜 벗겨져 있었지요?"

"제가 벗겼습니다. 옷뿐만 아니라 온몸이 흙탕물에 젖어 있었기 때문에 벗기지 않을 수 없었습니다."

"그때까지 여자는 정신이 없었나요?"

"네, 정신을 잃고 있었습니다."

"몸도 씻어 주었겠군요?"

"네, 너무 더러웠기 때문에……"

물을 끼얹은 듯 실내는 갑자기 조용해지는가 싶더니 이내 와글거리기 시작했다."

"여자의 몸에 손을 대고도 아무렇지 않았나요?"

"네, 아무렇지도 않았습니다."

"마음으로 간음하지 않았나요?"

"간음하지 않았습니다."

"왜 그 여자를 병원에 입원시키지 않고 집안에 두시는 거죠?"

"그 여자는 우리 교회에, 내 집에 들어온 사람입니다. 주님이 제게 보내신 겁니다. 그런 사람을 어떻게 내보낼 수 있습니까? 저는 그 여자를 정성껏 간호하는 것이 제 의무라고 생각했습니다. 의사가 매일 왕진오기 때문에 병원에 입원해 있는 것이나 다름없습니다. 주님 덕분에 그 여자는 많이 회복되었습니다. 만일 우리가 그 여자를 버렸다면 그 여자는 살아나지 못했을 것입니다."

목사는 여옥을 간호하느라고 수척해진 얼굴을 쳐들고 조용히 신도들을 바라보았다. 목사의 해명은 신도들을 압도하는 듯했다. 조용하면서도 거침없이 솔직담백하게 대답하는 바람에 묻는 쪽이 오히려 말문이 막히는 듯했다. 그것을 만회하기라도 하려는 듯 다시 날카로운 질문이 던져졌다.

"목사님, 아무리 주님의 뜻이라 하지만 애정 없이 정성어린 간호가 있을 수 있을까요?"

목사의 선명한 눈빛에 일순 당혹감이 스쳐갔다. 그는 손수건을 꺼내 이마에 번진 땀을 닦았다. 그리고 결심한 듯 말했다.

"네, 솔직히 말해 저는 애정을 가지고 그 여자를 간호했습니다. 애정이 없다면 그렇게 간호하지 못했을지도 모릅니다."

경악의 빛이 신도들의 얼굴에 나타났다. 너무도 솔직한 대답에 그들은 차라리 넋이 빠진 모습들이었다.

"목사님께서는 그것이 옳다고 보시는가요? 깨끗하셔야 할 목사님께서 생판 모르는 여자에게 애정을 느끼시다니, 그것을 간음이라 생각지 않으신가요?"

"그렇지 않습니다. 애정과 간음을 동일하게 보아서는 안 됩니다. 간음이란 애정이 없이도 행할 수 있지만 반면 애정은 그 자체로서 추하지 않고 아름다운 것이라고 생각합니다."

목사의 말은 떳떳했다. 그의 말은 논리정연했고 거기에는 조금도 잘못이 없었다. 그러나 그의 말이 옳다고 해서 물러날 여자들이 아니었다. 그녀들은 질투에 몸을 떨었고 약이 올라 씩씩거렸다. 논리 같은 것이 통할 리 없었다. 그런 것은 가당치도 않은 것이었다. 그녀들은 목사가 부끄러워하고 그런 나머지 참회하고 여자를 쫓아보내겠다고 약속할 줄 알았다. 그런데 그러기는커녕 너무도 뻔뻔스럽게 나오지 않는가!

신도들은 따로 회의를 가졌다. 주로 처녀들이 주동이었는데 청년들까지도 덩달아 거기에 참석해서 부채질을 가했다. 회의 결과 생떼나 다름없는 결론이 나왔다.

"목사는 추호도 뉘우침없이 자기 변명만 늘어 놓고 있다. 목사는 사죄하고 회개하라. 우리는 목사를 타락시키고 있는 그 정체불명의 여인을 사탄으로 생각한다. 목사는 신성한 교회에서 사탄을 물리쳐라. 내일까지 사탄을 물리치지 않으면 우리가 사탄을 쫓아낼 것이다."

이와 같은 내용을 통고받은 목사는 매우 괴로웠다. 그러나 그는 정직하고 용기있는 사람이었다. 그는 비록 어떤 난관이 닥치더라도 그릇된 판단에 무릎을 꿇을 수는 없다고 생각했다. 교회를 떠나더라도 하는 수 없는 일이라고 그는 생각했다.

목사와 신도들 간에 이렇게 팽팽한 대결이 계속되고 있을 때, 여옥은 나름대로 괴로워하고 있었다. 영리한 그녀가 교회에서 일어나고 있는 일을 눈치채지 못했을 리 없었다. 겨우 일어나 걸을 수 있게 된 그녀는 교회 마당에 나왔다가 열린 창문을 통해 교회 안에서 벌어지고 있는 광경을 목격하게 된 것이다.

그것은 놀라운 일이었다. 자기 때문에 젊은 목사가 곤경에 처해 있는 것을 보자 그녀는 몸둘 바를 몰랐다. 겨우 한두 걸음을 옮길 수 있을 뿐 아직은 돌아다닐 수 있는 처지가 못 되었다. 그렇지만 한시바삐 교회를 떠나는 것이 목사의 입장을 살리는 것 같았다.

또 하나, 그녀를 괴롭히는 것이 있었다. 그것은 목사의 뜨거운 눈길이었다. 목사의 눈길 속에는 인고의 빛이 역력히 나타나 있었다. 그러나 그 뒤에서 빛나고 있는 그 열정을 감출 수는 없었다. 그의 손길과 말에는 애정이 있었고 소리 없는 호소가 있었다.

여옥은 그것을 받아들일 수가 없었다. 더 이상 자기 때문에 목사가 괴로워하는 것을 두고 볼 수가 없었다. 결국 이래저래 자기를 구해준 은인을 떠나는 수밖에 다른 도리가 없었다.

이튿날 홍목사가 외출한 틈을 타서 여옥은 짐을 꾸렸다. 짐이라야 트렁크 하나뿐이었다. 어디로 가야겠다고 마음먹은 것도 아니었다. 다만 교회를 빨리 나가야 한다는 생각에서 그런 것이었다. 몸이 완쾌되지 않아 언제까지 버티어낼지 알 수 없었지만 그런 것을 따지고 있을 계제가 못 되었다.

마지막으로 그녀는 홍목사 앞으로 편지 한 통을 써놓았다.

목사님께

이 버림받은 몸을 거두어 주신 목사님의 하늘 같은 은혜는 죽는 날까지 잊지 못하겠습니다. 저로 인해 난처한 입장에 놓이시게 된데 대해 이루 말할 수 없이 송구스러울 따름입니다. 못 뵈옵고 떠나는 이 비천한 것의 무례함을 용서해 주십시오. 주님의 은총이 가득하시기를 빌겠습니다.

편지를 접어 문갑 위에 올려놓는데 뜨거운 눈물이 후두둑 떨어진다.

가방을 들고 목사 사택을 나온 그녀는 교회당 안으로 들어갔다. 떠나기 전에 기도를 올리고 싶었던 것이다. 아직 아침나절이어서 그런지 교회당 안은 텅 비어 있었다.

그녀는 가방을 옆에 놓고 십자가 앞에 무릎을 꿇었다. 기도를 하는 그녀의 모습은 어느 때보다도 진지하고 절실해 보였다. 그럴 수밖에 없는 것이 그녀는 이번에 신의 은총을 확인한 것이다. 만일 교회를 찾지 않았다면 지금쯤은 시체가 되어 땅속에서 썩고 있을 것이다. 그러나 그녀는 주의 부름을 받아 이곳까지 인도되었고, 그리하여 목숨을 건지게 된 것이다.

이러한 믿음은 아주 확고부동한 것이어서 기도를 하는 동안 그녀는 감격에 겨워 내내 흐느끼고 있었다. 그러나 그녀의 감격은 오래갈 수 없었다. 그녀에게 은총을 내려준 주님은 다시 한 번 그녀에게 시련을 안겨준 것이다.

위험은 시시각각 다가오고 있었다. 그런 줄도 모르고 그녀는 기도에 열중하고 있었다.

교회가 있는 언덕 아래 저 멀리 한길 위에 한 무리의 사람들이 나타난 것은 그녀가 기도를 시작한 지 얼마 후였다.

장마가 걷힌 뒤라 햇빛이 유난히 눈부시게 빛나고 있었다. 햇빛을 등에 지고 다가오는 사람들의 모습은 처음에는 그늘진 한 개의 덩어리 같았으나, 거리가 가까워지면서부터는 차츰 그 모습들이 하나하나 뚜렷이 드러나고 있었다.

맨 앞에 오고 있는 사람은 순경이었다. 그는 자전거 위에 올라앉아 있었는데 가능한 한 속도를 늦추려고 애를 쓰고 있었다. 그 주위를 여자들이 에워싸듯이 하고 따라오고 있었다.

그녀들은 끊임없이 이야기하고 있었고, 순경은 열심히 그 이야기를 경청하고 있었다. 여자들은 모두 젊었고, 하나 같이 기세등등한 모습들이었다. 그 순경과 여자들이 함께 동행하게 된 것은 하나의 우연이 그렇게 만들어 준 것이었다. 여자들은 그들의 요구대로 목사가 그 정체불명의 여자, 즉 사탄을 쫓아내고 있는지 어떤지를 알아 보기 위해 교회로 몰려가던 판이었다. 도중에 그들은 실력행사를 놓고 의견이 엇갈려 멈춰서 언쟁을 벌였는데 그곳이 하필 파출소 옆이었다. 마침 창가에 기대앉아 하품만하고 있던 순경의 귀에 여자들의 말소리가 흘러 들어갔다. 그는 열린 창문을 통해 벌떼같이 앵앵거리는 그녀들의 말을 흥미 있게 듣고 있다가 그 내용이 심상치 않다는 것을 깨달았다. 그래서 천천히 일어나 창밖으로 고개를 내밀고 그녀들에게 들어와 보라고 말했다.

웃으면서 부드럽게 한 말이었지만 순경을 무서워하는 그 여자들에게는 그것이 거역할 수 없는 명령으로 받아들여졌다. 멈칫멈칫 파출소 안으로 들어간 그녀들은 주눅이 들어 입이 얼어붙었다. 순경이 마음 푹 놓고 자세히 말해 보라고 했지만 그녀들 중 누구도 선뜻 말을 꺼내려 들지를 않았다.

그녀들은 자신들이 안고 있는 문제가 교회 밖으로 확대되어 경찰에까지 알려지고 그래서 경찰이 간섭하리라고는 꿈에도 생각지 못했기 때문에 몹시 놀라고 두려워했다. 그러나 언제까지고 입들을 다물고 있을 수만도 없는 노릇이었다. 아무 일 아니라고 했지만 순경은 믿지 않았다. 비실비실 웃으면서 하는 말이 아무 일 아니면 왜 말을 못하느냐는 것이었다. 그러면서 그녀들을 놓아 주려고 하지를 않았다.

하는 수 없이 한 여자가 나서서 마침내 입을 열었다. 일단 말을 꺼내자 그때까지 침묵을 지키고 있던 여자들이 하나 둘씩 가세하고, 나중에는 경쟁이나 하듯 다투어 쏟아놓기 시작했다.

이야기를 듣고 난 순경은 어느새 심각한 표정을 짓고 있었다. 그는 벽에 붙여놓은 수배전단을 가리키면서 그 여자가 혹시 저 여자와 비슷하지 않느냐고 물었다. 여자들은 대답할 수가 없었다. 그럴 수밖에 없는 것이 아무도 목사 사택에 누워 있는 그 여자의 얼굴을 똑똑히 본 적이 없었기 때문이다.

"함께 가봅시다."

순경은 수배전단을 호주머니에 구겨넣고 앞장섰다. 하나의 우연이 사건을 그렇게 엉뚱한 방향으로 발전시킨 것이었다.

그 순경은 마흔이 넘은 우직하다고 할 정도로 업무에 충실한 사람이었다. 일제시대에도 순경이었던 그는 자신의 직업을 천직으로 알고 있었고, 파출소 소장이 되는 것이 꿈이었다.

그녀들이 비탈길 아래에 이르렀을 때 한 여자가 가방을 들고 교회 밖으로 나오는 것이 보였다.

"어머 저 여자예요!"

누군가가 작은 소리로 부르짖자 그들은 약속이나 한 듯 멈칫 서 버렸다. 여옥도 그녀들을 보았다. 그러나 햇빛에 눈이 부셔서 잘 알아볼 수가 없었다. 빛에 눈이 익은 뒤에야 그녀는 거기에 순경이 서 있다는 것을 알았다.

순경이 비탈길을 올라오기 시작했다. 여자들은 그대로 그곳에 서 있었다.

여옥은 얼어붙은 표정으로 멍하니 서 있다가 아래로 걸음을 옮겼다. 이미 눈앞은 뿌옇게 흐려져 아무 것도 보이지 않았다.

귀에서는 윙윙거리는 소리가 들려오고 있었다. 피가 역류하는 것 같았다. 어지러워 쓰러질 것 같았다. 다리가 후들후들 떨려왔다. 아무 생각도 할 수 없었다. 나를 잡으러 온 순경이 아닐 거야. 침착하게 걸어가야 한다. 지레 겁을 먹을 필요는 없어.

그녀는 정신을 차려 순경을 바라보았다. 순경이 토끼눈을 하고 이쪽을 바라보고 있었다. 거리는 불과 수 미터로 가까워져 있었다. 그녀는 소름이 쭉 끼쳤다. 몸을 바르르 떨면서 시선을 피했다. 도망칠 수 없을까. 순간적으로 떠오른 생각이었지만, 그것은 불가능한 일이었다. 상대는 남자인데다 그녀는 아직 병중이라 뛰는 것은 고사하고 걷는 것도 불편했다. 아무리 태연해 보려고 했지만 헛수고였다. 가슴은 두근거리다 못해 쿵쿵 뛰고 있었고 등으로는 식은땀이 흐르고 있었다.

마침내 순경의 그림자가 바로 눈앞에까지 다가왔다.

"아, 제발!"

여옥은 상대를 외면한 채 지나쳤다. 그때 순경이 멈춰서면서

"아, 잠깐!"

하고 그녀를 불러 세웠다.

순경을 바라보는 그녀의 얼굴 위로 눈에 뜨일 정도의 경련이 스쳐갔다. 순경은 아래위로 그녀를 찬찬히 바라보다가 아무래도 미심쩍었는지 주머니에서 수배전단을 꺼내들고 거기에 찍힌 사진과 그녀의 얼굴을 대조해 보았다. 비슷한 것 같기도 하

고 그렇지 않은 것 같기도 했다. 그럴 수밖에 없는 것이 전단에 나타난 사진은 오래 전에 찍은 것인데다 그녀는 불과 며칠 사이에 몰라볼 정도로 수척해져 있었던 것이다. 더구나 인쇄발이 좋지 않아 전단에 나타난 사진은 흐릿했다.

"신분증 좀 봅시다"

순경은 불쑥 손을 내밀었다. 여옥은 숨이 컥 막혔다. 떨리는 목소리로 겨우

"어, 없는데요"

하고 말하자 순경의 눈이 치켜 올라갔다.

"없다니, 신분증도 없단 말이오?"

"지, 집에 두고 왔어요"

"뭐라구? 집이 어디요?"

"서울이에요"

"서울이라……여긴 뭐하러 왔소?"

"친척을 만나러 왔다가……"

순경은 이미 그녀의 대답을 귀담아 듣지 않고 있었다. 그가 핏기 하나 없이 새파랗게 질려 있는 여인을 아무래도 수상쩍다고 생각한 것은 너무도 당연했다. 뒤에 켕기는 것이 없으면 그렇게 떨고 있을 리가 만무했기 때문이다. 수배진단에 나타난 사진과 동일인물이 아니더라도 일단 연행해서 조사할 필요가 있다고 그는 생각했다.

"서까지 좀 갑시다."

그녀는 움직일 수가 없었다. 드디어 체포되었다는 생각이 그

녀를 몰아치고 있었다.

"조사할 게 있으니까 갑시다! 잠깐이면 돼요!"

순경의 손이 팔꿈치를 붙잡자 그녀는 뒤로 물러섰다.

"왜……무슨 일로 그러세요?"

"글쎄, 가보면 알아요. 자, 가요!"

버티어 본들 쓸데없는 일이었다. 그녀는 무너질 듯 비탈길을 내려가기 시작했다. 한 걸음 한 걸음이 마치 천근처럼 무거웠다. 뒷모습이 꼭 도살장에 끌려가는 소 같았다.

비탈길 아래에 서 있던 여자들이 양켠으로 비켜섰다. 여옥은 얼굴을 숙인 채 그들 사이를 걸어갔다.

여자들은 여옥이 그들 사이를 통과하자 기다렸다는 듯이 뒤따르기 시작했다. 순경은 여옥을 앞세운 채 뒤에서 자전거를 끌고 갔는데 여자들에 둘러싸여 가는 것이 즐거운지 시종 싱글벙글 했다.

"저 여자, 무슨 죄를 지었지요?"

"아직 몰라요."

여자들은 닥치는 대로 물어왔고, 그때마다 순경은 웃으며 대답했다.

"생기기는 참 착하게 생겼어."

"겉만 보고 어떻게 알아. 저런 사람이 더 호박씨 깐다구."

"목사님이 와보시면 기절초풍하겠다."

그녀들은 와르르 웃어댔다. 여옥은 고개를 숙인 채 걸어갔다. 뒤에서 끊임없이 말소리가 들려왔지만 그녀는 한마디도 귀담아 듣지 않았다.

이윽고 파출소 안으로 들어간 그녀는 순경이 시키는 대로 긴 나무의자 위에 두 손을 모으고 얌전히 앉았다.

여자들은 바깥쪽 창가에 붙어 서서 안을 들여다보고 있었고, 다른 순경 두 명도 그녀에게 호기심을 보이고 있었다. 여옥을 연행해 온 순경이 가방 속을 뒤지는 동안 다른 순경들은 그녀에게 이것저것 생각나는 대로 질문을 던졌다.

가방 속에서 별다른 것을 발견하지 못한 순경은 본서로 전화를 걸었다.

"……신원미상의 젊은 여자가 있어서 데려다 놨습니다……비슷한 것 같기도 하고 그렇지 않은 것 같기도 한데……하여튼……예예, 알았습니다. 11시 반까지 가겠습니다……아이고 무슨 말씀을요……모든 게 다……하하하하……예예, 이따가 뵙겠습니다."

순경은 전화통에다 대고 머리를 굽신거린 다음 수화기를 철컥 걸었다. 그리고 여옥의 앞에 다가와 떡 버티고 섰다.

"이름이 뭐라고 했지?"

"정봉화예요."

여옥은 숨을 죽이고 대답했다.

"아, 그렇지. 정봉화씨, 수고스럽지만 나하고 본서까지 같이 가야겠어. 본서에서 데리고 오라니까 말이야. 자, 일어서요"

여옥은 시키는 대로 순순히 따랐다. 버티어 본들 소용없는 일이란 것을 잘 알았기 때문이다.

사형대의 아침 · 81

그녀가 밖으로 나가려고 했을 때, 홍목사가 뛰어들어왔다.

그는 상기된 얼굴로 여옥과 순경들을 바라보다가

"이 여자가 무슨 죄가 있어서 데려가는 겁니까?"

하고 물었다.

"목사님 댁에 신원미상의 여자가 있다고 하기에 신원을 확인하기 위해 데리고 온 겁니다. 오해는 하지 마십시오"

여옥을 데리고 온 순경이 웃으며 말했지만 목사의 흥분은 쉽게 가라앉지 않았다.

"신원을 확인하는데 사람을 꼭 이렇게 끌고 다녀야 합니까? 이 여자는 지금 병중입니다."

"그래서 자전거에 태우고 가려고 합니다."

"어디로 간다는 겁니까?"

"본서에 갑니다."

"저를 믿고 이 여자를 놔주십시오. 제가 보증을 서겠습니다."

"그건 안 됩니다. 본서에서 데리고 오라고 지시가 내려왔습니다."

"세상에 이럴 수가……"

"이상이 없으면 곧 돌려보내겠습니다"

순경은 여옥을 데리고 나가 자전거 앞에 걸터앉게 하고 뒷자리에는 가방을 실었다.

"염려하지 말아요. 나도 함께 갈 테니까."

목사가 곁에 다가와서 속삭이는 것을 여옥은 안타까운 눈으로 바라보기만 할 뿐 아무 말도 할 수가 없었다. 그때까지도 여자들은 가지 않고 기다리고 있었다. 목사의 움직임에 질투의 눈길을 보내면서 신경을 곤두세우고 있었다.

홍목사는 사나운 눈초리로 여자들을 한번 노려보고 난 뒤로는 그들을 거들떠보지도 않았다. 그들 곁을 지날 때도 눈길 한번 주지 않았다. 철저히 무시당한 여자들의 표정이 잔뜩 일그러졌다. 그녀들은 버림받은 모습으로 멀어져 가는 목사의 뒷모습을 바라보기만 했다.

목사는 자전거를 타고 떠나는 여옥을 뒤따르고 있었다. 여옥은 뒤에 순경이 가로막고 있어서 뒤쪽을 잘 볼 수가 없었다. 겨우 고개를 빼서 뒤를 돌아보니 홍목사가 손을 높이 쳐들어 보였다. 여옥은 눈물이 왈칵 쏟아졌다.

"목사님, 고마웠어요……"

목사를 향해 외쳤지만 목이 잠겨 아무 소리도 나오지 않았다.

순경이 페달을 힘주어 밟자 자전거는 속력을 내어 달리기 시작했다. 대 위에 올라앉은 여옥은 엉덩이가 아팠지만 지금 그런 것을 따질 마음의 여유가 없었다.

순경은 기분이 좋은지 콧노래를 불렀다. 그러다가 앞에 앉은 여자의 머리칼이 바람에 나부끼면서 코끝을 간지럽히자

"흠흠……아, 냄새 좋은데……"

하고 말했다.

"이 봐, 처녀. 내 하나 묻겠는데……목사하고 아무런 일 없었어?"

여옥은 자전거에서 뛰어내려 도망치고 싶었다.

"무슨 일 있었지? 아무리 목사지만 예쁜 처녀를 보고 가만있을 수 있나."

누가 보기에도 여옥은 아기를 둘이나 낳은 부인 같지가 않았다. 나이보다는 어리고 아름다워 보였다.

"그놈 나쁜 놈인데. 목사란 놈이 처녀를 데려다가 그런 짓을 하다니. 몇 번이나 그런 짓을 했지?"

"그런 일 없었어요. 그분은 훌륭한 목사예요."

여옥이 딱 잘라 말하자 순경은 찔끔해서 계면쩍게 웃었다.

"그건 그거고……아가씨 정말 죄진 거 없어?"

"없어요. 내려 주세요."

여옥은 정신이 번쩍 들어, 지푸라기라도 붙잡고 싶은 심정으로 말했다. 지금 도망치지 못하면 빠져나가기 힘들다고 생각했기 때문이다.

"절 왜 데려가는 거예요? 빨리 내려 주세요. 가겠어요. 부탁이에요."

"어, 가만있어. 이러다가는 넘어지겠어. 조사 끝나고 나면 보내 줄텐데 왜 이래?"

"요구하시는 대로 다 들어드리겠어요. 제발 부탁이에요. 경찰서에 가는 건 싫어요."

"죄를 지었기 때문이겠지."

"아니에요!"

여옥은 필사적으로 매달렸다. 자전거의 속도가 차츰 느려지고 있었다. 순경의 마음이 흔들리고 있는 것 같았다. 여옥은 더욱 바싹 매달렸다.

"요구하시는 대로 다 들어드릴께요."

마침내 자전거가 멈춰 섰다. 순경의 콧김이 거칠어지고 있었다. 그는 얼굴을 바싹 들이대고 은근히 물었다.

"다 들어준다 이거지?"

"네, 정말이에요."

여옥은 자전거에서 내려섰다. 그리고 고혹적인 웃음을 흘리며 순경을 바라보았다. 순경의 눈이 잠시 번득이며 여옥의 몸을 훑었다.

"가요. 아무 데로나……"

여옥은 손을 뻗어 순경의 투박스러운 손을 잡아끌었다.

"이러지 마. 안 돼."

그렇게 말하는 순경은 이미 욕망을 가누지 못해 그녀가 이끄는 대로 자전거에서 내려서고 있었다. 그들은 이미 시내 입구에 도달해 있었다. 처마 밑으로 여인숙 간판이 하나 눈에 들어왔고, 순경은 그쪽으로 자전거를 몰아가려고 했다.

그러나 그는 갑자기 생각을 달리했다. 자전거를 시내 쪽으로 돌리면서 엄하게 말했다.

"이리 와."

여옥은 그 눈에서 꺾을 수 없는 의지를 발견하고는 갑자기 몸을 홱 돌려 골목 쪽으로 뛰기 시작했다.

"아니, 저것이! 이리 오지 못해?"

순경은 어이없다는 듯 도망치는 그녀를 멀거니 바라보다가

방망이를 뽑아들고 뒤쫓아 뛰어갔다.

막판에 몰리자 그렇게 어리석은 짓을 저지른 것 같았다. 그녀는 순경에게 뒷덜미를 붙잡히고 나서야 자신이 어리석었다는 것을 깨달았다. 어깨를 방망이로 한대 얻어맞고 그녀는 비틀거렸다.

"사람을 뭘로 알아? 요것이 아주 못돼 먹었어!"

순경이 수갑을 꺼내 흔들자 그녀는 애걸했다.

"그것만은 제발! 가겠어요!"

"그럼 자전거에 타!"

여옥은 눈물을 쏟으며 다시 자전거에 올라탔다.

얼마 후 그들은 경찰서에 도착했다. 순경은 그녀를 앞세우고 수사과로 들어서더니 떠벌리기 시작했다

"하, 요것이 몸으로 나를 낚으려고 하지 않겠습니까? 듣지 않으니까 도망치더라구요. 데려오느라고 애먹었습니다."

"그래?"

점퍼 차림의 뚱뚱한 형사가 다가오더니 손으로 여옥의 턱을 치켜올렸다. 여옥은 눈물 젖은 눈으로 상대의 가슴팍을 바라보았다. 형사는 수배전단과 그녀의 얼굴을 번갈아보고 나서 고개를 갸우뚱했다.

"방첩대에 전화해서 와보라고 해. 이것 가지고는 모르겠어."

여옥은 구석에 놓여 있는 나무의자 위에 오그리고 앉았다. 고개를 떨어뜨린 채 그녀는 마룻바닥을 내려다보았다. 체념하자. 살려고 바둥거려 보았자 더 추해질 뿐이다. 조용히 죽음을 맞이

해야 한다. 그렇게 생각하자 마음이 좀 가라앉는 것 같았다.

반 시간쯤 지나자 문이 열리고 구둣발 소리가 소란스럽게 몰려 들어왔다.

"고개 들어 봐."

그녀의 얼굴이 쳐들려졌다. 그녀는 떨면서 낯선 사내를 바라보았다.

"윤여옥! 일어서!"

뒤통수를 한대 거세게 얻어맞은 것 같은 충격을 느끼면서 그녀는 비틀비틀 일어섰다.

"이 여자가 그 여잡니까?"

"네, 바로 그 여잡니다!"

여기저기서 놀라는 소리가 들려왔다.

여옥은 먼 여행에서 돌아온 기분이었다. 아무 것도 보이지 않았고 아무 생각도 나지 않았다. 단지 너무 피곤해서 쉬고 싶다는 생각뿐이었다. 손에 수갑이 채워지고 밖으로 나가 지프에 실릴 때까지도 그녀는 무감각 상태에 빠져 있었다.

뒤에서 철문이 쾅하고 닫히는 소리가 들려왔다. 여옥은 그 소리가 사라진 뒤에도 눈을 감고 있었다. 블라우스 위로 불룩한 젖가슴이 격렬하게 뛰고 있었다. 흰 블라우스는 땀에 젖어 몸에 착 달라붙어 있었다.

한참 후 그녀는 벽에 기대선 채 눈을 떴다. 조그만 통풍구를 통해 한 줄기 햇빛이 비스듬히 들어오고 있었다. 햇빛 속에서 먼지가 소용돌이치고 있는 것이 보였다.

햇빛이 통과하고 있는 부분에 거미집이 하나 걸려 있었다. 거미는 보이지 않았다. 아마 어둠 속에 숨어 있을 것이다. 이런 곳에서도 집을 짓고 살아가는 생물이 있다. 그는 이 지하실을 우주라고 생각하면서 만족하고 있겠지. 나도 이제부터 거미가 되어야 한다. 어둠 속에 숨어서 이곳을 우주로 생각하고 만족하며 지내야 한다. 언제까지 살아 있을지는 모르지만.

그녀는 정말 자신을 거미라고 생각하면서 어둠 속으로 몸을 숨겼다. 그리고 날카로운 눈으로 햇빛을 바라보았다. 그곳은 지하실이라 대낮인데도 어두웠다. 한 줄기 햇빛이라도 없었다면 몹시 어두웠을 것이다.

"나는 거미야."

그녀는 중얼거렸다. 벽을 타고 밖으로 기어갈 수 있지만 나가는 것을 포기하겠다고 생각했다. 그렇게 생각하자 웃음이 나왔다. 아마 아무도 모를 거야. 내가 벽을 타고 빠져나갈 수 있다는 것을. 그녀는 슬그머니 웃었다. 착란상태에 빠진 여자들이 웃는 그런 웃음이었다. 그녀는 쭈그리고 앉았다. 어둠 속에서 두 눈만이 반짝거리고 있었다. 그녀는 끝없는 공상의 세계를 헤쳐나갔다.

해가 지면 여기를 나가야지. 집에 가서 감쪽같이 아이들을 만나고 돌아오면 아무도 모를 거야. 히히히. 아이들에게 장난감하고 과자를 많이 사다 줘야지. 아주 좋아할 거야. 그 다음에 하림씨를 만나러 가야지. 아니야. 그분을 만나서는 안 돼. 창문으로 그분의 자는 모습만 보고 와야지.

누가 어깨를 치는 바람에 그녀는 눈을 떴다. 실내에 불이 들어와 있었고 몇 사람이 그녀를 내려다보고 있었다. 그녀는 어깨를 움츠리면서 몸을 떨었다.

"일어나."

명령이었다. 그러나 그녀는 아무리 해도 무릎을 펼 수가 없었다. 몸은 불덩이처럼 뜨거워져 있었고, 입에서는 자꾸만 기침이 나왔다.

"일어나라니까!"

구두 소리가 시멘트 바닥을 울렸다. 여옥은 벽을 등으로 밀면서 간신히 몸을 일으켰다. 불빛에 드러난 실내는 꽤 넓었다. 천장에 매달린 전깃불은 겨우 상대의 얼굴을 분간할 수 있을 정도로 약했다.

그녀는 한 사나이의 부축을 받으며 실내 중앙에 놓여 있는 의자 위에 앉았다. 조금 떨어진 앞에 낡은 책상이 하나 놓여 있었고, 그 저쪽에 한 사람이 앉아 있었다.

"수갑 풀어 줘."

그녀는 그제서야 자신의 손목에 수갑이 채워져 있는 것을 알았다. 수갑이 벗겨지자 두 손이 무겁게 느껴졌다.

"지금 기분이 어때요?"

담배연기 사이로 침착한 목소리가 들려왔다.

"빨리……죽여 주세요."

그것은 그녀가 할 수 있는 모든 말이었다. 사나이들의 침묵이 가슴을 압박해 들어왔다. 그녀는 숨을 쉴 수가 없었다. 그래서 허덕거리며 두 주먹을 움켜쥐고 있었다.

"어디 아픈가요?"

상대는 정중했다. 비록 스파이 짓을 자행했다고는 하지만 그녀에 대해서 예의를 지키는 것을 잊지 않고 있었다. 그녀가 대답하지 않자 누군가가 그녀의 이마에 손을 짚어 보았다. 그리고 고개를 흔들며 말했다.

"열이 꽤 높은데요"

"안되겠군. 의사에게 일단 보인 다음 입원시키던가 해."

"아니에요!"

그녀가 돌연 말했다. 그들은 나가려다 말고 일제히 그녀를 바라보았다.

"전 그런 대우받고 싶지 않아요! 제발 저를 빨리 죽여 주세요! 부탁이에요! 저한테 사람 대접하려고 하지 마세요!"

"모든 건 법대로 처리될 거요. 너무 그렇게 성급하게 생각하지 말아요."

"아니에요! 결과는 뻔한 거 아니에요? 저는 스파이에요! 엄청 난 비밀을 훔쳐낸 스파이에요!"

부르짖는 그녀의 모습은 광기 같은 것에 휩싸여 있는 듯했다. 사나이가 다가왔다. 기관의 책임자였다. 그는 여옥의 어깨 위에 손을 올려놓았다. 따뜻한 손길이었다.

"진정해요. 좀 쉬도록 해요. 우리도 기분이 좋은 건 아니오. 이것을 비극으로 보는 건 우리 모두의 똑같은 생각일 거요. 그렇지만 현실을 외면할 수는 없는 거요. 이 비극을 극복해야 하는 것이 우리들의 임무이자 사명이오. 당신을 체포하기는 했지만……우리는 누구보다도 가슴이 아파요. 당신한테 어린 두 아들이 있다는 것도 우리는 다 알고 있어요. 처벌이 능사는 아니겠지요. 가능한 한 당신을 구제하는 방향으로 노력할 테니 너무 그렇게 자청해서 죽음을 기다리지는 말아요."

여옥의 몸이 흔들렸다. 그 바람에 의자가 부서질 듯 삐걱거렸다. 그녀는 두 손으로 사나이의 손을 잡았다. 그리고 눈물로 뒤범벅된 얼굴을 거기에 비벼댔다.

사나이들은 침울한 기분에 싸인 채 그녀의 흐느끼는 모습을 바라보고 있었다. 땀에 젖은 가냘픈 어깨가 격하게 떨고 있는 모습은 너무도 가여워 보였다. 그것은 바위같이 단단한 사나이들의 가슴을 적셔 주기에 충분한 것이었다.

여옥의 몸이 의자 밑으로 무너져 내렸다. 그녀는 두 손으로 사나이의 다리를 끌어안고 있었다.

"부탁이에요! 죽기 전에 아이들을 한번만 볼 수 있게 해 주세요! 한번만……한번만 볼 수 있게 해 주세요! 아이들이 보고 싶어요! 아이들이……"

그녀의 두 손이 밑으로 스르르 떨어졌다. 그와 함께 그녀는 옆으로 몸을 눕혔다. 실신한 것이다.

"빨리 병원으로!"

건장한 사나이가 쓰러진 그녀를 가볍게 안아 올렸다. 구두 한 짝이 그녀의 발끝에서 대롱거리다가 밑으로 떨어졌다. 뒤따르던 사나이가 그것을 집어들었다.

그해 여름은 유난히 비가 많이 내렸다. 그날도 비가 내리고 있었다. 병실은 기침 소리 하나 없이 무거운 정적 속에 잠겨 있었다.

여옥은 이틀째 혼수상태에 빠져 있었다. 때때로 가느다란 신음 소리가 흘러나오고 있어 그녀가 아직 살아 있다는 것을 말해 주고 있을 뿐이었다.

그는 아까부터 창가에 서서 밖을 내다보고 있었다. 미동도 하지 않고 서 있는 모습이 마치 동상 같았다. 얼굴의 이쪽은 그늘이 져 있어서 명암이 뚜렷이 교차되고 있었다.

밖에는 비바람이 치고 있었다. 빗물이 창문에 부딪쳐 줄줄 흘러내리고 있는 사이로 그는 나뭇잎이 비바람에 떨고 있는 것을 묵묵히 바라보고 있었다.

초라한 모습이었다. 턱에는 면도를 하지 않아 수염이 길게 자라 있었다. 검정바지에 구겨진 와이셔츠만 걸치고 있었다. 외모에 신경을 쓰지 않은 모습이었다.

여옥은 몸을 뒤틀다가 눈을 떴다. 시야가 뿌우옇게 흐려 있었다. 천장이 희미하게 보였다. 손을 움직이자 부드러운 촉감이 느껴졌다. 상체를 일으키려고 해 보았지만 마음대로 되지가 않는다.

왜 이렇게 눈앞이 흐릴까. 여기가 어딜까. 나는 아직 죽지 않았나 보지. 그녀는 오한을 느끼면서 몸을 바르르 떨었다.

뿌우연 시야 속으로 사람의 형체가 하나 들어왔다. 윤곽이 흐릿해서 잘 알아볼 수가 없었다. 누굴까. 실루엣은 꼼짝도 하지 않고 창가에 붙어서 있었다. 그녀는 눈을 감았다가 다시 떠 보았다. 윤곽이 조금 뚜렷이 드러나고 있었다. 옷 색깔이 구별되었고 남자임을 알아볼 수가 있었다.

그녀는 숨을 몰아쉬고 몸을 뒤챘다. 침대가 삐걱거렸다. 그 소리에 남자가 움직였다. 이쪽을 돌아보는 것 같았다.

가까이 다가오는 모습을 바라보다 말고 그녀는 눈을 질끈 감아 버렸다. 그분이다! 그분이 왜 오셨을까? 아, 오시면 안 돼요! 제발 나가 주세요! 그녀는 바들바들 떨었다. 그가 무서워 보였다.

그가 침대 곁에 멈춰서는 것이 느껴졌다. 여옥은 죽은 듯이 눈을 감고 있었지만 거칠어지는 호흡을 멈출 수는 없었다. 가슴은 걷잡을 수 없이 쿵쿵 뛰고 있었다. 저를 죽여 주세요! 당신이 저를 죽여 주신다면 기쁘게 이승을 떠나겠어요! 제발 저를 죽여 주세요!

그의 손이 조심스럽게 그녀의 머리칼을 쓰다듬기 시작했다. 그녀는 경련하다가 눈을 번쩍 떴다. 시선이 부딪친 순간 눈에 불똥이 튀는 것 같았다.

"깨어났군."

하림이 중얼거리면서 그녀의 손을 잡았다.

"정신이 들어요?"

"……"

"마음 푹 놓아요."

"……"

"내가 누군 줄 알겠소?"

"……"

"보고 싶었소."

여옥은 잡힌 손을 뽑았다. 그러나 그녀의 손은 다시 하림의 손 안에 들어가 있었다.

"나를 무서워하고 있군."

"……"

"무서워하지 말아요."

그의 부드러운 목소리가 더욱 무섭게 느껴졌다.

"식은땀을 흘리고 있군."

"……"

그녀는 공포에 젖은 눈으로 계속 그를 응시하고 있었다. 그가 무릎을 꿇었다. 그리고 그녀의 손에 입술을 댔다.

"얼마나 당신을 찾은 줄 아시오?"

손등이 뜨거웠다. 그의 눈이 벌겋게 충혈되고 있었다.

그를 다시 만나다니 기쁘기에 앞서 무서웠다. 자신의 죄가 너무도 크기 때문에 그를 보기가 무서워진 것이다. 하림은 그녀의 손을 계속 꼭 쥐고 있었다. 그의 충혈된 눈은 모든 것을 용서한다고 말하고 있었다. 그러나 여옥은 자신의 죄가 용서받을 수 없다는 것을 잘 알고 있었다. 그것은 용서받아서는 안 되는 것이었다.

비바람에 창문이 덜컹거리고 있었다. 실내는 음산했다. 하얀 벽면이 썰렁한 분위기를 이루어 놓고 있었다. 천장의 한쪽 구석으로는 빗물이 흘러내리고 있었다.

하림의 손이 그녀의 머리칼을 부드럽게 쓰다듬기 시작했다. 여옥은 도망치고 싶었다. 가슴이 터질 것 같았다. 그러나 손끝 하나 움직일 수가 없었다.

"용서해 주세요."

그녀는 눈을 감았다. 목소리에 힘이 없었다.

"용서해 주세요."

그녀는 몸을 떨었다. 자기도 모르게 하림의 손을 꽉 움켜쥐고 있었다.

"지금은 아무 생각하지 말아요."

"용서해 주세요."

그녀는 되풀이해서 그 말만 했다. 다른 아무 말도 할 수가 없었다.

"이미 용서했소. 용서했으니 걱정하지 말아요."

"고마워요……고마워요……"

창백한 입술이 떨리고 있었다. 감고 있는 두 눈 사이로 뜨거운 눈물이 솟아나오고 있었다. 하림의 눈에도 눈물이 어른거리고 있었다.

하림이 먼저 그녀를 끌어안았다. 여옥은 그의 품에 안기는 순간 이것이 그와의 마지막이구나 하고 생각했다. 그렇게 생각하자 그에 대한 사모의 정이 물밀 듯이 밀려왔다.

"저 같은 것을 잊지 않으시고……"

"잊을 수가 없지. 죽을 때까지 잊을 수 없어. 운명이야."

그는 여옥을 으스러지게 끌어안고 몸부림쳤다.

"바보같이! 왜, 왜 그런 짓을 했어?"

"하, 하는 수 없었어요."

"아무리 그렇다고……"

하림은 그녀가 병중이라는 것을 깨닫고 더 이상의 격한 말을 삼가하고 있었다.

"아이들은 잘 있으니 안심해요."

그 말에 여옥은 눈을 번쩍 떴다.

"아이들이 보고 싶소?"

"네……"

"노력해 보겠소. 더 괴로울 텐데……?"

"그래도 한번만 보고 싶어요. 죽기 전에……"

그는 고개를 저었다. 그녀의 목숨을 보장해 줄 수 없는 자신의 무력함이 몹시 괴로운 모양이다.

밖에서 노크 소리가 났다. 하림은 여옥을 누이고 일어섰다.

"밖에서 사람들이 지키고 있어요. 너무 오래 지체한 모양이오. 또 오겠소."

하림이 나가자 여옥은 침대 위에 엎드려 정신없이 울었다. 울다가 지쳐 나중에는 혼미 상태에 빠져들었다.

하림은 다음날도 왔다. 아이들을 데려오려고 했지만 마음대로 되지 않았다고 했다.

그는 매일 왔다. 면회 시간은 한 시간으로 제약되어 있었다. 그것도 그에게만 특별히 베풀어진 배려였다. 여옥은 그가 매일 와주는 것이 고통스러웠지만 하는 수가 없었다.

입원한 지 일 주일쯤 지나자 여옥은 일어나서 걸어다니게끔 되었다. 그때까지 조사는 그녀의 건강상태를 고려해서 조심스럽게 진행되고 있었다.

그러던 중 여옥은 하림이 이번 사건에 책임을 지고 Q에서 물러난 것을 알았다. 그가 아무 보직도 얻지 못한 채 대기중이라는 것을 알자, 그녀는 고개를 들 수 없었다. 그러나 하림 자신은 그런 것을 개의치 않고 있었다. 그것보다도 여옥의 앞날에 대한 걱정으로 수심에 가득 차 있었다.

여옥으로부터 그녀의 스파이 행위와 그럴 수밖에 없었던 사정을 듣고 난 그는 여옥을 죽음으로 몰아넣은 최대치에 대해 끓어오르는 분노를 느꼈다. 또한 그런 자를 남편이라고 섬기며 그가 시키는 대로 스파이 짓을 자행한 여옥의 어리석음에 기가 차고 한심스러웠다.

그러나 여옥을 저버릴 수 없는 것이 그의 마음이었다. 버림받고 죽음을 눈앞에 둔 여인을 어떻게 모른 체할 수 있겠는가. 비록 그녀가 배신 행위를 했다 해도 그의 사랑은 변할 수가 없었다. 그것이 그의 인간됨이었던 것이다.

여옥이 그를 배신하고 지금쯤 행복하게 살고 있다면 그녀를 찾지 않았을 것이다. 그렇지 않았기 때문에 그는 여옥을 찾은 것이다.

여옥을 막상 대하니 그는 가련하고 불쌍한 생각에 괴로움만 더해 갔다. 시간이 흐를수록 그는 그녀를 더 두고 볼 수가 없었다. 어떻게 하든 그녀를 살리고 싶었다. 그러나 그것은 생각일 뿐 행동으로 옮길 수가 없었다. 그 자신 고의는 아니라 해도 여옥의 스파이 행위를 방조한 죄과를 면할 수 없게 된 마당에 그녀를 살리겠다고 뛰어다닐 수는 없었다. 뛰어다닌다 해도 그의 말을 들어 줄 사람은 아무도 없었다. 사정을 봐주기에는 여옥의 죄과가 너무도 어마어마했던 것이다.

하림의 입장에서는 그 자신이 군재에 회부되지 않고 직위해제된 것만도 큰 다행이라고 할 수 있었다. 다른 사람 같았으면 틀림없이 구속되어 군법회의에 회부되었을 것이고, 엄하게 처벌받았을 것이다. 그러나 그는 그 동안 사선을 넘나들며 많은 일을 한데다 그의 주위에는 그의 인격을 높이 사는 동지들이 많았다. 그래서 업적이나 인격으로 보아 차마 그를 처벌할 수 없다는 의견이 지배적이었다. 결국 그는 Q에서 떠나는 것으로 법적인 처벌을 면하게 되었다.

Q에서 떠나게 된다는 것은 정보계통에서 완전히 손을 뗀다는 것을 의미했다. 처벌을 면했다고 해서 다행이란 생각은 추호도 없었다. 오히려 고개를 들고 다닐 수가 없었다. 그래도 과거에 그와 함께 일하던 동지들은 그에게 동정적이어서, 그가 여옥을 만나보겠다고 하자 선선히 응해 주었다. 그러한 배려로 해서 그는 비교적 자유스럽게 여옥을 면회할 수 있었던 것이다.

한 달쯤 지나 여옥은 담당의사로부터 퇴원해도 좋다는 통고를 받았다. 이미 대기하고 있던 두 수사관이 그녀를 연행하기 위해 문을 열고 들어왔을 때, 하림은 차마 그녀의 손목에 수갑이 채워지는 것을 볼 수가 없어 고개를 돌려 버렸다.

"안녕히 가세요."

여옥이 작별인사를 했을 때에도 그는 창밖을 바라본 채 고개만 끄덕했다. 발소리가 사라지고 방안에 정적이 찾아왔을 때 그는 비로소 나뭇잎에 가을이 물든 것을 알았다.

여옥은 즉시 기소되어 재판정에 섰다.

그녀가 푸른 수의에 고무신을 신고 오랏줄에 묶여 처음 재판정에 나타났을 때 방청석에 가득 들어차 있던 사람들은 일순 숨을 죽이고 그녀를 바라보았다. 세상에 알려진 것처럼 그렇게 엄청난 죄를 저질렀다고 보기에는 그녀의 모습은 너무나 나약해 보였던 것이다. 거기다 푸른 수의 때문인지 그녀는 처연하도록 아름다워 보였다. 사람들은 아무래도 믿을 수 없다는 듯 그녀의 움직임을 주시하고 있다가 이윽고 봇물이 터지듯 웅성거리기 시작했다.

여옥은 재판정에 들어찬 방청객들을 보자 몸둘 바를 몰랐다. 그렇게 많은 사람들이 기다리고 있을 줄은 짐작조차 못했던 것이다. 왜 사람들이 이렇게 몰려들었을까. 내 모습을 구경하려고 이렇게 몰려든 것일까. 아마 내가 동물원의 원숭이 같은 모양이지. 그래. 나는 원숭이야. 자신을 우리 속의 원숭이라고 생각했지만 원숭이처럼 눈을 뚜릿뚜릿 굴리면서 사람들을 쳐다볼 수는 없었다. 쳐다보기는커녕 고개조차 들 수가 없었다.

사람들이 구경하려고 그렇게 몰려든 데에는 까닭이 있었다. 어느 일간신문에 그녀의 죄상이 사진과 함께 적나라하게 공개되었던 것이다.

초가을 치고 날씨가 무더운 탓도 있었지만 사건이 사건이니만큼 실내는 열기에 싸여 있었다. 천장에서는 대형 선풍기가 돌아가고 있었지만, 사람들은 땀을 닦아내기에 바빴다. 재판은 빠른 속도로 진행되었다. 인정신문에 이어 사실심리에 들어갔을 때 검사와 변호인이 정면으로 충돌, 격렬하게 말다툼을 벌였다. 검사는 새파랗게 젊은데다 날카로운 데가 있었고, 반면 황인구(黃仁九)라고 하는 변호인은 40대의 중후한 모습에 능란한 화술을 지니고 있었다.

여옥은 열성을 가지고 자신을 변호해 주는 그 변호사가 국선이 아닌 사선 변호인이라는 것을 뒤늦게야 알았다. 그는 유명한 변호사였다. 하림이 처음 그를 찾아가 사건 변호를 부탁했을 때, 그는 가능성이 없다고 고개를 설레설레 저었었다. 그러나 여옥의 그럴 수밖에 없었던 사정을 듣고 나서는 결국 변호를 수락하게 된 것이다. 어떻게든 여옥의 목숨만 살려달라는 하림의 요구에 변호사는 자신할 수 없지만 힘닿는 데까지 노력해 보겠다고 약속했다.

재판 첫날부터 검사와 변호인이 격론을 벌인 것은 변호인이 피고의 과거를 들추어내기 시작했기 때문이었다.

"우리는 피고의 반역죄를 단죄하기 위해 모인 것이지 피고의 과거를 듣기 위해 나온 것이 아닙니다. 피고의 과거는 들을 필요가 없습니다!"

검사의 이의에 대해 변호사는 더욱 강경하게 나왔다.

"피고의 과거는 피고가 저지른 죄상과 밀접한 관계가 있습니다! 관계가 있는 이상 과거를 덮어두고 넘어갈 수는 없습니다!"

격론은 쉽게 끝나지 않았다. 변호인은 사사건건 물고 늘어지려 하고 있었고, 검사는 진행속도를 빠르게 하려고 기를 쓰고 있었다. 결국 재판장이 결정을 내렸는데 변호인의 주장이 타당하다고 인정했다. 그날의 재판은 거기서 끝나고, 다음 재판은 열흘 뒤로 미루어졌다.

여옥이 고개를 숙인 채 사람들 사이를 빠져나가는데 어디선가

"엄마!"

하는 소리가 들려왔다.

여옥은 소스라치게 놀라며 뒤를 돌아보았다. 놀랍게도 어린 아들의 모습이 저만치 떨어진 곳에 보이지 않는가! 둘째, 웅의 모습도 보였다. 대운이는 할아버지의 손을 잡고 있었고 웅은 하림의 품에 안겨 있었다.

"엄마!"

아이가 울며 엄마에게 뛰어가려는 것을 할아버지가 꽉 붙잡고 있었다. 형이 울자 동생도 따라 울기 시작했다.

여옥은 오랏줄에 묶여 손을 흔들 수가 없었다. 눈물이 앞을

가려 아이들의 모습이 어른거리기만 했다.

"대운아!"

아들의 이름을 불렀지만 소리가 나오지가 않는다. 눈물이 걷잡을 수 없이 흘러내린다. 다시 아들의 이름을 부른다. 목이 잠겨 아무 소리도 나오지 않는다. 가슴이 뜨겁다. 터질 것 같다.

"자, 가자구."

제복의 간수가 그녀의 어깨를 떠밀자 그녀는 비틀거리며 앞으로 걸어갔다. 걸어가면서도 끝까지 뒤를 돌아보고 있었다.

두 어린 자식들은 엄마를 부르며 복도가 떠나갈 듯 울어댔다. 아이들의 울음 소리에 그녀는 가슴이 갈기갈기 찢어지는 것 같았다.

"용서해다오! 용서해다오!"

차마 떨어지지 않는 발걸음을 옮겨놓으며 그녀는 아이들에게 용서를 빌고 또 빌었다. 그녀로서는 차라리 아이들을 보지 않는 것만도 못했다. 아이들의 모습은 그녀에게 너무도 큰 충격을 안겨 주었고 그 충격에서 벗어나지 못한 그녀는 금방이라도 미쳐 버릴 것만 같았다.

충격을 느낀 것은 아이들도 마찬가지였다. 어린것들이지만 엄마가 줄에 칭칭 묶여 끌려가는 것을 보고 심상치 않다고 생각한 것이 틀림없었다. 엄마가 사라진 뒤에도 아이들은 몸부림치며 맹렬히 울어댔다. 하림과 노인이 아무리 달래고 얼러도 소용이 없었다.

형무소로 돌아와 독방에 갇힌 그녀는 차가운 시멘트 벽에 머리를 부딪치면서 미친 여자처럼 흐느껴 울었다. 소리를 내서는 안 되었으므로 흐느낌은 억눌림이 되어 온몸을 떨게 만들었다.

 단 한번이라도 아이들을 안아 보고 싶었다. 그러나 자유로울 수 없는 분명한 죄인이었다. 아직 판결이 안 났다 뿐이지 모든 사람들이 인정하는 틀림없는 죄인이었다.

 어마어마한 죄상을 놓고 볼 때, 그녀가 비통해 하는 자체가 일종의 사치스러운 짓이었다. 도대체 무슨 염치로 훌쩍거린단 말인가? 조금이라도 염치가 있다면 혀를 깨물고라도 자결해야 할 것이다.

 그녀는 울음을 뚝 그쳤다. 그래 나는 자결해야 한다! 자결하는 것만이 속죄의 길이다. 슬퍼하다니! 그런 감정이 아직도 남아 있다니 나는 여전히 뻔뻔스러운 여자가 아닌가!

 그날 그녀는 아무 것도 먹지 않았다. 벌써 며칠째 식음을 전폐하고 있었지만 머리 속은 더욱 맑아지고만 있었다.

 "나는 죽어야 해!"

 밤이 되어 차가운 마룻장 위에 담요를 덮고 누웠을 때 그녀는 마침내 하나의 결심에 도달했다. 그러자 다시 자식들의 모습이 머리 속을 어지럽혔다.

 그녀는 모질게 그 영상을 지워 버렸다. 아이들의 장래를 위해서도 나 같은 어미는 없어져야 한다. 무슨 어미 자격이 있다고 아이들을 찾는단 말인가!

 바닥을 울리는 간수의 규칙적인 발걸음 소리만 들려올 뿐 사위는 쥐죽은 듯 고요했다. 새우처럼 웅크리고 있는 그녀의 몸

위로 통풍구를 통해 푸르스름한 달빛이 흘러 들어오고 있었다.

여름이 물러간 뒤라 밤이면 공기가 차가웠다. 그녀는 닳아빠진 담요 한 장으로 몸을 덮고 누워서 밤을 지새곤 했다. 죽음을 기다리는 신세라 잠이 올 리가 없었다.

두번째 공판이 열리던 날 그녀는 재판정에 출두하기에 앞서 검사실로 불려갔다. 안으로 들어가자 놀랍게도 그녀의 아이들이 기다리고 있었다. 하림과 그의 형수도 있었고, 김노인 부부도 보였다.

"풀어 드려."

검사가 일어서서 그녀를 맞으며 간수에게 지시하자 간수는 그녀의 몸에서 오랏줄과 수갑을 풀어냈다.

"개정시간까지는 아직 한 시간 여유가 있으니 마음놓고 이야기하십시오."

검사의 정중한 말에 여옥은 어리둥절했다. 그때 하림이 옆에서 말했다.

"검사님의 특별배려로 이렇게 만나게 된 겁니다."

"고맙습니다. 고맙습니다."

여옥은 검사에게 거듭 고개를 숙여 인사했다. 아이들을 데리고 온 어른들이 마침내 슬그머니 고삐를 풀어 주자 두 아이들은 맹렬한 기세로 엄마 품으로 돌진했다.

역시 핏줄이란 무섭고 진한 것인가. 아이들의 격렬한 울음 소리가 그것을 가장 직선적으로 표현해 주고 있었다. 그들은 엄마의 품에 매달리고 목을 끌어안으며 그 동안 자기들을 버렸던 엄마를 원망하는 듯 서럽게 울어댔다.

 여옥은 두 팔로 아이들을 한꺼번에 끌어안았다. 그리고 아이들의 얼굴에 자기의 얼굴을 미친 듯이 비벼댔다. 세 사람은 한 덩어리가 되어 돌아갔다. 결코 떨어질 수 없다는 듯 아니 떨어져서는 안 된다는 듯 그렇게 서로를 끌어안았다.

 여옥은 입술을 깨물며 울음을 참아냈다. 울어서는 안 된다. 울어서는 안 된다.

 눈에서는 계속 눈물이 흘러내리고 있었고 눈물로 뒤범벅되어 있었지만 그녀는 소리내어 울지는 않았다. 그것이 보는 사람들을 더욱 비통하게 만들었다. 소리내어 울지는 않았지만 그녀가 전신으로 울고 있다는 것을 모두가 알고 있었다.

 젊은 검사는 손수건을 꺼내 눈물을 닦더니 차마 더 이상 볼 수 없다는 듯 밖으로 나가 버렸다. 하림도 그들을 외면했다. 그는 돌아서서 창밖을 향해 조용히 눈물을 뿌렸다.

 여옥은 아이들을 뚫어지게 들여다보다가 떨리는 손으로 자식들의 얼굴을 어루만지고 쓰다듬었다. 아무리 볼을 비비고, 얼굴을 어루만지고, 미친 듯이 끌어안았지만, 그럴수록 아이들은 자꾸만 멀어지고 있는 것 같았다.

 이별의 아쉬운 한 시간이었다. 영원한 이별을 앞둔 어미와 어린 자식들간의 마지막 만남이기에 그것은 더욱 안타까울 수밖에 없었다.

 큰 아이가 엄마에게 이젠 아무 데도 가지 말라고 말하면 작은 아이도 더듬거리며 형의 말을 그대로 따라 했다.

"그래, 안 갈게. 안 갈게. 어른들 말씀 잘 들어야 해, 응?"

아이들은 겁먹은 눈으로 고개를 끄덕이면서 몇 번이고 엄마로부터 떠나지 않는다는 것을 확인받고는 했다. 엄마를 너무 기다린 탓인지 두 아이는 그 동안 많이 야위어 있었다.

실컷 울고 난 아이들은 집에 가자고 졸라댔다. 엄마와 함께 집에 돌아가야만 안심할 수 있다고 생각한 모양이었다.

간수가 준비하라고 눈짓하는 것을 보고 여옥은 벌써 시간이 다 된 것을 알았다. 정말 눈 깜빡할 사이에 한 시간이 지나가 버린 것이다.

여옥은 하림과 노인부부 앞으로 다가갔다. 할머니는 눈물만 흘리고 있었고, 남자들은 하나같이 침통한 표정이었다. 그녀는 무너져내릴듯 허리를 굽혔다. 그 마당에 무슨 말을 하겠는가. 아무 말도 할 수가 없었다. 할머니가 그녀의 손을 두 손으로 잡고 어쩔 줄 몰라하자 하림이 나직이 말했다.

"애들은 염려하지 말아요. 우리가 잘 돌볼 테니까."

만일 하림 같은 사람이 없었다면 아이들의 장래는 어떻게 될 뻔했을까. 노인들한테 두 아이들을 맡겼으면서도 여옥은 사실 마음이 놓이지가 않았었다.

노인들을 믿을 수 없기 때문이 아니었다. 아이들을 기른다는 것이 노인들에게는 너무 벅찬 일일 뿐 아니라 노인들이 언제 세상을 떠나게 될지 알 수 없었기 때문이다. 그런데 그런 걱정을 하림이 눈치채고 말끔히 가시게 해준 것이다. 적어도 하림이 곁에서 관심을 기울여 주는 한 아이들의 장래는 불행해지지 않을 것이라고 그녀는 생각했다.

"고맙습니다. 이 애들을 잘 부탁드립니다."

"애들은 염려 말아요."

노인도 눈시울을 붉히며 그녀를 안심시키느라고 애를 썼다. 여옥은 눈물을 삼키며 비장한 음성으로 마지막 부탁을 했다.

"최대치라는 사람한테는 제발 이 아이들을 내주지 마십시오. 그 사람은 아버지 될 자격이 없는 사람이에요. 저도 마찬가지지만……"

그녀의 말을 누구보다도 잘 이해하는 하림은 약속하겠다는 듯 무겁게 머리를 끄덕였다.

우는 아이들한테 화장실에 다녀오겠다고 거짓말한 다음 그녀는 밖으로 나왔다. 차마 문을 닫지 못하고 한번 뒤돌아본 것이 마지막이었다. 이를 악물고 문을 쾅 닫고 나자 눈앞이 캄캄했다.

두번째 공판은 비참했던 그녀의 과거를 듣는 것으로 시종일관했다. 변호인은 여옥의 과거를 꽤 감동적으로 설명해 나갔다. 이의를 제기했던 검사는 물론 공판정에 나와 있는 모든 사람들이 기침 소리 하나 없이 변호인의 이야기에 귀를 기울였다. 실내는 내내 숙연한 분위기에 휩싸여 있었다.

여옥은 자신의 참담했던 과거를 마치 남의 일처럼 듣고 있었다. 그녀는 자신의 과거가 속속들이 들춰지는 것이 싫었다. 그것은 망각 속에 영원히 묻혀져야 하는 것이었다. 그런데 공개되다니, 그녀는 수치스러운 나머지 일말의 치욕까지 느꼈다.

"⋯⋯우리가 겪어야 했던 치욕과 고통의 역사, 그 역사의 수레바퀴에 가장 처참하게 짓밟힌 희생자가 바로 여기 서 있는 피고 윤여옥입니다. 그리고 우리는 그녀를 단죄하기 위해 여기에 있는 것입니다. 존경하는 재판장 귀하, 피고는 분명히 반역의 대죄를 지었습니다. 그러나 그럴 수밖에 없었던 피고의 눈물겨운 과거를 생각할 때 과연 피고에게 가혹한 철퇴를 내리는 것만이 옳은 길인지, 바다 같고 태산 같은 마음으로 깊이 성찰해 주시기를 바라마지 않습니다."

재판은 변호인이 지연작전을 쓰는 바람에 처음 생각과는 달리 의외로 장기간에 걸쳐 진행되었다. 변호인이 노린 것은 재판정에 가득한 열기를 식히는 것과 함께 여옥에게 유리한 사실들을 끊임없이 제시하는 것이었다. 그의 계획은 제대로 맞아 들어가는 듯이 보였다.

우선 재판정에 가득하던 방청객들의 수가 재판이 지리해짐에 따라 현저하게 줄어들더니 나중에는 단 한 사람만이 남게 되었다. 그 유일한 방청객이 바로 장하림이었다.

방청석이 텅 비게 되니 자연 열기가 식을 수밖에 없었다. 황 변호사는 노련하게 재판을 요리해 나갔다. 그는 여옥의 항일운동을 제시하면서 그것이야말로 그녀의 죄상을 상쇄시키고도 남음이 있다고 강조했다.

재판장은 하품을 했고 젊은 검사는 침묵을 지켰다. 검사의 얼굴에는 고뇌의 빛이 역력히 나타나고 있었다.

하림은 한번도 빠지지 않고 방청석을 지켰다. 그는 재판이 진행되는 것을 묵묵히 지켜보다가 여옥에게 눈인사를 던지고는 말없이 사라지곤 했다.

여옥의 입장에서는 재판을 질질 끄는 것이 싫었다. 재판이 지연될수록 그녀는 괴로움만 더해 갈 뿐이었다. 이미 죽음을 각오한 그녀로서는 하루라도 빨리 자신에게 죽음의 선고가 내려지는 것만이 옳은 길이라고 생각하고 있었다. 자신을 변호해서 목숨을 살린다는 것이야말로 자기 기만일 뿐 아니라 다시 한번 큰 죄를 짓는 것이라는 것을 그녀는 잘 알고 있었다.

그러나 그녀의 생각과는 달리 재판은 가을내내 계속되었다. 그리고 겨울의 문턱에 들어섰을 즈음 마침내 어떤 결론을 내리지 않을 수 없게끔 되었다.

변호인으로서도 더 이상 재판을 지연시킬 수가 없게 된 것이다. 그 동안 변호인이 마음대로 진술하도록 내버려 둔 채 진지하게 경청해 온 검사는 구형공판의 주역이 된 것이 몹시 괴로운 듯 고뇌의 표정을 띤 채 일어섰다.

공판정은 찬물을 끼얹은 듯 조용해졌고 그때까지 느슨하게 풀려 있던 분위기는 일순 긴장으로 바뀌었다. 변호인은 자신만만한 표정으로 검사를 바라보고 있었고 하림 역시 기대에 찬 시신을 검사에게 던지고 있었다. 구형공판에 맞춰 오랜만에 나온 방청객들은 하나같이 호기심 어린 표정을 짓고 있었다.

검사는 억양이 없이 낮은 목소리로 조심스럽게 자신의 견해를 피력해 나갔다.

"그 동안 변호인의 말씀을 진지하게 들었습니다. 그 진술을 통해 피고의 과거가 얼마나 눈물겨운 것이었는가를 잘 알게 되었습니다. 그리고 피고의 범죄가 과거와 밀착되어 있는, 다시 말해 과거의 어쩔 수 없는 소산이었음도 알게 되었습니다. 저는 일개 검사이기 전에 한 개인으로서 피고의 과거에 비통한 감정을 느끼고 있으며 동시에 고난을 뚫고 지금까지 살아온 피고의 삶에 대한 의지에 삼가 경의를 표하지 않을 수 없습니다. 그러나 저는 이제 국가를 대표한 검사로서 피고에 대해 그 죄를 묻지 않을 수 없는 입장에 놓이게 되었습니다."

검사는 손수건을 꺼내 이마를 닦았다. 실내에 냉기가 감돌고 있는데도 그는 땀을 흘리고 있었다. 하림은 자기도 모르게 주먹을 쥐었다. 그의 손바닥에도 진땀이 끈끈하게 배어 있었다. 검사는 여전히 조용한 음성으로 말해 나갔다.

"피고 윤여옥은 변호인이 말씀하신 대로 분명히 슬픈 우리 역사의 희생자였습니다. 그 희생자를 재생의 길로 인도하지 못하고 단죄를 하지 않을 수 없게 된 저는 실로 가슴이 찢어지는 듯합니다. 그러나 저는 검사로서 국가의 안전이라는 대명제 앞에 다시금 옷깃을 여미지 않을 수 없습니다. 국민이 국가의 안전을 도모해야 함은 삼척동자도 다 알고 있는 가장 막중한 의무입니다. 국민은 목숨을 바쳐서라도 국가의 안전을 지켜야 합니다. 국가의 안전은 어떠한 이유로도 침해될 수 없는 신성불가침한 것입니다. 그렇다면 이 신성불가침한 성역에 구멍을 뚫는 자는 어떻게 해야 합니까?"

검사는 주먹으로 탁자를 두드렸다. 처음의 그 착 가라앉아 있던 모습은 어느새 분노에 떨고 목소리는 격앙되어 있었다.

"오늘날은 대통령이 왕이 아니라 국민이 왕입니다. 따라서 국민 모두의 안전에 해를 끼친 자는 대역죄인이라 불러 마땅합니다. 여기 서 있는 피고 윤여옥은 바로 우리 국민에게 해를 끼치고 적을 이롭게 한 대역죄인입니다. 저는 피고를 반역자로 단죄합니다!"

서릿발 같은 외침에 피고도 방청객들도 모두 떨었다. 너무도 논리 정연한 말에 아무도 저항감을 느낄 수가 없었다.

"일본군 정신대로 끌려가 구사일생으로 살아 돌아온 기구한 운명의 여인, 슬픈 역사의 희생자, 비극을 항일(抗日)로 탈바꿈시킨 독립운동의 숨은 영웅, 이러한 것들이 국가의 안전보다 더 높이 평가받아야 한다면 우리의 존립의지는 과연 어디서 그 가치를 찾아야 합니까? 어떤 화려한 이름으로도 우리의 존립의지는 결코 침해받을 수 없습니다. 그렇게 돼서는 안 됩니다. 피고 윤여옥은 우리 조국이 다시 받아들이기에는 너무도 엄청난 죄를 저질렀습니다! 우리가 피고를 용서하기에는 피고는 너무도 큰 죄악을 저질렀습니다. 만일 우리가 피고를 용서한다면 지금까지 우리가 단죄한 사람들도 모두 용서해 주어야 할 것입니다!"

그는 결론을 내리려는 듯 숨을 거칠게 내뿜으며 물을 한 컵 들이켰다.

"공산주의자를 남편으로 두었기 때문에 죄악의 구렁텅이에 빠졌다는 것도 잘 알고 있습니다. 피고에게 어린 두 아들이 있

사형대의 아침 · 111

다는 것도 잘 알고 있습니다. 그러나 저는 주저하고 주저한 끝에 눈물을 머금고 국민의 이름으로 피고를 단죄하려는 바입니다. 재판장 귀하, 피고 윤여옥에게 사형을 구형합니다!"

피고를 보는 검사의 눈에 이슬이 맺었다. 여옥은 부동자세로 서 있었다. 방청석은 광풍에 휘말린 듯 어지럽게 흔들렸다.

하림은 심한 현기증에 움직일 수가 없었다. 그는 의자 모서리를 움켜쥔 채 식은땀을 흘리고 있었다. 마치 자신에게 구형이 떨어진 것 같은 기분이었다.

여옥은 고개를 떨어뜨린 채 밖으로 끌려나갔다. 그 모습이 유난히도 조그마해 보였다. 선고 공판은 사흘 뒤였다. 그때까지 여옥은 기도만 했다.

사흘 뒤 오후 1시, 서울지방법원 대법정에서 마침내 선고 공판이 열렸다. 법정은 잊지 않고 몰려든 방청객들로 입추의 여지 없이 가득 차 있었다.

여옥은 개정 시간 10분 전에 사람들을 뚫고 법정에 모습을 드러냈다. 어느 때보다도 깨끗한 모습이었다. 카메라 기자들이 몰려들어 플래시를 터뜨리는 바람에 그녀는 한동안 눈을 감고 있어야 했다.

검사가 수척한 모습으로 먼저 들어오고 뒤이어 세 명의 판사들이 따라 들어왔다. 무거운 긴장이 감도는 가운데 마침내 재판장이 입을 열었다. 머리가 희끗희끗한 초로의 법관으로 감기 때문인지 목소리가 쉬어 있었고 자주 기침을 했다.

먼저 그는 살인죄목은 정당방위이므로 무죄라고 선고했다.

방청석은 술렁이기 시작했다. 그러나 그녀의 스파이 행위에 이르러서 판사는 정상을 참작할 수 없다고 말했다. 적용 법조문을 나열한 뒤 그는 쉰 목소리로 이렇게 선언했다.

"피고 윤여옥에게 사형을 선고한다!"

여옥은 돌이 된 듯했다. 아무 반응도 보이지 않은 채 그녀는 가만히 서 있었다. 이미 죽음을 각오한 그녀였다.

법정은 파도가 몰아친 듯했다. 하림은 사람들의 어깨 너머로 여옥의 모습만 뚫어지게 쳐다보고 있었다. 갑자기 눈물 때문에 시야가 뿌우옇게 흐려왔다. 눈물을 닦고 다시 그녀를 쳐다보았지만 다시 눈앞이 흐려왔다.

"피고는 최후 진술하시오."

재판장의 목소리에 일순 장내는 다시 숨을 죽였다.

여옥은 당황했다. 최후 진술 같은 것은 준비하지 않았던 것이다. 무슨 말을 해야 하나. 최후로 내가 하고 싶은 말은 무엇일까. 세상에 태어나 살아오기 스물두 해. 그 스물두 해를 끝맺음하는 지금 이렇게도 할 말이 없을까. 아니다. 그렇지 않다. 나를 사랑한 모든 이들에게 용서를 빌고 감사를 드려야 한다.

그녀는 천천히 얼굴을 쳐들었다. 그녀의 얼굴은 태풍이 지나가고 난 뒤의 죽음 같은 고요함을 지니고 있었다. 그녀는 조그만 목소리로 매우 느리게 최후 진술을 하기 시작했다.

"그 동안 재판을 하시느라고 수고하신 재판관 여러분, 그리고 검사님과 변호사님께 감사 말씀드립니다. 백번 죽어 마땅한 이 죄인은 손톱만큼도 원망이 없습니다. 저에게 내려 주신 판결은 너무도 당연한 것입니다. 저는 저에게 내려진 판결을 고맙게 받아들이면서 죽음을 맞이하겠습니다. 그 동안 저를 사랑해 주신 모든 이들에게 깊은 감사를 드립니다. 그리고 엎드려 용서를 빕니다. 그리고……."

말이 도중에 끊어지는 듯했다. 목소리가 잠기고 있었다. 한참 후 그녀는 말을 이었다.

"……하루빨리 조국이 통일되어 자유와 평화의 나라가 되기를 기원하겠습니다. 그런 나라에서는 저 같은 여자가……다시는……다시는……저 같은 여자가……생기지 않겠지요."

왜 갑자기 슬픔이 복받쳤을까. 그러지 않으려고 했는데 왜 그랬을까. 그녀는 두 손으로 얼굴을 가리려고 했지만 오랏줄에 묶여 움직일 수가 없었다. 울음 소리를 내서는 안 된다. 절대 안 된다.

울음을 참는 바람에 그녀의 어깨가 심히 경련했다. 나뭇잎처럼 그녀는 애처롭게 떨었다.

여옥은 일심 판결에 승복했기 때문에 상소를 포기했다. 하루빨리 죽음을 맞이하고 싶었던 것이다. 발광하지 않고 조용히 죽음을 맞이할 수 있을 것 같았다.

그러나 그녀의 이러한 마음은 하림에 의해 묵살당했다. 하림은 변호사를 통해 고등법원에 상소했다. 죽음에 이르는 길을 조금이라도 늦춰 보려는 안타까운 마음에서였다. 죽음을 기다리는 시간은 정말 고통스러웠다.

한파가 밀어닥치자 더욱 견디기 어려웠다. 난방시설 같은 것은 처음부터 없었다. 마룻장 위에서 담요 한 장만 덮고 자야 했으므로 뼛속까지 스며드는 추위를 막아낼 재간이 없었다.

다른 죄수들과 함께 있다면 체온으로 추위를 막을 수 있으련만 독방에 갇혀 있으니 그럴 수도 없었다. 매일 밤을 추위에 오돌오돌 떨면서 그녀는 죽음을 기다렸다. 그러나 죽음은 쉽게 다가오지 않았다.

고등법원에서 기각판결이 난 것은 그해 12월도 거의 다 갈 무렵이었다.

여옥은 하림에게 포기해 줄 것을 간청했으나 그는 듣지 않았다. 그는 불복하고 대법원에 상소했다.

여옥에 대한 그의 사랑은 실로 눈물겹고 지극한 것이었다. 그는 아무 것도 바라는 것 없이 오직 모든 것을 그녀에게 바치고 있었다. 그것은 차라리 숭고한 인간정신이라고 볼 수 있는 그런 것이었다.

그의 지극한 사랑은 뼛속 깊이 스며드는 추위를 녹이고도 남았다. 여옥은 차츰 그를 기다리게 되었고, 그는 어김없이 면회를 와주었다. 그들의 사랑은 마침내 쇠창살을 사이에 두고 가장 숭고한 형태로 승화되고 있었다. 남편으로부터는 소식 하나 없었다. 그는 이제 남편이 아니었다. 그녀는 머리 속에서 남편의 영상을 깨끗이 지워 버렸다. 오직 하림의 사랑만을 안은 채 사형대의 이슬로 사라지고 싶은 것이 그녀의 남은 소망이었다.

그녀는 열심히 기도했다. 하림을 위해, 자식들을 위해, 그리고 그녀를 아껴 준 모든 이들을 위해 매일 기도했다. 이 땅에 평화가 깃들기를 기원하기도 했다.

매일 죽음을 눈앞에 두고 지내게 되자 그것이 생활의 일부처럼 생각되었고, 시간이 흐름에 따라 죽음에 대한 공포도 사라지게 되었다. 그녀는 죽음을 사랑할 수 있을 것 같았다. 삶과 죽음은 서로 사랑할 수밖에 없는 동반자였다. 과거에 삶을 사랑했듯이 그녀의 죽음을 사랑했다. 죽음 속에 포근히 얼굴을 묻고 눈을 감으면 그 추위 속에서도 편안히 잠들 수가 있었다. 이제 죽음은 그녀를 부드럽게 어루만지며 위로하고 있었다.

그녀를 가장 괴롭힌 것이 있었다면 다름 아닌 자식이었다. 아이들을 생각할 때면 살점을 도려내는 것 같은 고통이 엄습하곤 했다. 그러나 그 고통에서도 이제는 벗어나고 있었다.

아이들은 내가 없어도 훌륭히 자라게 될 것이다. 이것은 하림이 그녀에게 심어 준 확신이었다. 가장 사랑하는 이한테 아이들을 맡긴다는 것이야말로 가장 믿을 수 있는 일이었다.

그녀는 마음을 놓았다. 그리고 아이들을 잊으려고 노력했다.

그해를 넘기기 전에 모든 것은 끝날 줄 알았다. 그러나 1949년은 아무 일없이 지나갔다. 태풍의 눈 같은 한해였지만, 아직 포성은 들려오지 않고 있었다.

흔들리는 산하

여옥이 죽음을 눈앞에 두고 있을 때 최대치는 평양에 있었다. 열 명의 부하와 함께 지리산을 출발했던 그는 혼자 살아남아 38선을 넘는데 성공했던 것이다. 끈질기고 억세게 운이 좋은 사나이였다.

거지 모습 그대로 평양에 들어선 그는 곧장 대남공작반으로 찾아가 앞뒤 가리지 않고 권총으로 그 책임자를 사살해 버렸다. 충격적인 일이었다. 그는 즉시 체포되었고, 문제는 크게 확대되었다.

신문 과정에서 그는 오히려 큰소리를 쳤다. 지리산 인민유격대가 모두 궤멸되도록 지원 하나 해 주지 않은 대남공작반의 처사는 바로 이적행위라고 몰아붙였다.

그 사건은 단순히 살인죄로 다스릴 수 없는 정치적 문제로 비화했다. 대남전략을 놓고 강·온파로 갈리어 은연중 암투를 벌이고 있던 양대 세력이 그 문제를 놓고 노골적인 반목을 보이기 시작한 것이다.

온건파는 북한에 팽배한 전쟁 기운을 우려하고, 전쟁을 일으키는 것은 아직 시기상조라고 주장하는 인물들이었다. 그들은 최대치를 극형에 처해야 한다고 주장했다.

반면 전쟁을 일으키려고 광분하고 있는 강경파들은 최대치의 행동을 옹호하고 나섰다. 그들은 대남공작의 우유부단함과 실책을 맹렬히 규탄하면서 피의 숙청이 다가왔음을 공공연히 알렸다.

긴장이 고조되고 있는 가운데 어느 날 밤 갑자기 군부에서도 가장 거친 늑대의 무리로 알려진 팔로군 출신 사나이들이 행동을 개시했다. 그들은 과거 대치와 함께 생사고락을 같이하며 만주벌판을 누비던 자들이었다.

그들은 닥치는 대로 온건파 인물들을 잡아죽였다. 일대 피의 숙청이 단행된 것이다. 수십 명이 하룻밤 사이에 쥐도 새도 모르게 끌려가 사살당하고, 그 추종자들은 벽지의 강제노동수용소로 유배되었다.

최대최는 오히려 영웅이 되어 출옥했고, 그때까지 반대세력에 의해 견제당하던 무력남침 계획은 발등에 떨어진 불이 되어 조기시행 쪽으로 급선회했다.

최대치는 석방 즉시 대좌 계급장을 달고 돌격연대의 연대장으로 부임했다. 연대의 장교들과 노병들은 대부분 과거 중공군 팔로군 출신들이었다. 역전의 사나이들이 집결한 만큼 그의 연대는 가장 막강한 부대로 부상했다.

인민군 중에는 중공군 출신 병사들이 3만 명이나 되었다. 과거 그들은 압록강을 넘어 중국으로 건너가 중공군에 편입해서 일본군 및 국부군과 싸우던 사나이들이었다.

그들이 해방 이후 입북하여 인민군 창설의 주역이 된 것이다. 인민군 장교 중 3분의 1이 중공군 출신이라는 사실만 보아도 그들이 얼마나 막강한 영향력을 끼치고 있었는가를 알 수 있다. 인민군이 단기간 내에 급격히 팽창하고 새로 창설된 군대치고 그렇게 막강할 수 있었던 비밀은 바로 여기에 있다. 매일 실전을 방불케 하는 맹훈련에 참가하느라고 흙투성이가 되어 있던 대치가 특무대 본부로부터 출두지시를 받은 것은 어느 화창한 가을날 오후였다.

정장으로 갈아입고 평양에 도착해 보니 특무대 책임자가 신문 한 장을 내보인다. 남한에서 발간되는 신문으로, 놀랍게도 아내의 사진이 실려 있었다.

"여간첩 윤여옥에게 사형 언도" — 굵직한 머릿글자가 눈에 확 들어왔다. 대치는 자기의 눈을 의심했다. 믿어지지가 않았다. 외눈을 부릅뜨고 다시 들여다보았지만 틀림없는 사실이다.

"그럴 수가……"

그는 숨가쁘게 기사를 읽어 나갔다. 매우 센세이셔널하게 다룬 기사였다.

"암호명 〈여명의 눈동자〉로 암약하던 거물 스파이 윤여옥에게 마침내 사형이 언도되었다. 법의 준엄한 심판이 내려진 것이다. 사형이 언도되는 순간 피고 윤여옥은 창백하게 질리며 비틀거렸고, 공판정을 매운 방청객들은 숨을 죽였다.

이제 스물두 살밖에 안 된 어린 나이로 거물 스파이로 암약하다가 사형대의 이슬로 사라지게 된 윤여옥―. 그녀는 과연 어떤 여자이기에 그런 엄청난 짓을 자행했을까. 이 수수께끼 같은 의문을 풀기 위해서는 지금껏 그녀를 둘러싸고 있던 신비의 베일을 벗길 필요가 있다. 그녀가 그런 어마어마한 스파이 행동을 하게된 이유는 무엇보다도 공산당 중에서도 가장 과격한 인물로 알려져 있는 최대치라는 사나이를 남편으로 가졌기 때문이었다. 최대치는 아내 윤여옥이 정보기관에 타이피스트로 근무하고 있는 것을 이용, 그녀로 하여금 정보자료를 빼내도록 강요한 것이다.

자기 아내를 제물로 이용한 최대치라는 자야말로 남편의 탈을 쓴 짐승이 아니고 무엇이겠는가! 그는 목적을 달성하기 위해 그녀와 위장결혼을 한 것이고 아들까지 둘이나 두었던 것이다. 그 간교한 수법에 치를 떨지 않을 수 없고 거기에 이용당한 윤여옥의 어리석음과 그 슬픈 운명에 비탄을 금할 수 없도다! 인류를 저버리면서까지 적화야욕에 광분하는 저들의 만행에 치를 떨지 않을 수 없도다! 그러면 윤여옥과 최대치는 어찌하여 부부가 되었는가? 그것을 알기 위해 우리는 슬픈 역사의 한 페이지를 들추지 않을 수 없다. 윤여옥의 신비한 베일은 사실……"

대치는 다 읽을 수가 없었다. 가슴이 끓어오르고, 눈에서는 불이 이는 것 같았다.

"왜 이제야 알려 줬습니까?"

그는 특무대 책임자를 쏘아보면서 가만히 물었다.

"진작 알았지만 최동무를 생각해서 그랬던 거요. 최동무는 할 일이 많지 않소?"

대치는 분을 삭이며 숨을 내뿜었다.

"살릴 수 없을까요?"

책임자는 고개를 저었다.

"불가능해요. 독방에 갇혀 있어서 도저히……. 포기하는 게 좋을 거요. 부인은 영웅적인 죽음을 맞이하는 거요."

"영웅이라고……."

그는 중얼거리면서 그곳을 나왔다. 아내와 아이들의 모습이 눈앞에 어른거리고 있었다. 그러자 그는 다시 특무대로 뛰어 들어갔다.

"내 아이들은 어떻게 됐소?"

"그건 모르겠소."

"알아 봐 주시오! 빠른 시일 내에!"

그는 자기도 모르게 몸을 떨며 외쳤다. 처음으로 부정(父情)이 발동한 것이다.

특무대를 나온 그는 감정을 삭이려고 무작정 걸어갔다. 거리에는 온통 낙엽이 뒹굴고 있었다.

그가 걸음을 멈춘 곳은 대동강을 가로지르는 다리 위였다.

다리 밑으로는 푸른 강물이 흐르고 있었다. 그는 넋이 빠진 채 수면을 내려다보다가 오른손을 펴 보았다. 손바닥 위에 조그만 십자가 목걸이가 놓여 있었다.

그것은 햇빛을 받자 눈부시게 빛났다. 아내가 그에게 준 십자가 목걸이였다.

 십자가 따위는 그가 가장 혐오하는 것들 중의 하나였다. 그는 몇 번이나 그것을 버리려고 생각했는지 모른다. 그러나 그때마다 아내의 모습이 떠오르곤 해서 차마 버리지 못했던 것이다.

 이제 그것은 더욱 버릴 수 없는 것으로 그에게 생각되었다. 그것은 죽음을 앞둔 아내가 그에게 유일하게 남겨 준 것이라고 할 수 있었다. 햇빛을 받아 반짝거리는 그것에는 여옥의 영혼이 깃들어 있는 것만 같았다.

 아내는 십자가를 통해 그에게 무엇인가 말하고 있는 것 같았다. 그는 그것을 듣지 않으려는 듯 고개를 저으면서 십자가를 안주머니에 깊이 집어넣었다.

 "여옥아, 나를 많이 원망해라. 나로서는 네가 그렇게 된데 대해 할 말이 없다. 나에게 무슨 할 말이 있겠는가? 너의 죽음은 혁명의 필연적인 소산이다. 많은 사람들이 혁명을 위해 죽어갔고 너 역시 그러한 사람들의 하나인 거야. 내가 원통하게 생각하는 것은 우리가 함께 승리의 날을 맞이하지 못하게 되었다는 사실이야. 나는 정말 너와 함께 승리의 깃발이 나부끼는 것을 보고 싶었어. 그러나 네가 먼저 죽게 되었으니, 하는 수 없구나! 너의 죽음을 생각하니 만가지 회포가 가슴을 친다!"

 굳이 혁명을 앞세워 생각하려고 애쓰고 있었지만 여옥의 운명이 너무 가엾다는 생각만은 지워 버릴 수가 없었다.

 "애초에 우리가 만난 것이 잘못이었어. 그때부터 여옥의 운명은 결정되어 버린 거야. 하는 수 없는 일이야. 과거를 생각해서 뭘 하겠는가? 죽는 사람은 죽는 거다! 혁명가는 죽음을 슬퍼하지 않는다. 비록 아내의 죽음이라 해도……"

그는 가슴을 적시는 슬픔을 깨끗이 지워 버릴 수 있는 무자비함을 지니고 있었다. 그의 눈에는 눈물 한 방울 비치지 않았다.

그는 이미 아내를 과거의 사람으로 생각하고 있었다. 시간이 흐르면 아내의 모습도 사라져 버릴 것이다. 이제 남은 것은 아이들의 문제였다. 아이들을 생각하자 그는 몹시 괴로웠다. 그러나 지금으로서는 그 자신도 아무런 손을 쓸 수 없었다.

그와 같은 사나이가 처자식을 거느린다는 것 자체가 모순된 일이었다. 그는 가정생활을 할 수 없는 인물이었다.

"아이들은 어떻게 되겠지. 설마 거리로 내쫓기지는 않겠지. 하림이란 자가 보살펴 줄지도 모른다. 제발 그래 줬으면 좋겠는데……"

자신의 어이없는 생각에 그는 깜짝 놀랐다. 적에게 자식들을 맡기고 싶어하다니 생각할수록 있을 수 없는 일이었다. 그러나 왠지 그에게라면 아이들을 마음놓고 맡길 수 있을 것 같았다.

"그 자식은……나의 적이면서도 내가 가장 믿을 수 있는 사나이야. 이런 논리가 통할 수 있다니 이상한 일이야. 그 자식하고 나는 기묘한 인연이 있나 봐."

아내도 자식도 일단 잊기로 한 그는 푸른 강물 위로 이별의 마음을 던졌다. 돛단배가 한 척 강물을 따라 거슬러 올라오고 있었다. 몹시 한가로워 보이는 풍경이었다. 그러나 눈에 띄지 않는 곳에서는 조용하면서도 급속하게 전쟁 준비가 진행되고 있었다.

대치는 아내와 자식들을 잊기 위해 매일 고된 훈련으로 시간을 보냈다. 훈련은 실전을 방불케 할만큼 맹렬히 전개되고 있었다. 뿌연 흙먼지와 포연 속에서 땀을 뻘뻘 흘리면서 지낼 때가 대치는 제일 마음이 편하고 기분이 좋았다.

화목한 가정생활 같은 것은 왠지 비위에 맞지가 않았다. 그런 것을 보면 그는 오직 전쟁을 위해서 태어난 인간이라고 할 수 있었다.

그의 연대는 돌격대인 만큼 훈련은 다른 부대와 비교가 안 될 정도로 고되고 엄했다. 더구나 지휘관이 독종이라 병사들은 죽을 지경이었다. 그러나 돌격연대의 병사들은 역시 일찍이 전쟁터에서 잔뼈가 굵은 사나이들이라 그 지독한 훈련을 잘도 참아내고 있었다.

전쟁터에서 자란 사나이들이란 언제나 사람의 피를 보기를 원한다. 그들은 오히려 평화의 시대가 싫은 것이다. 그런 시대에는 몸이 근질근질해서 견딜 수가 없는 것이다. 끊임없는 전쟁, 그것만이 그들이 살아갈 수 있는 길이라고 그들은 생각하고 있는 것이다.

훈련에 임하는 병사들은 이제나저제나 하고 전쟁이 일어나기를 기다리고 있었다. 그들은 명령만 떨어지면 즉시 돌격을 감행, 남침의 선봉이 되어 38선을 돌파하고 서울로 입성할 수 있다고 생각하고 있었다.

그러나 돌격명령은 그렇게 쉽게 떨어지지가 않았다. 군수뇌부는 병사들의 가슴이 불타오르도록 내버려둔 채 남침계획을 보다 완전하게 수립하는데 동분서주하고 있었다.

그런 가운데 대치는 자기 가족에 대한 소식을 좀더 자세히 들을 수가 있었다. 그 소식이란 여옥이 1심 판결에 대한 상소심에서 기각 판결을 받고 이제 대법원 판결만을 기다리고 있으며 한편 자식들은 노인부부가 돌보고 있다는 것이었다. 그리고 하림이 자주 집에 들른다고 했다.

가을이 가고 겨울이 왔다. 북녘 땅은 몹시 추웠다. 그러나 훈련은 계속되고 있었다.

긴장이 감도는 가운데 40년대의 마지막 해가 저물고 1950년이 밝아왔다.

새해와 함께 남한에는 청천벽력과도 같은 미국의 극동정책이 발표되었다. 미국의 국무장관 D · C · 애치슨이 1월 12일 내셔널프레스 클럽에서 다음과 같은 연설을 한 것이다.

"미국의 극동방위선은 알류산열도 — 일본 — 오키나와 — 필리핀의 선이다. 일본은 미국의 한 주와 마찬가지로 확보한다……. 한국은 일본만큼은 아니지만 가능하면 UN 여러 나라와 협력하여 이를 방위하도록 책임을 갖는다."

한마디로 한국에 전쟁이 발발해도 미국은 적극개입하지 않겠다는 성명이나 다름없었다. 이 성명이 나오자 한국의 정책 결정자들은 매우 당황했고 민심은 크게 동요되었다.

 미국은 이를 무마하려는 듯 며칠 후 "한·미 상호 방위원조협정"을 체결했다. 전문 8개조로 구성되어 있는 이 협정은 이미 제정된 상호 방위원조법에 의한 것이었다. 그러나 이 내용은 그 명칭과는 전혀 다르게 한국의 부흥과 안전을 원조하기 위한 경제기술원조가 주가 되어 있었고, 군사원조는 부수적인 것으로 취급되고 있었다. 따라서 이러한 협정도 눈앞에 닥친 위기를 막는데는 아무런 도움이 되지 못했다.

 한국의 산하는 흔들리고 있었다. 소리는 들리지 않고 있었지만 붕괴의 조짐은 뚜렷이 나타나고 있었다. 그런데도 불구하고 미국의 낙관론은 여전히 지배적인 의견으로 작용하고 있었다.

 하긴, 전세계를 상대로 정책을 수립하고 있는 미국으로서는 조그만 한국의 장래 따위가 그렇게 심각한 문제로 받아들여질 리 없었는지도 모른다.

 한국은 미국의 전부일 수가 없었다. 미국의 정치가들이 생각하고 있는 넓은 테두리 속에 있는 하나의 점, 다시 말해 고려해 둘만한 대상에 지나지 않는다고 보는 것이 옳을 것이다.

 미국은 한국의 위기에 관심을 기울이기에 앞서 그리스, 터키, 오스트리아, 베를린 문제에 봉착하고 있었다. 이러한 문제들은 그렇지 않아도 전통적인 미국의 유럽 우선주의에 부채질을 가했고, 미국은 마침내 서구의 재군비에 착수, 49년 4월 NATO(북대서양조약기구)를 창설하기에 이르렀다.

 이밖에도 동남아시아에 있어서의 대만 문제, 베트남 문제 등이 미국의 신경을 자극하고 있었다. 이러한 세계 정세에 비추어 볼 때 한국 문제는 어디까지나 미국의 세계정책의 일환으로 취급될 수밖에 없는 운명에 놓여 있었던 것이다.

이러한 사실들 외에도 당시 미국의 군사력은 대전을 치르고 난 뒤 얼마 안 되었기 때문에 최저 수준에 머물러 있었다. 그러한 상태에서 한국을 강력히 지원한다는 것은 현실적으로 어려운 일이었는지도 모른다.

아무튼 미국은 한국이 방위능력을 갖추고 있다고 믿고 있었고, 한국이 스스로 자멸하던가 북침을 하지 않는 한 전쟁은 일어나지 않을 것이라고 낙관하고 있었다. 자기 쪽에 유리한 해석이었다.

미육군 참모총장 콜린스 대장의 다음과 같은 말은 미국측의 낙관론을 대표하는 가장 비논리적인 발언이라고 할 수 있다.

"북한 같은 소국이 UN이나 미국에 공공연히 도전하다니 생각조차 할 수 없는 일이다."

미극동군 정보부는 세계의 위험 지역을 점치는데 있어서 한국을 일곱 번째에 놓고 있었다.

주한 미고문단장 로버트 준장은 미국의 수뇌부들로 하여금 그러한 낙관론을 가지게 하는데 결정적인 역할을 한 인물이었다. 로버트 준장은 누가 뭐라 해도 한국에 있어서의 미측의 정세판단 최고책임자였다.

한국 문제는 국무성 담당이었고 도쿄의 맥아더는 연락 장교만을 서울에 파견해 두고 있을 뿐이었다. 그리고 미중앙정보국은 격변하는 대륙이나 동남아시아의 정세에 시선을 집중하고 있었다.

따라서 로버트 준장의 판단이 가장 권위 있는 것으로 받아들여질 수밖에 없었다. 그는 회의 석상에서 자주 이렇게 되풀이 말했다.

"한국에 단 한 사람이라도 미국인이 있는 이상 북한이 전쟁을 도발한다는 따위의 어리석은 짓은 하지 않을 것이다."

그는 미국의 상징적인 힘을 너무 과대하게 믿었던 것 같다. 아니면 상대를 너무 얕잡아 보았는지도 모른다. 전쟁이란 상징적인 힘만으로는 막을 수가 없다는 것을 군인인 그는 왜 몰랐을까. 그에게 전적으로 책임을 전가할 수는 없지만 전쟁 전야에 보여준 그의 판단력이 엄청난 불행을 초래케 했다는 것은 의심할 나위가 없다.

로버트 준장은 누구보다도 상세히 한국군의 실력을 파악하고 있었다. 수차에 걸친 38도선 분쟁을 통해 한국군이 화력의 열세에 고민하고 있다는 보고는 수시로 KMAG(주한미고문단)에 접수되고 있었다.

한국군의 3분의 1 이상이 공비토벌에 투입되고 있어서 훈련이 제대로 진행되지 않고 있다는 것도 그는 잘 알고 있었을 것이다. 그리고 한국군 지휘관들의 대부분이 전쟁 경험이 별로 없는 새파란 젊은이들이라 통솔력에 문제가 있었고, 병사들도 정예화되지 못해 결함이 많았으며 통신장비 같은 것도 엉망이라는 것을 충분히 파악하고 있었을 것이다.

그런데도 불구하고 그는 끝까지 낙관적인 태도를 버리지 않았고 오히려 자신만만했다. 그러나 사태는 날이 갈수록 절박해져 갔다. 그러한 징후가 보다 뚜렷이 나타나고 있었던 것이다.

한국군 수뇌부는 초조와 불안 속에서 계속 새로운 정보들을 KMAG에 알렸고 KMAG는 그때마다 형식적으로 그 정보들을 워싱턴이나 도쿄에 통보했다. 물론 반응은 없었다.

1950년 3월부터 4월에 걸쳐 한국의 정보망은 다음과 같은 중요한 정보를 입수했다.

△3월 10일자 = 군대의 증강과 그 이동상황으로 보아 북한의 남침준비는 금년 전반기에 갖추어지리라 생각된다. 최근 입수된 정보자료 중에는 북한은 6월중에 남침한다는 것이 있다.

△3월 25일자 = 북한 정권의 전국 시찰반은 북한 전역에 걸친 군대의 시찰을 완료했다. 그리고 수 개 사단이 38도선으로부터 39도선 사이에 배치되어 있다. 인적자원의 부족을 보충하기 위해 만주에서 입북한 공산주의자들이 교육되어 사단수가 증가되고 있는 것이 확인되었다. 강제 징집이 북한 전역에서 강행되고 있고 그 동원수는 10만에서 15만으로 추산된다.

△3월 31일자 = 이전에는 없었던 대부대가 한국군의 경계망을 강행 돌파하여 태백산중을 남하했다. 인민유격대의 제10차 침투로 보여진다. 이것은 한국군 제8사단에 포착되

었는데 그 1개중대(1백70명으로 구성되어 있고 82밀리 박격포 4문, 기관총 6정, 폭파자재 등을 장비)는 아마 행방을 감추었다.

△4월 15일자 = 북한은 3월 중순경, 38도선 북쪽 5킬로 이내의 주민에게 소개를 명령했다. 목하 동지역의 빈집에 유격대가 주류하고 있는데 그 목적은 전쟁준비를 비익하고 이쪽 정보활동을 방해하는데 있다고 보고되고 있다.

이처럼 뚜렷한 징후를 입증하는 정보가 계속 날아들고 있었지만 미국측은

"전쟁은 일어나지 않는다."

하고 단언했다.

거리에 나다니는 일반사람들은 산하가 흔들리고 있는 것도 모른 채 한가롭고 여유가 있어 보였다. 초조하고 불안한 사람들은 주로 정보계통에 종사하고 있는 사람들이었다. 미국이 워낙 자신만만해 하고 있었기 때문에 그들은 전쟁이 곧 일어날 것이라고 외칠 수도 없었다. 그들 역시 위기감 속에서 탈출하고 싶은 심정이기도 했다.

남침계획은 착착 진행되고 있었다. 북한 공산군은 날씨가 따뜻해지자 기동훈련을 가장한 전투 전개를 단행했다.

5사단은 나남(邏南)으로부터 양양(襄陽)으로, 7사단은 원산(元山)에서 양구(楊口)로, 2사단은 함흥에서 화천(華川)으

로 이동했다.

766유격부대와 549육전부대는 각각 속초로 이동하여 명령이 떨어지기를 기다렸다. 3사단은 평강(平康)에서 운천리(蕓川里)로, 4사단은 진남포(鎭南浦)에서 연천(連川)으로, 105전차사단은 남천(南川)과 철원으로 이동함으로써 중부지역을 공격권에 넣었다.

서부지역에서는 1사단이 남천에서 고랑포(高浪捕) 남방의 구화리(九化里)로, 6사단이 사리원(沙里院)에서 개성(開城)으로 이동하는 등 빈틈없는 공격태세에 들어갔다.

한국 정부의 수뇌들은 군부에 비해 위기의식이 별로 없었다. 포탄이 머리 위로 떨어져야 비로소
"어이쿠, 전쟁이 났구나!"
하고 허둥댈 그런 위인들이 대부분이었다.

그러나 그들도 5월에 접어들자 드디어 위기감을 피부로 느낀 듯했다. 먼저 이대통령이 기자회견 석상에서 최초의 경고를 했는데 그때가 5월 5일이었다. 그는 이렇게 경고했다.

"5월과 6월은 우리 국민에게 있어서 극히 중대한 시기가 될지도 모른다. 그러나 우리는 적절한 방위력을 갖추고 있지 않다."

그런데 5월 10일 신성모 국방부장관은 엉뚱하게도 호언장담

을 했다.

"북괴군은 대거 38도선에 이동하고 있으며, 침공이 절박하고 있다. 그러나 우리 국군은 이를 반격하고 북진할 것이다. 해군은 그 준비를 갖추고 있다."

이에 이대통령은 화를 내면서 외국 기자단에게 국방장관의 담화를 정정 발표했다. 바로 다음날의 일이다.

"침입의 위협이 우리들의 신경을 자극한다. 그런데 우리는 그것이 익숙해지고 있다. 그러나 우리들은 반광란이 되거나 당황하거나 하지는 않는다. 우리는 필요로 하는 비행기도 병기도 가지고 있지 않다는 것을 알고 있다. 우리는 미국의 원조에 의해서만 북으로부터의 침범을 막을 수 있다. 제군에게는 우리들의 염려가 이해될 것이다. 우리들의 생명은 위협받고 있다. 우리 국민은 위험 앞에 놓여 있다."

5월 30일은 총선거일이었다. 국민들은 총선거를 앞두고 들떠 있었다. 위기를 느끼고 있는 사람들은 극소수에 불과했다.
이미 제왕처럼 군림하기 시작한 이대통령은 법에 규정된 5·30 선거를 연기하려고 했다. 위기의식도 있었지만 자신의 인기가 급격히 떨어지고 있었기 때문이다.
그러나 미국이 반대하고 나섰다. 만일 총선거를 예정대로 실시하지 않는다면 대한원조를 재검토하지 않을 수 없다고 경고한 것이다. 이대통령은 하는 수 없이 5월 30일에 총선거를 실시하겠다고 발표했다.

육군본부는 총선거일을 위험시했다. 그래서 전군에 경계령을 내렸다. 그러나 정작 5월 30일이 다가왔지만 아무 일도 일어나지 않았고 선거는 평온하게 치러졌다.

6월 3일, 평양방송은 갑자기

"5백30만 북한인이 공산주의 아래에서 평화적으로 조국을 통일하는 제안에 서명했다."

고 방송했다. 남침준비를 완료하고 나서 그것을 위장하기 위해 평화통일 공세를 취한 것이다.

평양방송은 이른바 조국통일 민주주의전선 중앙위원회 이름으로 끈질기게 평화통일 방안을 들고 나왔다. 그 내용이란 것이 걸작이었다.

① 1950년 8월 5일부터 8일까지 통일입법기관 설립을 위한 총선거를 전국적으로 실시한다.

② 8월 15일에 서울에 입법기관을 개설한다.

③ 이것을 위한 선거관리 기구나 평화적 통일의 제조건을 토의하기 위해 6월 15일부터 17일에 걸쳐 해주나 개성 부근에서 남북한의 대표자 회의를 개최한다.

④ 조국통일을 방해하는 분자들은 민족반역자로서 전항의 대표에서 제외한다. 그리고 UN 한국위원단의 개입은 허용

치 않는다.

⑤ 남북의 행정당국은 대표자 회의와 총선거에 있어서의 질서 유지를 책임진다.

한국 정부는 이 위장 공세를 묵살했다. 북은 계속 평화 공세를 취했다. 공격의 그날이 오기를 기다리면서.

한편 먹구름이 몰아닥치고 있는 것도 모른 채 서울 시민들은 안일 속에 빠져 있었다. 그들이야 공산군의 움직임을 알 리 없었던 것이다.

KMAG의 미국 장교들은 거의 매일 저녁 댄스파티에 참가하고 있었다. 그것은 그들에게 있어서는 생활의 중요한 일부분이었으니 나무랄 것이 못 되었다. 또 이역만리에서 즐거움을 찾는다는 것이 이상할 것은 없었다. 그러나 한국군이 볼 때는 매우 유감스러운 것이 아닐 수 없었다. 위기는 절박했다. 그런데도 그들은 모른 체하고 댄스파티에 열을 올리고 있었던 것이다.

한국 육군 참모총장은 6월 11일 비상경계를 명령했다.

△ 육군 작명(作命) 제78호

6월 11일 16시 서울

북한괴뢰의 모략적인 평화 공세에 대비하여 별명이 있는 시기까지 비상경계를 실시한다.

① 제1 · 제6 · 제7 · 제8사단장 및 제17연대장은 관하의 비상경계태세 실시에 만전을 기한다. 누구를 막론하고 38

도선을 왕래하는 자는 체포하고, 응하지 않는 자에게는 발포하라.

② 수도경비사령관·제2사단장·기갑연대장·포병학교장은 별명이 있을 때까지 경계태세에 만전을 기하라.

③ 전기 각 부대장은 교통망은 물론, 남북의 비밀통로를 봉쇄하기 위해 특별한 대책을 강구함과 동시에 정보수집 및 야간경계에 만전을 기하라.

명령을 하달받은 각 부대는 즉시 비상경계 태세에 들어갔다. 장병들은 외출이 금지된 채 영내에서 대기했다. 하루 이틀은 그런대로 긴장 속에서 지낼 수가 있었다. 그러나 수일이 지나도 아무런 일이 일어나지 않자 장병들은 차츰 권태감에 빠져들기 시작했다.

무료한 나날이 흘러갔다. 38선은 여전히 평온했다.

태풍전야는 고요하게 마련이다. 38선 북쪽에서 움직이고 있는 병력은 대략 20만 명 가까이 되었다. 20만 명이 숨을 죽인 채 개미떼처럼 움직이고 있었다. 그 주축은 역시 보병이었다.

△ 보병 10개 사단 = 120,880명

△ 122mm포연대 = 1,300명

△ 고사포연대 = 1,200명

△ 제206기계화연대 = 3,000명

△ 공병여단 = 2,500명

△ 통신연대 = 1,000명

△ 제603오토방위연대 = 3,500명

△ 유격대 = 6,500명

△ 38경비대 = 22,600명

△ 철도보안대 = 2,600명

△ 한만국경경비대 = 2,800명

△ 각도보안대 = 11,600명

△ 중앙경비연대 = 2,000명

△ 평양시보안대 = 1,200명

이들은 모두 합치면 18만2천6백80명이 된다. 20만 가까운 대병력인 셈이었다. 이들이 숨을 죽인 채 남침의 명령이 떨어지기를 기다리고 있었으니 실로 가공할 일이었다.

공산군에 비해 한국군은 우선 머릿수에 있어서도 그 절반밖에 되지 않았다. 보병 8개 사단(22개 연대)을 주축으로 이루어진 육군의 총수는 9만4천9백74명에 불과했다.

장비면에 있어서도 엄청난 차이가 있었다. 공산군은 소련제 T34 탱크를 2백42대나 보유하고 있었다. 반면 군군은 단 1대의 탱크도 가지고 있지 않았다.

아무리 부탁했지만 미국은 그때까지도 한국에 탱크 한대 제공해 주지 않았던 것이다.

공산군은 그밖에도 122mm곡사포 1백72문, 76mm곡사포 3백80문, 85~37mm고사포 36문, 76mm자주포 1백76문,

대전차포 5백50문, 61mm박격포 1천3백60문, 82mm박격포 1천1백42문, 120mm박격포 2백26문을 갖추고 있었다. 그야말로 강력한 화력이었고, 이것들이 일단 남쪽을 향해 포문을 열 경우 그 파괴력은 상상을 하고도 남음이 있었다.

공군력에 있어서는 더욱 격차가 있었다. 한국 공군은 기실 공군이라고 부르기도 부끄러운 실력을 지니고 있었다. 명칭만 공군이다 뿐이지 전쟁을 수행할 능력 같은 것은 아예 없었다. 비행기라고 전투기 한 대 없이 연락기 14대에 연습기 10대가 전부였으니 하늘은 완전히 개방된 상태나 다름없었다.

이에 비해 적의 공군력은 막강했다. YAK 9형, IL 10형, IL 12형 등 전투기만도 2백여 대나 되었다.

해군 역시 마찬가지였다. 한국 해군이 보유하고 있는 것이라고는 훈련과 경비에 임하고 있는 20여 척의 소형 함정이 전부였다. 그러나 적의 해군은 공격용 군함을 30여 척 구비하고 1만3천7백 명의 병력에 따로 육전대 9천 명이 있었다.

앞날을 분명히 예측하는 사람이 있어서 전쟁을 막아야 한다고 외쳤다 해도 사태는 너무 늦어 있었다. 태풍의 눈은 이미 목전에 다가와 있었다.

우거진 녹음 저쪽에서는 수십만 개의 눈동자들이 살기를 띤 채 돌격 신호만 떨어지기를 기다리고 있었던 것이다. 태풍의 눈을 보고도 미국이 도와주지 않는다고 탄식한들 무슨 소용이 있겠는가.

죽창을 들고서라도 자기를 방어해야 한다. 그렇지 않으면 죽음밖에 돌아오는 게 없다. 한국군은 비로소 죽창을 든 심정으로 방어에 임하기 시작했다. 방어라고 해서 특별한 것이 있는 것은 아니었다.

사실 한국군 수뇌 중에는 전략·전술적 능력을 갖추고 국방의 기본방침이나 연차 방어계획 같은 것을 짜낼 만한 능력을 갖춘 뛰어난 인물이 없었다. 34세의 참모총장만 해도 일본육사 출신으로 병기 관계 분야에서만 근무한 경력이 있을 뿐이었다. 대령이나 중령급조자도 배속장교나 병사부 관계의 근무경력이 많고 방어계획이나 국방의 기본 같은 분야에서 일한 경험은 거의 없었다. 그러니 거대한 방어계획을 수립한다는 것이 무리였는지도 모른다.

결국 각 지휘관들이 그 나름대로 방어계획이란 것을 만들 수밖에 없는 형편이었다. 빈약한 병력과 화력으로 방어계획을 짜자니 한숨밖에 나오지 않았다.

그런대로 한국군 제1사단은 38선 서쪽, 개성 정면과 고랑포 정면과 곡창이라고 하는 연안지구를 포함한 전 지역에 대해 방어선을 구축하고 있었다.

사단의 정면은 90여 킬로나 되었다. 그러니 방어선이 길 수밖에 없었다. 거기다 연안(延安) 지구는 예성강(禮成江)을 사이에 두고 있었다.

① 연안 지구에는 경계부대를 배치하는 정도로 그치고 만

일의 경우는 백석포(白石浦)로부터 해군 주정으로 문산(汶山)으로 이탈시킨다.

② 개성 정면은 예성강 철교를 파괴하여 최대한으로 적을 지연시키고, 장단(長湍)의 예비 방어선에서 적을 저지한다. 부득이하면 진봉산(進鳳山)으로 집결한 뒤 영정포(領井浦)로 이동하고 배로 문산에 상륙하여 임진강반(畔)을 확보한다.

③ 고랑포(高浪浦) 정면은 그 진지에서 적을 저지하고 개성부대의 철수를 엄호한 뒤 예비대가 된다.

이렇게 방어계획을 수립하긴 했지만 그것은 탁상공론에 불과했을 뿐 사실은 현저하게 달랐다.

1사단은 가장 장비가 우수한 사단이면서도 대전차 장비는 없는 것이나 다름없었고 포병대라고 해야 구식 포병대가 하나 있을 뿐이었다. 또 차량은 가동률도 낮은데다 수송대가 따로 있는 것도 아니어서 90여 킬로나 되는 정면을 기동력도 없이 방어한다는 것은 거의 불가능했다.

지도를 놓고 보면 방어해야 할 정면은 예성강에 의해 명확하게 둘로 나뉘어져 있다. 연안을 중심으로 한 예성강 서쪽 지역은 곡창으로 알려져 있었지만 그 정면은 50킬로나 되고 지형은 전형적인 북고남저형(北高南低型)이라 전술적으로 보면 예성강과 한강어귀로 격리된 사지(死地)였다.

동반부의 개성지역도 마찬가지였다. 정면은 48킬로나 되고 송악산의 지맥(支脈)이 예성강과 임진강으로 뻗어 내리고 있다. 만일의 경우 예성강 서쪽 강변 지역을 포기해야 됨은 명백한 사실이었지만, 그렇다고 개성지역을 확보할 수 있는 요선(要線)도 발견되지 않았다.

이렇게 방어해야 할 지역은 넓기만 했고, 거기에 비해 사용할 수 있는 병력은 한정되어 있었다.

당시의 수준으로 볼 때 1개 사단이 방어할 수 있는 선은 10킬로 정도였다. 그러나 아무리 이쪽저쪽으로 선을 그어 봐도 방어선은 30내지 40킬로나 되었고 고도 개성을 방어하려고 하면 국군 주력을 충당해도 모자라는 판이었다.

사단장은 방어선을 최소한으로 잡아 보려고 이리저리 궁리를 해 보았다. 그러한 그의 눈에 임진강의 장애가 눈에 띄었다. 그 선이면 최소한 서울을 방어할 수 있는 가장 합리적인 선이 될 수 있을 것 같았다. 방어 정면은 약 20킬로 정도로 단축될 수 있었다. 또한 강안에는 절벽이 많아 이를 이용하면 방어에 많은 도움이 될 수 있을 것 같았다. 아무리 살펴보아도 그 이상의 합리적인 방어선은 없었다.

그러나 문제가 없는 것은 아니었다. 너무 많은 것을 상실해야 하기 때문이었다. 개성을 포기하는 것은 물론 임진강 북쪽에 거주하는 십수만의 인명과 재산을 잃어야 했다. 전술적인 가능성만을 이유로 강북의 광대한 지역을 포기한다는 것은 가슴 아픈 일이었다.

그러나 아무리 머리를 짜내도 다른 방법은 없었다. 젊은 사단장은 임진강을 방어하기로 결심하고 각 연대에 진지구축을 지시했다.

그 구상은 38도선 남쪽의 현재 경계선을 제1선 진지로 하고 임진강 남쪽 강변의 제2방어선을 주진지, 그리고 문산천 남쪽의 선을 예비진지로 제3방어선으로 예정된 것이었다.

이것은 38도선 분쟁에 있어서는 수시로 38도선에 증원하거나 기동반격을 가하여 38선을 확보하지만, 만일 본격적인 공격을 받았을 때에는 주력을 즉각 임진강 남쪽 강변의 주진지에 들어가도록 계획한 것이다. 결국 38도선에서 발생하는 분쟁에는 기동방어 방식으로 대처하고 본격적인 침공에 대하여는 임진강을 이용하여 진지방어를 실시할 생각이었다.

방어선은 급조되었다. 병사들은 초여름의 따가운 햇살을 받으며 진지구축에 비지땀을 흘렸다. 그러나 방어선이라고 해야 철조망과 지뢰도 없고 다만 무엄개(無掩蓋)의 엄호를 교통호로 연결하고 있는 것에 불과했다.

여름철에 접어들고 있었기 때문에 자주 비가 내렸다. 병사들은 호속에 들어앉아 시원한 빗발을 맞으며 즐거워했다. 그들의 얼굴에서는 적에 대한 경계나 전쟁에 대한 공포 따위는 찾아볼 수도 없었다.

한국군 1사단과 대치하고 있는 공산군은 제6사단 병력이었다. 사단장은 팔로군 출신의 방호산(方虎山) 소장이었다. 병사들은 대부분 중국 공산군 출신들이라 실전경험이 풍부했다. 그들은 방어선을 꾸미고 있는 국군 제1사단을 일거에 밀어붙일 속셈으로 숨을 죽이고 그날이 오기를 기다리고 있었다.

매일 높은 고지에 올라가 망원경으로 남쪽을 바라보는 지휘관이 있었다. 최대치였다. 그는 6사단 소속으로 개성 정면을 맡고 있었다. 비가 오는 그날도 그는 우비를 뒤집어쓰고 고지 위로 올라가 뿌우옇게 흐린 전방의 높고 낮은 구릉지대들을 바라보았다.

남쪽 병사들은 비가 오자 모두 호속으로 자취를 감춘다. 조금 있자 담배연기가 여기저기서 피어오르는 것이 보인다. 머지않아 추풍낙엽처럼 떨어져나갈 그들을 생각하니 좀 가련한 느낌이 들지 않는 것도 아니었다.

그가 볼 때는 남쪽 병사들이 만들어놓은 방어선이라는 것이 마치 어린애 장난 같았다. 솔직히 말해 그것은 방어선이 아니었다. 그런 방어선이라면 혼자서도 돌파할 수 있을 것 같았다. 후방에 더 견고한 방어선이 있는지는 몰라도 지금 그의 눈에 보이는 방어선은 한낱 경계선에 지나지 않았다. 그것을 사수하겠다고 병사들은 목숨을 걸고 지키고 있는 것이다. 가엾은 목숨들이었다.

지뢰도 매설하지 않은 방어선이 어떻게 있을 수 있을까. 병사들은 덮개도 없는 호속에 들어가 있다. 만일 머리 위로 대포를 쏘아대면 어떻게 하겠다는 것인가.

그는 그런 방어망이 만들어지고 있다는 사실에 의아한 느낌이 들었다. 병사들은 소총 한 자루씩만을 달랑 가지고 있을 뿐이었다. 그밖에는 이렇다할 화력이 보이지 않았다.

"적의 지휘관들은 바보들인 모양이지. 만일 장하림이 있다면 저대로 놔두지는 않을 텐데……. 하긴 미국이 무기를 대주지 않는 이상 하림인들 별수 없겠지."

마치 어린아이들을 상대로 공격준비를 해온 것 같았다. 탱크로 밀어붙이면 곧장 개성시로 진입할 수 있을 것이라고 그는 생각했다. 적군 병사 하나를 상대로 싸우다가는 시간만 허비할 것이다. 돌격부대는 전속력으로 적진을 돌파하는 것이 임무다. 적의 주력만 무찌르면 나머지는 쓰레기나 다름없다. 쓰레기는 뒤에 오는 후방 부대에게 맡기면 된다.

그가 바라는 것은 서울에 제일 먼저 입성하는 일이었다. 그것을 위해 그는 얼마나 기다리고 기다려 왔던가!

그는 해방군으로서 서울 거리에 제일 먼저 입성하는 자신의 모습을 상상해 보곤 했다. 그것은 정말 미치도록 황홀한 모습이었다. 사람들은 박수를 치고 환호하겠지. 그 가운데로 나는 지나가는 것이다. 이 애꾸눈의 사나이가 지나가는 것이다. 흐흐흐……이날이 오기를 얼마나 기다렸던가!

여옥과 아이들의 모습이 나타났다. 여옥이 사형 집행되었다는 소식은 아직 없었다. 아직 살아 있다면 그녀를 살릴 수 있는 가능성은 있었다. 그는 입성하는 대로 먼저 아내를 구해낼 생각이었다. 그 다음에 아이들에게 달려갈 계획이었다.

그런데 아직 돌격명령이 떨어지지 않고 있는 것이다. 그는 안타까운 나머지 피가 바짝바짝 마르는 것 같았다. 도대체 우물쭈물할 필요가 뭐 있는가! 준비는 다 끝나지 않았는가!

"개새끼들!"

그는 군 수뇌부를 저주했다. 그토록 지리하고 안타까운 기다림은 난생 처음이었다. 이제나저제나 하고 기다렸지만 돌격나팔 소리는 들리지 않았다.

38선 일대는 쥐죽은 듯 고요하기만 했다. 빈번하게 일어나던 분쟁도 가라앉고, 흡사 평화스러운 시절이 찾아온 듯했다. 그는 부글부글 끓어오르는 가슴을 진정하면서 고지를 내려갔다.

한국군 제7사단은 적성(積城)에서 명지산(明智山)까지의 40여 킬로를 맡고 있었다. 방어구역 내에는 철원 — 동두천 — 의정부 국도가 통하고 있었다.

적의 주공으로 예상되는 지역을 방어하고 있는 만큼 7사단의 임무는 다른 어느 사단보다도 막중했다. 그러나 방어선은 바람만 불어도 무너질 것처럼 약하기 짝이 없었다.

철원 북쪽에 적의 전차가 집결해 있는 것이 포착되기는 했지만 속수무책이었다. 적의 주요 접근경로를 따라 개인용 참호진지를 파놓은 것이 고작이었다. 대전차 화기도 없었고 대전차 지뢰도 없었다. 예산마저 없어 대전차 계획 하나 세우지 못하고 있었다. 사단장은 걱정이 태산 같아 미군 고문에게 지뢰를 달라고 요구했다. 고문은 이렇게 장담했다.

"지뢰 따위는 절대로 불필요하다. 한국의 지형은 전차작전에 적합하지 않고 만일 전차가 오더라도 지금 가지고 있는 57밀리포와 바주카포만 있으면 얼마든지 격파할 수 있다."

의정부 정면은 전쟁이 발발할 경우 적의 주력이 노리게 될 가장 위험한 지역이었다. 적의 주공이 예상되는 지역인 만큼 당연히 방어력이 두터워야 마땅했다. 그러나 그렇지가 못했다.

신임 사단장이 6월 11일에야 부임해 왔기 때문에 확고한 저지선이 구축될 시간적 여유가 없었다. 시간 여유가 있었다 해도 저지선 구축에는 한계가 있었다.

결국 가장 중요한 정면이 가장 약하고 허술한 상태에서 전쟁을 맞게 된 것이다. 그런 가운데서도 치명상을 입을 것이라고 판단한 사람은 거의 없었다.

제6사단은 중부의 춘천 정면을 담당하고 있었다. 사단의 정면은 명지산으로부터 관대리(冠垈里)에 이르는 90킬로의 거리로, 산과 계곡만으로 이루어져 있었다.

사단은 춘천 정면을 제7연대에, 인제(麟蹄)정면을 제2연대에 경비시키고 적의 침공이 있을 때에는 원주에 주둔하고 있는 제16연대를 시켜 반격할 계획을 수립하고 있었다. 사단의 주저항선은 38도선 남쪽 고지대에 배치한 중대거점을 이어나간 선이었다. 원래 이 정면은 적의 조공(助攻) 정면으로 예상되고 있었다.

그런데 가장 위험하다고 생각되는 화천(華川) — 춘천 도로변에는 10여개의 토치카가 구축되어 있었다. 그것은 북한강에 가설되어 모진교(毛津橋)로부터 하류의 도로연변과 수리산(水利山) 남쪽기슭에 만들어져 있었다. 전임 사단장이 앞날을 내다보고 구축해둔 훌륭한 방어벽이었다.

당시의 분위기에는 진지 구축 같은 것을 오히려 비웃는 풍토가 만연되고 있었다. 불필요한 짓이라느니, 병사들을 너무 괴롭힌다느니 하는 따위의 말들이 총명한 지휘관들의 판단을 흐려놓기 일쑤였다. 따라서 보통사람으로서는 견고한 진지를 구축하는 것은 여간 힘든 일이 아니었다. 진지를 구축했다고 해서 상을 받는 것도 아니었고 오히려 손가락질을 받고 욕을 먹는 경우가 더 많았다. 그런 가운데서도 영리하고 책임감이 강한 지휘관은 비난을 무릅쓰고 진지 구축에 열을 올렸다. 수리산 진지도 그렇게 해서 만들어진 것이었다.

10여개의 토치카를 골간으로 구축된 6사단의 수리산 진지는 수리산의 구릉을 방패로 반사면적(反斜面的)인 진지로, 병풍처럼 깎아지른 절벽으로 된 산을 넘어오는 적을 기다려서 맞아치기 위해 계획된 것이었다. 즉, 그것은 수리산 그 자체를 이용한 것이 아니고, 오히려 반사면적인 성격이 강한 진지였다. 그것은 공산군의 우세한 포병력과 기갑병력을 충분히 감안하고서 세운 훌륭한 계획이었다.

만일 미군이 즐겨하는 식으로 수리산의 경사 변환선(變換線) 부근에 주저항선을 선정하고 있었다면 그 진지는 당장 제압되었을 것이고 춘천은 그날 중에 실함되어 전황은 공산군이 의도한 대로 되었을지도 모른다.

공산군은 이렇게 계획을 세웠다. 즉, 제2사단은 수원으로 돌진하여 한국군 주력을 포착하고, 제7사단은 홍천으로 돌진하여 국군 제6사단을, 이어서 원주로 급진격하여 제8사단의 퇴로를 차단하고, 미군이 오기 전에 국군을 섬멸할 계획이었다.

이렇게 볼 때 수리산 진지는 탁월한 지휘관이 만들어 낸 좋은 방어벽이 된 셈이었다.

뙤약볕 아래서 진지를 구축하느라고 얼굴이 까맣게 탄 병사들이야 그들이 만들어 놓은 진지가 그렇게 값진 것인 줄 알 리 없었다. 그들은 다만 먹을 것도 변변히 먹지 못한 채 하루종일 짐승처럼 일만 하는 자신들의 처지를 한탄하면서 고향을 그리워했다. 독살스런 지휘관을 만나 자신들의 고생이 심한 것이라고 불평을 늘어놓기도 했다. 전쟁이 어떠한 것인지 겪어 보지를 못했으니 그럴 만도 했다.

산 속에 갇힌 그들이 제일 기다리는 것은 고향에서 날아오는 편지였다. 편지 중에서도 애인한테서 오는 편지는 다른 병사들의 가슴까지 울렁거리게 만들어놓곤 했다.

김광수(金光洙)라는 일등병은 자칭 평화주의자였다. 그는 총구에다 이름 모를 꽃가지를 꽂아두는 버릇이 있었는데 어느 날 민가에서 얻어온 막걸리를 잔뜩 마시고 얼큰히 취해 수첩에다 이렇게 일기를 썼다.

△ 1950. 6. 13
이 우주의 한점 티끌이 여기 누워 고향에 두고 온 계집을 생각하고 있노라. 스물 넷의 사나이가 계집의 엉덩이를 생각하고 있다고 해서 비웃지 마라. 나는 대지가 뒤집히고 적이 몰

려온다 해도 계집의 젖가슴을 그리워할 것이고 총구에 꽃을 꽂아둘 것이다. 대저 인간이란 무엇이뇨?

왜 인간은 스스로 죽음의 함정을 파느뇨? 인간의 어리석음은 끝이 없구나!

저 창공에 떠가는 흰 구름을 보라. 나무 사이를 스쳐오는 미풍에 가슴을 열어라. 어디에서 전쟁의 북소리가 들려오는가. 나의 귀에는 새의 지저귐과 계곡의 물소리만이 들려올 뿐이다.

내 이 끓어오르는 욕망을 잠재워 두었다가 귀향하는 날 그대의 몸속에 모두 쏟아 넣으리라. 보리밭이 뭉개진들 어떠랴. 해가 지고 달이 뜨면 으레 그런 것을.

한점 티끌은 지금 대지 위에 누워 허무를 느낀다. 누가 이 허무함을 달래 줄 것인가. 물 흐르듯 흐르는 이 땀으로 그대의 몸을 적실 수만 있다면 이 허무함도 사라지겠지.

국군 제8사단은 동해안 26킬로 정면의 방어를 담당하고 있었다.

그 대강의 계획은 제10연대를 우측 제1선에 두고 삼척 주둔 제21연대 제1대대를 좌측 제1선에, 그리고 제21연대의 1개 대대를 예비로 하여 38도선 진지를 확보한다는 것이었다.

만일 이러한 방어계획이 적의 공격에 의해 무너지더라도 끝까지 적을 맞아치면서 해안선을 따라 후퇴하다가 적을 연곡천(連谷川)의 선까지 유인해서 무찌른다는 것이었다. 그리고 최후의 보루를 강릉(江陵)과 광원리(廣院里·오대산 서북방 기슭) 부근에 두었다. 만부득이한 상황일지라도 그 부근만은 사수하여 기회를 보아 공세로 이전한다는 계획이었다.

이에 따라 대대장 이상 지휘관들은 현지 전술을 익히고 도상(圖上)연습을 실시했다. 그리고 각 부대와 공병대대는 연곡천(連谷川)과 사천(泗川)의 선에 제2, 제3의 방어선을 구축했다. 예산도 자재도 없는 상황에서의 방어계획이었기 때문에 개인용 참호와 교통호밖에는 구축할 수가 없었다. 그래도 적의 공격을 저지하는데 큰 도움을 주었음은 말할 나위도 없다.

머리 좋고 책임감 강한 일선 지휘관들이 악조건 속에서나마 적의 침공을 예상하고 그 나름대로 방어선을 구축하고 있을 때, 후방의 수뇌급 장군들은 운명의 6월 25일이 다가올 때까지도 대책 하나 수립하지 않은 채 한가한 시간을 보내고 있었다.

위기감이 없는 것은 아니었다. 연일 보고되는 정보가 위기를 알려 주고 있었다. 그러나 설마 전면적인 침공이 있을 것이라고는 생각지 않고 있었다. 시기가 시기였고 미고문관이 너무도 자신 있게 부정하고 있었기 때문에 한국군 장성들 역시 부정적인 쪽으로 거의가 기울어져 있었다.

이러한 태도는 전쟁 발발 전야에 이르러 마침내 결정적인 두 가지 실책을 낳기에 이르렀다.

그 하나는 그때까지 계속되어 오던 비상경계령을 돌연 해제하고 장병들에게 휴가와 외출을 준 것이었고, 다른 하나는 군의 수뇌가 베푼 「심야의 파티」였다.

적의 7개 돌격사단과 2개 전차사단 병력 9만 명이 38선 일대에 걸쳐 가랑비를 맞으며 침묵을 지키고 있을 때, 한국군은 돌연 비상경계령이 해제된 가운데 장병들에게는 평상시와 다름없는 휴가와 외박이 주어지고, 군의 수뇌급 장성들은 토요일 밤의 파티를 벌인 것이다.

어떻게 해서 이런 일들이 벌어질 수 있었을까.

전쟁의 최고 가치는 승리에 있다. 패배에는 아무 의미도 없는 것이고 오직 굴욕과 죽음만이 존재할 뿐이다. 무기가 부족하고 미국이 도와주지 않았다는 것이 이유가 될 수 있을까. 왜 최선을 다하지 않았는가.

전쟁을 일으키고 평화로운 국토를 초토화한 적이야말로 나쁘다. 그러나 통일된 대책 하나 수립하지 못한 채 토요일 밤의 열기 속에서 적의 기습을 당한 쪽이 더욱 나쁜 것이다.

만 3년에 걸친 피비린내 나는 동족상잔의 기나긴 전쟁의 서곡이 이제 막을 올리려고 하는데 한쪽에서는 한가롭게 파티나 열고 있었으니, 얼마나 서글픈 노릇인가! 그것은 이상한 분위기였다. 전면 전쟁이 일어날 것이라고 말하는 사람은 오히려 정신이상자로 취급받거나 내부교란을 노리는 불온분자로 오해받기 십상이었다.

그러한 분위기 속에서 비상경계령이 해제되고 휴가와 외박이 주어졌으니 장병들로서는 더없이 기쁜 일이었는지도 모른다. 세 차례나 내린 비상경계령으로 한국군은 4월 7일부터 6월

23일까지 78일 동안 휴가와 외박이 금지된 채 계속 경계 중이었다.

처음에는 무슨 일이 일어날 것 같아 긴장이 감돌지 않은 것도 아니었으나 그러한 상태가 오래 지속되자 긴장은 해이되고 장병들은 피로와 불만에 쌓이게 되었다. 아무 일도 일어나지 않는데 도대체 언제까지 장병들을 묶어둘 것인가 하는 불평불만이 점점 고조되고 있었다. 그러다보니 위기의식은 차츰 둔화되고, 나중에는 무슨 일이 일어난다 해도 으레 그러려니 하고 곧이 듣지 않게끔 되었다.

이러한 여러 가지 사정과 낙관론이 겹쳐서 마침내 6월 23일 24시를 기하여 비상경계령이 해제되었던 것이다. 각 사단에 대해서는 주말은 부대장의 재량으로 휴가나 외출을 허가해도 좋다는 취지의 명령이 구두로 하달되었다.

각 사단의 연대장들은 즉시 장병들에게 휴가와 외출을 허가해 주었고, 실로 오랜만에 경계에서 풀려난 장병들은 기쁨에 넘쳐 우하니 영문 밖으로 몰려 나갔다. 그 바람에 전군의 영내는 토요일 하루 사이에 텅 비다시피 되었다.

이 사실이야말로 적의 기습을 받는 가장 치명적인 요인이 되었음은 물론이다.

한편 육군본부 정보국은 24일 오전 상황을 검토한 끝에 다음과 같은 결론에 도달했다.

"공산군이 전면공세로 나올 시기가 박두했다. 그 공세시기는 금명간일지도 모른다. 내일 일요일이 위험하다. 그 규모는 부산으로 향할 전면 침공의 공산이 크다."

정보국은 이 결론을 즉시 참모총장에게 보고했다. 그러나 특별한 지시는 없었고 육군본부는 오랜만에 맞은 반공휴일의 외출 때문에 텅비어 있었다.

참모총장이 정보국에 나타난 것은 오후 3시경이었다. 어쩐지 마음이 안 놓였던 모양이다.

"본부의 정보장교를 즉시 동두천·포천·개성 정면에 파견하여 정보를 수집하라. 결과는 25일 오전 8시에 보고하라."

그는 이렇게 명령했다. 그때 정보국 전투정보과 북한반장인 24세의 한 젊은 중위가 앞으로 나서서 이렇게 상신했다.

"비상경계령만이라도 부활시켜야 합니다."

참모총장은 애송이 장교를 내려다보며 건방지다는 듯 버럭 역정을 냈다.

"장기간에 걸친 비상경계령을 막 해제한 이 시점에 다소의 징후가 있다고 하여, 24시간도 되지 않아서 재차 명령할 수 있겠는가?"

이로써 한국군은 마지막 남은 기회도 잃은 셈이 되었다.

그날 밤, 그러니까 침략전야인 6월 24일 토요일밤, 육군본부 구내에서는 육군 장교클럽 개관파티가 개최되었다. 이른바 「심야의 파티」로 불리는 이 연회에는 한국군 고급 장교 50여명과 대다수의 미군사고문들이 참석했는데, 밤이 깊을수록 파티는 무르익어 댄스파티로 이어졌고, 그것이 끝난 것은 거의 자정이 지나서였다.

그러면 한반도에 일촉즉발의 위기가 감돌고 있을 때 장하림은 어떻게 지내고 있었을까. 그는 불명예를 안고 예편되어 하는 일없이 지내고 있었다. 그에게 있어서 그것은 대단한 충격이었다. 그는 자신이 갑자기 늙어 버린 기분이 들었고, 하루아침에 초라한 모습으로 변해 버렸다. 마치 그는 날갯죽지가 부러진 장닭 같았다.

 차라리 윤여옥의 스파이 행위를 방조한 죄로 체포되어 처형을 받았더라면 그렇게 초라함을 느끼지는 않았을 것이다. 그렇지 않고 군복을 벗기우고 거리에 내쫓겼기 때문에 그는 그때까지 살아온 자신의 파란 많은 생애가 송두리째 부정받고 내동댕이쳐지는 것을 보았다. 허무했다. 더없이 허무했다. 거기에다 죄의식까지 겹쳐 얼굴을 쳐들 수가 없었다.

 처음에는 자살이라도 하고 싶은 심정이었다. 그러나 그는 이윽고 냉정을 되찾아 현실을 받아들이기로 마음을 먹었다.

 정보기관에 있을 때는 전쟁에 대한 위기의식이 곧장 피부로 느껴지곤 했지만 일단 군복을 벗고 사회로 나오자 그러한 위기감은 차츰 멀어져갔다. 그는 일부러 거기에 등을 돌렸다.

 어떻게 되겠지. 설마 전쟁은 일어나지 않겠지. 그 역시 편리한 쪽으로 생각을 돌리고 있었다.

 그는 거의 매일이다시피 여옥을 만나러 갔다. 마치 그것이 생활의 전부이기라도 하듯 그는 한번도 거르지 않고 그녀를 만나러 갔다.

그때 여옥은 대법원에서까지 기각판결을 받고 사형이 확정되어 이제나저제나 하고 집행을 기다리고 있었다.

그러한 여옥을 하림은 매일 만나러 간 것이다. 여옥은 이미 생을 포기하고 담담하게 죽음을 기다리고 있었지만 밖에 있는 하림은 그렇지가 않았다. 사형집행을 기다리고 있는 여옥을 볼 때마다 그는 할 수만 있다면 자신이 대신 죽음을 맞고 싶을 정도로 안타까웠다. 죽음을 기다리고 있는 여옥을 그대로 놓고서는 그는 아무 것도 할 수가 없었다. 여옥이 그러고 있는 한 그는 자신이 아무 일도 할 수 없다는 것을 잘 알고 있었다. 그는 여옥에 의해 손발이 묶인 것이나 다름없었다.

여옥에 대해서는 어떤 희망도 없었다. 사형집행은 움직일 수 없는 확정적인 것이었다. 그 사실을 그는 불구경하듯 보고만 있어야 했다. 손을 쓸 수 있는 여지는 하나도 없었다. 절망적인 기분을 안고, 마치 절망을 확인하기라도 하는 듯 그는 매일 여옥을 만나러 갔다.

6월 24일 토요일, 그날도 그는 서대문 형무소로 여옥을 찾아갔다. 면회실에서 여옥을 기다리고 있을 때가 그는 제일 초조하고 견디기 어려웠다. 여옥이 나타나지 않으면 그것은 곧 그녀가 사형대의 이슬로 사라졌다는 것을 의미하기 때문이었다.

그러나 그날도 여옥은 살아서 나타났다. 보일 듯 말 듯한 미소를 띤 채 교도관을 따라 면회실에 들어왔다.

교도관이 지키고 있으니 깊은 말이야 주고받을 수도 없었다. 면회 시간도 10분으로 제한되어 있었다. 서로 쳐다보고 있으면

10분이 후딱 지나가 버리는 것이었다.

여옥은 이내 창백한 모습으로 하림을 바라보았다. 그 눈길은 이미 죽음의 그림자가 깃들어 있어서인지 너무 깊고 그윽해 보였다. 슬픔도 기쁨도 초월한 듯한 그 눈빛을 볼 때마다 하림은 가슴이 미어져 아무 말도 할 수가 없었다. 그녀가 어느 날 이 세상에서 사라진다 해도 그 맑은 눈동자만은 영원히 살아 있을 것 같았다.

여옥은 하림이 그만 와주었으면 하고 바랬다. 그러나 하림은 조금도 변함없이 찾아오고 있었다. 보통사람으로서는 할 수 없는 일을 그는 하고 있었다. 횟수가 늘어감에 따라 여옥은 이제 오히려 그를 기다리게 되었다. 그를 만나는 것이 그녀의 유일한 기쁨이 되었다. 그것은 그녀가 이승에서 누릴 수 있는 마지막 기쁨이었다.

나 때문에 군복을 벗고 초라한 모습으로 매일 나를 찾아오는 사람 — 그는 도대체 나한테서 무엇을 바라는 것일까. 그녀는 그를 볼 때마다 이렇게 자문해 보곤 했다. 그러나 결론은 언제나 하나였다. 그는 나한테 아무 것도 바라지 않는다. 이 세상에서 버림받고 이 세상에서 가장 외로운 나를 사랑하고 있을 뿐이다. 나에게 사랑을 주고 있을 뿐이다.

만일 하림씨가 안 계셨더라면 나는 어찌 됐을까. 그 생각을 할 때면 그녀는 반사적으로 전율을 느끼곤 했다. 누구의 사랑도 받음이 없이 홀로 사형대의 이슬로 사라진다는 것은 너무도 무서운 일이다. 죽는다는 것 자체가 무서운 것이 아니다. 고독이 무서운 것이다.

그러나 그녀는 죽음을 기다리면서도 행복할 수가 있었다. 하림의 사랑이 끝까지 그녀를 지켜 주고 있었기 때문이었다. 죽음을 앞둔 여인으로 하여금 행복을 느끼게 하는 힘이야말로 진정 위대한 것이었다. 하림의 사랑은 그토록 위대했다. 여옥은 정말 행복했고, 하림의 사랑을 통해 크나큰 위안을 느꼈다.

하림은 와이셔츠 바람이었는데, 날씨가 더운 탓인지 소매를 걷어붙이고 있었다. 거기에다 검정바지를 입고 있었다. 언제나 그는 같은 차림이었다. 면도를 하지 않아, 얼굴은 수염으로 덮여 있었다. 총명해 보이는 두 눈은 조용한 빛이면서도 조금 충혈되어 있었다.

"아이들은 다 잘 있어요."

"……"

여옥은 말없이 미소했다. 하림은 손으로 책상을 문질렀다.

"안은 덥지?"

"괜찮아요"

"더우면 고생스러울 거요"

그들은 함께 소리 없이 웃었다.

"그때는 정말 더웠지. 그때 낳은 대운이가 벌써 여섯 살이 되었군."

"세월이 참 빨라요."

"정말 빨라. 마치 화살 같아."

그들은 깊은 눈길로 상대를 응시했다. 조금이라도 더 보아두려는 듯이.

"참, 부탁이 있어요."

여옥이 정색을 하고 말했다. 하림은 그녀가 걸치고 있는 닳아 빠진 푸른 수의를 바라보았다.

"말해 봐요."

"결혼하세요."

"……"

"결혼하셔야 해요."

그녀는 진정으로 말하고 있었다. 하림은 아무 말이 없었다.

"은하를 위해서도 결혼하셔야 해요."

간수가 내려다보고 있어서 감정을 드러낼 수 없는 것이 그들은 안타까웠다.

"결혼하시는 거 보고 싶어요. 그리고……축복해 드리고 싶어요."

하림은 고개를 끄덕였다. 그는 결혼을 생각해 본 적이 없었다. 남성인 만큼 여체가 그립지 않은 것은 아니었다. 그렇지만 애정이 없는 결혼은 생각할 수도 없었다.

그가 결혼할 수 있는 가능성은 여옥과의 관계가 정리된 뒤에나 있을 수 있는 것이었다. 그러나 여옥과의 관계가 결코 끝나지 않을 것이라는 것을 그는 잘 알고 있었다. 그녀가 이 세상을 하직한 뒤에도 말이다.

여옥은 이제 영원한 여인상으로 그의 가슴속에 남아 있었다. 그러한 그는 현실적으로 행동할 수가 없었다. 그는 최고의 로맨

티스트였고 이상주의자였다. 적어도 여옥과의 관계에서만은 그러했다. 그러니 그가 다른 여자와의 결혼을 생각하지 않은 것은 너무도 당연했다. 그에게는 오직 여옥이만이 존재하고 있었으니까.

엄마가 없다는 것은 딸아이에게는 더없이 불행한 일이었다. 선량한 여자가 들어와 엄마 노릇을 해준다면 아이에게는 매우 큰 기쁨이 될 것이다.

엄마 얼굴도 모른 채 자란 은하는 사실 정에 매우 굶주려 있었다. 그렇다고 아빠가 엄마의 대역을 해 주는 것도 아니었다. 얼마 전까지만 해도 아빠는 거의 밖에서 지냈다. 그래서인지 아이는 생기가 없었고 언제나 눈에 띄지 않은 곳에서 조용히 지내기를 좋아했다. 확실히 아이에게는 엄마가 필요했다. 하림이 그것을 모르는 바 아니었다. 너무도 잘 알고 있었기 때문에 딸아이에게 엄마를 얻어 줄 수 없는 자신의 처지가 더욱 괴로운 것이었다. 그는 아이만을 위해서 어떤 여자를 아내로 맞이할 수는 없었다.

"엄마가 생기면 은하는 매우 좋아할 거예요."

"글쎄……"

그녀가 일부러 자기 자식들을 생각지 않으려고 애쓰고 있는 것이 역력히 느껴졌다.

그때 간수가 눈짓을 보내왔다. 하림은 손을 뻗어 그녀의 어깨를 짚었다. 야윈 어깨였다.

"잘 있어요. 모레 올께."

"이제 오시지 않아도 돼요."

"아니야. 오겠어. 잘 있어요"

그들은 어느 때보다도 깊은 눈길을 주고받았다. 차마 시선을 돌리지 못하고 한참 동안 서로 쳐다보고 있었다. 하림은 왠지 여옥을 다시 못 볼 것 같은 생각이 들었다. 몸을 돌려 나가는 여옥의 뒷모습이 불길한 예감 같은 것을 던져 주고 있었다.

하림은 뒤쫓아가 그녀를 끌어안고 싶은 충동이 와락 일었다. 가지 못하게 붙들고 싶었다. 그녀를 데리고 어디론가 멀리 도망치고 싶었다. 정신을 차렸을 때는 이미 여옥의 모습은 보이지 않았다.

형무소를 나온 그는 무더운 거리를 발길 닿는 대로 걸어갔다. 고통과 허탈 속에 빠진 그는 자신의 무력함과 자기를 가로막고 있는 벽에 대해 심한 분노를 느꼈다. 눈물이 나오려고 하는 것을 참느라고 그는 얼굴을 잔뜩 찌푸렸다.

거리에는 외출 나온 군인들이 많이 눈에 띄었다. 하림은 그들을 보고 고개를 갸우뚱했다. 군에는 비상경계령이 내려져 있는 것으로 그는 알고 있었다. 요즘에는 정보와는 담을 쌓고 살고 있기 때문에 위기의식이 많이 사라져 있었지만 그는 조만간에 전쟁이 일어나고야 말 것이라고 믿고 있는 사람들 중의 하나였다. 그런데 장병들이 거리에 나돌아다니고 있으니 그의 눈에는 이상하게 비칠 만도 했다.

"어이, 일병, 나좀 봅시다."

그는 보따리를 들고 가는 일등병을 불러 세웠다. 그 병사는 시골 출신인 듯 몹시 어수룩해 보였다.

"휴가 나가요?"

"예, 그런디요."

"비상경계령이 해제되었나 보지요?"

"예, 그래서 벌써 휴가갈 건디 지금 가는 것이구만요."

"아, 알겠소. 잘 가시오."

전쟁이 일어나지 않는다는 어떤 보장이라도 있었단 말인가. 그는 계속 의문에 잠긴 채 집으로 돌아왔다.

그날 저녁 그는 형수에게

"내일은 아이들을 데리고 소풍이나 갔다 오겠습니다."
라고 말했다.

"어머, 좋으신 생각이네요. 그럼 도시락을 싸야겠군요."

형수는 반가운 기색을 보였다. 한번도 아이들을 데리고 놀러 간 적이 없는 하림이 갑자기 그런 말을 했기 때문에 반가웠던 것이다.

남편이 죽고 나서 그녀는 얼마 동안 하림을 매우 저주했었다. 남편의 죽음이 하림의 탓이라고 믿었기 때문이다. 그러나 시간이 흐름에 따라 그녀는 차츰 하림을 이해하게 되었고 남편의 죽음이 얼마나 숭고한 것인가도 알게 되었다.

하림의 입장에서는 형수를 볼 때마다 심한 죄책감을 느끼곤 했지만 그렇다고 도망치듯 집을 빠져나온다는 것도 비겁한 짓이었기 때문에 그대로 눌러앉아 있었다. 다행히 그녀는 처음과는 달리 그를 이해해 주고 있었기 때문에 요즘에는 가시방석에 앉아 있는 것 같은 기분을 느끼지는 않았지만 그래도 청상과부가 된 형수를 볼 때마다 죄의식을 안 가질 수는 없었다.

다음 날은 6월 25일, 일요일이었다. 하늘은 구름 한점 없이 맑았다.

놀러간다고 하자 아이들은 손뼉을 치며 좋아했다. 건은 아직 어렸기 때문에 조카 다련이와 은하만을 데리고 집을 나섰다.

큰길로 나오자 군용트럭들이 북쪽으로 질주하는 것이 보였다. 트럭에는 군인들이 잔뜩 타고 있었는데 모두가 무장을 하고 있었다. 이상한 예감이 스쳐갔지만 설마하고 생각하면서 필동의 여옥의 집으로 갔다. 거기 가서 대운이도 함께 데리고 갈 생각이었다. 대운이는 낯선 계집애들을 보고 서먹해 하다가 하림이 강가로 놀러가자고 하자 얼른 따라 나왔다.

전차를 타고 한강 인도교 쪽으로 가는데 병사들을 가득 태운 트럭들이 계속 북쪽으로 가는 것이 눈에 띄었다.

아이들은 강가에 닿자 고삐 풀린 망아지처럼 모래밭 위를 마구 달려갔다. 그중 대운이가 제일 날뛰는 것 같았다. 한강물은 조금도 오염되지 않아 더없이 맑고 푸르렀다. 물 속에서 송사리 떼가 몰려다니는 것이 훤히 들여다보였다.

"야, 고기다! 고기!"

대운이는 이미 물 속으로 첨벙첨벙 뛰어들고 있었다. 다련이와 은하는 차마 그러지는 못하고 물가에서 머뭇거리고 있었다.

하림은 비스듬한 경사면 위에 나란히 서 있는 포플러나무 밑에 주저앉아 눈을 가늘게 뜬 채 아이들이 뛰어노는 모습을 지켜보고 있었다. 포플러 잎들은 미풍에 살랑거리고 있었고, 햇빛을 받아 고기비늘처럼 반짝이고 있었다. 나뭇가지에서는 제철을 만난 매미들이 요란스럽게 울어대고 있었다.

평화로운 일요일이었다.

그는 느긋한 기분에 싸이면서 모래 위에 비스듬히 누웠다. 졸음이 밀려왔다. 바로 그때 쿵쿵 하고 폿소리가 들려왔다. 그는 감으려던 눈을 도로 떴다.

쿵!

쿵!

폿소리는 계속 들려오고 있었다. 북쪽에서 들려오는 소리였다. 그러나 먼 곳에서 아득히 들려오고 있어서 별로 실감 있게 받아들여지지가 않았다. 국군이 포사격 연습이라도 하는 거겠지 하고 생각하면서 그는 아이들 쪽으로 시선을 돌렸다.

대운이는 물에 흠뻑 젖은 채 소리소리 지르며 날뛰고 있었고 계집아이들은 손뼉을 치며 깔깔대고 있었다. 그것을 보고 있자니 하림은 절로 웃음이 나왔다. 오랜만에 웃는 웃음이었다.

맑고 깨끗한 푸른 강물과 흰 모래밭, 그리고 눈부시게 빛나는 태양을 배경으로 뛰어놀고 있는 아이들의 천진스런 모습은 한 폭의 아름다운 수채화 같았다. 그는 지금까지 아이들에게 무관심했던 자신의 행동을 나무라면서 앞으로는 아이들을 데리고 자주 놀러 다녀야겠다고 생각했다. 이럴 때 여옥이도 함께 있으면 얼마나 좋을까. 몹시 기뻐할 텐데.

여옥이 생각에 그는 금방 표정이 어두워졌다.

세 아이들 중 대운이가 제일 나이가 어렸다. 하림의 조카 다련이 열 살, 그의 딸 은하가 일곱 살, 그리고 여옥의 아들인 해방둥이 대운이는 이제 여섯 살이었다. 그런데도 놈은 어느새 다련이와 은하를 휘어잡고 있었다. 계집아이들은 놈이 시키는 대로 움직이고 있었다. 가만히 보니 송사리를 잡겠다고 그렇게 법석을 떨고 있었다.

다련이는 엄마의 사랑을 받고 자란 탓으로 성격이 구김살 없이 명랑한 편이었다. 거기에 비해 은하는 어딘지 그늘지고 소극적인 데가 있어 보였다. 그래도 집에 있을 때보다는 명랑하게 뛰어놀고 있었다.

딸아이가 커갈수록 가쯔꼬의 모습을 닮아가고 있는데 그는 적이 놀라고 있었고 신기하게 생각하고 있었다. 은하는 가쯔꼬를 닮아 빼어나게 예뻤다. 그러나 성격만은 그렇지가 않았다.

어디선가 군가 소리가 들려왔다. 그는 소리가 들려오는 쪽으로 고개를 돌려보았다. 인도교 위로 군 트럭이 달리고 있었다. 군가는 거기서 터져나오고 있었다.

인도교 위를 질주하는 군 트럭은 한 대가 아니었다. 한 대, 두 대, 세 대, 네 대…….

쿵!

쿵!

쿵!

그때 다시 폿소리가 들려왔다. 폿소리를 배음으로 해서 들려오는 군가 소리는 비로소 무엇인가 심상치 않은 것을 느끼게 해 주고 있었다.

그는 밀려드는 불안감을 밀어내면서 다시 아이들을 바라보았다. 정신없이 놀고 있는 아이들을 방해하고 싶지가 않았다.

"별일 아닐 거야. 걱정하지 않아도 돼."

그래도 불안감은 사라지지 않고 더욱 가중되고 있었다. 그는 가지고 온 도시락을 펴놓고 아이들을 불렀다.

"자, 다들 이리 온. 이리 와서 점심 먹자."

갑자기 심하게 노는 바람에 공복을 느꼈던지 아이들은 기다렸다는 듯이 뛰어왔다. 대운이는 김밥을 두 손에 하나씩 들고 먹어치웠다. 천천히 먹으라고 타일렀지만 막무가내였다.

"맛있니?"

"으응······."

놈은 입이 찢어질 듯이 김밥을 밀어넣고 있었다. 반대로 계집 아이들은 얌전하게 먹고 있었다.

"천천히 먹어. 체한다."

하림은 대치 아들의 젖은 머리를 쓰다듬어 주었다. 어떤 아이보다도 불쌍한 생각이 들었다. 기가 죽지 않고 거칠게 자라고 있는 모습이 왠지 더욱 측은해 보였다. 이 아이는 건강하게 자라서 행복한 삶을 누려야 한다. 이 아이까지 희생되어서는 안 된다. 희생은 아이의 부모선에서 끝나야 한다.

대운이는 그가 사이판도에서 받아 낸 아이였다. 이제 그는 그 아이의 장래까지 책임져야 할 입장에 놓여 있었다. 거기에 대해 부담을 느낀다거나 그런 것은 추호도 없었다. 그는 그것을 당연한 것으로 받아들이고 있었고 거기에 대해 어떤 운명적인 것까지 느끼고 있었다. 그가 가장 사랑했던 한 여인의 아들 — 그 아이는 이제 그에게 가장 소중한 것이 되어 있었다.

아이들이 점심을 먹고 나자 하림은 대운이의 젖은 옷들을 벗겨 나뭇가지에 걸어놓았다. 벌거벗은 아이는 배가 부르겠다, 더욱 신이 나서 달려갔다.

세 시쯤 되자 폿소리는 더욱 가까워져 있었다. 어느새 불안은 공포로 바뀌어 있었다. 비로소 그는 눈을 번쩍 떴다. 그리고 아이들을 불러모았다.

전차를 타고 시내로 들어가면서 보니 거리 분위기가 어수선하고, 사람들의 얼굴에 불안한 빛이 감돌고 있었다. 전차가 을지로 입구로 들어서고 있을 때 마이크 소리가 들려왔다.

"군인은 모두 귀대하라! 모든 군인은 즉시 귀대하라!"

그것은 헌병 지프에서 흘러나오고 있는 소리였다. 하림은 머리끝으로 피가 몰리는 것을 느끼면서 자기도 모르게 아이들의 손을 꽉 잡았다.

"전쟁이 났나 봐."

"어쩌지?"

사람들이 수군거리는 소리가 들려왔다. 하림은 다리가 후들후들 떨려왔다. 전차에서 내리니 거리의 불안과 술렁거림이 그대로 느껴졌다.

폿소리는 점점 가까워지고 있었다. 하림은 아이들의 손을 꼭 잡고 앞만 보고 걸어갔다.

쿵!

쿵!

쿵!

"저거 무슨 소리예요?"

다련이 눈을 동그랗게 뜨고 묻는다.

"음, 나도 잘 모르겠다."

등골로 식은땀이 흐르는 것이 느껴졌다. 먼저 대운이를 집에 데려다 주고 김노인에게 이렇게 당부했다.

"아무래도 무슨 일이 일어날 것 같습니다. 아무 데도 가시지 마시고 댁에 계십시오. 다시 오겠습니다."

집에 돌아오니 형수가 대문 앞에서 서성거리고 있다가

"아이고, 큰일 났어요! 전쟁이 났대요!"

하고 말했다.

"누가 그러던가요?"

하림은 침착하려고 애쓰면서 물었다.

"사람들이 다 그래요. 벌써 소문이 다 돌았어요. 이를 어쩌지요?"

"뭐, 별거 아닐 겁니다. 제가 알아 보고 올 테니 문단속이나 잘하고 계십시오."

하림은 다시 시내로 나왔다. 거리는 아까보다 더 술렁거리고 있었다. 사람들은 여기저기 전파가게 앞에 몰려 서서 시시각각으로 보도되는 뉴스에 귀를 기울이고 있었다. 하림도 그들 틈에 끼여들어 뉴스를 들어 보았다.

"……적은 현재 38선 전역에 걸쳐 소련제 탱크를 앞세우고 공격해 오고 있습니다! 옹진반도의 국군 제17연대는 2.5배에 달하는 적군을 맞아 혈전을 벌이고 있으며, 개성 문산 정면을 방어하고 있는 국군 제1사단도 육탄 특공전을 벌이고 있다는 소식입니다! 한편 의정부 방면의 제7사단은 현재 적군 2개 사단의 공격을 받고 있으며, 중동부 전선의 국군은 적을 용감히 격퇴하고 있다고 합니다! 국민 여러분! 이 비상시국을 당하여 우리는 굳게 뭉쳐 적의 남침야욕을 분쇄해야 할 것입니다! 소식이 들어오는 대로 다시 뉴스를 알려 드리겠습니다!"

뉴스가 끝나고 애국가가 흘러나왔다.

거리는 사람들의 물결로 출렁이고 있었다. 그들은 어떻게 행동해야 할 지 몰라 우왕좌왕하고 있었다. 아직 피난을 생각하는 사람은 없는 것 같았다. 모두가 갈피를 못 잡고 있는 듯했다.

신문사 차가 지나가면서 호외를 뿌렸다. 사람들이 그것을 주우려고 차도로 우하니 몰려 나갔다. 하림도 뛰어가 호외를 한 장 주웠다.

"북한 공산군, 금일 미명 기해 일제 남침!"

큼직한 제호 글짜가 마치 파도처럼 눈앞을 후려쳤다. 그 충격에 그는 비틀거렸다. 마침내 올 것이 오고야 말았다! 이를 어째야 하나!

"친애하는 시민 여러분! 용맹한 우리 국군은 침략의 무리들을 격퇴하고 있습니다! 동요하지 말고 국군을 지원합시다! 동요하지 말고 질서를 지킵시다! 우리 국군은 계속 북진하고 있습니다!"

소속을 알 수 없는 트럭이 굴러가면서 마이크를 통해 여자 목소리가 흘러나오고 있었다. 군인들을 태운 트럭이 또 지나갔다. 소총을 들었다 뿐이지 군장도 변변치 못해 보였다. 그래도 그들은 목청껏 군가를 부르고 있었다. 그는 자기도 모르게 눈물을 글썽거렸다.

"마침내 전쟁이 일어나고야 말았다! 나는 무엇을 해야 하나!"

그는 이렇게 자문하면서 마치 길 잃은 아이처럼 플라타너스 그늘 속에 멀거니 서 있었다. 생각 같아서는 졸병으로라도 전선에 달려가고 싶었다. 그러나 아이들 때문에 그럴 수도 없었다. 제일 마음에 걸리는 것이 여옥의 자식들이었다. 그 아이들은 이제 그의 자식이나 다름없었다. 아니 자식보다 더 귀중한 존재들이었다.

트럭이 한 대 멎더니 헌병들이 뛰어내려 사방으로 흩어지는 것이 보였다. 이윽고 여기저기서 호각 소리가 요란스럽게 들려왔다. 헌병들이 불어대는 호각 소리였다.

헌병들은 여기저기 길목에 서서 닥치는 대로 청년들을 불러모으고 있었다. 눈치빠른 청년 하나가 응하지 않고 피하려 하자 헌병은 쫓아가면서 호각을 불어댔다.

"거기 서! 서란 말이야!"

"왜, 왜 그럽니까?"

"잔말 말고 따라와!"

헌병은 청년의 팔을 나꿔채서 끌고 왔다. 그 청년은 트럭 위에 올라갈 때까지도 거세게 저항했다. 트럭 위에는 이미 청년들이 많이 타고 있었다. 비상동원령에 따른 강제동원이었으므로 어쩔 수 없는 일이었다.

갑자기 그들 중의 하나가 애국가를 부르자 시무룩하게 서 있던 청년들은 약속이나 한 듯 합창하기 시작했다. 그들은 군인이 아니었다. 거리에 나왔다가 강제로 동원되는 것이었다. 그러나 그들의 얼굴에는 이미 국가를 위해 몸을 바치겠다는 비장한 각오가 서려 있었다.

하림의 눈에 처녀 하나가 보였다. 그 처녀는 트럭에 달라붙어 한 청년과 숨가쁘게 이야기를 나누고 있었다.

"가라고! 난 괜찮아!"

청년이 트럭 위에서 소리쳤다.

"집에는 뭐라고 하죠? 날짜까지 잡아 놓았는데……"

"잘 설명해! 내가 편지할께. 곧 돌아오게 될 거야!"

그때 트럭이 움직였다. 처녀는 트럭을 따라 뛰었다.

"몸조심하세요!"

"걱정하지 마!"

"기다리고 있겠어요!"

트럭을 따를 수 없게 되자 처녀는 멈춰 서서 하염없이 손을 흔들었다.

하림은 헌병들 앞으로 다가갔다. 그러나 헌병들은 수염이 시커멓게 자란 그를 동원대상으로 보지 않았다. 그는 차라리 자신이 강제 동원되었으면 하고 바랐다. 그렇게 되면 이것저것 가릴 것 없이 전선으로 가는 것이었다.

그는 헌병들을 지나쳤다. 어디를 가나 불안에 떨고 있는 얼굴들뿐이었다. 그들은 전세를 좀더 정확히 파악한 다음 행동하려고 거리를 떠나지 않고 있었다.

갑자기 비행기 소리가 들려 하늘을 쳐다보니 붉은 별도 선명한 야크기 두 대가 낮게 떠서 머리 위를 가로 질러가는 것이 보였다.

"적기다!"

하림은 주먹을 쥐고 소리쳤다. 조금 후 여의도 쪽에서 폭음이 들려왔다.

폭음이 사라질 때까지 그 자리에 서 있던 하림은 문득 여옥을 생각했다. 전쟁이 일어났으니 여옥의 운명은 어찌 될까.

그는 급히 전차를 타고 서대문 형무소로 갔다. 그러나 면회는 금지되어 있었다. 형무소는 집총한 간수들에 의해 삼엄하게 경비되고 있었다. 간수 하나를 붙들고 사정하다시피 말했다.

"여자 사형수인데 생사만이라도 알 수 없을까요?"

"생사라니요?"

철책 저쪽에서 간수가 퉁명스럽게 대꾸했다.

"사형집행이 됐는지 안 됐는지 그걸 알고 싶어서 그럽니다"

"잠깐 기다려 보슈. 이름이 뭐라 그랬지?"

"윤여옥입니다."

기다리는 동안 하림은 계속 줄담배를 피워댔다. 10분쯤 지나 간수가 나타났다. 하림은 숨을 멈추고 뚫어지게 간수를 바라보았다.

"아직 집행되지 않았소."

그 한마디에 하림은 안도의 한숨을 내쉬었다.

"전쟁이 났는데, 죄수들은 어떻게 할 겁니까?"

"그건 당신이 알 일이 아니야."

간수는 쏘아붙이고 나서 저쪽으로 가 버렸다.

하림은 별수 없이 그곳을 물러났다. 하늘을 찌를 듯이 솟아 있는 형무소의 담벽을 지나오면서 그는 이제 어떤 개인도 자기 의지대로 살 수 없다는 것을 깨달았다. 마치 여옥이 그렇듯이.

여옥을 만나지 못하고 돌아서는 그의 마음은 견딜 수 없이 괴로웠다. 너무 괴로워서 가슴을 칼로 도려내는 것 같았다. 전쟁이 치열해질 경우 여옥의 운명이 어떻게 될지는 아무도 알 수 없는 일이다. 그녀의 운명은 바람 앞의 등불이나 같았다.

서산으로 해가 기울고 있었다. 포성은 더욱 크게 들려오고 있었다. 거리에 나와 있던 사람들은 귀가를 서두르고 있었다.

벌써 봇짐을 지고 피난길에 나선 사람들이 눈에 띄고 있었다. 그러나 대부분의 사람들은 아직 관망하고 있는 눈치들이었다.

"어디로 피난가시는 겁니까?"

하림은 일가를 거느리고 바삐 걸어가는 중년의 가장을 붙들고 물어 보았다.

"글쎄요……하여간 가보는 겁니다. 남쪽으로……"

북쪽에서 포성이 들려오고 있으니 남쪽으로 피난가는 것이 당연했다. 석양빛을 받으며 멀리 사라지는 그 일가를 바라보면서 하림은 그런 단순함도 없는 자신에게 심한 불만을 느꼈다.

여옥의 집에 들르니 김노인 부부가 어쩔 줄 모르며 불안해 하고 있었다.

"전쟁이 일어났다면서요?"

"네, 그런 것 같습니다만……너무 걱정하지는 마십시오."

이렇게 위로는 하면서도 마음은 몹시 켕기고 있었다.

"피난가지 않아도 될까요?"

"괜찮을 겁니다."

생각 같아서는 그들을 모두 집으로 데려가고 싶었다. 그러나 형수가 있어서 그의 마음대로 할 수 없는 입장이었다.

대운이는 그를 보고 입이 찢어지게 웃으며 달려들었다. 함께 놀아 준 것이 효과가 컸던 모양이다. 하림은 아이를 덥석 안아 이마에 입을 맞추었다. 둘째 웅이는 그의 눈치만 살피고 있었다. 웅이도 함께 안아 주자 그제야 활짝 웃으며 매달린다.

가슴으로 뜨거운 것이 밀려왔다. 차마 어린것들을 떼어 놓을 수가 없었다. 이 어린것들을 어찌해야 한단 말인가. 정에 굶주린 아이들은 친절한 아저씨를 놓지 않겠다는 듯 마구 품속으로 파고 들어오고 있었다. 겨우 달래어 떼어놓자 아이들은 입을 삐죽거리며 금방이라도 울음을 터뜨릴 것처럼 보였다.

"다시 또 오겠습니다. 너무 걱정하지 마십시오."

노인들에게 인사하고 물러나오는데 아이들의 울음 소리가

들려왔다.

"아저씨! 아저씨! 따라갈 거야!"

대운이가 노인의 손을 벗어나 맨발로 달려나오더니 그의 옷자락을 움켜쥔다. 그리고 마구 울어댄다. 하림은 아이를 끌어안고 머리를 쓰다듬어 주었다. 아무리 달래도 아이는 막무가내였다. 아이는 울다가 엄마를 찾았다.

"엄마한테 가! 엄마한테 가!"

하림은 목이 잠겨 말이 나오지 않았다. 가까스로 집을 빠져나온 그는 아이의 울음 소리를 듣지 않으려고 급히 걸어갔다. 마치 자기 자식을 떼어 놓고 도망치는 심정이었다.

거리에는 피난민들의 모습이 눈에 띄게 불어나 있었다. 그는 거리에 우두커니 서서 한동안 피난민들을 바라보았다. 살기 위해 정든 집을 버리고 정처 없이 떠나가는 그들의 모습이 너무도 처량해 보였다. 아이들을 업기도 하고 걸리기도 하면서 짐들을 잔뜩 지고 뒤뚱거리며 남쪽으로 흘러가는 그들의 모습 속에는 오직 살겠다는 의지밖에 보이지 않았다. 아무리 피난간다고 해야 어디까지 갈 것인가. 가다보면 바다에 막히겠지. 바다에는 그들을 태워 줄 배가 있을 리가 없었다. 설령 배를 탄다 해도 어디로 갈 것인가. 기다리는 것은 망망대해뿐이다. 어느 나라도 피난민들을 환영하지는 않을 것이다. 이 땅을 떠나서는 살 수가 없다는 것을 그들은 왜 모르는가. 아니다. 알면서도 떠나는 것이다. 이 장하림이라고 해서 피난민이 되지 않는다는 보장이 어디 있는가. 어쩌면 나도 저들처럼 아이들을 데리고 거리로 나설

지 모른다고 생각하면서 그는 가까워진 포성에 전율했다.

집에 가자 형수는 이미 짐을 챙기고 있었다.

"어디로 가려고 그러십니까?"

"하여튼 어찌 될지 모르니까 짐이라도 싸놔야지요."

맞는 말이었다. 만류할 수도 없는 일이었다. 이제 그는 아무것도 자신할 수가 없었다.

"여옥씨 아이들을 어떡하지요?"

"글쎄……모르겠습니다."

그는 형수를 외면했다. 그리고 뼈저린 무력감을 느꼈다.

밤이 되자 북쪽 하늘이 벌겋게 타오르는 것이 보였다. 밤새 하늘은 붉은 빛이었다. 전쟁이 돌이킬 수 없을 정도로 치열해지고 있음을 알 수가 있었다.

포성에 지축이 흔들리기 시작했다. 집이 흔들리는 바람에 아이들이 놀라 깨어 울기 시작했다. 그는 형수와 아이들을 지하실로 몰아넣었다.

밤거리로 나가보니, 이미 거리는 아비규환으로 변해 있었다. 그는 어둠 속에 몸을 숨기고 서서 파도처럼 밀어닥칠 살육과 파괴의 시간을 기다렸다.

아아, 그날

1950년 6월 25일. 새벽의 어둠 속에 잠긴 38도선 일대에는 지척을 분간하기 어려운 짙은 안개가 끼어 있었다. 그 안개 속에서 9만 명이 가랑비를 맞으며 소리 없이 움직이고 있었다.

7개 돌격사단의 대병력이었다. 그들 말고도 후방에는 10만 병력이 대기하고 있었다.

소련제 T34탱크들은 덮개를 젖히고 일제히 그 시커먼 동체를 드러내고 있었고, 122밀리 곡사포와 76밀리 무반동포대들은 남쪽 하늘을 향해 포신을 쳐들고 있었다.

작전상황실에는 가죽장화에 푸른 바지를 입은 장교들이 돌처럼 굳은 표정으로 서 있었다. 모두가 젊고 건장한 모습들이었다. 그들은 탁자 위에 놓여 있는 전화통만 주시하고 있었다.

서둘러 식사를 끝낸 병사들은 운명의 시간을 온통 자기 것으로 받아들이고 싶은 듯 숨을 죽이고 가랑비 속에 웅크리고 있었다. 누런 무명 군복이 비에 젖는 것도 모른 채 그들은 눈을 반짝이며 남쪽의 검은 산줄기를 바라보고 있었다. 소대를 이끌고 있는 장교들은 마치 나무처럼 여기저기에 우뚝우뚝 서 있었다. 분대장은 소대장만 바라보고 있었다.

새벽 4시. 마침내 장교들의 오른손이 어둠을 가르듯 높이 쳐들렸다. 그와 동시에 분대장들은 웅크렸던 몸들을 튕기듯 일으키면서

"돌격!"

하고 악을 썼다. 그것은 흡사 광풍이 몰아치는 것과 함께 지진이 난 것 같았다.

러시아의 진흙밭에서 쓰도록 만들어진 견고한 소련제 탱크들은 흙덩이를 튕기면서 우르르 몰려나왔다. 그 뒤를 어둠 속에 숨어 있던 조그만 동물들이 악을 쓰면서 뒤따르기 시작했다.

중포들은 남쪽 하늘을 향해 일제히 불을 뿜었고, 그 사이사이로 만세 소리가 들려오고 있었다. 번쩍이는 섬광 사이로 산천초목이 흔들리는 것이 보였다.

탱크들은 거대한 동체로 초목을 깔아뭉개면서 남쪽으로 전진했다. 탱크 위에 상체를 드러낸 장교들은 흔들리는 산하를 노려보고 있었다. 그 중에는 흰 이를 드러내고 소리 없이 웃고 있는 자도 있었다.

2백 40여 킬로에 걸친 38선은 일시에 무너져 나갔다. 중포 6백여문과 박격포 2천수백 문이 쏘아대는 그 엄청난 화력 앞에 둑이 무너지듯 허물어져 나가고 있었다. 미명의 어둠이 걷힐 때까지 포문은 쉬지 않고 불을 뿜었다.

날이 새자 이미 대지는 뒤집혀져 있었고 하늘은 포연으로 안개가 낀 듯 자욱했다. 나무와 풀잎으로 위장한 대군의 움직임은

마치 초목과 뒤엉켜 대지가 움직이는 것 같았다.

눈에 보이는 산등성이의 나무들은 포성이 한번씩 울릴 때마다 하늘로 날아가 버리고 그 대신 붉은 황토가 마치 후벼진 내장처럼 그 자리를 뒤엎곤 했다.

누런 무명옷의 동물들은 개미떼처럼 대지를 휩쓸며 달려가고 있었다. 그들을 저지하는 힘은 극히 미약했다. 그들은 눈앞에 전개될 살육과 파괴의 자유를 향해 굶주린 야수처럼 돌격하고 있었다.

공산군은 의정부와 동두천 정면을 주공선으로 6개 방면에서 공격을 개시하고, 상오 5시에는 동해안 4개 지점에서 상륙작전을 감행했다. 공격을 개시한 6개 방면은 의정부 - 동두천 정면, 고랑포 정면, 개성 정면, 옹진 정면, 춘천 정면, 그리고 강릉 정면 등이었다.

곳곳에서 국군은 탱크를 저지하려고 기를 썼다. 그러나 야포를 맞고도 탱크는 부서지지 않았다.

철갑 속의 운전병은 웃으면서 탱크를 전진시켰다. 탱크 뒤에는 착검한 보병들이 구릿빛 모습으로 뒤따르고 있었다.

탱크는 국군 병사들을 미처 다 사살하지 못한 채 달려갔다. 뒤에 처진 채 살아남은 병사들은 포로가 되지 않기 위해 뿔뿔이 흩어져 산 속으로 들어갔다. 자욱한 포연과 뿌우연 흙먼지에 하늘은 빛을 잃었고, 대지는 초토화되고 있었다.

T34탱크의 위력은 절대적이었다. 그 파괴력에 국군 병사들은 추풍낙엽처럼 떨어져 나갔고, 공산군은 거침없이 진격할

수가 있었다. 57밀리 대전차포나 바주카포로도 탱크를 저지할 수 없게 되자 국군 지휘관들은 최후수단으로 육탄 공격을 명령했다. 일본군의 전통적인 장기를 그대로 답습하려고 한 것이다.

구일본군은 그래도 육탄 공격용 무기라도 가지고 있었기 때문에 그것이 가능했었다. 그러나 한국군은 그런 준비도 없었다. 무기라고는 수류탄과 정신밖에 가지고 있지 않았다.

거침없이 밀고 내려온 탱크를 향해 병사들은 수류탄을 뽑아들고 돌진했다. 그것은 죽음을 초월하지 않고는 할 수 없는 행동이었다. 수류탄을 안고 탱크 밑으로 몸을 던진 병사는 폭음과 함께 형체도 없이 산화해 버렸고, 잠시 멈췄던 탱크는 아무 일 없었다는 듯 다시 움직였다. 탱크 위로 뛰어오른 병사는 뚜껑을 열려고 해 보았지만 끄떡도 하지 않았다. 탱크는 그 병사를 동댕이치고 그대로 굴러갔다.

경원선을 따라 철원 — 연천(漣川) — 동두천을 거쳐 남하하는 국도는 금화(金化)에서 포천(抱川)을 거쳐 서남으로 뻗은 2차선 도로와 의정부에서 만나고, 그 다음부터는 의정부 국도로서 서울까지 곧장 와 닿는다. 이들 도로의 양켠에는 병풍 같은 바위산이 커튼처럼 드리워져 있고 한쪽으로는 큰 하천이 흐르고 있다. 강줄기 주변에는 밭과 논이 아름다운 회랑을 이루고 있어 회백색의 바위산들과 좋은 대조를 이루고 있다.

이들 도로는 예부터 서울로 들어가는 가장 주된 침공로로 이용되어 왔었다. 공산군 역시 주공을 여기에 두고 있었고, 국군

또한 그것을 예상하고 방어에 임하고 있었다.

그날 아침 공산군 제3사단은 109전차연대의 지원을 받으며 포천 도로로 남하했고 제4사단은 107전차연대의 지원하에 동두천 도로로 진격했다. 공산군 병력은 2개 사단 3만4천 명에 1백50대의 탱크를 보유하고 있었다.

이를 방어하고 있는 국군은 제7사단으로 불과 7천5백 명의 병력으로 적과 대치하고 있었다. 그나마 4개 대대는 외출 및 휴가중이었다.

방어전초진지는 개전 30분만에 자취도 없이 사라져 버리고 공산군은 노도처럼 밀려왔다.

최대치는 군모가 거추장스러웠다. 군모 밑으로 흘러내리는 땀방울이 자꾸만 오른쪽 눈 속으로 들어가는 바람에 눈이 쓰라렸다.

"빌어먹을……"

그는 중얼거리면서 모자를 벗어 던졌다. 그리고 소매로 얼굴에 흐르는 땀을 닦은 다음 저고리 윗부분의 단추 세 개를 풀어헤쳤다. 그래도 덥기는 마찬가지였다.

그는 네 명의 전차대원들과 함께 탱크 속에 앉아 있었다. 그것은 아주 드문 일이었다. 보병부대의 지휘관은 대지를 밟고 있어야 하는데도 불구하고 그는 탱크 속에 앉아 땀을 뻘뻘 흘리고 있었다. 그것도 제일 선두의 탱크 속에서.

성질이 급하고 불같은 그는 보병지휘관이랍시고 뒷전에 서서 부하들을 독전하는 것이 처음부터 마땅치가 않았기 때문이다. 전쟁이 시작되자 마자 그의 마음은 이미 서울에 가 있었다. 마음이 그러니 한시가 급할 수밖에 없었다. 노도처럼 밀려가는 병사들의 모습이 그의 눈에는 마치 굼벵이가 기어가는 것처럼 보였다.

가만 보니 작전이고 뭐고 필요 없을 것 같았다. 적은 너무 약해 빠진데다 방어도 허술해서 추풍낙엽처럼 흩어지고 있었다. 전황이 그러한 판이니 아군은 평지를 달리는 것이나 마찬가지였다. 마침내 그는 탱크 속에 뛰어들어 선두를 달려가기 시작했다, 흡사 마라톤 주자 같은 심정으로. 사실 그는 굉장히 흥분하고 있었지만 전쟁을 스포츠쯤으로 생각하고 있었고, 다른 사람들은 젖혀두고 한시라도 먼저 서울에 입성하려고 기를 쓰고 있었다.

열기와 소음 속에서 그는 캐터필러에 밟히고 있는 대지의 괴로운 몸부림이 전율처럼 몸에 와 닿는 것을 느끼고 있었다. 숨막히는 열기와 귀청을 찢는 모터 소리는 때때로 의식을 몽롱하게 만들어 주곤 했지만 그때마다 그는 외눈을 부릅뜨고 포탑 총구로 다가오는 녹색의 대지를 노려보곤 했다.

안개를 헤치고 나갈 때마다 이슬에 젖은 나무와 풀잎들이 광풍에 휩쓸리듯 떠는 것이 보인다. 쉴 사이 없이 번쩍이는 섬광으로 보아 포성이 천지를 진동하고 있는 것을 알 수 있지만 탱크 속에서는 오직 모터 소리와 대지를 두드리는 캐터필러 소리만이 들리고·있을 뿐이다.

진동이 심할 때마다 거기에 따라 시야에 보이는 지면도 마치 파도처럼 오르내린다. 흡사 뱃속에 앉아 있는 것 같다. 갑자기 지면이 위로 치솟는다. 쇳덩이는 괴물처럼 신음을 토하면서 경사면을 기어오른다.

언덕에 올랐을 때 저 멀리 산등성이 위로 해가 뜨는 것이 보였다. 이슬에 젖은 녹색 이파리들이 햇빛을 받아 눈부시게 빛나기 시작한다. 포연과 안개가 함께 뒤섞여 흩어지는 것이 보인다. 이쪽으로부터 맞은편 구릉지대까지 사이에는 드넓은 들판이 자리잡고 있어서 탱크가 달리기에는 아주 좋을 것 같았다.

"적이 포진하고 있습니다."

탱크장이 무전기를 내려놓으며 말했다. 탱크는 정지해 있었다.

대치는 장갑판 뚜껑을 열고 위로 올라섰다. 맑은 공기를 가슴 깊이 들이킨 다음 목에 걸고 있던 망원경을 꺼내 전방의 구릉지대를 살폈다.

구릉지대 위로 교통호가 길게 이어져 있고, 그 속에 병사들이 웅크리고 있는 것이 보인다. 그때 병사 하나가 일어서는 것이 뚜렷이 눈에 띄었다. 들고 있는 소총 총구에 꽃 한 송이가 꽂혀 있다.

그 병사는 그날도 소총에 이름 모를 꽃을 꽂은 채 아침을 맞았다. 눈부신 햇살을 받으며 그는 호 속에 누워 맑은 하늘을 쳐다보고 있었다. 포성과 함께 대지가 흔들릴 때마다 그는 이상한 생각이 들었다.

전쟁을 처음 겪어 보는 그는 지금 일어나고 있는 사태가 어쩐지 심각하게 받아들여지지가 않았다. 전쟁이 아닐 거야. 자식들, 선전포고도 없이 이렇게 쳐들어오는 수가 있어? 적이 나타나면 나는 웃으며 손을 내밀어야지. 악수를 청하는데 차마 총을 쏠라구.

처음 포성이 들렸을 때는 무서운 나머지 턱이 덜덜 떨리기까지 했었다. 그러나 계속해서 듣자 이제는 익숙해져 아무렇지도 않았다. 자식들, 괜히 겁주는 거 아니야?

총구에 꽂힌 흰 꽃이 바람에 하늘거리는 것을 보고 있다가 그는 수첩을 꺼내 일기를 쓰기 시작했다.

△ 1950. 6. 25

자장가처럼 들려오는 저 포성이 나를 잠재우려 하고 있다. 포성에 대지가 흔들리고 나무와 풀이 떨고 있다.

남들은 전쟁이 났다고 하지만 나는 믿어지지 않는다. 자고로 전쟁이란 그것을 일으키기 전에 먼저 선전포고가 있어야 하지 않은가.

저 푸른 하늘을 보라. 전쟁이란 얼마나 무의미한 것인가.

나는 오늘도 총구에다 이름 모를 흰 꽃을 꽂았다. 자유와 평화를 위해.

전쟁은 우리를 피해갈 것이다. 나는 그대에게 편지를 띄우고 싶다. 그대는 지금 무얼 하고 있는가.

그가 여기까지 썼을 때

"야, 저것 봐라……"

하는 소리가 들려왔다. 그는 수첩을 든 채 몸을 일으켰다.

"적이다!"

"탱크다!"

여기저기서 고함 소리가 들려왔다. 그것은 정말이었다.

고지 아래 넓은 들판 위로 탱크를 앞세운 누런 인간들이 개미 떼처럼 몰려오고 있는 것이 보였다. 탱크는 모두 다섯 대였다. 난생 처음 보는 것이라 그는 멀거니 그 광경을 바라보고 있었다. 그때였다. 조금 떨어진 곳에서 소대장이 악을 썼다.

"야, 임마! 뭐하는 거야? 엎드려!"

병사는 허리를 굽혔다. 동시에 들판의 탱크들이 일제히 포문을 열었다.

집중포격을 받은 고지는 덩어리째 날아가 버렸다. 그 병사의 몸뚱이도 흙과 함께 수 미터 치솟았다가 고지 밑으로 굴러 떨어졌다.

병사는 잠시 후 정신을 차렸다. 일어서려고 했지만 하체는 이미 날아가 버리고 없었다.

그는 두 손을 뻗어 배를 만져 보았다. 질퍽한 것이 손에 만져졌다. 고개를 힘겹게 꺾어 내려다보니, 내장이 쏟아져나와 있었다. 그는 창자를 움켜쥐고 도로 뱃속으로 밀어 넣으려고 했지만 마음대로 되지가 않았다.

"편지를 쓰려고 했었는데……"

그는 중얼거리면서 푸른 하늘을 바라보았다. 가물거리는 의식을 통해 탱크의 거대한 포신이 머리 위에 와 있는 것을 보았다. 시커먼 괴물은 거침없이 병사를 깔아뭉개고 남진했다.

대치는 계속 탱크 위에 서 있었다.

"위험합니다!"

밑에서 탱크장이 소리쳤지만 대치는 듣지 않고 그대로 버티고 있었다.

총알이 귓전을 스치며 피웅피웅 날아가는 소리가 들려오고 있었지만, 그는 그것을 마치 파리새끼들이 앵앵거리는 것 정도로 여기면서 동상처럼 서 있었다.

포연과 흙먼지 속을 계속 헤쳐나가는 동안 그의 모습은 먼지에 싸여 뿌우옇게 보였다. 특히 머리와 눈썹에 먼지가 허옇게 쌓이는 바람에 그는 갑자기 늙어 버린 사람 같았다. 먼지가 쌓이고, 그것이 땀에 엉겨붙고, 그 위에 다시 먼지가 덮이는 바람에 그의 얼굴은 더할 나위 없이 더럽고 흉측해 보였다. 빛나고 있는 것은 오른쪽 외눈뿐이었다.

자욱한 포연과 흙먼지를 뚫고 가면 강렬한 햇빛이 눈을 찌르곤 했다. 높고 낮은 구릉지대를 따라 포진하고 있는 병사들의 모습이 햇볕에 녹아드는 것처럼 흐물흐물해 보였다.

때때로 적군 병사들을 헤치고 탱크가 먼저 앞으로 돌진할 때가 있었다. 그럴 때면 후퇴할 기회를 잃은 병사들은 흔들리는 초목 사이로 빨려 들어가듯 도망치곤 했다. 그렇다고 패잔병들을 뒤쫓을 여유는 없었다. 선두 부대는 최대의 속도로 전진만 하면 되는 것이다. 그 나머지 뒤치다꺼리는 뒤에 오는 부대가 맡도록 되어 있다.

가끔씩 탱크를 향해 토끼처럼 뛰어드는 병사들이 있었다. 적이지만 매우 용감한 병사들이었다. 그렇지만 그들의 손에는 고작해야 수류탄 정도가 들려 있을 뿐이었다. 진동하는 소음에 수류탄 터지는 소리도 딱총 소리 정도로밖에 들리지 않았다.

밋밋한 야산을 오른쪽에 끼고 협로를 돌아가자 수 명의 적군 병사들이 수풀을 헤치고 나타났다. 갈수록 육탄공세가 빈번해지고 있었다. 그들은 줄지어 달려가는 탱크 위로

"야하!"

하고 고함을 지르면서 돌격해 왔다.

병사 하나가 탱크 위로 뛰어오르는 것을 보고 대치는 허리에 찬 권총을 뽑아들었다. 탱크가 갑자기 속력을 내는 바람에 병사와 그는 중심을 잃고 휘청거렸다. 두 사람의 시선이 마주쳤다. 병사는 어려보였고 오른손에 수류탄을 뽑아들고 있었다. 이미 안전핀을 뽑았기 때문에 수류탄에서는 연기가 피어오르고 있었다. 불과 수초간이었지만 그는 어린 병사의 눈에서 여러 가지를 읽을 수가 있었다.

그 병사는 울고 있었다. 무서워서 우는 게 아니었다. 증오에 사무친 나머지 눈물을 흘리고 있었다. 단순함과 용맹스러움이, 햇빛에 드러난 얼룩진 얼굴을 아름답게 만들어 주고 있었다. 대

치는 상대의 복부를 향해 권총 방아쇠를 당겼다. 얼굴을 맞대고 있던 병사의 몸이 탱그에서 굴러 떨어지는 것과 동시에 수류탄이 폭발했다.

육체의 조각들이 공중으로 치솟았다가 뒤로 떨어지는 것을 보면서 그는 얼굴을 만졌다. 오른쪽 이마로 파편이 스쳐가는 바람에 상처가 좀 난 것 같았다. 이마에서 흘러내린 피가 땀과 함께 눈 속으로 흘러들었다. 소맷자락으로 피를 닦아내는데 뒤에서 쿵하는 소리가 들려왔다. 돌아보니 탱크 속에서 화염이 치솟고 있었고 병사들이 서로 빠져나오려고 아우성치고 있었다.

개성 서북방 4킬로 지점, 서울—신의주 국도와 교차되는 38도선상에 국군 검문소가 하나 서 있었다. 미륵당(彌勒堂)이라고 불리는 곳이었는데, 그날 아침에도 여느 때처럼 헌병 두 명이 차단기를 내려 놓고 보초를 서고 있었다. 아직 잠이 덜 깬 헌병 두 명은 하품을 연거푸 하면서 서로 담배를 나누어 피웠다.

"저거 무슨 소리지?"

"대포 소리 같은데……"

뇌성처럼 들려오는 포성에 그들은 고개를 갸우뚱했다.

"아침부터 시끄럽군."

"전에는 이러지 않았어."

"짜식들, 괜히 그러는 거겠지."

"난 어젯밤에 몽정했다구. 여기가 아직도 축축해. 흐흐흐……"

그들은 무슨 음모나 꾸미는 듯 음흉스럽게 웃었다.

"짜아식, 자나깨나……"

"밤만 되면 미치겠어."

그때 우르르르 하는 캐터필러 소리가 들려왔다.

"이거 무슨 소리지?"

"글쎄……"

탱크를 본 적이 없는 그들은 북쪽으로 뻗어 있는 길을 바라보았다. 국도는 저만치서 숲이 우거진 경사면을 끼고 오른쪽으로 돌아가고 있었다.

이상한 소리가 점점 가까워지더니 이윽고 시커먼 괴물이 커브를 돌아 나타났다. 괴물은 포대를 흔들면서 잠시 멈추는 듯했다. 그 괴물의 뒤에도 똑같이 생긴 괴물들이 줄지어 있었고 그 양쪽으로는 초목으로 위장한 누런 병사들이 따르고 있었다.

두 명의 헌병은 멀거니 그 광경을 바라보았다. 너무 갑작스런 광경에 미처 정신을 차리지 못하고 있었다.

"저게 뭐지?"

"글쎄……"

"아군이야, 적군이야?"

"글쎄……"

"이상한데……"

그때 탱크 위로 험상궂은 사나이의 모습이 불쑥 나타났다. 군모도 쓰지 않은 그는 한쪽 눈에 검은 안대를 대고 있었는데 양쪽 어깨 위에 있는 붉은 견장으로 보아 적군 장교인 듯했다.

"적이다!"

헌병들은 어깨에 걸고 있던 소총을 끌어내리면서 손을 흔들었다.

"정지! 오면 안 돼! 돌아가! 돌아가라구! 오면 쏜다!"

매우 어리석고도 신사적인 헌병들이었다. 공산군에 대한 인식이 없었으니 그럴 만도 했다.

모터 소리가 높아지는 것과 함께 포신이 좌우로 흔들리더니 곧장 그들을 향해 겨누어졌다. 그리고 빠른 속도로 맹수처럼 돌진해 왔다.

쿵!

하는 소리가 났을 때 이미 헌병들의 모습은 날아가 버리고 없었다. 화이버만이 길바닥 위에 나뒹굴고 있었다.

두번째의 "쿵!" 소리에 검문소도 박살이 나 버렸다. 탱크는 박살난 검문소의 잔해를 짓뭉개면서 굴러갔다.

길바닥 위에 뿌려진 검붉은 핏자국들은 마치 붉은 장미꽃 이파리들을 흐트려 놓은 것 같았다. 그 위로 뿌연 흙먼지가 가라앉자 핏자국들은 빛을 잃고 스러져 갔다.

뒤에 처진 공산군 병사 하나가 길바닥 위에 나뒹굴고 있는 팔뚝을 발로 툭 차더니 손목에서 피에 젖은 시계를 풀어내 자기 손목에 찼다.

개성역(開城驛), 오전 5시 30분 전후.

역광장은 새벽부터 몰려드는 피난민들로 물 끓듯 들끓고 있었다. 매표창구는 닫힌 지 오래였고, 표를 사지 못한 사람들은 아우성치고 있었다. 하나같이 서울로 가기 위해 발버둥치고 있었다.

그러나 역은 이미 마비되어 있었다. 밀려드는 인파를 감당할 수 없게 된 역원들은 사태가 심상치 않자 대부분 자취를 감추어 버렸고, 불과 서너 명의 책임감 강한 역원들만이 역장과 함께 남아 진땀을 흘리고 있었다.

노한 군중들은 마침내 역사 안에까지 밀려들어 왔다. 그들은 역장의 멱살을 움켜잡고 살기 등등하게 소리쳤다.

"우리를 앉아서 죽게 만들 셈이야?"

"도대체 역장이란 자가 뭐하는 거야?"

"기차가 오지 않는데 난들 어떡합니까?"

"전화를 걸어! 전화를!"

"이거 봐! 그 따위 말이 어디 있어? 어떻게 해야 할 거 아니야?"

역사로 돌멩이가 날아드는 바람에 창문이란 창문은 모두 박살이 나고 있었다.

그때 북쪽에서 기적 소리가 들려왔다. 그 소리에 광장에 몰려 있던 사람들이 우하니 철로 변으로 달려갔다. 이미 플랫폼에까지 나와 있던 사람들은 밀리지 않으려고 기를 쓰고 있었다. 그 바람에 그 일대는 수라장을 이루고 있었다. 기차 소리가 가까워 옴에 따라 밀고 밀치는 피난민들의 아우성은 더욱 고조되고 있었다. 욕설과 비명, 아이들의 울음 소리 등이 뒤엉켜 플랫폼 주위는 정신을 차릴 수 없을 정도로 뒤죽박죽이었다.

마침내 산모퉁이를 돌아 기차가 시커먼 연기를 내뿜으며 달려오는 것이 보였다. 피난민들은 한 덩어리가 되어 서로 먼저 기차에 뛰어오르려고 아우성쳤다. 그 소동에 아이들은 짓밟히고 여자들은 여기저기서 울부짖었다.

기차는 갑자기 속도를 줄이면서 서서히 접근해 왔다. 남자들이 먼저 자리를 잡으려고 기차를 향해 뛰어갔다. 그때 기차 속에서 돌연 기관총 소리가 터져나왔다. 달려들던 남자들이 비명을 지르며 쓰러지자 피난민들은 주춤했다.

그러나 그것도 잠깐이었다. 플랫폼으로 들어오는 기차 속에는 놀랍게도 누런 군복 차림의 공산군들이 가득 타고 있었다. 기차가 멈춰 서자 그들은 밖으로 뛰어내리면서 피난민들을 향해 마구 총을 난사하기 시작했다.

피난민들은 이번에는 반대로 그곳을 빠져나가려고 기를 썼다. 아까보다도 더욱 필사적이었기 때문에 그 일대는 아비규환의 지옥으로 돌변했다.

공산군들이 난사하는 총에 피난민들은 풀잎처럼 휩쓸렸다. 하나가 쓰러지면 그 위에 또 하나가 쓰러졌고 살아남은 피난민들은 그 시체들을 짓밟고 도망쳤다.

아기를 업은 어느 젊은 여인은 아기를 뚫고 들어온 총알을 등에 맞고 아기와 함께 죽어갔다. 죽은 아기를 업고 도망치는 여자도 있었고, 죽은 엄마의 등 위에서 울어대는 아기도 있었다.

총소리가 멎었을 때 역구내에는 시체들이 즐비하게 널려 있었다. 거의가 흰옷을 입고 있었기 때문에 핏빛이 유난히도 선명했다.

역을 점령한 공산군은 역사에 불을 질렀다. 검은 연기가 순식간에 하늘을 뒤덮었다.

무방비 도시는 공포와 침묵으로 이내 침략군을 맞았다. 그 많던 피난민들은 어디로 사라졌는지 보이지 않았고 거리는 휑하니 비어 있었다. 그 텅빈 거리로 침략자들은 물밀 듯이 밀려들어 갔다.

여기저기서 콩볶듯이 총소리가 들려오더니 이윽고 고도의 하늘은 검은 연기로 뒤덮이기 시작했다. 시내로 들어갈수록 공산군은 완강한 저항에 부딪치고 있었다.

국군 병사들은 시내 곳곳에 숨어서 필사적으로 저항하고 있었다. 그러나 밀려드는 공산군을 언제까지고 저지할 수는 없었다. 그들을 저지하기에는 국군은 너무나 힘이 약했다.

시가전은 시종 공산군 탱크와 국군 병사들의 싸움으로 이어지고 있었다. 국군 병사들은 아무리 총을 쏘아도 물러설 줄 모르고 달려드는 철갑괴물 때문에 어찌할 도리가 없었다. 그 무서운 파괴력에 병사들은 낙엽처럼 날아가 버리곤 했다. 탱크를 파괴하지 않고는 공산군을 저지한다는 것이 불가능했다. 공산군이 막강한 것도 그 괴물들 때문이었다. 그래서 국군은 괴물과의 싸움에 전력투구하고 있었다. 그러나 그럴수록 더욱 희생자만 늘어갈 뿐이었다.

최대치는 탱크 위에서 불타는 시가지를 바라보고 있었다. 그는 시내 중심가 로터리에 있었다. 유린되는 고도(古都)의 모습을 그는 냉혈한 외눈으로 바라보고 있었다.

탱크의 포대가 한 바퀴 원을 그리자, 전봇대가 힘없이 쓰러지는 것이 보였다.

포가 실린 두 바퀴 마차를 끌고 가던 조랑말이 비탈길 위에서 비틀거리자, 마차 위에 서 있던 공산군 병사가 회초리로 엉덩이를 후려쳤다. 조랑말의 엉덩이와 등짝은 하도 맞아서 껍질이 홀렁 벗겨진 채 피가 흐르고 있었다. 조랑말은 훌쩍 뛰다가 그대로 쓰러져 버렸다. 입에서는 허연 거품이 흘러나오고 있었다.

병사는 마차에서 뛰어내리더니 총개머리 판으로 무자비하게 조랑말을 후려친다.

오토바이 중대가 엔진 소리도 요란스럽게 달려간다. 하나같이 붉은 먼지를 뿌옇게 뒤집어쓰고 있었다.

건물 하나가 폭삭 내려앉는 것이 보인다. 하늘을 뒤덮는 먼지 사이로 붉은 깃발이 흔들리는 것이 보인다. 여기저기서 환호성이 터진다.

그는 시계를 들여다보았다. 9시였다. 조금 지나자 오토바이 한대가 그쪽으로 질주해 왔다. 오토바이에서 내린 장교가 거수경례를 하고 나서 외쳤다.

"시내는 완전히 점령됐습니다! 보고 끝!"

"3중대는 적진을 정찰하고, 나머지는 별명이 있을 때까지 휴식을 취하라! 그리고 더 이상의 파괴는 금한다!"

그는 명령을 내린 다음 밑으로 뛰어내렸다. 개성은 그의 고향이었다. 낯익은 거리가 화염에 싸여 파괴되고 있는 것이 좋을 리가 없었지만 전쟁이니 할 수 없는 일이라고 그는 생각했다.

"오토바이를 한 대 보내! 즉시 말이야!"

"알겠습니다!"

오토바이를 기다리는 동안 그는 길바닥에 나뒹굴고 있는 시체들을 바라보았다. 길바닥에 널려 있는 시체들 가운데는 아직 숨이 끊어지지 않고 꿈틀거리고 있는 것들도 있었다. 숨이 붙어 있기는 하지만 그것들은 시체나 다름없었다.

시체 하나가 일어서는 것이 보였다. 얼굴이 시뻘겋게 피에 젖어 마치 도깨비 같았다. 시체는 앞뒤로 흔들거리며 몇 발짝 걸어가다가 군 트럭에 부딪쳐 멀리 동댕이쳐졌다.

삼륜 오토바이가 먼지를 뽀얗게 일으키면서 달려왔다. 대치는 오토바이 오른쪽에 붙어 있는 자리 속에 들어가 앉았다. 오토바이는 불타는 거리를 거침없이 질주해 갔다.

길 양편으로는 공산군 보병부대가 두 줄로 나란히 걸어 들어오고 있었다. 땀과 먼지에 더럽혀질 대로 더럽혀진 구릿빛 병사들의 얼굴은 온통 승리와 야욕의 번득임으로 가득 차 있었다.

전투에 이긴 병사들이 점령지에 진군해 들어올 때의 기분이란 과연 어떤 것일까. 반대로 전투에 지고 포로가 된 병사의 심정은 어떠할까.

대치는 온몸이 공중으로 붕 뜨는 것 같았다. 기분이 아주 좋았다. 일찍이 이렇게 좋은 기분을 느껴본 적이 없었다.

"이 봐!"

그는 오토바이 운전병을 소리쳐 불렀다.

"네!"

"기분이 어떤가?"

"좋습니다!"

"그저 좋은 정도인가?"

"최고로……최고로 좋습니다!"

병사는 외쳐댔다.

"우리는 승리할 거다! 부산에 가서 한잔하자!"

"감사합니다!"

오토바이는 어느 오막살이 앞에서 급정거했다.

시내에서 멀리 떨어진 곳이었기 때문에 그곳은 피해가 그렇게 크지는 않았다. 그러나 그 일대 마을은 이미 붉은 완장을 두른 청년들에 의해 장악되어 있었고 동회 지붕 위에는 붉은 깃발이 나부끼고 있었다.

느닷없이 공산군 대좌가 나타나자 붉은 완장을 두른 청년들이 그 주위로 몰려들었다. 대치는 그들을 거들떠보지도 않고 오막살이로 뛰어들었다.

"어머니!"

그렇게 두 번 부르자 문짝이 떨어져나갈 듯 젖혀지면서 노파 하나가 맨발로 뛰쳐나왔다.

"네, 네가 웬일이냐?"

그의 노모는 아들의 얼굴을 확인하고 나서 손을 덥석 움켜잡았다. 뒤이어 그의 형 부부가 뛰어나왔다.

대치가 노모를 만나러 오기는 실로 수년 만이었다. 지난 수년 동안 정신없이 살아온 그는 집에 한번 와보지 못했었다. 불효막심했지만 그런 것에 신경을 쓸 그가 아니었다. 이번에 노모를 만나러 온 것도 순전히 지나던 길에 들른 것뿐이었다. 개성을 점령하고 나자 문득 노모가 생각났고 마침 시간 여유가 있어서 찾아온 것이었다.

"이놈아, 그렇다고 그렇게 소식도 없이……"

그의 노모는 너무나 달라져 버린 아들을 어루만지며 말을 잇지 못했다. 개성이 38선 이남에 위치하고 있는 바람에 어머니를 찾아보기가 어려웠던 점도 있었다. 그러나 이제는 그런 것이 문제가 될 수는 없었다.

지난 수년 사이에 그의 노모는 폭삭 늙어 있었다. 머리는 더욱 희어지고 주름살도 많이 늘어나 있었다. 그는 노모의 앙상한 손을 잡고 떠날 때까지 놓지 않았다.

"전쟁이 일어났다문서?"

"네, 곧 통일이 됩니다. 통일이 되면 제가 어머님을 모시겠습니다. 조금만 기다리십시오."

"네 색시하고 자식은 어떻게 됐냐? 자식은 몇이나 낳았지?"

"아들 둘입니다. 모두가 서울에 있습니다."

그의 노모는 아들 결혼식 때 며느리를 한번 보고는 지금까지 만나보지 못하고 있었다. 대치의 형은 아우의 성분을 짐작은 하고 있었지만 이렇게 느닷없이 공산군 대좌 계급장을 달고 나타날 줄은 상상도 못했던지 아직도 어안이 벙벙해 있었다.

"앞으로 어떻게 될 것 같은가? 남들은 서울로 피난간다고들 야단인데, 우리는 어떻게 하면 좋을까?"

"피난 갈 필요 없습니다. 여기 그대로 계십시오. 서울도 곧 점령됩니다"

"그렇다면 피난 갈 필요 없지."

그의 형은 아우의 위세에 눌려 그전처럼 반말하는 것을 삼가고 있었다.

오랜만에 만나 회포를 풀기에는 대치는 너무 시간이 없었다. 마당에 서서 잠시 이야기하다가 작별을 고하자 노모는 눈물을 쏟으며 몸조심하라고 당부했다.

"다음에 올 때는 며늘아기하고 손주들을 데리고 오거라. 죽기 전에 한번 보고 싶다."

"네, 그러겠습니다."

그는 사립짝문 앞에서 우두머리로 보이는 사내를 불렀다. 지적 당한 사내는 몹시 당황해 하며 다가왔다.

"자네는 무슨 일을 하고 있나?"

"반동분자들을 색출하고 있으며, 치안을 맡고 있습니다."

"수고하는군. 우리 집을 잘 부탁해. 우리 노모님과 형님이시다. 생활에 불편이 없도록 해 줘."

"네, 염려 마십시오."

집안에 몰려든 마을 사람들은 길을 터 주기 위해 양쪽으로 비켜섰다. 그 사이로 그는 가죽장화를 철컥이며 걸어가 오토바이 위에 올라앉았다. 그의 어린 조카들이 의기양양해서 친구들에게 삼촌 자랑을 늘어놓는 소리가 들려왔다. 그는 가슴을 쭉 펴고 고개를 끄덕했다. 오토바이는 기다렸다는 듯이 달려갔다.

국도에는 피난민의 행렬이 줄을 잇고 있었다. 북쪽으로 가는 사람은 하나도 없었다. 모두가 남쪽으로 움직이고 있었다.

아이를 업고 가던 아이가 오토바이 앞에서 넘어지는 바람에 오토바이가 급정거했다. 급정거하면서 오른쪽으로 핸들을 꺾었기 때문에 그들은 길 아래 감자밭으로 처박혔다.

흙을 털면서 일어나던 대치는 아이와 눈이 마주쳤다. 칠팔 세쯤 된 그 아이는 젖먹이를 업고 있었고 눈물이 말라붙은 겁먹은 눈으로 그를 바라보고 있었다. 아이의 뒤에는 머리와 등에 짐을 잔뜩 진 젊은 부부가 서 있었다.

어느새 그들 주위로 피난민들이 몰려들고 있었다. 오토바이 운전병은 충격이 컸던지 한참 후 간신히 비틀비틀 일어나더니, 오토바이를 들여다보고 나서 잔뜩 겁에 질린 눈으로 대치를 바라보았다.

"큰일 났습니다! 대가 부러져서 움직일 수가 없습니다!"

"이리 와!"

대치는 성난 눈으로 운전병을 노려보았다. 운전병이 비실비실 다가오자 그는 권총을 거꾸로 쥐고 이마를 후려쳤다.

"바보 같은 자식!"

병사의 이마에서는 금방 시뻘건 피가 터져나왔다. 그래도 직성이 풀리지 않아 그는 병사를 걷어찼다.

"가라구! 쏴 죽이기 전에 가라구!"

병사는 허둥지둥 줄행랑을 쳤다.

비로소 대치는 피난민들의 시선이 자기에게 집중되고 있는 것을 알았다. 그는 사람들을 둘러보고 나서 아기를 업고 있는 아이에게 시선을 고정했다. 아이는 잔뜩 겁에 질린 채 눈을 동그랗게 뜨고 그를 바라보고 있었다. 귀엽게 생긴 아이였지만 더위에 지쳐 얼굴이 지저분했다.

마침내 아이가 울음을 터뜨렸다. 애꾸눈의 사나이가 너무 무서웠던 모양이다. 그가 길 위로 올라서자 아이는 자기 엄마의 치마폭에 매달리면서 자지러지게 울어댔다.

"잘못했슈니다! 용서해 주십시오!"

"죽을 죄를 졌습니다! 용서해 주십시오!"

젊은 부부는 자기 자식 때문에 오토바이가 뒤집혔다고 생각하는지 머리를 숙이며 용서를 빌었다.

"당신들은 도대체 어디로 피난가는 거요?"

"……"

"말해 봐요. 괜찮으니까 말해 봐요. 어디로 피난가는 거요?"

"서, 서……서울로 가는 겁니다"

"왜 북쪽으로 가지 않고 남쪽으로만 가는 거요?"

"……"

그 질문에는 모두가 입을 다물고 있었다.

"북쪽이 더 안전한데, 왜 북쪽으로 가지 않고 남쪽으로만 가는 거요?"

"……"

"왜 그러지? 이유가 뭐요?"

"……"

"서울도 곧 점령될 거요. 우리는 부산까지 내려갈 거요. 수일 내로 남북통일이 될 거요. 그런데 뭣하러 남쪽으로 가는 거요? 당신들은 북쪽이 싫은가?"

이글거리며 타오르는 외눈에 사람들은 슬금슬금 뒤로 물러나기 시작했다. 얼마 후에는 대치 혼자만 거기에 서 있었다.

피난민의 행렬은 강물처럼 여전히 남쪽으로 흐르고 있었다. 그것은 어쩔 수 없는 대세인 것 같았다.

"무지몽매한 것들……"

그는 차도 위에 서서 이를 갈다가 군 트럭을 타고 시내로 들어왔다.

거리는 여전히 불타고 있었다. 약탈과 방화와 살육이 열풍처럼 거리를 휩쓸고 있었다. 사냥에 나선 사람들은 그 동안 지하에 숨었던 좌익들이었다.

그들은 낫, 도끼, 칼, 곡괭이, 몽둥이 등 무기가 될 수 있는 것이면 아무 것이나 들고 대대적인 사냥작전을 벌이고 있었다.

무시무시한 공포가 거리를 휩쓸고 있었다. 공포의 도가니로 화한 거리에는 이미 참혹하게 짓이겨진 시체들이 즐비하게 널려 있었다. 곳곳에서 인민재판이 열리고 있었고, 그 끝에는 반드시 피비린내 나는 살육이 있었다.

대치는 차에서 내려 인민재판이 열리고 있는 곳으로 가 보았다. 그곳은 대로변이었는데, 사람들이 잔뜩 몰려 서서 고함을 질러대고 있었다. 모두가 손에 손에 무기를 든 채 광기를 발산하고 있었다.

"죽여라!"

"죽여라!"

"죽여라!"

들리는 소리라고는 죽이라는 외침뿐이었다.

앞에는 밀짚모를 쓴 사내 하나가 서 있었고, 그 발치에는 부부로 보이는 중년 남녀가 뒷짐을 묶인 채 꿇어앉아 있었다. 두 사람 다 흰 한복 차림이었는데 코가 땅에 닿도록 절하면서 살려 달라고 애걸하고 있었다.

앞에서 군중을 선동하고 있는 자의 목소리는 광란의 함성에 묻혀 들리지 않았다.

이윽고 그들은 중년부부를 난타하기 시작했다. 낫이며 곡괭이, 몽둥이, 도끼 같은 것들이 공중에서 춤을 추었고, 피를 본 사람들은 더욱 광포해져서 날뛰었다.

그런데 돌연 난타당하고 있던 중년사내가 묶인 것을 풀고 도망치기 시작했다. 이미 시뻘겋게 피를 뒤집어쓴 사내는 죽을 힘을 다해 사람들을 헤치고 도망쳤다.

그러나 그 많은 사람들, 더구나 피에 굶주린 광인들을 모두 헤치고 도망친다는 것은 불가능한 일이었다. 필사적으로 도망치는 사내의 등을 향해 먼저 쇠스랑이 내려찍혔다. 앞에서 버티고 있던 자가 쓰러지는 사내의 이마를 도끼로 찍었다. 검붉은 피가 공중으로 솟구치면서 사내의 몸이 땅위로 굴렀다. 꿈틀거리는 몸뚱이 위로 머리통보다 더 큰 돌덩이가 떨어졌다.

대치는 그 광경을 지켜보면서 이만하면 성공이라고 생각했다. 좌익에 가담하고 있으면서도 그때까지 소극적인 태도를 취하면서 기회를 엿보고 있던 사람들은 그와 같은 살육과 파괴를 통해 증오의 덩어리로 뭉치게 되고 혁명의 뒷치닥거리를 맡게 되는 것이라고 그는 생각하고 있었다.

공산군 대좌가 말없이 지켜보고 있자 그들은 마치 아이들이 다투어 자랑하듯 더욱 잔혹하게 날뛰고 있었다. 그들은 숨이 끊긴 두 구의 시체 목에 새끼줄을 동여맨 다음 그것들을 질질 끌고 갔다. 군중은 그 뒤를 따르면서 환호했다.

대치는 조금 걷기로 하고 차도를 벗어나 주택가로 들어섰다. 천천히 걷고 있던 그의 눈에 이윽고 고래등 같은 기와집이 들어왔다. 목이 마른데다 호기심을 느낀 그는 그 집으로 다가가 보았다.

대문은 굳게 잠겨 있었다. 그는 문을 두드렸다. 한참 두들기자 안쪽에서 인기척이 났다.

"누구이신가요?"

아름다운 여자 목소리에 그는 조금 어리둥절했다. 그의 귀에는 그때까지도 탱크의 캐리필러 소리, 포성, 비명, 아우성 같은 것들이 뒤죽박죽되어 남아 있었던 것이다.

"문좀 여시오!"

그는 대문을 세차게 두들기며 크게 소리쳤다. 문틈으로 밖을 내다보던 여인이 빗장을 뽑자 대문이 삐거덕 하면서 열렸다.

두 사람은 놀란 듯이 서로를 쳐다보았다. 너무 대조적인 상대방의 모습에 서로가 놀란 듯했다.

여자는 새파랗게 젊었는데, 눈처럼 하얀 소복에 머리를 쪽지고 있었다. 여자의 첫인상이 너무도 깨끗해 보였다. 살육과 파괴가 휩쓰는 거리의 한 모퉁이에 전쟁의 때가 묻지 않은 그와 같은 여인이 있다는데 대해 그는 다시 한번 놀라지 않을 수 없었다.

어떻게 보면 전쟁에 초연한 것 같기도 했고, 달리 보면 죽음을 각오하고 있는 것 같기도 했다.

"냉수 한 그릇만 얻읍시다."

그의 퉁명스런 말투에 여인은 안으로 들어오라는 듯이 옆으로 비켜섰다. 맑은 눈빛이 떨고 있었다. 여인을 따라 안으로 들어간 그는 대청마루에 걸터앉았다.

매우 부유한 집인 듯했다. 넓은 마당에는 갖가지 정원수들이 가득 자라고 있었고, 집채는 여느 집과는 달리 크고 튼튼해 보였다.

조금 후 여인이 소반에다 냉수 그릇을 얹어 가지고 나타났다. 소반 위의 물그릇이 달달달 떠는 듯하더니 급기야 대치의 손이 채 닿기도 전에 그의 무릎 위로 굴러 떨어졌다.

"어머나!"

여인은 사색이 되어 어쩔 줄을 몰라 하다가 급히 뛰어가 수건을 들고 왔다.

"괜찮소. 물이나 갖다 주시오."

여인은 다시 물을 떠가지고 왔다. 아까보다 더 심하게 떨었지만 엎지르지는 않았다.

"집이 조용한데⋯⋯혼자 있소?"

그는 물그릇을 내주며 여인을 뚫어지게 바라보았다.

"네⋯⋯"

여인은 모기 소리만하게 대답했다.

"부인이오?"

"네⋯⋯"

"남편은 어딨소?"

"어젯밤 돌아가셨어요."

"그럼 시신도 못 거두었소?"

"네, 방에 그대로 있어요."

물러가려는 여인의 손목을 그는 재빨리 낚아챘다. 위압적인 그 태도에 여인은 파르르 떨며 경련했다. 번뜩이는 외눈, 수염에 덮인 구릿빛 얼굴, 땀과 먼지에 절은 군복, 바위처럼 탄탄한 가슴을 두르고 있는 가죽띠, 겨드랑이 밑에 차고 있는 권총, 어깨 위의 붉은 견장, 이런 것들이 그녀를 숨막히게 만들어 주고 있음이 분명했다.

"시간이 없어. 위로해 주고 싶은데⋯⋯"

그는 중얼거리면서 여자의 손을 들어올려 거기에 입을 맞추었다. 가냘픈 손이었다. 그가 마당을 가로질러 걸어가는 동안 여자는 얼이 빠진 듯 그 자리에 멍하니 서 있었다.

한 시간 뒤 대치는 다시 선두 탱크 위에 올라서서 남쪽으로 향했다.

"이렇게 무저항일 수 있을까."

그는 망원경으로 앞을 살피면서 생각했다. 뒤에서는 포대가 불을 뿜고 있었다. 포탄은 앞에 보이는 능선 위로 떨어지고 있었다. 포탄이 떨어질 때마다 능선은 마치 안개에 싸인 듯 포연과 흙먼지에 가려 보이지 않곤 했다.

능선의 왼쪽은 불타고 있었다. 바람은 왼쪽에서 오른쪽으로 불고 있었다. 연기를 피해 움직이고 있는 병사들의 모습이 마치 개미떼 같았다.

갑자기 머리 위로 총탄이 비오듯이 날아갔다. 그는 장갑판 속으로 들어가 뚜껑을 덮었다. 모터 소리와 캐리필러 소리가 귓속을 가득 채우는데 문득 이상한 정적을 느꼈다. 소음 속의 정적이었다.

그는 포탑총구에 매달려 앞을 노려보았다. 넓은 들판이 그림처럼 펼쳐지면서 다가온다. 들판은 파도치듯 흔들리다가 양쪽으로 물결처럼 흘러간다. 모든 것들이 높이 우뚝 솟는다.

"그 과부를 가만두는 게 아니었어!"

그는 개탄했다.

"그 여자는 내가 시키는 대로 했을 거야!"

장갑판의 진동과 무한궤도의 끝없는 굉음에 시달린 탱크병들은 하나같이 긴장이 풀린 모습들이었다. 거기에는 전쟁이 시작되었지만, 아직 싸움다운 싸움 한번 치러 보지 못한 이유도 있을 것이다. 그들은 싸우고 싶어하고 있다. 몸이 근질근질한 것이다.

"바보 같은 자식들! 지뢰를 묻어 두었다면, 우리는 꼼짝도 못할텐데……."

갑자기 홍자색의 불기둥이 솟구쳐 오른다. 탱크는 급정거했다. 해머로 내려치듯 장갑판이 진동했다. 진동하다 못해 울부짖는다. 적의 포탄이 명중하고 있었다.

"가솔린 배관이 터졌다!"

잦아드는 엔진 사이로 탱크병의 외침이 들려왔다. 탱크 속은 순식간에 시커먼 연기로 휩싸였다.

대치는 거세게 기침하면서 뚜껑을 열어 젖히고 기어올라 갔다. 밑에서 병사들이 먼저 나가려고 그의 가죽장화를 움켜잡는 바람에 그는 도로 쭉 미끄러져 들어갔다. 시커먼 연기 때문에 아무 것도 보이지 않는다. 불길이 확 끼쳐온다.

그는 장화 뒤축으로 기어오르려고 발버둥치는 병사의 머리를 찍었다. 두 번 힘껏 내려찍자 장화를 움켜잡은 손이 풀려 나갔다.

그는 탱크 밖으로 굴러 떨어졌다. 보병 두 명이 그를 재빨리 끌고가서 몸으로 덮치는 것과 동시에 탱크는 펑소리를 내면서 폭발했다. 불기둥이 높이 치솟으면서 탱크는 눈 깜짝할 사이에 화염에 휩싸였다. 불덩이 하나가 탱크 아래로 굴러 떨어지더니 단말마의 비명과 함께 춤을 춘다.

"으아악!"

탱크병은 화염에 싸여 비명을 지르다가 다시 풀썩 쓰러졌다. 쓰러진 채 몸부림치다가 이윽고 천천히 움직임을 멈췄다. 대치는 나무 뒤에 몸을 웅크린 채 허덕거리면서 공포의 눈으로 그것을 지켜보고 있었다. 최초의 공포였다.

그는 숨이 가라앉을 때까지 꼼짝하지 않고 있다가 정적을 느끼고는 몸을 일으켰다. 모든 소리가 약속이나 한 듯 멎어 있었다. 양쪽이 다 침묵하고 있었다. 그것은 마치 태풍의 눈 같은 것으로 보다 더 큰 전투를 눈앞에 둔 잠시 동안의 휴식 같은 것이라 할 수 있었다.

병사들은 산개해 있었고 탱크들도 정지해 있었다. 움직이는 것이라고는 시커먼 연기와 포연뿐이었다.

비로소 그는 병사들의 시선이 자기한테 집중되고 있는 것을 알아차렸다. 그는 자신의 초라함에 분노를 느끼면서 병사들을 노려보았다.

"이 새끼들아, 왜 쳐다보는 거야?"
하고 소리치고 싶었지만, 그것이 자신을 더욱 초라하게 만들 것 같아 이를 악물었다. 그 대신 그는 권총을 뽑아들고 다른 말을 토해냈다.

"뭣들 하고 있는 거야! 자, 돌격!"

각 중대장과 소대장들은 부하들을 이끌고 능선을 향해 달려갔다. 그러자 기다렸다는 듯이 총탄이 우박처럼 쏟아지기 시작했다. 선두를 달리던 보병들이 떼지어 쓰러지자 병사들은 주춤했다. 그들은 총에 맞지 않으려고 나무나 바위 뒤로 몸을 엎드렸다.

대치는 망원경으로 앞쪽의 능선을 바라보았다. 능선을 따라 몇 개의 봉우리들이 솟아 있었고, 왼쪽 봉우리는 연기에 싸여 있었다.

그는 무전으로 포대를 불러 10분 동안 다시 능선위에 포격을 가하도록 명령했다. 그리고 직속의 독전대를 중대마다 배치시켰다.

"후퇴하는 놈은 가차없이 사살해 버려!"

다시 공격명령을 내린 다음 그는 1개 중대를 이끌고 동남쪽 끝까지 전진하여 공격대형을 취했다. 그리고 포격이 끝나기를 기다렸다.

10분 후 포격이 끝나자 적은 또 반격을 가해 왔다. 포격에 가루가 된 줄 알았는데 그게 아니었다. 각 중대장들은 무전으로 연락을 취해 왔다.

"적은 완강합니다! 견고한 참호 속에서 버티고 있습니다! 포에도 끄떡하지 않습니다! 계속 공격하다가는 아군의 피해가 너무 막심합니다!"

그런 무전을 받을 때마다 대치는 분노에 차서 소리쳤다.

"이 새끼야! 죽고 싶냐! 공격하라면 공격할 것이지 왜 잔소리가 많아! 빨리 공격해! 절대 후퇴해서는 안 된다!"

대치는 중대병력을 이끌고 서북방향으로 능선을 오르기 시작했다. 그쪽 방향은 불에 타 버려 연기만 자욱했다. 절반쯤 다가갔을 때 머리 위에서 기관총 두 대가 불을 뿜기 시작했다. 총탄이 날아오는 방향만 알 수 있을 뿐 적병은 보이지도 않았다. 공산군은 전진을 멈추고 뿔뿔이 흩어졌다.

"도망치지 마! 야, 중대장! 이리 와!"

그는 나무 뒤에 머리를 처박고 있는 중대장을 불렀다. 중대장은 사색이 되어 뛰어왔다.

"지금부터 한 시간 안에 저 고지를 점령해야 한다! 내 뒤를 따라와!"

"위험합니다!"

"잔말 마!"

그는 수류탄을 어깨에 걸고 나서 병사의 따발총을 빼앗아들었다.

"지금부터 해보는 거다."

앞장서 나가는 연대장을 보고 중대장이 안 따라갈 수가 없었다. 그는 부하들을 독려하면서 대치의 뒤를 따라갔다. 원망에 가득 찬 눈으로 대치를 노려보면서.

대치는 똑바로 서서 성큼성큼 걸어갔다. 위험을 무릅쓴 짓이었지만 자신의 용기를 과시함으로써 얼마 전의 수치심을 조금이라도 씻고 싶었다.

"안 됩니다! 제가 앞장서겠습니다!"

뒤따르던 중대장이 앞질러 뛰어와 그를 막아섰다. 그때 기관총탄이 그 중대장의 이마를 꿰뚫었다.

중대장이 갑자기 눈앞에서 나뒹구는 것을 보고 대치는 반사적으로 몸을 엎드렸다. 비로소 공포가 엄습했다. 소름이 끼치면서 잔등으로 식은땀이 흘렀다. 중대장을 보니, 이미 즉사한 것 같았다.

그는 선임 소대장을 중대장으로 임명한 다음 다시 공격명령을 내렸다.

"저기 암벽이 보이지? 1개 소대로 그것을 확보해! 빨리!"

주능선과 만나는 바로 아래에 거대한 암벽이 솟아 있었다. 그 암벽은 기관총 사격을 충분히 막아줄 수 있을 만큼 돌출되어 있었다. 거기서 기관총이 설치되어 있는 참호까지는 불과 30여 미터 거리밖에 되지 않았다.

그런데 새로 임명된 중대장이 움직이려 들지 않는다. 새파랗게 질린 채 그의 눈치만 보고 있다. 기관총탄이 비오듯이 쏟아지고 있으니 겁을 집어먹을 만도 했다.

사격이 뜸하기를 기다렸다가 대치는 앞장서서 달려갔다. 그리고 중대장에게 병사들을 이끌고 따라오라고 말했다.

그가 뛰자마자 기관총이 다시 불을 뿜었다. 용감한 병사 두 명이 그의 뒤를 바싹 따라붙고 있었다.

대치는 미친 듯이 달려갔다. 다르르르륵 하는 기관총 소리에 자신의 몸뚱이가 흡사 벌집이 되는 것 같은 기분이었다. 똑바로 정신을 차린다는 것은 불가능했다. 뒤따라오는 병사들의 움직임이 갑자기 등에서 떨어져나가는 것 같았다. 그는 계속 돌진했다. 마치 얼음물에 뛰어드는 것 같았다.

마침내 그는 바위에 부딪쳤다. 바위를 가슴에 안고 허덕거리면서 돌아보니 아무도 따라온 사람이 없었다. 중간쯤 되는 거리에 용감한 병사 두 명의 시체가 피투성이가 되어 뒹굴고 있는 것이 보였다.

총소리가 뜸해지기를 기다렸다가 그는 중대장에게 빨리 오라고 손짓했다. 그러나 중대장은 움직이려 들지를 않는다. 그는 눈에서 불이 났다.

"빨리 오라구! 이리 오란 말이야! 오지 않으면 죽일 테다!"

중대장은 마지못해 달려오는 듯하다가 다시 사격이 심해지자 도로 숨어 버렸다.

"죽여 버리고 말 테다!"

대치는 바위를 기어오르기 시작했다. 바위는 기어오르기 쉽게 되어 있었다. 단숨에 바위 꼭대기에 도달한 그는 고개를 내밀고 적진을 바라보았다. 바로 눈앞에 적군 참호의 구멍이 보이고, 그 안에서 두 대의 기관총이 불을 뿜어대고 있었다. 그는 수류탄을 뽑아 들고 안전핀을 뺀 다음 참호 속으로 그것을 던져넣었다.

쾅하는 폭음과 함께 참호 속이 연기에 휩싸이는 것이 보였다. 기관총 소리가 뚝 멎었다. 그제야 중대장은 앞장서서 달려왔다. 병사들도 함성을 지르며 뛰어왔다.

대치는 권총을 뽑아들고 중대장을 겨누었다.

"이 자식아, 오라는데 왜 안 왔어?"

"갈 수가 없었습니다!"

중대장은 창백하게 질려서 대답했다.

"나는 오라고 명령했어! 그런데 넌 명령에 따르지 않았어!"

그는 중대장의 가슴을 향해 가차없이 방아쇠를 당겼다. 중대장은 두 손으로 가슴을 싸안은 채 비틀거리면서 대치를 노려보다가 무릎을 꺾으며 앞으로 몸을 구부렸다. 두 손을 타고 검붉은 피가 줄줄 흘러내리다가 엎어지는 바람에 몸에 깔려 보이지 않았다.

장교고 병사들이고 가릴 것 없이, 중대장을 즉결처분해 버린 그를 경악한 눈으로 바라보고 있었다. 그것은 너무도 충격적인 광경이었던 것이다.

안색이 굳어진 채 그들은 능선을 타고 전진했다. 아까와는 영 딴판이었다. 적군보다도 지휘관이 더 무섭다는 것을 비로소 깨달은 것 같았다.

호 속에서는 국군 병사들이 산발적으로 사격을 가해 오고 있었는데, 기관총이 없고 보니 그렇게 위력이 있지 않았다.

공산군은 총검을 꽂고 능선을 따라 달려갔다. 이미 불길이 휩쓸고 간 뒤였으므로 시야는 휑하니 비어 있었다. 공산군은 인해전술로 밀고 갔다. 텅빈 공간을 무리지어 달려오는 사람들을 쏘아 맞추는 것은 눈감고도 할 수 있는 일이었다. 그러나 워낙 많은 수가 몰려오는데는 총도 당해낼 수가 없었다. 공산군은 시체를 타고 넘으면서 돌격했다. 어느새 능선 위에는 시체가 즐비하게 널려 있었지만, 그것이 방해가 될 수는 없었다.

"야아!"

그들은 고함치면서 달려가고 있었다. 능선의 왼쪽이 무너지기 시작하자 그렇지 않아도 불길 속에서 고전하고 있던 국군 진지는 흔들리기 시작했다.

대치는 따발총을 난사하면서 달려갔다. 가까운 곳에서 국군 장교가 후퇴하라고 소리치는 것이 보였다. 그러나 국군 병사들은 조금 동요하는 듯하다가 다시 맞서 싸우기 시작했다. 그들의 얼굴에는 죽음을 각오한 결의가 뚜렷이 나타나 있었다. 부하들에게 후퇴를 명령하던 장교도 더 이상 명령을 내리지 않고 참호 속으로 뛰어드는 것이 보였다. 공산군은 세 방향에서 고지를 공격했다. 국군은 소수였지만 끈질기게 버티고 있었다. 총으로 승부를 내는 것보다는 몸이 더 빨랐다. 공산군 선두 그룹이 참호 속으로 뛰어드는 것이 보였다. 총소리와 함께 비명이 곳곳에서 들리기 시작했다.

대치는 시체 하나가 수 미터 앞에서 일어서는 것을 보았다. 복부에 총을 맞은 국군 병사였는데, 총을 놓지 않고 있었다. 그 병사는 총을 힘겹게 들어올리더니 방향도 잡지 않고 방아쇠를 당겼다. 대치의 따발총이 병사의 얼굴을 피투성이로 만들었다. 그래도 병사는 쉽게 쓰러지지 않았다. 흔들거리며 얼마 동안 서 있다가 아주 천천히 쓰러졌다.

고지는 치열한 백병전으로 아비규환을 이루고 있었다. 공산군의 누런 모습들이 고지를 덮고 있었다.

대치는 참호 속에 누워 피를 흘리고 있는 장교를 보았다. 그 장교는 권총을 쥐고 있었는데, 자살할까 말까 망설이고 있는 것 같았다. 그러나 대치를 보는 순간 증오심을 드러내면서 그를 쏘

려고 권총을 들어올렸다. 그때 공산군이 뛰어내리면서

"얏!"

하고 소리쳤다. 총검이 장교의 가슴을 깊이 찔렀고, 장교는 눈을 부릅떴다가 고통에 일그러진 표정을 지었다.

긴 능선은 공산군의 환호로 물결치고 있었다.

한편 그날, 공산군의 남침소식에 접한 한국 육군본부는 수라장을 이루고 있었다. 작전명령 제1호로서 비상동원령이 선포된 것은 아침 7시경이었다. 공산군의 포격이 시작된 지 세 시간이나 지나서였다.

그러나 비상령이 선포된 뒤에도 육군본부는 전면 전쟁인지 국지 분쟁인지를 판단하지 못한 채 소동만 벌이고 있었다. 그러니 혼란이 가중될 수밖에 없었다.

그것은 미증유의 대혼란이었다. 그것을 수습할 수 있는 능력도 거기에는 존재하지 않았다.

일선부대로부터의 보고에는 전면 전쟁이라는 말이 없었다. 그럴 수밖에 없는 것이 일선부대로서는 눈앞의 전황에만 매달려 있었기 때문에 전체적인 상황을 모르는 것이 당연했다.

육군본부 내에서는 자신과 용기를 가지고 "전쟁이다!"라고 외칠 수 있는 사람도 없었다. 그런 말을 하면 정신이상자이거나 이적행위자로 오해받기 십상이었기 때문이다.

공산군의 전면 남침이 시작된 그날 아침까지도 그런 분위기가 계속되고 있었으니 혼란이 가중될 수밖에 없었다. 모두가 자기 나름대로 어떤 결론에 도달해서 그것들을 모아 하나의 전체적인 판단을 추출해 내는 분위기가 거기에는 조성되어 있지 않았다.

불과 30세 전후의 새파하랗게 젊은 군수뇌들은 전쟁 경험도 없는 데다 대혼란을 수습하기에는 너무나 능력이 부족했다. 그러한 그들은 모든 것을 전적으로 미군에게만 의존하고 있었다. 그러나 미군 고문관들은 여전히 전쟁이 일어날 리 없다고 생각하고 있었고 한국군 수뇌들은 그 말을 애써 믿으려고 노력하는 입장이었다.

25일 아침, 육군 작전국장 책상 위에 놓여 있는 열 다섯 대의 전화통들은 쉴새 없이 울어대고 있었다. 그 전화들은 육군 직할사단이나 기관과 직통 연결되어 있었다. 각 부대마다 다급하게 지원을 요청하고 있었다.

"병력을 지원해 달라!"

"적에 포위되었다! 구원해 달라!"

"탄환을 보내 달라!"

그러나 이런 요청을 받고도 육본은 즉시 지원해 주지 못하고 있었다. 시간도 없었고 빗발치듯 날아오는 지원요청에 일일이 대응할 수 있을만한 능력도 없었던 것이다.

이같은 혼란 속에서 갈피를 못 잡고 있을 때 육군 참모총장은 직접 의정부의 7사단을 방문했다. 그가 거기까지 직접 달려간 것은 평소 적의 주공을 의정부 방면으로 생각하고 있었는데다 전화 보고만으로는 사태를 정확히 파악할 수가 없었기 때문이었다.

그가 7사단 사령부에 도착한 것은 10시가 거의 가까워서였다. 미군 전속 연락고문을 대동하고 전황을 시찰한 그는 비로소 그것이 종래와 같은 국부적이고 일시적인 분쟁이 아니라 전면 침공이라는 것을 알았다.

그러니까 새벽 4시에 발발한 전쟁을 여섯 시간이나 지난 뒤인 10시경에야 마침내 전면 침공으로 확인하게 된 것이다. 7사단장은 그에게 이렇게 보고했다.

"아군의 57밀리 대전차포로는 적의 전차를 파괴할 수 없습니다. 최전방의 경계부대는 순식간에 돌파되었습니다! 그리고 제1연대를 동두천 북방의 주진지에, 또한 제9연대를 탄장(炭場)의 주진지에 배치하고 있습니다. 그러나 외출 장병들이 많아서 그 전력은 형편없습니다! 게다가 사단에는 예비연대가 없습니다!"

보고를 듣고 난 참모총장은 버럭 고함을 질렀다.

"육탄공격으로 탱크를 저지해!"

시간이 흐르면서 거리에는 부상병들을 실은 차량들이 줄을 이어 나타나고 있었다. 차량이 동나는 바람에 우마차까지 동원되고 있었다.

피투성이가 되어 어디론가 실려 가는 부상병들을 볼 때마다 사람들은 비탄에 빠진 표정을 짓곤 했고, 반대로 북진하는 차량 위에서 병사들이 힘차게 군가를 부르는 것을 볼 때면 마치 구세주가 나타난 듯 열렬히 환호하곤 했다.

 반대방향으로 향하는 차량들이 길이 막혀 서로 마주치거나 매우 느린 속도로 엇갈릴 때면 양쪽의 병사들은 착잡한 눈길로 상대방을 바라보곤 했다. 그럴 때면 부상병들은 신음을 멈추었고, 전장으로 향하는 병사들의 군가소리는 갑자기 작아지는 것이었다.

 혼란의 소용돌이 속에서 그날 11시께, 국방부는 최초로 다음과 같은 전황을 발표했다.

「금일 오전 5시부터 8시 사이에, 북한 괴뢰집단이 38도선 전역에 걸쳐 불법남침을 감행하여 이 시간 현재 계속되고 있다.

 옹진 · 개성 · 장단 · 의정부 · 동두천 · 춘천 · 강릉 등 전면의 괴뢰집단은 거의 같은 시각에 남침을 개시하여 동해안으로도 상륙을 기도했다. 아군은 전지역에 걸쳐 이를 격퇴하려고 긴급히 절절한 작전을 전개하고 있다. 동두천 정면에서는 적은 전차까지도 투입시켜 왔지만 아군은 대전차포로 이를 격파하였다.

 이번의 무모한 기습공격은, 전부터 북괴는 조국통일이라는 미명하에 평화통일이니 또는 남북협상이니 하는 모략방송을 일삼아왔으나 우리 측이 거들떠보지도 않을 뿐더러 5·30선거를 통해 계속 발전하고 있는 우리 대한민국을 침해 파괴하고 괴뢰 집단의 퇴세를 만회하기 위하여 공산도배의 상투수단을 자행하게 된 것임에 틀림없다.

 그러나 군은 반역도당의 놈들에게 단호한 응징태세를 취하여 각처에서 과감한 작전을 전개하고 있다. 전국민은 군을 신뢰하고 조금도 동요하지 말고 각자 맡은 직장에서 군의 작전에 적극적으로 협력이 있기를 바란다.

 군은 명령 없이 38도선 이북으로 공세작전을 할 수 없는 고충이 있지만 놈들이 불법 남침한 경우에는 이를 포착, 섬멸하기 위한 만전의 방어태세를 갖추어 왔다. 그러니 전국민은 놈들의 모략, 기만선전 방송이나 유언비어에 현혹됨이 없이 국부적 전황에 동요해서는 안 된다.

 차제에, 후방의 치안이나 민심을 조금이라도 교란하는 자가 있다면 엄중하게 단속한다. 각계각층은 군의 의도에 적극적으로 협력하도록 간곡히 부탁해 마지않는다.」

사람들은 이와 같은 발표내용을 곧이곧대로 믿었다. 믿을 수밖에 없었다. 그리고 그들은 안도의 한숨을 내쉬었다. 밀려드는 부상병들을 보고서도 대수롭지 않게 여겼다.

 그러나 상황은 비참하기 짝이 없었다. 전선의 방어벽은 둑이 무너지듯 무너져 가고 있었던 것이다.

 흡사 벌집을 쑤셔놓은 듯 일대 아수라장을 이루고 있는 육군본부에서는 무엇을 어떻게 해야 좋을지 판단할 겨를도 없이 순서나 절차도 생각지 않고 생각나는 대로 무조건 명령을 내리고 있었다.

그런 가운데 남부의 3개 사단에도 24시간 이내에 서울에 도착하라는 명령이 내려졌다.

3개 사단이 일시에 서울로 북상한다는 것은 쉬운 일이 아니었다. 소동 속에 급히 내려진 명령인지라 병력 수송을 위한 종합적인 계획 같은 것도 없었다.

수송능력이 부족한 각 사단은 24시간 이내에 병력 수송을 완수하려고 비상수단으로 역장을 찾아가 멋대로 열차를 동원, 운행시켰다. 전쟁이 터진 마당에 시시비비를 가릴 여유도 없었고, 병력 수송이 최우선적으로 처리되어야 했기 때문이다. 그렇다고 열차 동원만으로 수송이 모두 해결된 것은 아니었다. 열차만으로는 어림없었으므로 각 지휘관들은 비상명령에 따라 수송이 가능한 차량들을 닥치는 대로 징발해서 장병들을 태워 보냈다.

사정이 이런 판이라 부대만 먼저 보내고 사단장은 맨 나중에 올라오기도 했고, 사단장이 끝내 부대에 나타나지 않는 경우도 있었다.

각 사단의 장병들은 수송력 관계로 대대별로 또는 중대별로 올라왔고, 그렇게 상경한 대소 부대들은 도착하는 대로 즉시 전선에 투입되었기 때문에 뿔뿔이 흩어져 버리는 결과가 되었다. 그래서 사단장이 뒤늦게 올라왔을 때는 예하부대는 이미 간 곳이 없고 사단장 혼자만 달랑 남아 분통을 터뜨리는 기이한 현상이 벌어지기도 했다.

그날 아침 국군 통수권자인 이승만은 창경원 연못에서 한가롭게 낚시질을 하고 있었다. 새벽 4시부터 적군은 홍수처럼 밀려 내려오고 있었는데, 대통령이 그것도 모른 채 낚시질을 하고 있었으니, 얼마나 정세판단과 정보에 어두웠는가를 알만하다. 어디 대통령뿐인가. 국정을 맡고 있는 인물들 모두가 다 마찬가지였으니, 그들에게 운명을 맡기고 있는 백성들만 불쌍할 뿐이었다.

낚시 도중에 보고를 받은 대통령은 당황하지 않고 경무대로 돌아가 국방장관과 육군 참모총장을 불러들였다. 거기서 참모총장은 이렇게 보고했다.

"부산까지 침공할 계획은 아닌 것 같습니다. 전면 침공이라기보다는 서울 정도를 점령할 목적으로 싸움을 벌인 것 같습니다. 현재 의정부 정면에서 대치하고 있는 적은 북괴군 4사단과 전차 수십 대 정도에 불과합니다. 그 정도로 서울을 점령한다는 것은 어림없습니다."

사실은 의정부 정면의 적 병력은 그보다 배가 많았다.

대통령은 거구의 장군을 바라보면서 노기를 띠었다.

"적을 당장 몰아내! 뭘 우물쭈물하는 거야! 서울을 지키는 거야! 서울을 뺏기면 안 돼!"

"네, 각하. 남부에 있는 3개 사단을 올라오라고 했습니다. 3개 사단을 집중 투입하면 적을 어렵지 않게 격파할 수 있습니다. 즉시 반격하겠습니다!"

피아의 전력비와 아군의 집중 속도 등을 감안해 볼 때 반격이란 아군의 희생만 자초할 뿐 거의 불가능한 일이었다. 그런데도 불구하고 그는 정치적 요청에 부응하기 위해 무리한 계획을 세웠던 것이다.

그 요청이란 서울을 사수해야 한다는 것이었다. 서울을 잃으면 모든 것을 잃는다는 정치적 견해가 그를 압박하고 있었던 것이다.

윤여옥은 그날 아침까지도 죽지 않고 살아 있었다. 다행이라면 다행이었고 불행이라면 불행이었다.

그녀가 그때까지 사형집행을 당하지 않고 살아 있었다는데 대해서는 어떤 평가도 내릴 수 없다. 단순한 측면에서 운이 좋았다고 본다면 그녀를 동정하는 입장에서는 다행이라고 생각할 수 있을 것이다.

그러나 차라리 죽었더라면 모든 것이 끝났을 텐데 그렇지 않고 그때까지 살아남음으로써 더 가혹한 시련에 부딪치게 되었다는 것을 생각한다면 그녀의 생존을 차라리 불행한 일이라고 볼 수도 있을 것이다.

아무튼 죄수번호 5324 — 윤여옥은 6월 25일 그때까지도 살아 있었다.

그녀 자신은 모르고 있었지만, 그녀에 대한 사형집행일은 6월 28일 오전 9시로 예정되어 있었다. 불과 사흘을 앞두고 전쟁이 일어난 것이다.

그날도 그는 몸을 깨끗이 하고 아침을 맞았다. 언제 사형대에 끌려갈지 몰랐으므로 항상 몸을 깨끗이 해두고 있었던 것이다.

죽음에 대한 공포에서 이미 벗어나 있었으므로 그런 몸가짐을 할 수가 있었던 것이다.

그날은 일요일이었기 때문에 12시쯤 되자 신부가 왔다. 30대의 신부로 일요일마다 그녀를 방문하고 있었다. 얼굴이 얽은 추남이었는데 처음 그를 보는 순간 여옥은 가슴이 흔들리는 것을 느꼈다. 그의 방문을 거절하려던 마음은 사라지고 얼마 후 그녀는 카톨릭에 귀의했다.

신부가 독방 안으로 들어설 때 멀리서 쿵쿵 하는 소리가 은은히 들려왔다. 안으로 들어서는 신부의 표정이 왠지 창백해 보였다. 신부는 성경 한 구절을 읽고 나서 기도했다. 그것이 끝나자 조용하면서도 떨리는 목소리로 입을 열었다.

"전쟁이 일어난 것 같습니다."

여옥은 환기구멍을 통해 손바닥만한 파아란 하늘을 바라보았다. 비로소 쿵쿵 하는 소리가 포성이라는 것을 알자 새로운 공포가 엄습했다. 신부가 말을 이었다.

"우리는 역사상 가장 큰 시련을 겪을지 모릅니다. 그것이 주님의 뜻이라면 받아들여야겠지요."

그녀는 자기 귀를 의심하고 있었다. 그녀가 의혹에 찬 표정을 짓자 신부는 한숨을 내쉬었다.

"오늘 새벽에 공산군이 대거 남침했답니다. 지금 거리는 수라장을 이루고 있습니다."

"그럴 수가……"

그녀는 목이 타는 것을 느꼈다. 그녀는 울고 싶었다. 소리지르고 싶었다. 몸부림치고 싶었다.

"다시 또 오겠습니다."

그녀는 신부의 옷자락을 붙잡을 듯하면서 물었다.

"저는 어떡해야지요?"

"누구도 전쟁을 피할 수는 없습니다. 전쟁은 그것을 허락하지 않습니다."

"그럼 어떡하지요?"

"주님이 당신에게 길을 인도해 줄 것입니다."

"곤란한 문제는 모두 주님한테 돌리시는군요."

신부는 나가려다 말고 돌아섰다. 그리고 그녀의 어깨 위에 손을 얹었다.

"사실은 나도 어떻게 해야 할 지 모르겠습니다. 나의 신앙이 부족한 때문이겠지요."

"빨리 죽고 싶어요."

"죽음을 기다리지는 마십시오."

그들은 서로가 다시는 만나지 못할 것을 예감하고 있었지만, 그것을 밖으로 표현하는 것을 삼가했다. 신부가 가고 난 뒤에도 여옥은 아무래도 믿어지지가 않아 한참 동안 포성에 귀를 기울이고 있었는데 옆방에서 그녀를 부르는 소리가 들려왔다.

"이거 봐, 여옥이······여옥이······"

낮으면서도 다급한 목소리였다. 옆방의 여인 역시 같은 사형수로 전실 자식을 목졸라 죽인 죄로 죽음을 기다리고 있는 몸이었다.

"여옥이, 들려?"

여옥은 그쪽으로 다가서서 응답했다.

"네, 들려요."

"여옥이, 이제 우리 살게 됐다구! 살게 됐어!"

그녀는 너무 흥분해서 어쩔 줄 모르고 있었다.

"무슨 말씀이세요?"

"아직도 소식 몰라?"

"글쎄, 모르겠는데요."

"바보 같으니! 전쟁이 났다구! 전쟁이!"

여옥은 가슴속으로 바위덩어리가 쿵하고 떨어지는 것 같은 충격을 느꼈다. 이윽고 그것은 작은 울림이 되어 쿵쿵쿵 하고 가슴을 두드리기 시작했다.

"전쟁이 났다구! 전쟁이!"

이쪽에서 아무 반응을 보이지 않자 여인은 좀더 큰 소리로 외치다시피 말했다.

"이젠 우리 살게 됐어! 살게 됐다구!"

발을 동동 구른다. 벽을 주먹으로 치는 소리가 들려온다.

여옥은 현기증을 느끼고 쓰러지지 않으려고 쇠창살을 꽉 움켜잡았다. 올 것이 오고야 말았다는 생각이 들 뿐 기쁨 같은 것은 추호도 들지 않았다.

"여옥이, 기쁘지 않아? 왜 아무 말 안 해? 울고 있는 거야? 나도 눈물이 나."

그녀는 멋대로 지껄이다가 목소리를 낮춰 재빨리 덧붙였다.

"다른 곳으로 이동하기 전에 빨리 쳐들어와야 해. 그래야 우리가 살 수 있어."

"그전에 우리는 사형 당할 거예요."

여옥은 무거운 목소리로 말했다.

"아니야! 그렇지 않아!"

"우린 모두 사형 당할 거예요. 뭣하러 우리를 끌고 다니겠어요? 뭐가 예뻐서 말이에요! 사형수부터 처리하는 게 순서가 아니겠어요?"

"아니야! 그렇지 않아. 그러기 전에 서울이 점령당할 거야."

"사형집행하는데는 5분도 못 걸려요"

여옥은 자신도 놀랄 정도로 잔인하게 말했다. 살아나게 됐다는 희망에 부풀어 날뛰는 그 여인이 갑자기 그토록 저주스러웠던 것이다.

여인은 몇 번 더 부인하다가 급기야 훌쩍훌쩍 울기 시작했다. 여옥의 말을 듣고 보니 살아나기는커녕 오히려 죽음이 더 임박했다는 것을 깨달은 것 같았다.

전쟁이 일어난 것은 사실인 것 같았다. 갑자기 간수들의 표정이 긴장해져 있었고 경비도 삼엄해지고 있었다. 죄수들은 간수들의 눈을 피해 쥐새끼처럼 움직이면서 끊임없이 속삭이고 있었다.

여옥이 빨래를 하러 나갔을 때 죄수들은 온통 전쟁 이야기에 정신을 팔고 있었다.

"지금 어디까지 왔대?"

"의정부까지 밀려왔대."

"그럼 우린 어떻게 되지?"

"어떻게 되긴……나가는 거지 뭐."

"세상이 바뀌기만 해 봐라. 가만두지 않을 거야."

이를 가는 죄수도 있었다. 여옥이 나타나자 여자 죄수들은 갑자기 벙어리가 된 듯 입을 다물고 그녀의 눈치를 보았다.

여옥은 그녀들을 외면한 채 잠자코 빨래를 하기 시작했다. 그러자 이 여자 저 여자가 달려들어 그녀의 빨랫감을 하나씩 빼앗아갔다.

그녀들은 의아해 하는 그녀를 젖혀두고 자기들이 대신 빨래를 빨아 주었다. 전에 없던 친절이라 여옥은 멍하니 그녀들이 하는 짓을 바라보기만 했다.

거물 스파이로 체포되어 사형언도를 받고 죽음을 기다리고 있는 여옥은 그 동안 죄수들 사이에서도 경계의 대상이 되어 왔었다. 아무도 그녀를 상대하려 들지 않았고 하나같이 꺼리는 눈치였었다. 대부분이 잡범들이라 그럴 만도 했다. 그런데 전쟁이 났다고 하자 일순 태도가 돌변한 것이다.

"곱기도 해라. 지금 몇 살이우?"

늙은 죄수가 빨랫감을 싸면서 묻는다.

"스물 셋이에요."

"원, 시상에……쯔쯔쯧……"

"색씨, 이젠 살게 됐지유?"

키가 유난히 작은 죄수가 얼굴을 들여다보듯이 하며 묻는다.

아아, 그날 · 225

"모르겠어요."

여옥은 힘없이 고개를 저었다. 그러자 어떤 죄수가 툭 쏘아붙였다.

"아, 세상이 바뀌는데 살기만 해. 한 자리 하겠지. 안 그렇소, 색씨?"

여옥은 더욱 창백해지기만 했다.

"언제 서울에 들어온답니까?"

그녀가 마치 공산군과 내통하고 있기나 한 듯 묻는 여자도 있었다.

"색씨 잘 부탁해요. 우리 같은 것이야 세상이 바뀌어야지 빛을 보지 언제 빛을 볼 수 있겠수. 난 무기언도를 받았다구요."

"난 꼭 15년을 받았수. 강아지 같은 새끼들이 다섯이나 줄줄이 있는디, 여그서 15년을 썩으문 어떻게 되겠소?"

저녁이 되자 포성은 더욱 가까워지고 있었고, 형무소 분위기는 한층 살벌해지고 있었다. 남자 감방 쪽에서는 벌써부터 소동이 벌어지고 있는지 아우성과 총소리가 뒤섞여 들려오고 있었다. 간수들은 험한 눈초리로 바삐 움직이고 있었다.

여옥은 줄곧 식은땀을 흘리고 있었다. 조용히 죽음을 기다리고 있던 그녀는 자기도 모르는 사이에 동요하고 있었다. 어쩌면 살 수 있을지도 모른다는 생각이 그때까지 잠자고 있던 그녀의 의식을 흔들어 깨운 것이다.

그쯤 되고 보니 잠자코 앉아 있을 수가 없었다. 그는 일어나서 감방 안을 빙빙 돌아갔다. 그리고 점점 살벌해지고 있는 형무소 공기에 촉각을 곤두세웠다.

그녀에게 종이쪽지가 건네진 것은 저녁식사 때였다. 주먹밥을 먹던 중 무엇인가 씹히는 것이 있어 꺼내 보니 똘똘 뭉친 종이쪽지였다. 종이를 펴서 보니 거기에 연필로 다음과 같이 쓰여 있었다.

"윤여옥 동무는 여감방 위원장으로 선출되었소! 죄수들을 지휘하여 투쟁해 주시오! 해방의 시간이 가까워지고 있소!"

누가 보냈는지 그런 것도 밝혀져 있지 않았다. 그녀는 비로소 자신도 모르는 사이에 소용돌이에 휩쓸리고 있음을 깨달았다. 무서운 일이었다. 그녀는 거기에 휩쓸리고 싶지 않았다.

날이 저물자 여죄수들도 마침내 아우성치기 시작했다. 그녀들은 발을 구르며 쇠창살을 움켜잡고 소리소리 질러댔다.

"내보내 줘! 내보내 달라구!"

"야, 간수, 이 문 열어! 세상 바뀌면 어떻게 되는지 알아?"

여간수들은 겁을 집어먹고 슬슬 피했다. 이미 질서 같은 것은 무너지고 있었다.

여옥은 계속 연락을 받고 있었지만 그것을 묵살했다. 그녀는 정말 아무 짓도 하고 싶지 않았다. 살길을 찾아 날뛰고 싶은 마음은 추호도 없었다.

하림을 만나면 보다 자세한 것을 알 수 있을 것이라고 생각했지만, 그날 따라 하림은 면회오지 않았다. 면회가 일체 금지되고 있는 것 같았다.

소란은 계속되고 있었다. 죄수들은 내보내 달라고 아우성치고 있었다. 그들은 금방이라도 철창을 부수고 뛰어나올 것처럼 소동을 부리고 있었다.

밤이 되어 여간수들만으로는 소동을 진정시키기가 어렵다고 생각했는지 남자 간수들이 들이닥쳤다. 총을 들고 나타난 그들은 앞장서서 극성을 부리는 여자 죄수들을 총개머리판으로 후려쳤다.

"전쟁이 났다고 해서 세상이 바뀌겠거니 하고 생각해서는 안 된다! 세상은 바뀌지 않으니까 요행을 바라지 마! 죄를 졌으면 죄값을 치러야 해! 국군은 지금 북진하고 있어! 만일 적군이 침략해 오면 너희들을 여기 고스란히 내버려 두지 않아! 모두 이동시킬 거야!"

그렇게 시끄럽게 아우성치던 죄수들은 벙어리가 된 듯 갑자기 잠잠해져 버렸다. 절망적인 그림자가 그들을 덮치고 있었다. 물을 끼얹은 듯 조용한 가운데 간수들의 구둣발 소리만이 뚜벅뚜벅 들려올 뿐이었다.

그는 복도에 떡 버티고 서서 말했다. 뚱뚱한 고참 간수였다.

"여하한 경우에도 우리는 여러분들을 포기하지 않을 것이다. 우리는 여러분들을 끝까지 지킬 것이고 보호할 것이다. 우리들 결심이 이러한데, 우리를 우습게 생각해서는 절대 안 된다. 우리를 얕잡아보지 마! 우리는 허수아비가 아니야!"

그가 눈짓을 하자 간수 두 명이 여옥이 있는 쪽으로 다가왔다. 그들이 감방 앞에 다가와 서는 것을 보고 여옥은 몸을 바르르 떨었다. 마침내 죽음이 다가온 것이라고 생각한 그녀는 전율했다.

자물통을 여느라고 철컥거리는 소리에 그녀는 자기도 모르게 뒤로 물러섰다. 나는 이제 죽는구나. 간수들이 나를 끌어가려고 온 거야. 죽음을 곱게 받아들이기로 한 내가 왜 이리 당황할까.

그녀가 질린 모습으로 떨고 있을 때 외치는 소리가 들려왔다.

"그 방이 아니야! 그 옆방, 옆방이라구!"

이어서 급히 뛰어오는 구둣발 소리가 들려왔다. 옆방의 철문이 거칠게 열리는 소리도 들려왔다. 조금 후 사형수인 중년 여인이 끌려나왔다. 아침에 살게 됐다고 좋아하던 여인이었다. 그녀는 끌려가지 않으려고 발버둥치고 있었다.

"왜 이래요! 왜 이래요! 왜 갑자기 이러는 거예요! 이거 놔요! 이거 놓으시라구요!"

"따라오라면 따라와! 시끄럽게 굴지 말고 따라와!"

두 사람이 양쪽에서 팔짱을 끼고 끌어당기고 한 사람은 뒤에서 등을 밀어냈다.

"어디 가! 어디 가는 거야!"

"의무실에 가는 거야."

"거짓말! 거짓말이야!"

사형수는 여옥의 감방 창살을 움켜쥐고 늘어붙는다. 마디가 굵은 손가락이 창살에 감긴 채 비틀거리는 것을 여옥은 공포의 눈으로 바라보고 있었다.

끌려가는 중년 여인은 이미 제정신이 아니었다. 헝클어진 머리칼 사이로 드러난 눈빛은 광기를 띠고 있었고, 입에서는 거품이 흘러나오고 있었다. 여인은 여옥이를 턱으로 가리키면서 악을 썼다.

"왜 저년을 데려가지 나를 데려가는 거야. 나는 아니야! 나는 아니라구! 나는 아니란 말이야!"

여옥은 울부짖는 그녀를 바라보면서 몸을 떨고 있었다. 여인의 울부짖는 소리가 흡사 비수처럼 가슴을 후벼들고 있었다. 그녀가 마치 자신을 대신해서 죽는 것만 같아 차마 견딜 수가 없었다.

아무리 버둥거려 봐야 여자 힘으로 남자 간수들을 당해낼 수는 없는 노릇이었다. 간수들은 그녀의 팔을 등뒤로 꺾어 손목에 수갑을 채운 다음 질질 끌고 갔다. 이미 다리가 풀린 사형수는 더 이상 버틸 힘이 없는 것 같았다.

"살려 줘……살려 줘……"

멀어져 가는 소리를 들으며 죄수들은 얼어붙은 듯 창살에 달라붙어 있었다. 사형수의 모습과 울부짖음이 완전히 사라진 뒤에도 죄수들은 한동안 꼼짝하지 않고 그대로 서 있었다. 그것은 만 가지의 말보다도 더한 효과를 보여 주고 있었다.

그때부터 죄수들은 모두가 벙어리가 된 듯 침묵했고, 전쟁이 자기들에게 행운을 안겨 줄지도 모른다는 기대 따위를 갖지 않게 되었다. 아니, 오히려 처음과는 반대로 전쟁 때문에 자기들이 더 불행해지게 되었다고 생각하게 되었다.

포성이 가까워질수록 죄수들은 더욱 무거운 침묵 속에 빠져들고 있었다. 나중에는 흠칫흠칫 놀라는 죄수도 있었고 숨을 죽이며 흐느끼는 여자도 있었다.

사태가 절박해지고 있다는 것은 누가 말하지 않아도 충분히 짐작할 수 있는 일이었다. 그래서 그들은 공포로 굳어진 눈을 그대로 뜬 채 밤을 고스란히 밝히고 있었다.

여옥은 다시 죽음의 냄새를 맡고 있었다. 죽음은 벌레처럼 발끝으로 기어오르더니 나중에는 얼굴을 간질이기 시작한다. 그것은 냄새가 아주 좋은 벌레였다. 그녀는 향기에 취해 눈을 감고 있었다. 이제 죽음은 그녀의 가슴속에 자리하고 있었다. 그녀는 아무렇지도 않았다. 갈등 같은 것도 없었다.

달빛이 창살 사이로 흘러든다. 포성에 달빛이 흔들리다가 깨어지는 것 같았다.

그녀는 웅크리고 있었다. 무릎 위에 얼굴을 파묻고 두 팔로 다리를 감싸안았다. 아이들은 어떻게 될까. 이 전쟁통에 누가 아이들을 돌볼까. 아이들은 고아가 될지 모른다. 이윽고 그것은 무서운 고통이 되어 그녀를 괴롭히기 시작했다.

노인들이 아이들을 데리고 피난 갈 것이라고는 기대하기 어렵다. 하림씨 역시 자신의 가족들 때문에 아이들을 돌보기가 어려울 것이다. 그렇다면 우리 아이들은 어떻게 되나? 그녀는 자신의 죽음으로 모든 것이 끝나지 않음을 알았다. 고아가 되어 거리를 헤매다가 굶어죽을 아이들을 생각하니 차마 눈을 감을 수 없을 것 같았다.

고통스러운 생각은 그대로 꿈으로 이어져 나타났다. 큰아이가 작은아이의 손을 잡고 피난민들을 따라 걸어가고 있었다. 울다 지쳐 눈물은 말라붙어 있었고 맨발에 옷은 온통 찢어져 너덜거리고 있었다. 동생의 손을 꼭 잡고 걸어가는 것이 여간 기특해 보이지가 않았다.

아이들은 끝없이 걸어가고 있었다. 돌봐주는 사람도 없이 저희들끼리 피난민들을 따라 걸어가고 있었다. 누구 하나 아이들의 손을 이끌어 주는 사람이 없었다. 어른들일수록 자기만 살아남으려고 기를 쓰고 있었다. 아이들의 얼굴은 햇볕에 까맣게 타 있었고 땀에 흠뻑 젖어 있었다. 작은아이가 뒤뚱거리다가 쓰러지더니 더 일어나지 못하고 그대로 주저앉아 버린다. 아이는 떼를 쓰며 칭얼거린다. 아이는 몹시 허기가 졌는지 큰 소리로 울지도 못하고 있다.

큰아이도 동생을 따라 울기 시작한다. 볼을 타고 흐르는 눈물이 햇빛에 반짝인다. 아이들이 아무리 울어도 누구 한 사람 거들떠보지도 않고 지나쳐 간다. 아이들은 엄마를 부르고 있었다. 끝없이 엄마를 찾고 있었다. 여옥은 아이들을 소리쳐 불렀지만 목이 메어 아무 소리도 나오지가 않았다.

큰아이까지 땅에 주저앉아 울어대더니 나중에는 둘다 지쳐 땅바닥에 누워 버린다.

잠든 아이들 곁으로 사람들의 발길이 노도같이 밀려간다. 아이들의 조그만 몸뚱이가 발길에 채일 때마다 여옥은 비명을 질러댄다. 그러나 소리는 입안에서만 구를 뿐 밖으로 퍼져나오지 않고 있었다. 그녀는 아무리 아이들에게 달려가려 해도 움직여지지가 않아 그럴 수가 없었다.

아이들은 금방이라도 발길에 짓밟힐 것만 같았다. 피난길에 나선 자전거, 손수레, 소달구지 같은 것들이 아이들 곁으로 아슬아슬하게 지나가고 있다. 아이들 위로 흙먼지가 뿌옇게 가라앉고 있다.

하늘이 검은 구름에 덮여 갑자기 캄캄해지더니 스산한 바람과 함께 빗방울이 떨어지기 시작한다. 이윽고 소나기가 쏴아 하고 쏟아진다. 그러자 죽은 줄 알았던 아이들이 깨어나 다시 울기 시작한다.

"엄마한테 가. 울지 마. 엄마한테 가."

큰아이가 작은아이의 손을 잡아끌면서 말한다. 자기는 울면서 동생한테는 울지 말라고 말한다.

아이들은 금방 빗물에 흠씬 젖어 버린다. 작은아이는 맹렬히 울어댄다. 천둥과 번개가 무서운 모양이다. 작은아이가 다시 주저앉는다.

"일어나. 엄마한테 가."

큰아이는 안타깝게 동생의 어깨를 잡아 흔든다. 그러나 작은아이는 일어나려고 하지를 않는다. 큰아이는 등을 내민다. 작은아이는 일어나서 형의 조그만 등에 매달린다. 비틀거리며 일어난 큰아이는 몇 걸음 옮기다 말고 흙탕 위에 힘없이 쓰러진다. 두 아이는 서로 부둥켜안고 울음을 터뜨린다.

여옥은 눈을 떴다. 얼굴이 눈물로 질펀하게 젖어 있었다. 꿈이 꼭 사실만 같았다. 그녀는 출입구로 달려가 창살을 붙잡고 흔들었다. 창살은 견고하게 앞을 가로막고 있었다. 그녀는 터지는 오열을 삼키며 창살에 얼굴을 마구 비벼댔다.

쿵!

쿵!

쿵!

포성은 가까이서 들려오고 있었고 간수들은 어디로 갔는지 하나도 보이지 않았다.

입성

"거짓말 마라!"

하림은 신문을 구겨서 내던졌다. 울분에 싸인 그는 견딜 수가 없었다. 국군 전력을 누구보다도 소상히 파악하고 있는 그는 국군이 진격하고 있다는 신문보도가 거짓이라는 것을 잘 알고 있었던 것이다.

부상병들을 실은 차량들이 끊임없이 내려오고 있는 것을 보면서 그는 분노와 비탄이 엇갈린 눈물을 흘렸다. 얼마나 무수한 젊은이들이 죽어갈 것인지, 그것은 상상하고도 남음이 있었다.

아군은 무기로 적을 막아내는 것이 아니라 육체로 저지하고 있었다. 그러니 희생이 많을 수밖에 없었다.

하림은 밀짚모를 눌러쓰고 있었다. 그리고 흰 와이셔츠에 검정 바지를 입고 있었다. 뜬눈으로 전쟁 첫날밤을 지샜기 때문에 눈은 벌겋게 충혈되어 있었다.

거리에는 피난민들의 수가 부쩍 늘어나 있었다. 그들은 겁에 질려 주위를 살피며 남쪽으로 남쪽으로 흘러가고 있었다.

거리의 치안은 이미 마비되어 있었다. 교통정리하는 순경도 거의 볼 수 없었고, 거리를 청소하는 청소부도 보이지 않았다. 거리는 온통 쓰레기투성이였고, 그러한 거리 위로 사람들은 절망과 희망이 엇갈린 표정을 보이면서 우왕좌왕하고 있었다.

하림이 길가에 서서 울분을 씹고 있는데, 갑자기 비행기 소리가 들려왔다. 일개 편대였는데 서울 상공으로 저공 비행해 오고 있었다. 붉은 별이 선명하게 찍힌 것을 보고 하림은 재빨리 전봇대 뒤로 몸을 가렸다. 곧이어 기총소사 소리가 벼락치듯 하늘을 울리며 지나갔다. 피난대열이 사방으로 흩어지면서 비명이 엇갈렸다.

잠시 후에 보니 길 가운데서 소달구지 한 대가 피투성이가 되어 흔들리고 있었다. 달구지 위에 타고 있던 일가족이 숨이 끊어졌는지 움직이지 않는다. 달구지 앞에 서 있는 황소도 쓰러져 있었다. 그러나 황소는 살아 있었다. 눈을 휘번득거리며 거품을 흘리고 있다가 갑자기 튀어 일어나 미친 듯이 달려간다.

일가족의 시체를 실은 달구지가 시내 거리를 질주하는데도 아무도 그것을 저지하려고 하지 않는다. 하림 역시 놀란 눈으로 쳐다보고만 있을 뿐이었다.

시내 상가는 이미 철시하고 있었다. 식량은 동이 나고, 모든 것은 암거래로 이루어지고 있었다. 그러니 지폐는 휴지처럼 되어가고, 물건은 부르는 것이 값이었다. 무엇보다 제일 귀중한 것이 식량이었다. 쌀장수들은 식량을 감춘 지 오래였고, 미처 식량을 준비해 놓지 못한 사람들은 그것을 한 톨이라도 사려고 아우성들이었다. 암거래되고 있는 쌀은 값이 폭등하다 못해 아예 돈 대신 금붙이 같은 패물로 교환되고 있었고, 그나마 구하지 못한 사람들은 호박죽이라도 끓여 먹으려고 필사적인 노력을 기울이고 있었다.

하림이라고 식량이 많이 있을 리가 없었다. 식량이라고 겨우 반 가마 정도밖에 없었으므로 아이들에게만 밥을 주고 형수와 그 자신은 죽으로 식사를 때웠다.

"파괴와 살육, 그리고 무서운 굶주림이 서울의 거리를 뒤덮을 것이다. 그런데 왜 나는 이러고만 있는가?"

그는 공복을 느끼고는 침을 꿀꺽 삼켰다. 아무 거라도 먹고 싶었다. 그러나 먹을 것이 없었다.

이제 포성은 멀리서 들려오는 것이 아니라 서울 상공을 뒤흔들고 있었다. 방송과 보도를 통해 수없이 안심하라는 당부만 들어온 시민들의 얼굴에는 서서히 의혹과 불안의 그림자가 나타나고 있었다.

북쪽에서 밀려드는 피난민들로 서울 거리는 한층 혼잡을 이루고 있었다. 그들은 하나같이 서울을 목표로 피난 온 사람들이었다. 그러나 그들은 서울 역시 안전하지 못하다는 것을 알게 되었고, 그러한 그들 때문에 혼란과 불안은 더욱 가중되고 있었다.

"어디서 오시는 겁니까?"

하림은 길가에 주저앉아 있는 중년 부부에게 말을 걸어 보았다. 중년 사내는 땀을 닦다 말고 그를 힐끗 바라보았다.

"개성이오."

"거긴 어떻습니까?"

"보면 모르시오. 자식을 끌고 왜 피난 왔겠소."

"적군이 들어왔나요?"

"어제 아침에 기차 타고 몰려들었어요. 세상에 그럴 수가……"

사내는 분노에 찬 시선을 허공에 던진다. 고만고만한 어린 자식들이 주렁주렁 매달려 있었다. 아이들은 신기한 듯 서울 거리를 바라보고 있었다.

"전투가 치열했습니까?"

"치열한 게 뭡니까? 싸워보지도 못하고 도망치기에 바빴지요. 갑자기 적군이 나타나니까 도망치느라고 정신이 없었지요."

"왜 그렇게 도망만 쳤지요?"

사내는 어이없다는 듯 그를 다시 힐끗 바라보았다.

"아무리 그렇다고 그렇게도 모르십니까?"

"네, 어떻게 돌아가는지 알 수가 있어야지요."

"도대체 싸움이 안 돼요. 소련제 탱크로 밀어붙이는 데는 당할 재주가 없어요. 탱크라는 것이 그렇게 무서운 줄은 이번에 처음 알았지요. 포대를 돌리니까 그 큰 전봇대가 썩은 나뭇가지처럼 부러지더라고요."

사내는 머리를 설레설레 흔들면서 짐을 지고 일어섰다.

"어디로 가실 겁니까?"

"모르지요. 남들 따라서 가는 데까지 가 봐야지요. 와보니까 서울도 안심할 곳이 못 되네요."

하림은 그들 일가족이 멀리 사라질 때까지 바라보고 있다가 발길을 돌렸다.

집으로 돌아가니 아이들이 지하실에 들어앉아 울고 있었다. 점점 심해지는 포성이 아이들을 놀라게 하고 있었다. 거기다가 지하실은 숨막히게 무더웠다. 아이들은 땀과 눈물로 범벅이 된 채 겁에 질려 울어대고 있었다.

"거리는 어떤가요?"

하림의 형수가 손등으로 눈물을 찍으며 물었다.

"피난민이 늘어나고 있습니다. 북쪽에서 계속 피난민들이 밀려들어오고 있고 서울 사람들도 피난을 가고 있습니다."

"어떻게 될까요?"

"아무래도 서울을 떠나는 게 좋을 것 같습니다. 좀더 기다려 보다가 결정을 내립시다."

하림은 아이들을 밖으로 데리고 나와 목욕을 시켰다. 아이들은 비로소 울음을 그치고 밝은 표정을 지었다. 하림은 아이들을 다시 지하실에 내려 보내기가 안쓰러워 그대로 밖에서 놀게 내버려 두었다.

저녁 때 명혜는 여옥에 대해 걱정스럽게 물어왔다.

"저도 잘 모르겠습니다. 면회가 안 됩니다."

하림의 얼굴에는 애써 그녀를 잊으려는 노력이 역력히 나타나 있었다.

"혹시 세상을 떠난 게 아닐까요?"

"어제까지는 그렇지 않았습니다. 그렇지만 사태가 절박해지면 서둘러 집행할 지도 모르죠. 아니면 다른 곳으로 이동시킬지도 모릅니다."

"혹시 세상이 바뀌면 살아날 수 있을지도 모르지 않아요?"

"그런 식으로 살아서 뭐하겠습니까?"

그는 분노를 누르며 대답했다.

"아이들이 불쌍해서 그래요."

그녀가 눈시울을 붉힌다.

"할 수 없는 일이죠. 그 여자는 그런 식으로 살고 싶어하지는 않을 겁니다. 자기가 살아남기 위해 세상이 바뀌기를 바라는 여자가 아닙니다. 그 여자는 죽음을 각오한 지 오래예요."

"그래도 저쪽을 위해 일했기 때문에 세상이 바뀌면 대접을 받을 텐데요?"

"아니, 그렇지 않아요. 그 여자는 그럴 마음이 추호도 없어요. 그 여자는 이제 완전히 전향했어요."

"그래도 남편을 잊지 못하고 있을 텐데요?"

그렇게 묻는 명혜의 얼굴에는 여성다운 감정이 진하게 나타나 있었다.

"그렇지 않아요. 여옥이는 남편의 그늘에서 완전히 벗어났어요. 오히려 남편을 저주하고 있을 겁니다."

그들은 마루에 나란히 앉아 있었다. 어둠이 내리고 있었고, 그 어둠 때문에 그들은 조금이나마 불안을 감추고 이야기를 나눌 수가 있었다.

"그 아이들은 어떡하지요?"

하림은 형수가 부담을 느낄까 봐 일부러 여옥의 자식들에 대해서는 말을 삼가 해 왔는데 형수가 잊지 않고 그것을 물어준 것이다.

"그애들 때문에 걱정입니다. 모른 체할 수도 없고……"

"어머나, 모른 체해서는 안 되죠. 그애들을 돌봐 줄 사람은 도련님밖에 더 있어요?"

"사실 어떻게 해야할 지 모르겠습니다."

"뭘 주저하세요. 이리루 데려오세요. 노인들이 어떻게 아이들을 보살피겠어요."

"그래도 될까요?"

"그게 무슨 말씀이세요? 저는 왜 도련님이 아이들을 데려오지 않으실까 하고 이상하게 생각했어요."

형수에게 부담이 될까 봐 그 동안 여옥의 자식들을 데려오지 못한 하림은 그 말을 듣고 나자 매우 감동했다. 그것으로 그들 사이에 있었던 거리감은 눈 녹듯이 사라지는 것 같았다.

그날 밤도 하림은 뜬눈으로 지샜다. 들려오는 포성이 너무 커서 눈을 붙일 수도 없었다. 북쪽 하늘은 밤새도록 붉게 타오르고 있었다.

날이 새자마자 그는 여옥의 집으로 뛰어갔다. 하림의 말을 듣고 김노인 부부는 그렇지 않아도 걱정이었다고 하면서 아이들과 작별을 고했다.

"우리 늙은 것들이야 피난가서 뭐하겠소. 여기 눌러 있을 테니 염려 말고 아이들이나 잘 돌봐 주시오."

"그럼 안녕히 계십시오."

하림은 노인들에게 심심한 사의를 표한 다음 아이들을 데리고 그곳을 떠났다. 이제 아이들의 운명은 그에게 달려 있었다. 아이들을 데리고 가는 그의 어깨는 어느 때보다도 무거웠고 가슴은 중압감에 못 이겨 터져나갈 것만 같았다. 비탄스러운 감정이 온몸을 휩쓸고 있었다.

여옥의 자식들을 정말 마음먹은 대로 훌륭히 보살필 수 있을는지 그는 아무래도 자신할 수가 없었다. 자신의 앞날을 예측할 수 없는 처지이니 그렇게 생각하는 것도 무리는 아니었다. 만일 부득이한 사정으로 아이들을 돌볼 수 없게 될 때 아이들 운명은 어떻게 될까? 그것은 생각만 해도 소름끼치는 일이었다.

"이 아이들을 거리에 내버릴 수는 없어! 이애들이 어떤 아이들이라고……"

그는 대운이의 손을 결코 놓지 않으려는 듯 꽉 움켜잡았다.

"아저씨, 아파."

아이가 손을 옴지락거리면서 말했다.

"아이구, 미안하다."

그는 아이의 머리를 부드럽게 쓰다듬어 주었다. 이 아이들을 전쟁의 재화로부터 보호해야 한다. 내가 죽는 한이 있더라도, 하고 그는 생각했다.

"엄마한테 가는 거야?"

아이가 갑자기 어른스럽게 물었다. 엄마가 있을 때는 그토록 떼만 쓰던 아이가 그 동안 많이 달라져 있었다. 어리광을 받아

줄 상대가 없고 보니 자연 그럴 수밖에 없었다. 아이는 그전처럼 떼도 쓰지 않았고 동생이 울면 달랠 줄도 알았다. 하림의 눈에는 그것이 기특하면서도 안쓰러워 보였다.

"가엾은 것……네가 무슨 죄가 있다고……"

그는 아이들의 머리를 쓰다듬고 또 쓰다듬어 주었다.

"엄마한테 가는 거야?"

아이가 다시 물었다.

"아니야. 우리 집에 가는 거야."

"엄마는 안 와?"

군 트럭이 우렁찬 군가에 휩싸여 지나가는 바람에 그들의 대화는 잠시 끊어졌다.

"엄마는 안 와?"

"엄마도 올 거야."

"언제 와?"

"곧 올 거야."

그는 한숨을 내쉬며 아이들의 손을 꽉 잡았다. 가슴이 찢어지는 것만 같았다.

"자고, 자고, 또 자고……그리고 엄마 와?"

"음, 그렇지. 여러 밤 자고 나면 엄마가 온다."

"아빠는 언제 와?"

"아빠도 곧 올 거야."

"엄마하고 같이 와?"

"그래 엄마하고 같이 온다."

아이는 끊임없이 엄마 아빠에 대해서만 물었다. 포성도 거리의 혼잡도 그 어떤 것도 어린아이에게는 별로 관심이 없는 것 같았다.

작은아이는 울다 지쳐 잠들어 있었다. 갑자기 엄마의 품에서 떨어진 바람에 아이는 많이 야위어 있었다.

집에 들어서자 하림의 형수가 뛰어나와 작은아이를 안아들었다. 아이는 잠에서 깨어나 마구 울어대기 시작했다.

"어머나, 많이들 컸구나!"

오랜만에 여옥의 아이들을 본 하림의 형수가 두 아이를 한꺼번에 끌어안으며 볼을 비비자 대운이도 울 듯이 입술을 삐죽거렸다.

두번째 대면한 아이들은 금방 낯이 익어 어울려 놀기 시작했다. 넓은 마당은 아이들이 뛰어놀기에 안성맞춤이었다.

금방 아이들을 휘어잡은 대운이는 집안을 들쑤시며 돌아다녔다. 아이들은 노는데 정신이 팔려 포성도 들리지 않는 모양이었다.

"대운이가 들어오니까 집안 분위기가 아주 딴판으로 바뀌네요."

아이들의 뛰어노는 모습을 지켜보던 하림의 형수가 웃음을 머금으며 말했다.

"저놈이 들어오니까 집이 엉망진창입니다. 죄송합니다."

그렇게 말하는 하림은 마치 대운이가 자기 자식이나 되는 듯 대견한 느낌이 들었다.

"죄송하다니요. 그런 말씀하지 마세요. 집안에 활기가 넘치니까 좀 살 것 같아요. 아무리 전쟁이 났다고 하지만……"

그들은 오랜만에 웃을 수가 있었다. 그것은 절망 속에서 피어나는 웃음이었기 때문에 더욱 의미심장했다.

"도련님 어깨가 무거우시겠어요."

"괜찮습니다. 애들이 커 가는 것을 보는 것도 큰 기쁨이지요."

"도련님은 너무 이상적이에요. 다른 남자 같으면 생각지도 못할 일이에요."

"우리 세대는 희생의 세대라고 할 수 있지요. 희생을 피해서는 안 되지요. 새로운 세대를 위해 우리가 값진 희생을 해야 하지요. 그래야만 새로운 세대가 잘 자랄 수 있습니다."

허공을 바라보고 있는 명혜의 눈에 이슬이 맺혔다. 그녀는 문득 남편 경림이 생각난 것이다. 그녀가 무슨 생각을 하고 있는지 하림이 모를 리가 없었다. 그러나 그는 아무 위로의 말도 할 수가 없었다. 눈치를 챈 그의 형수가 재빨리 표정을 고친다.

"저 애는 아빠를 닮은 모양이죠?"

"그런가 봐요."

"작은애는 여옥씨를 닮은 것 같은데……"

"형과는 영 딴판이에요."

"대운이 아빠는 지금 어떻게 됐나요?"

"모릅니다."

"전혀 소식도 모르시나요?"

"대강 짐작은 갑니다."

"어떻게……?"

"지금쯤 남침의 선봉에 서 있을 가능성이 큽니다. 그자가 바라던 대로 됐으니까요. 만일 서울이 함락되면 여기도 나타날지 모릅니다. 자기 자식들을 찾으려고 말입니다."

"어머나……그러면 어떡하나?"

"……"

"저 애들을 데려가겠다고 하면 어떡하죠?"

하림은 당황했다. 미처 거기까지 생각하지 않은 것이 아니라 일부러 생각을 피했다고 하는 것이 옳을 것이다.

"아이들을 내 주고 싶지 않습니다."

한참 후 그는 결연히 말했다.

"그럴 수가 있나요? 자기 자식들을 데려가겠다는데……"

"그자는 애비될 자격도 없습니다."

하림은 분노에 차서 말했다.

"그렇긴 하지만……아빠는 아빠죠."

"……"

하림은 대꾸할 말을 잃었다. 대치가 자식들을 데려가겠다고 한다면 그로서도 어쩔 수 없는 일이다.

그날 밤도 그들은 지하실에서 뜬눈으로 지샜다. 낮에 정신없이 뛰어놀던 아이들은 밤이 되자 비로소 겁에 질려 울어대기 시작했다.

포성은 이제 바로 머리 위에서 들려오고 있었다. 쿵쿵 울리는 포성에 집채가 금방이라도 무너져내릴 듯 흔들리고 있었다.

아이들은 잠을 이루지 못한 채 자지러지게 울어대고 있었다.

지하실에 가득한 열기 때문에 하림은 숨이 컥컥 막히고 머리속까지 멍해지고 있었다. 참을 수가 없어 그는 밖으로 빠져나왔다.

미아리 쪽 하늘은 대낮같이 밝았다. 불기둥이 하늘높이 치솟고 있는 것이 멀리서 보였다.

차도까지 나가보니 피난민들이 줄지어 지나가고 있었다. 차도는 북상하는 차량들과 남하하는 차량들이 뒤엉켜 난장판을 이루고 있었다. 차가 빠져나갈 수 없게 되자 헌병 장교 하나가 지프에서 뛰어내리더니 앞을 가로막고 있는 트럭을 향해 권총을 휘둘렀다.

"야, 이 새끼야! 어디로 뚫고 오는 거야?"

그러나 부상병을 잔뜩 태운 트럭은 물러나기는커녕 점점 더 밀고 들어왔다. 화가 머리끝까지 치솟은 헌병 장교는 위협 사격을 가했지만 쓸데없는 짓이었다. 남하하는 차량은 홍수처럼 밀려들고 있었다. 그것을 막는다는 것은 도저히 불가능한 일이었다.

부상병들은 이미 한 차례씩 죽음을 겪은 몸들이었다. 그래서 신경이 날카로워져 있었고, 눈에 보이는 것이 없었다. 헌병 장교를 향해 욕설이 튀어나오더니 사뭇 공기가 살벌해지면서 금방이라도 무슨 일이 터질 것 같았다.

그 헌병 장교는 겁이 났는지 아니면 참을성이 많아서 그랬는지 한편으로 슬그머니 물러났다.

"몸조심하라구!"

"탱크를 조심해!"

부상병들은 북상하는 병사들 곁을 지나가면서 손을 흔들었다. 불빛에 드러났다가 사라지곤 하는 병사들의 얼굴은 하나같이 굳어 있었다. 그 얼굴들은 훈련에 단련되고 전투를 겪어본 그런 얼굴들이 아니었다. 순박한 양민의 자식들을 생각케 하는 그런 얼굴들이었다. 무거워 보이는 소총과 헐렁한 철모가 그들을 더욱 어수룩하게 만들어 주고 있었다.

길이 뚫리고 차량이 다시 움직이자 전선에 나가는 병사들은 군가를 부르기 시작했다. 그러나 모두가 목이 쉬고 피로해서인지 노래 소리는 별로 크지가 못했다. 서울을 향해 조여져 오는 포성에 묻혀 군가는 이미 사라져 버리고, 그 자리에는 어수선한 소음만이 남았다.

천방지축 뛰어가는 피난민들을 바라보고 있다가 하림은 급히 집으로 돌아왔다.

"아무래도 서울을 떠나는 게 좋겠습니다."

그의 형수는 눈을 크게 떴다.

"피난들 많이 가는가요?"

"네, 많이 가고 있습니다."

"어디로 가죠?"

"글쎄……"

하림에게는 남쪽 지방에 기댈만한 친척이 없었다.

"친정에 가는 게 좋겠어요."

그의 형수가 결정을 내리듯 말했다. 그녀의 친정은 전라도 순천 지방이었다.

"우선 짐을 꾸려 놓고 봅시다. 아무 때라도 출발할 수 있게."

그들은 지하실을 나와 짐을 꾸리기 시작했다. 울던 아이들은 그제야 신이 나서 뛰어놀기 시작했다.

가장 필요한 것은 쌀이었다. 그 다음에 담요 몇 장과 옷가지 몇점, 간단한 취사도구 등을 챙겼다. 그것만으로도 짐이 많은데, 하림의 형수는 살림살이들을 놔두고 가는 것이 안타까워 하나라도 더 가져가려고 안달이었다. 그때마다 하림과 의견이 엇갈렸고, 그러면 하림은 그녀를 설득시키느라고 진땀을 빼곤했다.

그녀는 급기야 집안의 가보로 전해져 내려오는 이조자기 두 점을 가져가려고 그와 충돌했다. 부피가 꽤 큰 그것들은 백자로서 선대로부터 물려받은 것인데, 일제 때에도 일인 부호들이 탐을 내어 팔라고 하는 것을 거절하고 한사코 간직해온 것이었다. 그것들을 담요 속에 싸는 것을 보고 하림은 말렸다.

"형수님, 그런 것을 가지고 다닐 수는 없습니다. 그런 것을 가지고 가면 너무 불편합니다. 그냥 여기 놔두십시오."

"이것만은 가져가야 해요."

"안 된 대두요. 지금 그런 것에 신경쓸 때가 아닙니다. 우리한테 제일 필요한 것은 먹을 것과 잠자리입니다. 일단 집을 나가면 그런 것은 아무 소용없습니다."

"제가 들고 갈 테니까 염려 마세요."

"아직도 피난이 어떤 것인지 모르시는 모양이군요. 피난은 이사가는 게 아닙니다. 노닥거리면서 가는 소풍이 아닙니다."

"알고 있어요. 그렇지만 이것만은······"

그녀는 울상이 되어 그를 바라보았다.

"그걸 가져 가시려거든 쌀이나 한 주먹 더 가져가세요! 다섯이나 되는 아이들을 먹여 살려야 합니다! 가보 따위가 무슨 소용이 있습니까? 지금부터는 동물적인 생활을 해야 합니다! 식량이 떨어지면 도둑질이라도 해야 합니다!"

그가 신경질적으로 쏘아붙이자 그의 형수는 마침내 눈물을 흘렸다.

"죄송합니다. 재산이 될만한 귀중한 것들은 모두 모아 주십시오. 뒤안에 깊이 파묻어 두겠습니다."

그녀는 고개를 끄덕이며 그의 말을 따랐다.

짐을 모두 쌌을 때는 날이 뿌우옇게 밝아오고 있었다. 다섯 아이들은 모두 잠들어 있었다.

하림과 명혜는 한동안 허탈에 빠져 멍하니 마루 위에 주저앉아 있었다. 막상 피난짐을 싸긴 했지만, 다섯이나 되는 아이들을 데리고 살벌한 거리로 나설 것을 생각하니 감히 떠나자는 말이 나오지 않았다. 큰아이 셋은 그런 대로 걸을 수 있지만 작은 아이들 둘은 업고 갈 수밖에 없다. 인파 속을 뚫고 가려면 별수가 없을 것이다.

나뭇잎들이 포성에 떨고 있었다. 아침이면 시끄럽게 울어대던 새들도 이제는 보이지 않았다. 여러 가지 소리들이 한데 뒤엉켜 소용돌이치고 있었다.

형수가 아침밥을 짓는 동안 하림은 이름표를 만들어 아이들 가슴에 달아 주었다. 아이들과 헤어지지 않는다고 누가 장담할 수 있겠는가.

27일, 날이 완전히 밝아왔다. 하림과 그의 형수는 그때까지도 머뭇거리고 있었다. 짐을 싸놓고서도 얼른 나서지지가 않았던 것이다.

"좀더 기다려보는 게 어떨까요?"

이렇게 물은 쪽은 하림이었다. 아이들 다섯을 데리고 피난간다는 것이 생각만 해도 비참했던 것이다. 어른들은 참아낼 수 있지만 아이들에게는 그것은 너무나 고통스러운 일이 될 것이다.

"도련님 마음대로 하세요."

명혜가 눈치를 보며 말했다. 사실 그녀로서는 이제 의지할 사람이라고는 하림뿐이었던 것이다.

"걸어서 전라도까지 갈 수는 없고, 기차를 타고 가야 하는데……기차편이 어떻게 되는지 모르겠습니다. 아마 서울역은 인산인해일 겁니다. 잘못하다가는 깔려 죽기 십상이죠."

"그럼 어떡하죠?"

"미군이 빨리 참전해 주면 적을 막아낼 수 있습니다."

"미군은 뭐하고 있나요?"

"모르겠습니다. 미군이 참전했다는 소식은 아직 없습니다."

"공산군이 저희들이야 설마 죽이겠어요? 도련님이 위험하죠. 제가 여기서 아이들을 돌보고 있을 테니까 도련님 먼저 피하세요."

"그럴 수야 없죠. 그런 말씀 마십시오. 아이들을 여기다 내버려 두고 저 혼자 살겠다고 도망칠 수는 없습니다."

그런 것은 정말 생각할 수도 없는 일이었다. 그는 자신의 위험 따위는 생각지 않고 있었다. 자신이야 어떻게 되든 상관하지 않고 있었다. 그보다도 아이들을 제일 걱정하고 있었다.

결국 좀더 기다려 보기로 형수와 의견일치를 본 다음 그는 다시 거리로 나왔다. 거리는 남하하는 사람들로 홍수를 이루고 있었다.

부상병들은 걸어서 내려오고 있었다. 쩔뚝거리며 걸어가는 부상병은 그래도 나은 편이었다. 들것에 실려 떠메가는 부상병이 부지기수였다.

얼굴이 온통 피로 말라붙은 병사는 이미 정신이 거의 나갔는지 히죽히죽 웃으며 걸어가고 있었다. 차량이 동이 나는 바람에 부상병들도 실어나르지 못하는 것 같았다. 땀과 먼지에 젖어 반쯤 졸며 걸어가는 병사들도 있었다. 패잔병들로 부대를 잃고 남하하는 것 같았다. 그들은 곧 헌병의 제지를 받고 다른 부대에 편입되기 위해 다시 오던 길로 되돌아가기도 했다.

피난민들이 군인들과 뒤섞여 흘러 내려오고 있었다. 하늘은 이미 포연에 싸여 있었고, 요소요소에서는 군인들이 시가전에 대비해서 모래자루를 쌓고 있었다.

부모를 잃은 아이들이 울부짖으며 걸어가고 있었다. 바퀴 빠진 달구지가 시궁창에 빠져 있었다.

호루라기 소리와 사이렌 소리가 여기저기서 들려오고 있었다. 그런 소리들도 포성이 쿵쿵하고 울릴 때면 흩어져 버리곤 했다. 적기가 시 상공을 아슬아슬하게 비행하면서 삐라를 살포했다. 저항하지 말고 항복하라는 내용이었다.

"대통령이 도망갔다!"

그런 소리가 여기저기서 들려왔다.

"간밤에 아무도 모르게 도망갔어!"

그런 소문이 나돌자 거리는 삽시간에 공포에 휩싸였다.

하림은 자기 귀를 의심했다. 대통령이 쥐도 새도 모르게 서울을 빠져나가다니 도무지 믿어지지가 않았다. 백성들에게는 안심하라고 그토록 당부해 놓고 혼자서 가 버린 것이다. 홍수처럼 밀려오는 적군 앞에 백성들을 내버려둔 채 피신한 것이다. 아무리 그럴라구. 그럴 리가 없어. 그는 머리를 흔들다가 방금 그런 말을 한 같은 또래의 사내에게

"그거 정말입니까?"

하고 물었다. 사내는 그를 힐끗 보고 나서 고개를 크게 끄덕였다.

"정말이에요. 용산역에서 역원들이 봤답니다!"

"어디로 갔답니까?"

"대전으로 갔대요."

"이기고 있다더니 그럴 수가……"

모두가 절망과 분노가 엇갈리는 표정들을 지었다.

하림은 그것이 유언비어이기를 바랐다. 그러나 그것은 사실이었다.

그날, 그러니까 27일 새벽 3시경에 대통령은 부인과 함께 용산역에서 기차를 타고 극비리에 서울을 떠났던 것이다. 측근만이 그 사실을 알았을 뿐 국무위원들조차 그것을 까맣게 모르고 있었다. 그것은 그만큼 갑자기 그리고 감쪽같이 이루어졌던 것이다.

조금 지나자 더 놀라운 사실이 알려졌다. 정부를 이미 수원으로 옮겼다는 것이다. 그 사실은 방송을 통해 흘러나왔으므로 1백50만 서울시민들을 일시에 충격에 몰아넣기에 충분한 것이었다.

그런데 시민들에게 피난하라는 방송은 일절 없었다. 국군이 반격중이라느니 서울을 사수할 것이라느니 하면서 동요하지 말고 안심하라는 방송만이 계속 나오고 있었다. 그러나 그런 방송은 더 이상 시민들에게 먹혀 들어가지 않았다.

거리는 이제 완전히 피난민들로 넘쳐흐르고 있었다. 거기다가 바퀴 달린 온갖 것들이 쏟아져나와 사람들과 뒤엉키는 바람에 혼란은 극에 달하고 있었다. 전차는 운행을 중지한 지 이미 오래였다.

하림은 서울역까지 나가 보았다. 그리고 벌어진 입을 다물 수가 없었다. 서울역 일대는 인파와 화물로 뒤덮여 있었다. 남하할 수 있는 유일한 대중 교통수단이 기차밖에 없으니 서울역으로 밀려드는 것이 당연했다.

기차표를 산다거나 차례로 줄을 선다거나 그런 것도 없었다. 그런 것은 어느 정도 여유가 있을 때나 가능한 것이었다. 모든 것이 붕괴된 마당에 질서고 뭐고 있을 리가 없었다. 플랫폼으로 밀려든 피난민들은 무턱대고 열차에 올라탔고, 차에 오르지 못한 사람들은 다음 열차를 기다리며 아우성치고 있었다. 사람들은 언제 출발할 지도 모르는 열차의 지붕 위에까지 올라앉아 절규하고 있었다.

 그나마 거기에 끼이지도 못한 사람들은 걸어서 남하하기 위해 한강교 쪽으로 몰려가고 있었다. 그것은 한마디로 민족의 대이동이라고 할 수 있는 광경이었다. 그것은 시작에 불과했지만, 이미 미증유의 비극을 잉태하고 있었다.

 그 시간에 주공을 따라 공격해 온 공산군은 이미 의정부를 돌파하고 있었다. 27일 미명에 공산군 탱크 수십 대는 헤드라이트를 켠 채 굉음을 울리며 의정부에서 쏟아져나와 서울을 향해 최후 공격을 시도했다.

 하림은 허둥지둥 집으로 돌아갔다. 더 이상 우물쭈물할 시간이 없었다. 형수와 아이들을 데리고 즉시 피난길에 나설 생각이었다.

 집에 막 도착하니 형수가 대문 앞에서 발을 동동 구르고 있었다.

 "아니, 왜 그러십니까?"

 "야단났어요! 대운이가 없어졌어요!"

 "뭐, 뭐라구요?"

날벼락이었다. 하림은 눈을 부릅뜨고 형수를 쏘아보았다.

"글쎄, 대문이 열려 있고……아이가 없지 않아요."

그녀는 눈물을 글썽이며 어쩔 줄 몰라했다.

"나간 지 얼마나 됐습니까?"

"아침에 일어나더니 엄마를 찾으며 울어댔어요. 그러려니 하고 부엌에서 일하고 있었는데……한참 지나 조용하기에 아침밥을 들고 지하실에 내려가 봤어요. 그랬더니 그애가 없지 않아요. 조금 전에 나갔다고 해서 대문 쪽으로 뛰어가 봤더니 문이 열려 있었어요."

그녀는 그것이 마치 자기 책임이라는 듯 눈물과 땀이 범벅이 된 채 주눅이 든 표정으로 말했다.

"이 근방을 돌아다녀 봤어요. 그래도 없어요. 어떡하죠?"

"큰일났군요. 집이나 잘 지키십시오. 제가 찾아보겠습니다."

신음처럼 내뱉고 나서 하림은 골목 밖으로 뛰쳐나갔다. 막상 큰길로 나서니 어디 가서 아이를 찾아야 할 지 막막하기만 했다. 소용돌이치는 거리에서 아이를 찾는다는 것은 불가능한 일이나 다름없었다.

"대운아! 대운아!"

그는 인파를 향해 목청껏 불러 보았다. 그러나 아이는 보이지 않았다. 분명히 엄마를 찾겠다고 나갔을 것이다. 낯선 거리에 나섰으니 발길 닿는 대로 울면서 헤매고 있을 것이다. 이놈이 어디로 갔을까.

하림은 미칠 것 같았다. 찾지 못할 경우를 생각하니 가슴이 찢어지는 것 같았다. 여옥의 모습이 아이의 모습 위로 겹쳐서 떠올랐다. 대운이를 잃어버린 것을 알면 그녀는 죽어서도 눈을 감지 못할 것이다.

"어린애를 못 보셨습니까? 검정 바지, 노란 셔츠를 입었는데……"

"못 봤소."

거들떠보지도 않고 지나쳐 간다.

"혼자 울고 있는 애를 못 보셨습니까?"

"그런 애가 어디 한둘입니까?"

그렇다. 아이들만 눈여겨보면서 돌아다니다 보니, 부모를 잃고 헤매는 아이가 한둘이 아니었다.

그는 이리 뛰고 저리 뛰면서 눈을 뒤집고 아이를 찾아다녔다. 그의 얼굴은 어느새 땀과 눈물로 범벅이 되어 있었다. 너무 안타까운 나머지 눈에서는 자꾸만 눈물이 흐르고 있었다. 나중에는 눈앞이 잘 보이지가 않았다.

하루종일 돌아다녀 보았지만 대운이의 모습은 어디서도 찾을 수가 없었다. 시간이 흐를수록 그는 더욱 초조해지기만 했다. 절망적인 기분에 몸을 가누기조차 힘들었지만 그렇다고 포기할 수는 더더욱 없었다. 아이를 찾아야 한다는 마음에 위기의식도 둔화되어 있었다.

해방되던 해 사이판도에서 태어난 대운이는 이제 여섯 살이었다. 만으로는 다섯 살이 되는 셈이었다. 그 나이면 말도 잘할 수 있고 남의 말도 알아들을 수가 있다. 그리고 5리 정도는 투정 부리지 않고 걸어갈 수도 있다.

이미 강한 개성을 보이고 있는 대운이는 남의 집 지하실에서 남의 지배를 받으며 겁에 질려 울어야 하는 생활이 싫어졌다. 어느 때보다도 엄마를 찾아야 한다는 생각이 굳어졌다. 집에 가면 엄마가 기다리고 있을 것 같았다. 엄마를 만나면 품에 안겨 큰 소리로 실컷 울고 싶었다.

처음에는 동생을 데려가려고 했었는데, 하필 그때 동생이 자고 있었다. 그는 동생 얼굴을 물끄러미 내려다보다가 나중에 엄마하고 함께 와서 동생을 데려가기로 하고, 혼자서 지하실을 나왔다. 다련이 어디 가느냐고 물었지만 뒤도 안 돌아보고 뛰쳐나와 대문을 힘들여 열었다. 문이 빠끔이 열리자마자 쥐새끼처럼 문틈으로 빠져나와 줄달음질쳤다.

큰길로 나오니 생각과는 달리 갈피를 잡을 수 없었다. 금방 집을 찾을 수 있을 것이라고 생각했는데 그렇지가 못했다. 무엇보다 거리를 휩쓸고 있는 인파를 보고 기가 질려 버렸다.

모두 어디 가고 있을까. 이상하다. 저 사람들을 따라가면 엄마를 만날 수 있을지도 모른다. 빨리 따라가야지.

인파 속으로 뛰어든 그는 피난민들 속에 섞여 남쪽으로 걸어갔다. 그러다가 어른들의 발길에 채여 넘어지고 말았다. 어른들은 사정없이 그를 짓밟고 지나갔다. 그는 자지러지게 울어대면서 인파를 뚫고 겨우 빠져나올 수가 있었다.

길가에 서서 그는 엉엉 소리내어 울었다. 울고 있는 그를 아무도 거들떠보지 않았다. 자신들의 목숨을 부지하는 것이 더 급했기 때문이다. 오랜만에 한 사람이 다가와 물었다. 늙수그레한 사람이었다.

"아가, 왜 우니?"

"엉엉엉……엄마, 엄마……엉엉엉……엄마, 엄마……"

"아이구 엄마를 잃어 버린 모양이구나. 어디 가지 말고 여기서 있거라. 그럼 엄마가 올 거다."

그 사람이 자기 가족들을 이끌고 도망치다시피 가 버리자 아이는 더욱 서럽게 울어댔다. 대지와 하늘을 뒤흔드는 포성에 묻혀 그의 울음 소리는 별로 사람들의 시선을 끌지 못했다.

뜨거운 햇볕을 받으며 헤매다보니 얼굴은 빨갛게 익어 있었고 온몸은 땀에 젖어 몰골이 말이 아니었다. 감기 기운까지 있어 콧물, 눈물, 땀이 뒤범벅이 되어 지저분하기 짝이 없었다. 해가 서쪽으로 많이 기울었을 때쯤에는 배도 고프고 지친 나머지 눈물도 나오지 않았다. 엄마의 모습은 자꾸만 희미해져 가고 있었다. 엄마를 쉽게 만날 수 있으리라고 생각한 것이 잘못이었음을 비로소 깨달았다. 엄마는 손에 닿을 수 없는 먼 곳에 있다는 생각이 들었다.

그는 어느 건물의 계단 위에 턱을 괴고 앉아 끄덕끄덕 졸았다. 포성에 면역이 되어 이제는 아무렇지도 않았다.

조금 후 그는 계단 위에 쪼그리고 누워 행복한 꿈을 꾸었다. 피난민의 물결이 거리를 휩쓸고 공산군의 대병력이 밀려오고 있는데, 여섯 살난 어린아이는 고아 아닌 고아가 되어 길가에 쓰러져 행복한 꿈을 꾸고 있었다.

그는 엄마의 탐스러운 젖을 손으로 만졌다. 엄마가 간지럽다고 몸을 사렸지만 그는 짓궂게 자꾸만 엄마의 젖을 만졌다. 아무리 만져도 성에 차지 않자 그는 젖꼭지를 입에 넣고 빨아댔다. 젖을 뗀 후 처음으로 빨아 보는 것이다. 기분이 이상했다. 엄마도 기분이 이상해지는 모양이었다. 그것을 보자 그는 갑자기 파괴심리가 작용했다. 젖을 꽉 깨물었다. "아야!" 엄마가 소리치면서 그를 홱 떠밀었다. 그는 떼굴떼굴 구르다가 벽에 쿵하고 부딪쳤다. 동시에 잠에서 깨어났다.

어느새 날이 저물어 있었다. 그는 계단 밑으로 굴러 떨어져 있었다. 자신이 왜 거기에 있는지는 알 수가 없었다. 잠에서 덜 깨어난 그는 눈을 크게 뜨고 주위를 둘러보았다.

사람들이 아우성치며 밀려가고 있다. 포성에 땅과 하늘이 흔들리고 있다. 비로소 그는 정신이 들었다. 그는 일어서서 입을 삐죽거리다가 마침내 울음을 터뜨렸다. 한참 동안 맹렬히 울어댔지만 그를 거들떠보는 사람은 아무도 없었다. 자기를 도와주는 사람이 없다는 것을 알자 그는 마침내 울음을 그쳤다. 자꾸만 터져나오는 울음을 목으로 삼키며 그는 비로소 자기 스스로 문제를 해결해야 한다는 것을 깨달았다.

그는 이제 혼자 힘으로 판단하고 행동해야 했다. 그것이 불가능하면 거리에 버려진 쓰레기처럼 짓밟혀 죽던가 굶어죽을 수밖에 없다. 비록 어린애라 할 지라도 자위책을 강구하지 않을 수 없는 상황이었다.

그는 인파를 뚫고 차도를 건너갔다. 무엇보다 배가 고팠다. 그렇게 배가 고파보기는 처음이었다. 골목으로 들어섰다. 너무 어두웠기 때문에 도로 나왔다. 목이 몹시 말랐다.

골목 어귀에 늙은 거지가 하나 쭈그리고 앉아 있었다. 벙거지를 쓴 거지는 무엇인가 부지런히 먹어대고 있었다. 아이는 그쪽으로 슬금슬금 다가갔다. 거지가 그를 보았다. 아이는 무서워서 더 이상 접근하지 않았다.

"이리 와."

거지가 말했다. 아이는 꼼짝하지 않았다. 어둠 속에 앉아 있는 거지가 더욱 무서워 보였다.

"이리 와. 이거 먹어."

"……"

"엄마를 잃어버린 모양이구나."

"……"

그는 침을 꿀꺽 삼켰다. 먹고 싶었다.

"이리 오라니까."

거지가 몸을 일으켰다. 아이는 냅다 도망치기 시작했다. 거지가 뛰어와 팔을 나꿔챘다.

"가긴 어딜 가? 이리 와."

공포로 얼어붙은 아이는 아무 말도 못한 채 거지한테 끌려갔다.

"이거 먹어. 난 좋은 사람이야."

입에다 무엇인가 밀어넣어 준다. 아이는 조금씩 씹기 시작했다. 입안에 침이 돌자 비로소 맛이 느껴졌다. 배가 고픈 탓인지는 몰라도 굉장히 맛이 있었다. 처음 먹어 보는 이상한 것이었다.

아이가 순식간에 먹어치우자 늙은 거지는 더러운 손으로 음식을 집어서 또 주었다.

"배가 단단히 고팠구나. 네 집이 어디냐?"

"……"

"이름이 뭐냐?"

"……"

"몇 살이냐?"

"……"

"허, 이놈 봐라."

아이는 눈을 디룩디룩 굴리며 부지런히 입만 놀리고 있었다.

"음, 이게 뭐지?"

거지는 아이의 가슴에 매달려 있는 이름표를 들여다보았다. 어두운데다 눈이 나빠서 잘 보이지가 않았다.

그때 갑자기 아이가 오줌을 누기 시작했다. 오래 참았던지 땅에 부딪치는 오줌발 소리가 제법 어른스러웠다.

"허, 고놈 참, 잘생겼네. 엣따, 하나 더 먹어라."

아이는 주는 대로 넙죽넙죽 받아먹었다. 더 이상 거지를 무서워하지 않고 있었다.

"나만 따라다녀. 그럼 안전하니까. 이런 세상에는 나 같은 거지가 제일 마음 편한단다. 이래도 한 세상 저래도 한 세상……

히히히."

 거지가 일어섰다. 대운이도 따라 일어섰다. 거지가 움직이자 꼬마도 따라 움직였다. 거지는 한쪽 다리를 심히 절고 있었다.

 "어, 재미난 세상이고……히히히히……"

 거지는 쉬지 않고 중얼거렸다. 그런 식으로 고독을 달래고 있는 것 같았다.

 사실 거지는 외로웠던 참이었다. 거리에 사람들이 그렇게 많이 넘쳐흐르는데도 그는 사람이 몹시 그리웠다. 서울 거리에 우글거리던 거지들은 이미 대부분 피난 가고 없었다. 거지들이 무슨 피난이냐고 어이없어 하겠지만 사실은 그렇지가 않다. 거지들처럼 위기에 민감한 부류도 없는 것이다. 원래가 유랑인생들인 그들은 날씨가 조금만 춥던가 더워도, 비가 많이 오던가 오지 않아도, 인심이 조금만 나빠도, 바람이 불어도 재빨리 떠나가곤 한다. 하물며 전쟁이 났다는데 안 떠날 리 있겠는가. 거지 생활이라는 것도 평화로운 곳에서나 가능한 것이다.

 그런데 늙은 거지는 젊은 거지들을 따라 피난 갈 자신이 없었다. 날씨마저 더워 더욱 자신이 서지 않았다. 절룩거리며 따라가느니, 차라리 빈집을 드나들며 쥐새끼처럼 살아가는 것이 낫겠다고 생각했다. 그는 자신이 예순이 넘었다는 것만 알 뿐 정확한 나이도 모르고 있었다.

 아이는 거지가 잡아끌지도 않는데 잠자코 따라가고 있었다. 지푸라기라도 붙잡고 싶은 심정이었던 만큼 그는 부지런히 따라갔다.

그들은 어느 빈 건물 안으로 들어갔다. 거지가 먼저 깨진 창문을 열고 안으로 들어간 다음 아이를 안아들였다.

그들은 이층의 한 방으로 들어갔다. 실내에는 책상이며 걸상들이 가지런히 놓여 있었다.

"좋구나. 오늘밤은 여기서 지내야겠다."

날씨는 비가 올 듯 잔뜩 흐려 있었지만 밤거리는 충천하는 불빛으로 대낮같이 밝았다. 서울의 하늘은 온통 붉은 빛이었다. 그 밑에서 사람들은 아우성치며 흘러가고 있었다. 아이는 창틀에 붙어 서서 얼어붙은 눈으로 그 광경을 바라보고 있었다. 밤에 보니 그 광경은 한층 무서워 보였다.

"흥, 꼴 좋다! 살겠다고 발버둥치는 꼴이라니……"

늙은 거지가 창밖을 내다보면서 중얼거린다.

지척에서 포성과 총소리가 들려오고 있었다. 포성에 건물이 무너질 듯 흔들린다. 마치 지진이 난 것 같다. 어린아이는 그날 밤새 그렇게 창가에 붙어 서서 밖을 내다보고 있었다.

한편 하림은 허탈에 빠져 거리를 헤매고 있었다. 그는 아이 찾는 일을 포기할 수가 없었다. 그래서 그때까지도 아이를 찾아 돌아다니고 있었던 것이다.

그는 속으로 울고 있었다. 너무 안타까운 나머지 미쳐 버릴 것만 같았다. 어린것이 소용돌이 속에 휘말려 헤매고 있을 것을 생각하니 도저히 발길을 돌릴 수가 없었다. 집에 돌아가 보면 아이는 아직 돌아오지 않고 있었고, 형수는 숫제 울고 있었다.

총소리까지 들려오고 있는 것으로 보아 적군은 이미 눈앞에까지 와 있는 것 같았다. 밤새에 서울로 진입해 올 모양이었다. 그렇게 되면 서울은 오늘밤 최대의 공격을 받게 되는 셈이다. 적은 서울을 목표로 세 방향에서 총공격을 개시하고 있는 것 같았다. 귀를 때리는 포성과 총소리가 그것을 말해 주고 있었다.

"이를 어쩌면 좋은가?"

 그는 비로소 아이를 찾는다는 것이 불가능함을 깨달았다. 현실은 그것이 불가능함을 말해 주고 있었다. 그렇지만 마음만은 그렇지가 않았다. 그의 마음은 찾는 것을 포기한 채 돌아갈 수 없다고 말하고 있었다.

 그는 두 가지 난관에 봉착했다. 피난 가는 것을 포기한 채 계속 아이를 찾으러 다닐 것인가 하는 것이 그 하나였고, 다른 하나는 그 반대로 아이 찾는 것을 그만두고 가족들을 데리고 피난 갈 것인가 하는 것이었다. 이 두 가지 문제 중 그 어느 것도 선뜻 받아들일 수 없었기 때문에 그는 더욱 괴로웠다.

 일단 형수와 상의해 보기로 하고 그는 급히 집으로 돌아갔다.

 아이들은 공포에 질려 울고 있었고 그의 형수는 어쩔 줄 모르고 있었다. 허탈한 모습으로 들어서는 그를 보고 그녀는 또 눈물부터 쏟았다. 그는 아이들을 보는 순간 피난갈 수밖에 없다고 생각했다.

"적이 가까이 오고 있는 모양입니다. 우리도 떠납시다."

"대운이는 어떡하고요?"

 그의 형수가 기겁하듯 놀라며 물었다.

"할 수 없지 않습니까? 대웅이를 찾기는 이제 불가능하고……이 애들이나 살려야 하지 않겠습니까? 이러다가는 모두가 죽겠습니다."

"그건 그렇지만 그애가 너무 불쌍하지 않아요?"

그녀는 눈물을 뿌리며 둘째 아이를 단단히 업었다. 여옥의 둘째 아들 웅이는 하림의 등짐 위에 올려놓았다. 걸을 수 있는 아이들은 손을 잡았다.

"애들 손을 단단히 잡으십시오. 놓쳐서는 안 됩니다."

그들은 마침내 집을 나섰다. 아이들도 사태를 짐작했는지 울음을 그치고 바싹 따라붙었다.

하림의 형수는 왈칵 눈물을 쏟으면서 자꾸만 멀어지는 집을 뒤돌아보고 뒤돌아보고 했다. 하림 자신도 비참하다 못해 가슴이 찢어지는 것 같은 아픔을 느끼고 있었다. 어른들이야 그렇다 하고 아이들이 불쌍했다. 겁에 질려·달라붙는 딸애의 손을 꼭 잡으면서 그는 치미는 울분과 눈물을 목으로 삼켰다.

명혜는 등에 막내아이를 업고 왼손으로 큼직한 트렁크를 들고 있었다. 그리고 오른손으로는 딸아이의 손을 꽉 움켜잡고 있었다.

하림은 형수가 트렁크를 땅바닥에 질질 끌다시피 하고 있는 것을 알았지만 도와줄 수가 없었다. 그 역시 무거운 등짐을 지고 그 위에다 아이까지 올려놓고 있었고 오른손은 그녀와 마찬가지로 트렁크를 들고 있었다. 그리고 왼손으로는 딸아이의 손을 놓칠세라 꽉 잡고 있었던 것이다.

한길로 나서자 갑자기 빗방울이 떨어지기 시작하더니 이내 소나기가 되어 쏟아져 내렸다. 그 바람에 피난민들의 행렬은 더욱 소란스러워지고 그 몰골들이 말이 아니게 되었다.

도시의 하늘은 갈수록 붉은 빛으로 번쩍이고 있었고, 그 사이사이로 포연이 안개처럼 자욱히 피어오르는 것이 보였다.

아이들의 울부짖는 소리, 누가 누구에게 보내는지 모르는 욕설과 고함 소리, 간장을 후비는 것 같은 여인의 비명 소리, 날카로운 호각 소리, 앞뒤에서 동시에 울려대는 자동차의 클랙슨 소리, 시민은 동요하지 말라는 쉬어빠진 마이크 소리……이런 모든 것들이 뒤엉켜 소용돌이치는 위로 포성과 총소리가 파도처럼 덮치고 있었다.

모두가 한강 다리 쪽으로 움직이고 있었기 때문에 다리가 가까워질수록 거리는 인파로 뒤엉켜 아수라장을 이루고 있었다. 서울역은 이미 발디딜 틈도 없이 인파로 꽉 들어차 있었다. 기차를 탄다는 것은 도저히 불가능했다.

너나 할 것 없이 모두가 비를 흠씬 맞고 있었다. 그런데도 아이들은 혼이 빠졌는지 울지 않고 신통할 정도로 잘 따라오고 있었다.

그대로 걸어가다가는 밟혀 죽을 것 같았다. 겨우 한길을 빠져나와 잠시 쉬고 있는데, 지축을 흔드는 폭음이 귀를 때렸다.

쾅!

쾅!

쾅!

하림은 자지러지게 울어대며 달려드는 아이들을 와락 끌어안았다. 눈을 부릅뜨고 보니 불기둥이 하늘높이 치솟고 있지 않은가! 그는 자기도 모르게 벌떡 일어섰다.

"한강 다리가 폭파됐다!"

누군가가 이렇게 외치는 소리가 들려왔다.

"다리가 폭파됐다!"

"다리가 폭파됐다!"

"우리는 모두 죽게 됐다!"

여기저기서 아우성치는 소리가 마치 방파제를 두드리는 파도 소리처럼 들려오고 있었다.

거리는 흡사 광풍이 몰아친 것 같았다. 앞으로 몰려가던 인파는 주춤한 채 방향을 잃고 걷잡을 수 없이 이리저리 휩쓸리고 있었다. 이제는 피난갈 수조차 없게 됐다는 데서 오는 공포와 절망이 그들을 광란상태로 몰아넣고 있었다.

"개 같은 놈들."

하림은 증오에 사무친 저주스런 욕설을 들었다. 그것은 다리를 파괴함으로써 백성들을 사지(死地)에 몰아넣은 자들에 대한 욕설이었다. 그렇지만 그 마당에 누구를 욕하고 누구를 탓하겠는가. 우선 그럴 겨를이 없었다. 다리가 끊겨 남행길이 막힌 것을 확인한 시민들은 사지에서나마 살아 보려고 오던 길로 뿔뿔이 흩어지기 시작했다.

"어떡하지요?"

형수의 떨리는 목소리를 듣고서야 하림은 정신을 차렸다. 그는 한동안 멀거니 형수와 아이들을 번갈아 보기만 했다. 너무 갑작스럽게 당한 일이라 그로서도 뾰족한 수가 있을 리 없었다. 무섭게 조여져 오는 위기의식에 그는 몸둘 바를 몰랐고, 가슴이 터질 것만 같았다. 앞으로 갈 수도 없고 뒤로 갈 수도 없다. 혼자 몸이라면 어떻게 돼도 상관없다. 형수와 아이들이 나를 구세주처럼 바라보고 있지 않은가.

"할 수 없습니다. 집으로 돌아갈 수밖에……"

그는 마침내 절망적으로 말했다. 그것이 지금으로서는 최선의 방법이었던 것이다.

"괜찮을까요?"

공포에 질린 형수의 까만 눈이 뚫어질 듯 그를 응시했다. 그는 머리를 흔들었다.

"할 수 없지 않습니까?"

정말 할 수 없는 일이라고 그는 생각했다. 죽더라도 집에서 함께 죽는 게 낫지 않습니까 라고 말하려다가 그만두었다.

사람이 등으로 위험을 느낄 때는 걸음이 빨라지게 마련이다. 반대로 가슴으로 위험을 받을 때는 걸음이 천근이나 된 듯 무거운 법이다.

그들은 사지(死地)를 향해 들어가고 있는 기분이었다. 하림은 뼈저린 무력감에 걸음이 풀려 비틀거리기까지 했다.

너무 긴박한 상황이라 잃어버린 아이를 걱정하고 있을 겨를이 없었다. 한동안 그는 대운이 생각을 잊었다.

겨우 집으로 돌아와 지하실에 들어앉자 비로소 잃어버린 아이 생각이 났다. 라디오를 켜 보았지만 삑삑거리는 잡음만 날 뿐 아무 말도 들리지 않았다. 방송국도 폐쇄된 것 같았다.

우르릉 쾅!

쾅쾅쾅!

쿵쿵쿵!

진동하는 굉음에 지하실 천장에서 먼지와 흙이 쏟아져 내린다. 아이들은 자지러지게 울어대고 지하실은 공포와 열기에 휩싸인다. 하림은 벌떡 일어섰다. 펄럭이는 촛불에 잔뜩 일그러진 얼굴이 더욱 처참해 보인다.

"어디 가세요?"

그의 형수가 숨가쁘게 물었다.

"좀 나갔다 오겠습니다. 대운이를 찾아 봐야죠."

"조심하세요!"

"염려 마십시오!"

그는 수라장이 된 거리로 다시 뛰어나갔다. 거리에는 갑자기 피난민들의 모습이 별로 보이지 않았다. 그때까지 거리에서 방황하던 피난민들도 재빨리 흩어져 골목으로 자취를 감추고 있었다.

가까이서 콩볶듯이 총소리가 들리더니 텅빈 거리로 국군 병사들이 나타났다. 그들은 뒤로 밀리고 있었다. 밀리면서도 끝까지 저항하고 있었다. 그들의 일부는 시가전을 벌이기 위해 골목과 건물 속으로 잽싸게 뛰어들었다. 하림이 서 있는 골목으로도 장병 네 명이 구르듯 달려들어왔다. 한 사람은 소위였고 나머지는 병사들이었다.

"당신, 뭐요?"

젊은 소위가 숨을 헐떡이며 거칠게 물었다. 권총의 총구가 그의 가슴을 겨누고 있었다.

"네, 주민입니다."

그는 당황해서 대답했다.

"들어가시오! 여긴 위험하니깐 들어가요!"

그러나 하림은 듣지 않고 주춤거렸다. 그들도 더 이상 그를 상대하려고 하지 않았다. 그러기에는 사태가 너무 절박했던 것이다. 그 와중에서도 하림은 그들의 몸에서 진하게 풍겨오는 땀냄새를 맡을 수가 있었다. 그들의 몸은 온통 땀과 빗물에 젖어 있었다.

갑자기 굉음이 들려왔다. 그것이 캐터필러 소리라고 생각했을 때 병사 하나가

"탱크다!"

하고 소리쳤다.

과연 거대한 철갑의 괴물이 차도를 꽉 메우며 서서히 굴러오고 있는 것이 보였다. 괴물은 길바닥에 널브러져 있는 시체들을 깔아뭉개며 굴러왔다. 아스팔트길을 때리는 무한궤도의 엔진 소리가 둔중하게 주위를 울리고 있었다.

괴물을 보는 순간 하림은 숨을 쉴 수가 없었다. 마치 자신의 몸뚱이가 괴물에게 짓밟히는 것 같은 느낌이었다.

"됐다!"

소위가 소리치자 병사 하나가 수류탄을 빼들고 탱크 쪽으로 돌진했다. 그와 동시에 탱크 속의 기관총이 불을 뿜었다.

　병사는 탱크에 접근해 보지도 못하고 길 가운데서 춤추듯이 몸을 흔들다가 수류탄을 안은 채 바닥에 쓰러졌다. 이어서 수류탄이 터졌다. 병사의 몸뚱이는 갈기갈기 찢겨 형체도 없이 사라져 버렸다.

　이번에는 병사 두 명이 한꺼번에 내달았다. 그들은 백병전에 뛰어들 때처럼

　"야하!"

하고 소리치면서 뛰어갔다.

　기관총이 다시 불을 뿜었다. 병사들은 곧 벌집이 되어 뒹굴었다.

　"가지 마시오!"

　하림은 소위를 붙들었다. 소위는 이미 수류탄을 뽑아들고 있었다. 두 사람은 짐승처럼 상대를 노려보았다.

　"이거 놔!"

　소위는 분노에 차서 소리치더니 골목 밖으로 뛰어나갔다. 그 순간 하림은 탱크의 포구가 그들을 향해 겨누어져 있는 것을 발견했다.

　"엎드려!"

　그는 얼결에 소리치면서 땅바닥에 납작 엎드렸다. 이어서 쿵 하는 포성이 주위를 진동시켰다.

　하림은 그의 오른쪽에 있는 건물이 허물어져 내리는 것을 어

럼풋이 느꼈다. 건물의 파편들이 몸을 덮치는 것도 느껴졌다. 캐터필러의 굉음이 다시 땅을 울리는 바람에 땅바닥에 대고 있던 얼굴이 경기가 나듯 흔들렸다. 일어나야 한다고 생각했지만 몸이 말을 듣지 않았다.

"빌어먹을!"

그는 이를 악물고 무릎을 굽혔다. 흙과 파편더미를 헤치고 겨우 몸을 일으키고 보니 자신이 엉뚱한 곳에 서 있지 않은가. 포탄이 터지는 순간 몸뚱이가 날아간 모양이었다. 팔다리를 움직여 보았지만 다행히 이상은 없었다. 얼굴에 찰과상을 입었을 뿐이었다. 그는 안도의 한숨을 내쉬면서 소위를 찾아보았지만 소위의 모습은 보이지 않았다.

총소리는 이제 간간이 들려오고 있었다. 그 대신 대지를 울리는 탱크 소리가 거리를 가득 채우고 있었다.

하림은 철갑의 괴물들이 굴러가는 것을 숨을 죽이고 바라보았다. 포신이 한번씩 움직일 때마다 거기에 걸리는 것들은 힘없이 쓰러지거나 부서지곤 했다. 실로 엄청난 파괴력이었다.

우르르르르르릉!

우르르르르르릉!

대지를 깔아뭉개는 캐터필러의 줄기찬 굉음에 그는 비로소 자신이 적치하에 들어간 것을 깨달았다. 공포가 엄습했다. 공포 외에는 다른 아무런 감정도 일지 않았다.

여기저기서 산발적인 저항이 있었지만 그것은 아이들이 가지고 노는 딱총 소리 정도에 불과했다. 탱크 대열은 저항을 묵살한 채 그대로 전진하기도 하고 아예 포탄으로 국군이 숨어 있는 건물을 박살내 버리기도 했다.

이윽고 여기저기서 화염이 치솟기 시작했다. 그렇지 않아도 대낮처럼 밝던 거리는 그 바람에 더욱 밝아졌다.

수십 대의 탱크가 지나가고 나자 뒤이어 오토바이 부대가 나타났다. 따발총을 어깨에 멘 누런 병사들이 점령의 극적인 순간을 만끽하려는 듯 엔진 소리도 요란스럽게 화염 속으로 치달려 왔다. 그들은 주위를 둘러보는 법도 없이 곧장 어디론가 달려가 버렸다.

이어서 보병부대가 그 모습을 드러냈다. 그들을 보는 순간 하림은 새로운 공포에 휩싸였다. 그들이야말로 정말로 무서운 존재들이었던 것이다.

그들은 산과 들을 걸어서 걸어서 내려온 야전의 사나이들이었다. 최선봉에서 서울 입성을 노리고 시체를 넘고 넘어 이제야 비로소 서울 시내에 발을 들여놓은 자들이었다. 그런 만큼 가장 강하고 잔혹한 무리들이라고 할 수 있었다.

그들은 거지 부대 같았다. 38도선을 넘어 서울까지 전투를 벌이면서 오는 동안 옷은 온통 누더기처럼 해져 있었고, 얼굴은 수염에 덮이고 햇볕에 그을리고 먼지에 찌들어 짐승처럼 일그러져 있었다. 거기에다 나뭇가지와 풀로 전신을 위장하고 있었다. 그런 이상한 모습으로 그들은 서울의 아스팔트길을 밟아오고 있었다.

모두가 허기지고 지친 모습들이었다. 그러나 눈들은 불빛 속에서 번득이고 있었다. 총검이 불빛을 받아 번쩍일 때마다 하림은 소름끼치는 전율을 느끼곤 했다.

그들은 저항을 종식시키려는 듯, 아니면 자신들을 과시하려는 듯 총을 난사하면서 다가왔다. 탱크 부대가 이미 지나간 뒤라 저항다운 저항이 있을 리가 없었다.

그들은 차도의 양편을 따라 두 줄로 서서 접근해 왔다. 구릿빛 얼굴이 눈앞을 지나갔다. 광풍에 위장용 이파리들이 파르르 떨고 있었다. 찢긴 옷자락들이 펄럭이고 있었다.

구릿빛 얼굴들은 오직 살기와 잔혹성으로 딱딱하게 굳어 있었다. 그들에게서 인간적인 모습이라고는 찾아볼래야 찾아볼 수가 없었다. 침략군에게서 그런 것을 기대한다는 것 자체가 잘못인지도 몰랐다.

그러나 그는 침략군이 이민족이 아닌 같은 핏줄이라는 점에서 일말의 어떤 가능성을 기대해 보았던 것이다. 하지만 그들의 모습을 지켜보는 동안 그것이 얼마나 어리석은 생각인가를 곧 알게 되었던 것이다.

그들은 다른 나라에서 국경을 넘어 쳐들어온 이민족 군대 같았다. 동질성 같은 것은 손톱만큼도 엿보이지 않았고 철두철미 완전한 이방인들 같았다. 얼굴에 드러난 그 살기와 잔혹성에 질려 그는 단 한 발짝도 접근할 수가 없었다.

눈에 보이는 움직이는 것들은 닥치는 대로 사살되었다. 그들은 총을 난사하면서 지나갔다. 길가의 유리창이란 유리창들은 모두 박살이 났다. 공산군은 끊임없이 줄기차게 밀려들고 있었다. 어느새 포성은 남쪽에서 들려오고 있었다.

보병들 사이로 붉은 깃발을 단 트럭들이 지나가고 있었다. 그 깃발을 보는 순간 하림은 한 시대의 막이 내리는 것을 느꼈다. 그와 함께 암흑시대가 찾아온 것을 보았다.

그들은 말도 하지 않았고 노래도 부르지 않았다. 묵묵히 시내로 밀려들어 오고만 있었다. 모든 의사는 총으로 대신되었다. 할 말이 있으면 그들은 총을 발사했다. 총이 그들의 의사를 대신하고 있었다.

철저한 살육과 파괴 위에서만 새 역사의 창조가 가능하다. 그들은 이 말을 믿고 그것을 실천에 옮기고 있는 듯이 보였다.

하림은 길 건너 빌딩에서 국군 두 명이 손을 번쩍 쳐들고 나오는 것을 목격했다.

그러나 그들은 곧 길가의 벽에 세워졌고, 변명할 여유도 없이 즉시 사살되었다. 길바닥 위로 허물어져 내리는 육체들을 보면서도 하림은 별로 심한 충격을 받지 않았다. 너무 격심한 충격들을 많이 겪다보니 이제는 웬만한 것에는 면역이 되어 있었던 것이다.

일단의 조랑말들이 나타났다. 두 바퀴 마차를 끌고 있었는데, 그 위에는 중포가 실려 있었다. 말 바로 뒤에는 병사가 버티고 서서 채찍으로 말 엉덩이를 후려치고 있었다. 조랑말들은 기를 쓰며 달리고 있었다. 입에서는 하나같이 허연 거품을 뿜고 있었고, 엉덩이의 살가죽은 벗겨져 피가 줄줄 흐르고 있었다. 그런데도 가죽채찍은 사정없이 떨어지고 있었다.

채찍을 휘두르는 병사들은 10대 소년들이었다. 병사 하나가 군모도 없이 나타났는데, 머리를 박박 깎은 그 모습이 유난히 앳되 보였다.

조랑말 한 마리가 마침내 무릎을 꺾으며 철버덕 쓰러지자 그 소년 병사는 뛰어내려 말을 일으켜 세우려고 기를 썼다. 그러나 말은 꼼짝도 않고 거친 숨과 함께 거품만 내뿜고 있었다. 병사는 등에 메고 있던 총을 내려 말을 겨누더니 기계적으로 총을 발사했다.

말과 포를 치우느라고 잠시 대열이 끊어지면서 거리가 휑하니 비는 것 같았다. 그러나 대열은 곧 다시 이어졌다. 군장이 부딪치는 소리가 시끄러웠다.

무방비 도시는 몸부림치며 침략군을 맞이하고 있었다. 도시는 무거운 침묵 속에 빠져 있었지만 그의 눈에는 비명을 지르며 몸부림치고 있는 것처럼 보였다.

수백 수천 수만의 눈들이 공포에 질린 채 어둠 속에서 침략군을 바라보고 있었다. 하림도 그 중의 하나였다. 질식할 것 같은 무한한 공포. 일찍이 그는 도시 전체를 송두리째 집어삼키는 그렇게 거대한 공포를 본 적이 없었다. 그것은 너무도 완전한 공포였다.

어느새 비는 부슬비로 변해 있었다. 거리를 울리는 침략의 발짝 소리는 더욱 소란스러워지고 있었다.

그는 목을 타고 흘러내리는 끈적거리는 땀을 손으로 훑어냈다.

이제부터 어쩌면 영원히 진땀을 흘리며 살게 될지도 모른다는 생각이 들었다. 찰과상을 입은 얼굴 부위에는 피가 굳어 있었다.

각종 차량들이 차도를 두드리며 남진하고 있었다. 모든 것들이 기계적으로 움직이고 있었다.

충천하는 화염 속에서 모든 것들은 괴기스러운 빛을 발하고 있었다. 빛과 어둠이 교차하는 순간순간마다 누런 병사들의 번득이는 눈초리들이 환상처럼 지나가고 있었다.

그는 찢어진 와이셔츠 자락을 앞으로 모아 붙들어맸다. 밀짚모를 찾아 쓰고 어둠 속으로 움직였다. 차마 차도로 나설 용기가 나지 않았다. 골목으로만 걸어가면서 아이 이름을 불러댔다. 이놈이 어디로 갔을까. 벌써 하룻밤이 지나가고 있는데, 아이는 종적이 묘연하다. 이 와중에서 살아 있을 것 같지가 않다. 하긴 성질이 억센 놈이라 살아 있을지도 모른다. 그는 포기할 수가 없었다.

어디선가 비명이 들려왔다. 그는 그쪽으로 뛰어가 보았다. 어느 집 대문 앞에서 주인으로 생각되는 사내가 두 명의 괴한들에게 얻어맞고 있었다. 괴한들은 몽둥이로 쓰러진 사내를 후려치고 있었고, 그 옆에서는 여자가 울부짖고 있었다.

"이 새끼야! 오늘이 오기를 기다렸다! 피눈물나게 기다렸다! 너같은 놈은 찢어 죽여야 해!"

그들은 그 동안 지하에 숨어 있던 좌익들인 것 같았다. 퍽퍽하는 몽둥이질 소리가 마치 개 때려잡는 소리 같았다. 쓰러진 사내는 길바닥 위에 구겨진 채 때리는 대로 맞고만 있었다. 이미 저항할 힘을 잃은 것 같았다.

사내가 완전히 뻗고 나서야 그들은 몽둥이질을 멈췄다. 씩씩거리면서 가려다 말고 그 중의 하나가 하림을 발견하고는 다가왔다.

"당신 뭐야?"

"아, 아무 것도 아닙니다."

"지금이 어느 때라고 나돌아다니는 거야!"

몽둥이로 복부를 쿡 찌른다. 하림은 비틀거렸다.

"네네, 지금 가는 중입니다."

"빨리 꺼져! 죽여 버리기 전에……"

하림은 허리를 굽히고 그곳을 얼른 빠져나왔다. 상대해서 싸울 수도 있었지만 그러고 싶지가 않았다. 그는 심한 무력감에 사로잡혀 있었다. 어느 때보다도 자신이 비겁하고 초라하고 무기력해 보였다.

그는 소리내어 울고 싶었다. 참담한 기분에 젖어 무작정 걸어갔다.

이대로 모든 것은 끝난 것일까. 그는 자문해 보았다. 아니야. 절대 이대로 끝날 수는 없어. 그럴 수는 없어. 어떻게 될 거야. 목구멍으로 울컥 치밀어 오르는 뜨거운 것을 삼키면서 그는 불길에 싸인 밤하늘을 바라보았다. 눈물이 볼을 타고 주르르 흘러내렸다.

적 치하라면 차라리 어둠 속이 좋을 것이다. 날이 새는 것이 두렵다. 날이 밝아오면 미증유의 참상이 벌어질 것이다. 그 동안 지하에 숨어 있던 좌익들과 기회주의자들이 마치 제 세상을 만난 듯 부상하여 날뛰기 시작할 것이다. 그들은 잔인한 보복을 가해 오겠지.

그들의 손에서 살아남는 것이 제일 큰 문제다. 어디로 도망칠까. 그러나 아무리 둘러보고 아무리 생각해 봐도 도망칠 데가 없었다.

그는 초라한 몰골로 집으로 돌아왔다. 지하실로 내려가자 형수가 침침한 불빛 아래서 떨고 있었다. 아이들은 모두가 잠들어 있었다.

"못 찾았습니다."

그는 절망적으로 머리를 내저었다. 그의 형수는 벙어리처럼 그를 바라보기만 했다.

"적군이 들어왔습니다."

"시내에요?"

그녀의 눈이 부릅떠진다.

"네, 시내에 들어왔어요."

"보셨어요?"

"네, 봤어요."

"어떻든가요?"

그 질문에 그는 얼른 대답할 수가 없었다. 그들은 무거운 침묵 속에 빠져 있었다. 두 사람 다 땀만 흘리고 있었다.

"이제 어떻게 되는 거죠?"

그렇게 묻는 형수의 얼굴 표정이 금방이라도 발작을 일으킬 것 같았다.

"무서운 공포시대가 시작될 겁니다."

"그, 그럼 어떡하죠?"

"공포 속에서라도 살아야죠. 형수님은 괜찮을 겁니다."

"저같은 여자야 괜찮겠지만, 도련님이 걱정이에요. 도련님, 이러고 있을 게 아니라 숨으세요!"

"숨으라고요? 하하……"

그는 힘없이 웃었다. 절망적인 웃음이었다.

"숨을 데가 있어야죠. 쥐새끼라면 몰라도……"

"그래도 숨으셔야 해요. 갑자기 들이닥치기라도 하면……"

형수의 말이 옳다는 것을 그는 알고 있었다. 그러나 그러기 싫었다.

촛불마저 끄고 그들은 어둠 속에 웅크리고 있었다. 여러 가지 소리들이 땅을 울리며 지나가고 있었다. 포성은 남쪽에서 들려오고 있었다.

"제가 또 죄를 졌습니다."

그는 어둠 속에서 말했다.

"그게 무슨 말씀이세요?"

"좀 일찍 서둘렀다면 피난 갈 수 있었을 텐데……"

"아이를 잃어버리고 어떻게 우리들만 가겠어요?"

"아이들을 이쪽으로 데려온 게 애초에 잘못이었습니다. 거기에 그냥 놔둘 건데……"

"아니에요. 그럴 수는 없었어요."

어디선가 대운이의 울부짖는 소리가 들려오는 것만 같았다. 그는 땀에 젖은 얼굴을 무릎 위에 묻었다.

캄캄한 지하시대가 드디어 시작된 것이다.

붉은 도시

 공산군의 기본 작전계획은 국군의 주력을 서울 북방에서 포위 섬멸하고 그 여세를 몰아 부산까지 신속히 쳐내려간다는 것이었다. 이를 위해 서울 정면에는 인민군 최강의 사단인 제3, 4사단과 제 203전차여단이 투입되었는데 그들은 파죽지세로 방어선을 돌파하여 28일 미명에는 이미 서울에 입성하고 있었다.

 이에 대항하기 위해 국군의 모든 후방 예비사단은 한강 이북으로 집결했는데, 이것이야말로 공산군이 노리던 바였다. 국군의 주력이 강북으로 모두 몰리자 강북에서 주력을 포위 섬멸하기 위해 이미 개성·문산을 돌파한 공산군 제6사단은 한강을 도하하여 김포 및 영등포로 진격을 개시했고, 제2군단의 제2사단과 제7사단은 춘천·홍천을 지나 서울 동남방으로 진출했다.

 즉 그들은 국군 주력을 서울 북방으로 유인하여 정면에서 공격하는 한편 동서 양익에서 협공함으로써 후방을 차단하고 주력을 포위 섬멸한다는 기본전력에 따라 움직인 것이다.

세 방향에서 공격을 받고 있던 국군은 설상가상으로 한강 다리가 폭파되는 바람에 퇴로를 잃고 강북에 묶이고 말았다. 공산군이 볼 때는 그야말로 국군 주력을 섬멸할 수 있는 더없는 기회였고, 국군의 입장에서는 치명적인 일이 아닐 수 없었다.

국군 주력을 강북에 남겨둔 채 한강 인도교와 철교를 폭파해 버렸다는 것은 크나큰 실수였고 상식 이하의 짓이었다. 그러나 그러한 상식 이하의 짓이 버젓이 자행되고 있었기 때문에 국군 장병들이 당해야 하는 패배의 고통은 더욱 참담한 것일 수밖에 없었다.

강북에 포위된 국군은 뿔뿔이 흩어져 어둠과 포연 속으로 사라지고, 그 자리에는 각종 중장비들만이 주인을 잃은 채 버려져 있었다. 한국군은 패배한 것이다. 전선에서의 일시적이고도 단순한 패배가 아니고 완전히 붕괴한 것이다.

최대치가 공산군의 서울 입성 소식을 들은 것은 28일 새벽녘이었다. 사흘 밤을 잠 한숨 못 자고 꼬박 전투에 시달린 그는 한강 북쪽의 어느 주인 없는 민가의 방에서 큰 대자로 뻗어 정신없이 잠들어 있었다. 잠이 든 지 한 시간쯤 지났을 때 그의 부관이 달려와 그를 잡아 흔들었다. 아무리 깨워도 일어나지 않자 그의 부관은 그의 가슴을 주먹으로 쿵쿵 쳤다.

"왜, 왜 그래?"

그는 피곤에 젖은 목소리로 물었다. 죽이고 싶도록 부관이 미웠다.

"사단장님이 부르십니다!"

"대신 받아!"

"직접 받으시랍니다! 급하답니다!"

그는 천천히 몸을 일으키면서 부관을 노려보았다. 외눈이 온통 핏빛이었다.

"냉수 한 그릇 줘."

그는 손을 뻗어 무전기를 받아들었다.

"최대칩니다."

포성 때문에 그는 외치다시피 말했다.

"왜 이렇게 받는 게 늦나? 뭘 하고 있었나?"

"잠을 좀 잤습니다!"

"뭐라구?"

사단장은 단단히 화가 난 것 같았다.

"지금 어느 때라고 잠을 자고 있어? 정신이 있나 없나?"

"피곤해서 그랬습니다."

"그걸 말이라고 하나? 피곤하긴 다 마찬가지야!"

상관의 질책을 고스란히 받아들일 그가 아니었다. 잘못했다고 한마디만 하면 될 것을 그는 꼬박꼬박 대꾸했고, 그 바람에 상관의 질책은 길어졌다. 듣다못해 그는 무전기를 던져 버릴까 하고 생각했는데, 그때 귀에 번쩍 뜨이는 말이 들려왔다.

"다른 부대는 이미 서울에 입성하고 있는데 잠을 자고 있다니 말이나 되느냐 말이야!"

"네, 뭐라구요!"

"서울 정면은 이제 환히 뚫렸어. 조금 전에 연락이 들어왔는데 선봉은 이미 서울 입성을 끝냈다는 보고야!"

"그게 정말입니까?"

그는 벌떡 일어섰다.

"정말이야!"

"젠장!"

그는 자기도 모르게 장탄식했다. 누구보다 먼저 서울에 입성하려고 했는데 기선을 빼앗긴 것이다.

"억울합니다!"

"억울하긴 나도 마찬가지다! 서울에 제일 먼저 들어가려고 했는데, 이게 뭐냐 말이야!"

"정말 억울합니다!"

대치는 발을 굴렀다. 그러나 하는 수 없는 일이었다.

"할 수 없다! 뒤늦게 가서 차려놓은 밥이나 먹을 수밖에……. 한 가지 기막힌 소식이 있다!"

"뭡니까!"

"기쁜 소식이야! 한강 다리가 모두 폭파되었다!"

"적이 폭파한 겁니까?"

"물론이지."

"강을 건너려면 애를 먹겠군요. 진격이 그만큼 늦어지는데 그게 기쁜 소식입니까?"

"음, 기쁜 소식이야! 적군 주력은 그대로 강북에 남아 있어!"

"서울을 사수하려고 그러는 거 아닙니까?"

"천만에! 그렇더라도 강북에 모두 묶여 있으니 독안에 든 쥐란 말이야!"

"그렇군요!"

대치는 무릎을 탁 쳤다.

"후방에 있는 예비사단까지 모두 강북에 집결해 있어. 주력이 모두 모여 있단 말이야. 그런 판에 다리를 폭파해 버렸어! 그런 전략도 있나? 하하하……"

너털웃음 소리에 귀가 멍멍했다.

"어리석은 놈들이군요."

"우리가 노리던 대로 됐어. 그렇지만 다리까지 끊을 줄은 상상이나 했느냐 말이야. 하하하하……우리가 포위하기 전에 강남으로 주력을 철수시킨 다음 다리를 폭파해야지. 안 그런가?"

"네, 그렇습니다. 주력으로 한강에 방어선을 구축하면 적어도 며칠 동안은 버틸 수 있을 텐데요. 미군이 참전했다는 소식은 없습니까?"

"아직 없어. 그전에 강북에 있는 주력을 섬멸해야 해. 그리고 부산까지 달리는 거야. 즉시 공격을 개시해."

"변경된 건 없습니까?"

"있어. 한강을 건너 곧장 영등포로 빠져! 시내로 들어가지 말고 계속 남진해! 부산에 일착으로 들어가게 될 거야."

대치가 지휘하는 부대는 한강 하류를 넘어 김포를 점령한 다음 영등포로 진출해서 국군의 퇴로를 차단하는 것이었다. 그리고 나서 서울로 진입하도록 되어 있었다. 그런데 다리가 끊겼으니 이제는 그럴 필요가 없어진 셈이었다. 적 주력은 이미 입성

붉은 도시 · 287

한 최강의 선봉부대에 의해 와해될 운명에 놓여 있었다. 아니 이미 와해되고 있을 것이다.

그는 부관이 들고 있는 냉수를 받아 단숨에 들이켰다. 가슴속이 확 트이는 것 같았다. 두개의 촛불이 창틀 위에서 펄럭이고 있었다. 서성거리고 있는 그의 모습이 벽에다 괴기스런 그림자를 그려놓고 있었다.

"서울을 눈앞에다 놓고 그대로 지나친다."

그는 손바닥으로 턱을 쓰다듬었다. 수염이 온통 턱을 뒤덮고 있었다.

"말이 아닌데……말이 아니란 말이야."

그는 팔짱을 끼고 고개를 숙였다. 포성 사이로 앵앵거리는 모기 소리가 들려왔다. 방안에서는 모기 떼가 극성을 부리고 있었다.

그는 서울에 입성하는 길로 제일 먼저 집으로 달려가려고 마음먹고 있었다. 집으로 뛰어가 자식들을 껴안고 몸부림치고 싶었다. 그 순간을 얼마나 학수고대했는가! 그런데 계획이 틀어진 것이다.

"그것 참……"

아쉬운 생각에 그는 입속이 떫었다.

"무슨 일이 있습니까?"

그의 부관이 물었다.

"아, 아무 것도 아니야. 계획이 좀 변경됐어."

"어떻게 말입니까?"

"서울에 들어가지 말고 영등포를 거쳐 곧장 남하하라는 거야. 대대장들을 집합시켜!"

부관이 급히 뛰어나가자 그는 아까처럼 다시 서성거렸다.

서울은 지금 불바다일 것이다. 그 와중에서 아이들은 어찌 되었을까. 그리고 여옥이는…….

아내를 생각하자 그는 걷잡을 수 없이 암울한 기분에 휩싸였다. 아내가 지금까지 살아 있을 것이라고는 믿어지지가 않았다. 처음에는 하루빨리 서울에 들어가 아내를 구해야겠다고 생각했었다. 그러나 사흘이나 지난 지금에 와서 생각하니 그런 생각이 부질없는 것으로 여겨지는 것이었다. 아내는 이미 사형대의 이슬로 사라졌을 것이다. 죽은 지 오래되어 시체도 썩어문드러졌겠지. 뼈라도 찾을 수 있으면 나중에 틈을 내어 무덤이나 하나 만들어 줘야지. 그는 아내에 대한 생각을 잊으려고 노력했다.

대대장들이 들이닥치자 그는 암울한 기분에서 벗어나 즉시 작전 명령을 내렸다.

"서울에는 이미 아군이 입성했다."

그의 말이 떨어지자 그들은 만세를 불렀다. 그는 미간을 찌푸렸다.

"난 유감이야. 우리가 먼저 입성해야 하는데 선두를 빼앗긴 거야. 그건 그렇고……적 주력은 지금 강북에 포위되어 있다. 한강 다리가 폭파되는 바람에 묶인 거야."

상황을 듣고 난 대대장들은 입을 딱 벌렸다. 땀에 절은 그들의 얼굴은 불빛을 받아 번들거리고 있었다.

"술 한잔해야겠습니다."

"그럴 틈이 없다. 술은 부산에 가서 마신다. 부산만은 우리가 일착으로 들어간다."

"서울에 들어갈 거 아닙니까?"

대대장들이 모두 그를 바라보는데, 그의 외눈은 딴 곳을 바라보고 있었다.

"계획이 변경됐다. 영등포로 해서 곧장 남하한다."

그는 작전지도를 펴놓고 지휘봉으로 짚어가며 명령을 내렸다.

"······날이 새기 전에 한강을 넘어야 한다. 2개 중대로 먼저 도강하여 강 건너의 적을 소탕한 다음 강안을 확보한다."

대대장들은 만세를 부른 다음 달려나갔다.

밖에는 빗발이 뿌리치고 있었다. 밤새에 내린 비로 강물은 불어 있었다.

조금 있자 강 건너를 향해 포대가 일제히 불을 뿜기 시작했다. 강을 사이에 두고 전투가 벌어진 것이지만, 그것은 일방적인 싸움이었다. 이쪽 공산군의 공격이 치열한데 반해 강 건너의 반응은 미미하기만 했다.

번쩍이는 불빛 사이로 공산군 2개 중대가 목선에 분승하여 강물을 헤쳐가는 것이 보였다. 물살이 세었기 때문에 배들은 곧장 바로 건너지 못하고 하류 쪽으로 처지면서 접근하고 있었다. 배안에서 장병들은 계속 총을 쏘았고, 그것을 저지하려는 상대방의 공격은 필사적이었으나 강력하지가 못했다.

강안에 배가 접근하기도 전에 공산군들은 물 속으로 뛰어들었고, 총을 난사하면서 첨빙첨병 뛰어갔다. 저항이 미미하기는 했지만 공산군은 완전히 드러낸 상태에서 싸워야 했기 때문에 희생이 적지 않았다. 비명을 지르며 고꾸라진 장병들은 그대로 물 속에 수장되었고, 그 위로 돌격의 고함 소리가 어지러이 흩어지고 있었다.

대치는 눈에서 망원경을 떼지 않았다.

강 이쪽에서는 이미 공병대원들이 준비해 온 장비로 부교를 설치하기 시작했다. 곳곳에서 횃불이 타올랐고 그 바람에 강물은 붉은빛으로 화려하게 물들여지면서 미친 듯이 출렁거렸다.

도강 작전은 김포를 눈앞에 두고 한강 하류 수 킬로에 걸쳐 전개되고 있었다. 대치 부대뿐만 아니라, 사단 전체가 참가하고 있는 만큼 그것은 대도하 작전이었고, 일대 장관이었다.

중장비를 제외한 모든 것은 보병과 함께 목선으로 운반되었고, 그러는 동안 공병들은 부교를 설치하느라고 진땀을 흘리고 있었다. 작전개시 한 시간이 지나자 포성은 이미 그쳐 있었고, 총소리만 강 건너에서 산발적으로 들려오고 있었다. 총성보다 오히려 공병들의 망치질 소리가 더 크게 들려오고 있었다.

대치는 갑자기 배가 고팠다. 식사하는 것을 잊은 지 꽤 오래인 것 같았다. 그는 젖은 옷을 벗어 짜면서 부관에게 먹을 것을 좀 가져오라고 일렀다.

조금 후 부관이 밥상을 차려오자 그는 들판에 앉아 밥을 먹었다. 꽁보리밥에 풋고추를 된장에 찍어 먹는데 그렇게 꿀맛일 수가 없었다.

순식간에 식사를 끝낸 그는 논두렁에 기대앉아 도강 작전을 구경하다가 몇 번 하품을 하더니 이내 끄덕끄덕 졸기 시작했다. 그것을 본 부관은 어이가 없는지 멀거니 상관을 내려다보다가 생각을 바꾸어 상관의 잠을 지켜 주려고 자세를 바로 했다. 그래서 대치는 도강 작전이 끝날 때까지 수면을 취할 수가 있었다.

서울 쪽 상공은 마치 불꽃놀이를 하는 것처럼 아름다웠다. 총소리는 흡사 폭죽 터지는 소리 같았다. 새벽의 어둠이 불꽃을 한층 선명히 보이게 하고 있었다.

밤하늘은 온통 불꽃으로 뒤덮이고 있었다. 그것들은 마치 포성이 하늘과 땅을 뒤흔들 때마다 하늘에서 와르르 와르르 쏟아져 내리는 것 같았다.

어둠이란 전쟁에서는 아주 좋은 것이다. 어둠은 파괴와 살육을 덮어 버리고 소리와 빛만을 들려 주고 보여준다. 어둠은 겨울의 함박눈 같다. 모든 더럽고 추하고 비참한 것들을 감추어 버리기 때문이다.

대치는 눈을 가늘게 뜨고 있었다. 자꾸만 하품이 나왔다. 지금 누가 소원을 말하라면 두말 않고 잠자고 싶다고 말할 것 같았다. 갑자기 모든 것이 귀찮은 생각이 들었다.

"내가 얼마나 잤나?"

"한 시간 남짓 주무셨습니다."

부관이 차려 자세로 대답했다

잠을 깬 것은 가까운 곳에서 수류탄이 터졌기 때문이었다. 그가 보고를 받기로는 적군 한 명이 잠복해 있다가 발각되자 수류탄을 터뜨려 자살했다는 것이었다.

탱크 구르는 소리가 들려왔다. 여러 대가 한꺼번에 굴러가는 바람에 몹시 시끄러웠다. 흡사 내장을 긁어내는 것 같은 쇳소리에 그는 구역질이 났다.

부교는 3분의 2쯤 만들어져 있었다. 횃불 아래로 병사들이 물 속에서 작업하는 광경이 얼핏 보였다. 부교는 수면에 닿아 있었고, 그 위로 강물이 찰랑거리고 있었다.

트럭들은 쉴새 없이 각종 자재들을 실어 나르고 있었고, 여기 저기에서는 지휘관들이 악을 써대고 있었다.

강 건너는 이미 확보되었지만 어둠을 이용한 용감한 적들의 기습이 잇달아 일어나고 있어서 부교 설치에 애를 먹고 있었다. 엄호에 구멍이 뚫리고 물 속에서 공병들이 죽어갈 때마다 공병들은 강 건너를 향해 고함을 질러대곤 했다.

"야, 이 간나새끼들아! 엄호하는 거야 잠자는 거야?"

"잔말 말고 빨리빨리 만들어! 목욕하지 말고!"

욕지거리가 한참 계속된 다음에는 으레 총소리가 들리기 마련이었다.

극한 상황일수록 병사들은 농지거리를 심하게 한다. 몸에 거머리처럼 달라붙는 죽음의 그림자를 잊기 위해서일까. 전쟁이 일어났을 때의 기분과 그 다음의 기분은 사뭇 다른 것이다. 그는 병사들의 움직임과 욕설에서 그것을 느낄 수가 있었다. 전선에 끌려나온 병사들은 처음에는 세뇌교육 탓으로 적에 대한 어느 정도의 증오감을 가슴에 안고 승리를 위해 열심히 싸운다. 그러나 며칠이 지나면 그런 의식은 눈 녹듯이 사라져 버리고 다만 동물적인 생존본능만이 남게 된다.

전투가 치열해질수록 멍한 상태에서 자기가 어느 편인지도 의식하지 못한 채, 아니 의식하는 것 자체를 귀찮아하면서 기계적으로 총을 쏘아대고 움직인다. 머리와 몸이 완전히 따로 분리되어 움직이는 것이다. 머리는 고향을 생각하고 몸은 명령에 따라 움직인다. 그러니 점점 다리가 무거워질 수밖에 없으리라.

그는 강가로 나가 땀에 젖은 얼굴을 씻었다. 안대가 여간 거추장스럽지 않았지만 그걸 벗기면 흉측하기 때문에 어쩔 수 없이 눈에 대고 다녔다. 물에서는 기름 냄새가 났다. 일어서면서 보니 시체 하나가 위쪽 자갈밭에 걸려 있는 것이 어렴풋이 보였다. 어느 쪽 시체인지 알 수 없었다. 시체는 물에 씻기면서 흔들리고 있었다. 다른 시체 하나가 눈앞으로 둥둥 떠내려 왔다. 가만 보니 여자 시체였다. 치마가 뒤집혀서 배가 허옇게 드러나 있었는데 임신했는지 아니면 물을 많이 마신 탓인지 배가 풍선처럼 솟아올라 있었다.

비는 그쳐 있었고, 새벽의 희끄무레한 빛이 능선을 따라 피어오르고 있었다. 조금 지나자 사람들과 차량들의 부산한 움직임이 시야 가득히 들어왔다. 온몸이 비에 젖은 데다 비가 온 끝이라 으스스 추웠다.

그는 부교 쪽으로 천천히 걸어갔다. 부관이 그의 뒤를 따르며 말을 걸었다.

"공병들이 시체 때문에 애를 먹는 모양입니다."

"시체가 무서워서? 치우면 될 거 아니야?"

"치워도 치워도 자꾸만 떠내려옵니다."

"그렇게 시체가 많은가"

"네, 주로 민간인들 시체입니다. 한강 다리가 폭파되는 바람에 떨어져 죽은 시체들인 것 같습니다."

"다리 위에 그렇게 사람들이 많았었나?"

"아마 그랬던 것 같습니다. 급하게 폭파하느라고 사람들을 미처 피신시키지 못한 모양입니다."

"물귀신이 나올 만도 하겠군."

부관의 말대로 부교를 설치하고 있는 공병들은 강물에 떠내려오는 시체들 때문에 애를 먹고 있었다.

그 동안 폭파된 다리 부근에 몰려 있던 시체들이 비가 와서 강물이 부는 바람에 한꺼번에 밀려 내려오고 있는 것 같았다. 시체들은 물 속에서 작업하고 있는 공병들에게 사정없이 달려들었고, 그때마다 그들은 질겁해서 소리치곤 했다.

떠내려 온 시체들은 부교에 걸려 하나둘씩 싸이더니 얼마 후에는 수백 구로 불어나 살아 있는 것처럼 우글거리기 시작했다. 처음에는 시체를 부교 밑으로 떠내려 보내려고 장대로 찌르곤 했지만 시체가 다리 밑바닥에 찰싹 달라붙는 바람에 그것도 별 효과가 없었다. 그래서 하는 수 없이 시체를 하나씩 건져 올려다리 너머로 내던지고 있었는데 그것은 의외로 힘이 들고 신경이 쓰이는 일이었다.

시체는 부풀대로 부푼데다 몹시 무거워 두 사람 이상이 손을 쓰지 않으면 다루기가 어려웠다. 병사들은 시체를 끌어올려서는 저주스런 욕설을 해대면서 그것을 물 속으로 내던지곤 했다. 시체가 물에 떨어질 때마다 첨벙하는 소리가 났고, 첨벙첨벙 하는 소리는 한동안 주위에 시끄럽게 울려 퍼졌다.

대치는 다리 위로 끌어올려진 시체를 내려다보았다. 머리가 없는 시체로, 가만 보니 중년 여인의 몸뚱이였다.

그는 침을 칵 뱉은 다음 시체를 발로 툭 걷어찼다. 그러나 시체는 물컹하기만 할 뿐 움직이려 들지를 않았다. 그는 좀더 세게 걷어찼고, 시체는 조금 흔들리다가 말았다. 어, 이것 봐라. 그는 마침내 힘껏 그것을 걷어찼다. 시체는 쭉 미끄러지더니 난간에 턱 걸렸다. 다시 한번 걷어차자 그제야 그것은 물 속으로 굴러 떨어졌다.

아이는 시멘트 바닥 위에 쓰러져 곤히 잠들어 있었다. 햇빛이 실내를 환히 비추고 있었지만 아이는 그것도 모른 채 꿈속을 헤매고 있었다.

책상 위에서 새우잠을 자고 있던 늙은 거지가 입맛을 쩝쩝 다시더니 눈을 떴다. 하품을 하면서 햇빛에 눈이 부신 듯 잠시 눈을 끔벅거리더니 밑으로 내려섰다.

이윽고 창가로 다가선 거지는 눈을 크게 뜨면서 숨을 흐윽하고 들이켰다. 생전 처음 보는 누런 군인들의 행렬이 차도 위로 지나가고 있었다. 더럽고 초라하기 짝이 없는 군인들이었다. 펄럭이는 붉은 깃발도 처음 보는 것이었다. 마침내 세상이 바뀐 모양이라고 거지는 생각했다. 그것을 아이에게도 빨리 보여 주고 싶었다.

"일어나. 일어나."

거지는 아이를 발로 툭툭 걷어찼다. 눈을 뜬 아이는 잠시 어리둥절해 하면서 거지를 바라보려 하다가 비로소 자기가 왜 거기에 있는지 알아차리고는 금방 울상을 지었다.

"이리 와 봐. 저길 보라구. 인민군이 쳐들어왔어."

아이는 발돋움하고 밖을 내다보았다. 과연 낯선 군인들이며 이상하게 생긴 차들이 지나가고 있었다. 아이는 놀란 눈으로 그런 것들을 바라보다가 갑자기 훌쩍훌쩍 울기 시작했다.

"왜, 왜 울지? 무서운가 보구나."

"엄마, 엄마……어딨어? 엄마한테 가. 엄마한테 갈 거야."

아이가 큰 소리로 울어대자 거지는 난처한 표정을 지었다.

"허, 이거 큰 야단났네. 내가 느그 엄마를 어떻게 알아? 느그 엄마 어딨니? 말해 봐. 느그 엄마 있는 데를 말해 봐."

그러나 아이는 엄마를 찾으며 울어대기만 했다. 거지는 아이의 가슴에 붙어 있는 명찰을 들여다보았다. 그것은 헝겊 조각에 붓글씨로 쓴 것이었는데, 불행히도 거지는 자기 이름도 쓸 줄 모르는 문맹이라 명찰을 읽을 수가 없었다.

더구나 빗물로 먹물이 지저분하게 번지는 바람에 글자 모양도 알아보기 어렵게 풀려 있었다.

"울지 마. 데려다 줄께."

그 한마디에 아이는 울음을 뚝 그쳤다. 거지는 아이를 데리고 밖으로 나갔다.

사람들이 길가에 서서 누런 군인들의 행렬을 구경하고 있었는데, 주로 아이들이 많았다. 아무 것도 모르는 아이들은 웃고 떠들면서 박수까지 쳐대고 있었다.

누런 군인들의 구릿빛 얼굴들은 동상처럼 딱딱하게 굳어 있었다. 아이들이 만세를 부르고 박수를 쳐도 그들은 거들떠보지도 않은 채 기계적으로 걸어가기만 했다.

늙은 거지도 사람들을 헤치고 들어가 공산군의 행렬을 구경했다. 아이도 빈틈으로 비비고 들어가 눈을 크게 뜨고 그것을 바라보았다. 아이는 그것을 구경하느라고 잠시 엄마 생각을 잊을 수가 있었다.

아스팔트길을 울리는 군화 소리, 군장이 서로 부딪치는 소리, 거칠게 헐떡거리는 숨소리, 자동차 소리, 호각 소리, 만세 소리, 박수 소리, 비행기 소리……아이는 소음 속에 휘말려 정신을 차릴 수가 없었다.

아이가 정신을 차렸을 때 옆에 있어야 할 늙은 거지는 보이지 않았다. 아이는 자지러지게 울어대면서 그곳을 빠져나와 거지를 찾았지만 거지는 이미 어디론가 사라져 버린 뒤였다. 아이가 귀찮아서 도망쳐 버린 것 같았다.

아이는 더욱 세차게 울어댔다. 주위가 떠나가라고 울어댔지만 그 판에 아이를 눈여겨보는 사람은 아무도 없었다.

아이의 울음 소리는 점점 작아져 갔다. 자기에게 관심을 기울여 주는 사람이 아무도 없다는 것을 알게 된 그는 더 이상 큰 소리로 울 수가 없었다. 소리내어 운다는 것이 소용없는 짓이라는 것을 비로소 깨달은 것이다.

그와 함께 자기보호본능이 조그만 가슴속에서 고개를 쳐들었다. 지금까지는 보호를 받으면서 살아왔지만 앞으로는 자기 스스로가 자신을 보호하지 않으면 안 된다는 것을 어린 마음에도 어렴풋이 알아차린 것이다.

눈물도 말라붙고, 아이는 더 울지 않았다. 가끔씩 혼자 버림받았다는 생각에 두려움을 느끼고 입을 삐죽거리기도 했지만 용케도 잘 참아내면서 파괴의 잔해로 뒤덮인 살벌한 거리를 이리저리 헤매고 다녔다.

아이는 새까맣고 조그맣게 변해 갔다. 몹시 지친 모습이었지만 까만 두 눈은 보석처럼 반짝이고 있었다. 탱크가 지나갈 때면 그는 눈과 입을 크게 뜨고 그것을 바라보곤 했다. 험상궂게 생긴 누런 군인들과 시선이 마주치기라도 하면 까만 두 눈은 공포로 얼어붙는 것이었다.

어른들이 오랏줄에 꽁꽁 묶여 지나갔다. 착검한 총을 든 누런 군인들이 뒤를 따르고 있었다. 강렬한 햇빛에 총검이 번쩍번쩍 빛나고 있었다.

그는 목이 몹시 말랐다. 그러나 어디서 물을 구해야 할 지 알 수 없었다. 전에는 목이 마르면 소리치거나 울었다. 그러면 누군가가 물을 가져다 주었다. 그러나 지금은 달랐다. 자신이 직접 물을 찾아 마셔야 한다는 것을 그는 잘 알고 있었다. 체험의 첫째 단계에 부딪친 것이다.

그는 배도 고팠다. 몇 시간 동안 아무 것도 먹지 못한 채 거리를 헤매는 바람에 몹시 배가 고팠다. 먹이 역시 자신의 손으로 마련해야 한다는 절박한 현실 앞에 그는 공포를 느꼈다. 갈증과 배고픔이 그의 지친 몸을 가만있게 내버려두지 않았다.

골목으로 들어선 그는 대문이 부서져나간 어느 집앞에서 걸음을 멈추었다. 최초의 도전을 앞두고 그는 집안을 기웃거리며 한참을 망설였다. 그런 일은 난생 처음이었다.

천진스러운 두 눈이 공포의 빛을 담고 한참 동안 집안을 살폈다. 그런 다음에야 마침내 몸이 움직였다. 그는 조심스럽게 마당으로 들어섰다. 텅빈 듯 안에서는 아무 기척도 없었다. 한식 기와집으로 마당이 꽤 넓었다.

마당 한쪽에 우물이 있었다. 그는 잰걸음으로 다가가 두레박을 집어들었다. 두레박은 그가 다루기에는 너무 크고 무거웠다. 줄 끝이 밖에 고정되어 있어서 다행이었다.

두레박을 우물 속에 던져 넣었다. 꽤 깊은 우물이었다. 이윽고 그는 줄을 잡아당기기 시작했다. 너무 무거워서 오히려 몸이 우물 속으로 끌려 들어갈 판이었다. 그는 이를 악물고 조금씩 조금씩 잡아당겼다. 발로 바닥을 버티면서 어깨에 잔뜩 힘을 주었다. 눈과 입이 튀어나오고 얼굴에서는 구슬 같은 땀방울이 흘러내렸다.

부모를 잘못 만난 탓에 여섯 살 짜리 어린것은 어느 날 갑자기 고아 아닌 고아가 되어 전쟁의 폐허 속에서 생존방식을 하나하나 터득해 나가지 않을 수 없게 된 것이다.

 서대문 형무소의 두꺼운 철문이 열리자 안으로부터 수백 명의 죄수들이 물밀 듯이 쏟아져 나왔다. 세상이 완전히 뒤바뀐 것이다. 죄수들의 출옥이 그것을 가장 단적으로 말해 주고 있었다.
 사상범은 물론 살인, 강도, 절도, 폭행, 강간, 사기 등 인간사회의 온갖 범죄의 인물들이 철창 속에 갇혀 있다가 그야말로 어느 날 갑자기 하루아침에 해방을 맞은 것이다.
 죄수들의 출옥은 가치의 전도를 뜻하는 상징적인 의미도 되었다. 과거의 모든 가치는 붕괴되고 새로운 이데올로기가 그들을 맞이하고 있었다. 그리고 그들은 기꺼이 거기에 동참할 각오가 되어 있었다. 왜냐하면 붉은 손이 자신들을 해방시켜 주었으니까. 그리하여 그들은 자신들을 어제의 희생자이자 오늘의 영웅으로까지 생각하게 되었다. 비약이자 만용이었지만 그것을 깨우쳐 줄 어떤 힘도 거기에는 이미 존재하지 않았다.
 사형수이자 사상범이었던 여옥은 단연 그 누구보다도 영웅대접을 받았다. 그녀의 팔뚝에는 붉은 완장이 채워지고 그녀는 무슨 무슨 위원장 동무로 호칭되었다. 형무소 출신들만으로 강력한 조직을 만들어 반동을 색출하는 등 혁명과업 수행에 박차를 가하자는 주장이 식은 죽 먹듯 일사천리로 통과되더니,

"옳소!"

하는 함성이 형무소를 진동했다.

본보기로 간수 수명이 그 자리에서 인민재판에 회부되었다. 죄목이 열거되는 동안

"죽여라!"

하는 함성이 노도처럼 주위를 휩쓸었다. 간수들은 흡사 굶주린 맹수들에게 내던져진 먹이처럼 성난 죄수들 가운데로 끌려 들어갔다.

죄수들은 그 동안 철창 속에서 고생한데 대한 앙갚음과 열기처럼 휩싸이는 살기를 안고 무자비하게 간수들을 난타하기 시작했다. 단말마의 비명도 잠깐이었고 난타하는 소리만이 어지럽게 주위를 울리고 있었다. 숨이 끊어질 때까지 그들은 때리고 찍고 쑤시고 밟아댔다. 피를 보자 그들은 더욱 미친 듯이 날뛰었고, 타살만으로 성이 차지 않았던지 시체의 목에다 새끼줄을 비끄러매고 형무소 밖으로 끌고 나갔다.

여옥도 죄수들 속에 휩쓸려 밖으로 나갔다. 가슴에 보퉁이를 하나 안고 있었다.

형무소의 높은 담을 끼고 돌면서 그녀는 자꾸만 눈부신 하늘을 쳐다보곤 했다. 자신이 살아났다는 것이 너무나 꿈만 같아 도무지 믿어지지가 않았다. 그렇다고 기쁘다거나 그런 기분은 아니었다. 어리둥절했고, 전쟁이 일어나 공산군이 서울을 점령했다는 사실에 그저 놀라기만 했고, 눈앞에 벌어지기 시작한 살육에 몸서리가 처졌다.

그녀는 죄수들과 한패가 되어 행동할 수가 없었다. 자신이 결코 그런 부류의 인간이 될 수 없다는 것을 그녀 자신이 잘 알고 있었다.

파괴된 건물의 잔해 위에서 피어오르고 있는 하얀 연기, 코를 찌르는 화약 냄새, 구릿빛 얼굴의 누런 병사들, 햇빛을 받아 번쩍이는 총검들, 아스팔트를 울리는 탱크의 굉음, 도처에 널려진 처참한 시체들, 그런 것들 속에서 그녀는 당황하기만 했고, 그리고 무엇보다도 무섭고 외로웠다.

죄수들은 그녀를 앞장세우려고 했다. 머리를 박박 깎은 남자 죄수들은 그녀를 에워싸듯이 하고 몰아갔다.

피에 젖어 늘어질 대로 늘어진 시체들은 흙과 먼지에 뒤범벅되어 모습을 알아보기 어렵게 변해져 있었다.

죄수들은 개선하는 병사들처럼 의기양양하게 시내로 몰려갔다. 여옥은 그들 속에서 비오듯이 땀을 흘리며 걷잡을 수 없는 현기증을 느끼고 있었다. 그것은 심한 이질감에서 오는 것이었다.

그녀는 조금씩 뒤로 처지기 시작했다. 그러다가 맨 뒤에 남게 되었을 때 재빨리 발길을 돌려 골목으로 뛰어들었다. 그들이 뒤따라와 다시 대열에 참여시킬까 봐 겁이 났다. 그래서 한참을 정신없이 걸어갔다. 걸음을 옮길 때마다 가슴이 쿵쿵 울리고 있었다.

아무도 따라오지 않는 것을 확인하고 나서야 그녀는 걸음을 늦추고 보통이로 얼굴의 땀을 닦았다. 먼저 팔뚝에 걸려 있는 붉은 완장을 뽑아내어 땅바닥에 버렸다.

그녀는 뛰는 가슴을 진정하면서 어느 집 대문 앞 계단에 주저앉았다. 거의 1년 가까이 형무소에 갇혀 있는 동안 그녀의 몸은 많이 쇠약해져 있었다. 거기다 갑자기 바깥 세상으로 나오는 바람에 현기증이 날 수밖에 없었다.

그녀는 눈부신 태양을 보는 것만도 가슴이 벅차 올랐다. 그런데 세상이 완전히 뒤바뀐 것이다. 너무도 철저하게 변해 버린 세상과 전쟁의 소용돌이를 받아들이기에는 그녀의 가슴은 너무 작았다. 형무소에서 죽음을 기다리고 있을 때는 그래도 체념이 가져다 주는 평온 속에 안주할 수가 있었다. 그러나 밖에 나오는 순간, 그녀는 광풍 속에 휘말리게 된 것이다. 어디로 도망쳐도 그것을 피할 수 없다는 것을 그녀는 알고 있었다.

무수한 고난을 겪은 그녀는 이제 현명하게 처신해야 한다고 거듭 자신에게 다짐했다. 현명한 처신이란 다른 게 아니었다. 광풍에 휩쓸리는 낙엽이 될지언정 그것을 일으키는 주인공이 되어서는 안 된다는 생각이었다.

그녀는 일어나 걸었다. 골목을 벗어나 큰길을 따라 조심스럽게 움직였다. 자식들을 만난다는 생각에 거의 제정신이 아니었지만 본능적으로 주위를 살피는 것을 잊지 않았다.

탱크에 깔렸는지 군인 시체 하나가 마른 오징어처럼 납작하게 아스팔트 길 위에 늘어붙어 있는 것이 보였다. 길을 건너다 말고 그녀는 입을 틀어막으면서 구토했다.

붉은 군대의 오토바이 편대가 차도를 두드려대면서 그녀 곁을 스치듯이 지나갔다. 그녀는 소스라치게 놀라면서 비틀거렸다. 보퉁이가 떼구르르 굴러갔다. 아스팔트길은 열기에 녹아 끈적거렸고 몹시 뜨거웠다. 보퉁이를 집어들면서 그녀는 열기에 숨이 막히는 것을 느꼈다. 교통편이 없었으므로 집에까지 걸어가는 수밖에 없었다.

세종로까지 걸어온 그녀는 길 복판에 어마어마하게 큰 탱크들이 서 있는 것을 보고는 기가 질려 버렸다. 시커먼 철갑의 탱크들은 이글거리는 햇볕 속에서 마치 살아 있는 괴물처럼 으르렁거리는 것 같았고, 눈부신 빛을 뿜어대고 있었다. 그녀는 허둥지둥 길을 건너갔다.

부서져 골격만 남은 빌딩 속에 사람의 다리 두개가 공중으로 솟아나와 있는 것이 보였다. 발 하나에는 검정 고무신짝이 걸려 대롱거리고 있었고, 다른 하나는 맨발이었다. 다리에 털이 나 있는 것으로 보아 남자 어른인 것 같았다.

여옥은 고개를 홱 돌리고 뛰다시피 걸어갔다.

전봇대가 여기저기 쓰러져 있었고, 그 바람에 전깃줄이 길 위에 뒤엉켜 있었다. 그 밑에 전기에 감전되어 죽은 것으로 보이는 조랑말과 사람의 시체가 뒹굴고 있었다.

여옥은 멀리 돌아갔다. 눈에서는 자꾸만 땀인지 눈물인지 모를 끈끈한 것이 흘러내리고 있었다. 뒤에서 꼭 누가 덜미를 잡아당기는 것만 같아 그녀는 숨이 찼다. 목이 몹시 말랐지만 집에 가서 마실 생각으로 정신없이 걸음을 옮겼다.

아이들은 잘 있을까. 아마 잘 있을 거야. 노인들이 잘 돌보고 있을 거야. 아이들을 만난다는 생각에 가슴이 터질 것 같았다.

을지로 거리를 건너가던 그녀는 또 소스라치게 놀라 멈칫 서 버렸다. 공산군 장교 하나가 장갑차 옆에 서서 병사들과 이야기하고 있었는데 그 뒷모습이 영락없이 최대치였다. 그녀는 심한 현기증에 비틀거렸다.

햇볕에 몸이 녹아 버리는 것 같았다. 아무 생각도 할 수 없었다. 너무 갑작스런 충격에 정신이 마비되어 있었다.

장교가 고개를 돌려 이쪽을 바라보는 순간, 여옥은 눈앞이 캄캄해져 버렸다. 장교의 얼굴이 도무지 보이지 않았다. 그 얼굴을 자세히 보려고 그녀는 앞으로 다가가 보았다. 그리고 수 미터 앞에 이르자 다시 얼어붙은 듯 자리에 서 버렸다. 그 장교는 남편이 아니었다. 맥이 탁 풀린 그녀는 쓰러질 듯 돌아서려고 했다. 그때 장교가 고개를 쳐들고 소리쳤다.

"뭐야?"

"아, 아무 것도 아닙니다."

순간적으로 남편 소식을 물어볼까 하는 생각이 들었다. '아니야!' 속에서 완강한 거부반응이 일었다. 절대 안 돼. 그를 찾아서는 안 돼. 그는 이제 내 남편이 아니야. 그녀는 몸을 돌려 잰걸음으로 길을 건너갔다.

집이 가까워졌을 때 그녀는 도저히 걸어갈 수가 없었다. 그녀는 뛰었다. 고무신짝이 벗겨지자 다른 짝도 아예 벗어들고 뛰었다. 발바닥이 뜨겁기만 할 뿐 아픈 것도 느껴지지 않았다. 속으로 계속 아이들의 이름을 불러댔다.

골목을 들어서자 저만치 집이 보였다. 그녀는 쏟아지는 눈물을 삼키면서 집을 바라보다가 미친 듯이 달려갔다. 대문은 굳게 잠겨 있었다. 그녀는 주먹으로 대문을 쾅쾅 두드렸다.

"대운아! 대운아!"

한참 후 인기척이 나고 노인의 목소리가 들려 왔다.

"뉘시요?"

"할아버지! 저예요!"

"아이고, 이게 뉘여?"

이윽고 대문이 활짝 열렸고, 그녀는 그립던 집안으로 뛰어들었다. 노파가 맨발로 뛰어나와 그녀를 끌어안았다.

"용서하세요……죄송해요……"

여옥은 울음을 터뜨리면서 현관 쪽을 바라보았다. 아이들이 나타날 것도 같은데 보이지 않는다. 그녀는 눈물을 거두고 현관으로 달려들었다.

"아이들은 장씨가 와서 데려갔지."

노파가 뒤에서 따라오며 말했다.

하림은 방안에서 끌어내졌다. 괜찮으려니 하고 생각한 것이 잘못이었다.

"아이고, 안 돼요. 용서해 주세요."

그의 형수가 울부짖었지만 소용없었다. 침입자들은 그녀를 발로 차버리고 하림을 마당으로 끌고 나왔다.

하림의 귀에는 아이들의 울음 소리만이 들려오고 있었다. 특히 딸아이의 울음 소리는 송곳처럼 가슴을 후벼들고 있었다.

그의 두 손은 뒤로 돌려졌고 손목에는 철사줄이 칭칭 감겨졌다. 인민재판이라고 쓴 플래카드 밑에 그는 무릎이 꿇리어 앉혀졌고, 그 주위를 각종 연장을 든 사내들이 에워쌌다.

"이제 드디어 죽는구나. 고통 없이 죽었으면 좋겠는데……"

딸아이가 사내들 사이를 뚫고 들어오려고 기를 쓰고 있는 것이 보였다. 어린아이치고는 조용하기만 하던 아이가 아빠가 위기에 처한 것을 알자 맹렬하게 달려들고 있었다.

"형수님, 은하를 데려가세요! 보이지 않는 데로 데려가세요!"

하림은 뜨겁게 부르짖었다. 형수가 달려들어 아이를 끌어안자 아이는 발버둥치면서 울었다.

사내들은 그 동안 지하에 잠복해 있던 좌익들이었다. 거기에 덩달아 춤추는 줏대 없는 인간들과 기회주의자들이 가세해서 사뭇 살기등등해 있었다.

하림은 창백하게 굳은 얼굴로 꿇어앉아 있었다. 벌써 죽었어야 할 자신이 지금까지 살아서 마침내 비참한 최후를 맞이하게 되었다는 생각이 들었다.

"아, 하늘도 무심하구나!"

그는 한숨을 내쉬고 눈을 지긋이 감아 버렸다. 머리 위로 뜨거운 햇살이 내려퍼붓고 있었다. 머리가 뜨겁고 어지러웠다. 많은 사람들의 얼굴이 눈앞을 스쳐갔다. 여옥의 모습에 이어 딸의 울부짖는 모습이 한참 동안 눈앞에 어른거리고 있었다.

자신을 심판하는 소리가 마치 환청처럼 멀리서 들려왔다. 듣지 않으려고 했지만 벌레처럼 귀를 후비고 들어오고 있었다.

"……이처럼 미제국주의의 앞잡이로서 이자의 만행은 자타가 공인하는 바입니다! 미군기관에 근무하면서 이자가 저지른 그 만행은 이루 헤아릴 수 없을 뿐 아니라……"

민족반역자로 단죄해야 한다는 말이 떨어지기가 무섭게

"옳소!"

"죽여라!"

하는 소리가 함성이 되어 집 안마당을 울렸다.

최초의 몽둥이가 어깻죽지에 떨어졌다. 아픔을 느낄 사이도 없이 발길이 얼굴을 걷어찼고 시퍼런 낫끝이 등판을 찍었다. 그 다음은 숫제 도리깨질이었다. 온몸을 두드려대는 둔탁한 소리가 툭탁툭탁 주위를 울렸다.

"으으윽……"

이를 악물고 있는 사이로 신음이 흘러나왔다. 난자된 얼굴은 이미 피투성이였고 눈으로 흘러내리는 피 때문에 앞을 바라볼 수가 없었다. 그는 쓰러지는 대신 무릎을 펴고 일어섰다.

흔들리는 그의 시야 저만치 폭도들의 어깨너머로 여자의 모습이 하나 흐릿하게 보였다. 여옥이 같은데 분명하지가 않았다.

"여……여……여……"

그는 여옥이를 부르려고 애를 썼다. 그때 뒤통수로 몽둥이가 날아들었다. 딱하는 둔탁한 소리와 함께 그의 몸이 휘청했다.

붉은 도시 · 309

그는 한 바퀴 돌면서 춤추듯이 손을 쳐들었다.

"뒈져라, 이새꺄!"

다시 뒤통수에 충격이 왔다. 그는 무릎을 꺾었다. 아득히 저쪽에서 자기를 부르는 여자 목소리가 어슴푸레하게 들려왔다. 여옥의 목소리 같았다. 정신을 차려야 한다고 생각했지만 의식은 차츰 흐려지고 있었다. 이윽고 상체가 앞으로 풀썩 쓰러졌다. 얼굴을 땅바닥에 처박은 채 그는 꿈틀거렸다.

꿈틀거리는 몸뚱이를 사내들의 무수한 발길이 무자비하게 짓밟아댔다. 그의 입에서는 아무 신음 소리도 흘러나오지 않았다. 그는 죽은 듯이 누워 있었다.

그는 생각했다. 이제 모든 것이 멈추고 편안히 잠들었으면 좋겠다. 살아 있다는 것이 귀찮은 느낌도 들었다. 전신에 가해져 오는 충격이 이제는 별로 대수롭지 않게 느껴졌다. 마치 모기가 쏘는 것 같았다. 미쳐 날뛰는 사람들의 아우성이 흡사 모기 소리 같았다. 흙속에 얼굴을 묻었다. 따뜻하고 아늑한 느낌이었다. 끈적끈적한 것이 자꾸만 얼굴을 적셔들고 있었다. 그것 때문에 따뜻한 느낌이었다. 왜 이렇게 잠이 안 올까. 그는 깊이 잠들고 싶었다. 전쟁이 일어난 그날부터 한숨도 자지 못했다. 그래서 몹시 피곤했다. 깜박 정신을 잃었다가 그는 다시 깨어나곤 했다. 손만 겨우 움직일 수 있었다. 왼손을 뻗어 땅바닥을 긁었다. 큼직한 구둣발이 그의 손등을 짓밟고 비벼댔다. 비겁한 자식들. 그는 중얼거렸다. 죽일려면 빨리 죽일 것이지 한 사람을 놓고 여러 놈이 이게 뭐야. 세상에는 비겁한 놈들이 너무 많아.

목이 답답해 왔다. 목이 조여지고 있었다. 숨이 막혀 몹시 갑갑했다. 기침이 나올 것 같았다. 몸이 움직이기 시작했다. 몸이 질질 끌려갔다. 죽을 때도 되었건만 그는 버티고 있었다. 남들이 보기에는 피에 젖은 송장이었다. 살아 있다고 보는 사람은 아무도 없었다. 그러나 그의 의식만은 아직 살아 있었다. 그것은 가물가물해지다가 다시 살아나곤 했다. 살갗이 벗겨지고 살점이 문드러져 나갔다. 피와 흙과 먼지가 뒤범벅되어 본래의 모습을 알아볼 수 없게 만들어 놓고 있었다.

그는 정처 없이 끌려갔다. 두 명이 앞에서 새끼줄을 잡아당기고 있었고, 나머지 사내들은 시체 뒤를 따르면서 소리소리 지르고 있었다. 살점이 모두 닳아지는 바람에 시체의 등뼈가 허옇게 드러났다.

길가의 구경꾼들은 공포에 질려 말없이 바라보고만 있었다. 뙤약볕 아래서 그들은 언제까지고 얼어붙은 듯 서 있었다.

가는 곳마다 인민재판이 열리고 있었고, 재판 끝에는 으레 학살이 자행되곤 했다. 시체는 길가에 내버려지던가 하림처럼 목에 새끼줄이 묶여 끌려다니던가 했다.

하림의 강인한 의지도 마침내 꺾이고 말았다. 시청 앞에 이르렀을 때 가느다랗게 붙어 있던 의식마저 끊어지고 만 것이다. 의식만 끊어진 것이 아니었다. 호흡도 정지해 있었고 맥박도 멈춰 있었다. 죽은 것이다. 적어도 그때의 그는 분명 죽어 있었다.

그는 다시 끌려갔다. 그의 목은 학처럼 길게 빠져 있었고 몸뚱이는 축 늘어져 있었다. 사람의 목이 그렇게 길게 빠질 수 있다는데 대해 구경꾼들은 몹시 놀라는 눈치였다. 확실히 상상할 수 없을 정도로 그의 목은 길게 빠져 있었다.

도중에 줄이 끊어지자 폭도들은 그만 내버려두는 것이 아니라 줄을 다시 이어서 시체를 끌고 갔다.

하림의 시체는 남대문을 지나 서울역 쪽으로 향했다. 그때쯤에는 폭도의 수가 많이 줄어들어 있었다. 새로운 사냥감을 찾아 흩어졌기 때문이다.

마침내 그들은 멈춰 섰다. 땀에 젖은 얼굴들이 번들거리고 있었다. 우두머리로 보이는 자가 턱으로 하수구를 가리키자 시체를 끌고 온 사내들은 그것을 하수구 속으로 처박아 버렸다.

서울역 광장에는 국군 포로 수백 명이 굴비 두름처럼 묶여 꿇어앉아 있었다. 착검한 공산군들이 그들을 감시하고 있었고, 그 주위에는 폭도들이 잔뜩 몰려서 있었다. 그리고 다른 한켠에는 구경꾼들이 공포에 떨며 서 있었다.

이윽고 공산군 수명이 포로들 뒤로 돌아가더니 총검으로 등판을 힘껏 찔렀다. 여기저기서 단말마의 비명이 처절하게 터져 나오자 기다렸다는 듯 이번에는 폭도들이 각종 연장이며 몽둥이를 휘두르며 포로들에게 달려들었다. 일대 집단학살이 시작된 것이다.

서울역 광장은 순식간에 아비규환의 생지옥을 이루었고, 하늘에서 이글거리던 태양마저 그 참혹함에 빛이 스러지는 듯했다. 광장은 피로 붉게 물들었고, 열기와 함께 피비린내로 휩싸였다. 총으로 사살하지 않는 이상 단번에 죽을 리가 없었다. 그러니 숨이 끊어질 때까지 때리고 찌르고 짓밟아댔다.

살려달라고 애원하는 병사의 가슴에 총검을 박은 어느 공산군 병사는 미친 듯이 웃어대고 있었다. 소름끼치는 웃음이었다. 총검에서는 검붉은 핏방울이 뚝뚝 떨어지고 있었다. 그는 인간이 과연 어느 정도까지 잔혹해질 수 있는가 하는 것을 보여주고 있었다. 피에 젖어 날뛰는 폭도들은 멀리서 볼 때는 마치 광란의 춤을 추고 있는 것 같았다. 낫이며 몽둥이며 곡괭이, 쇠스랑 같은 것들이 어지럽게 난무하는 가운데 그들은 덩실덩실 춤을 추는 것 같았고, 단말마의 비명 소리는 그들의 움직임을 한층 자극적으로 돋보이게 해 주고 있었다.

멀리서 이 광란의 현장을 지켜보고 있는 여인들이 있었다. 여옥과 하림의 형수인 명혜였다. 그녀들은 하림의 시체라도 거두려고 서울역까지 따라왔다가 그 참혹한 광경을 목격하게 된 것이다.

마침내 광란의 춤이 끝나고 거기에 수백 구의 시체들이 피투성이가 된 채 즐비하게 널려 있는 것을 보았을 때 그녀들은 자신들이 살아서 대지에 발을 딛고 있다고 생각되지가 않았다. 그래도 산전수전 다 겪은 여옥이 명혜보다는 모질고 강한 데가 있었다.

"언니, 이러고 있지 말고 가요. 빨리 찾아야 해요."

그녀가 손을 잡아끌자 명혜는 쓰러질 듯 비틀거리면서 그녀를 따라왔다.

명혜는 또 다른 고통에 부딪치고 있었다. 그것은 아직 여옥에게 대운이를 잃어버렸다는 말을 하지 못하고 있는데서 오는 고통이었다. 여옥은 집으로 들어서다 말고 하림이 무참하게 시체가 되어 끌려가는 것을 보고는 미처 아이들을 안아볼 겨를도 없이 시체를 찾아 나선 것이었다.

가는 곳마다 시체들이 뒹굴고 있었기 때문에 하림을 찾는 일이 쉽지가 않았다. 하림인 줄 알고 뛰어가 보면 전혀 엉뚱한 사람이라 번번이 놀라 뒤로 물러나곤 했다.

처음에는 시체를 볼 때마다 깜짝깜짝 놀라곤 했는데, 하도 많은 시체들을 만나다 보니 나중에는 면역이 되어 물건을 보듯 바라보게 되었다.

명혜가 마침내 하림의 검정 구두 한짝을 발견하고는 울음을 터뜨렸다. 여옥도 눈물을 뿌리면서 두리번거리다가 하수구 쪽으로 가 보았다. 파괴된 길 한켠에 하수구가 입을 벌리고 있었는데 거기에 시체들이 여러 구 처박혀 있었다. 하림의 시체도 그 속에 끼어 있었다.

두 여자는 손으로 입을 틀어막고 고개를 돌려 버렸다. 너무 참혹해서 차마 볼 수가 없었던 것이다.

하수구에서 시체를 끌어내는 일이 문제였다. 여자들의 힘으로는 쉬운 일이 아니었다. 좌익들이 사람 사냥하느라고 날뛰는 판이라 함부로 시체를 거두다가는 변을 당할 지도 몰랐다. 여옥이 눈물을 삼키느라고 애쓰고 있는 반면 명혜는 몸을 가누지 못할 정도로 울어댔다. 거기서 언제까지고 있을 수만도 없어 여옥은 명혜를 데리고 통행이 별로 없는 골목으로 들어갔다.

거기서 그녀들은 쪼그리고 앉아 손을 맞잡고 울었다. 울어도 울어도 울음은 한없이 나왔다.

"언니, 그만……그만 진정하세요"

여옥이 먼저 눈물을 훔치며 명혜를 위로한다.

"어쩌면 좋지? 이를 어쩌면 좋지?"

명혜는 좀처럼 울음을 그치지 않는다.

"언니, 모질게 마음을 먹어야 해요. 그렇지 않으면 우린 살아 나기 어려워요. 아이들을 누가 돌보겠어요?"

명혜가 갑자기 울음을 그치고 충혈된 눈으로 여옥을 바라본다.

"여옥이, 이따가 말하려고 했는데……용서해 줘요."

"무, 무슨 말씀인데요?"

"대운이가……대운이가……"

차마 말을 잇지 못하는 그녀를 여옥은 잡아 흔들었다.

"무슨 말씀이세요? 대운이가, 우리 대운이가 어떻게 됐어요?"

"잃어버렸어요."

"네? 아니, 어쩌다가?"

"집을 뛰쳐나갔어요. 놀고 있는 줄 알았는데 엄마 찾으러 간다고……"

여옥은 벌떡 일어섰다. 그것은 대단한 충격이었다. 그 어떤 것보다도 무서운 충격이었다.

"언제, 언제 나갔나요?"

그녀는 그대로 선 채 돌아보지 않고 물었다.

"어제 아침에 나갔어요. 하림씨가 아무리 돌아다녀 보았지만……"

"그래서 피난을 못 가셨군요."

그녀는 비틀비틀 큰길 쪽으로 걸어가다가 이내 멈춰 섰다. 눈에 보이는 시야가 온통 안개에 싸인 듯 뿌우옇기만 했다. 아이의 울음 소리가 거리 저쪽에서 들려오는 것만 같았다. 그녀는 큰길로 나서서 울음 소리가 들려오는 방향으로 비틀비틀 걸어갔다.

실성한 사람처럼 걸어가는 그녀를 보고 이번에는 명혜가 울음을 그치고 뒤따라 붙었다. 이윽고 그녀는 여옥의 소맷자락을 붙잡아 당겼다.

"동생, 어디 가는 거예요?"

"이거 놔요."

여옥은 힘없이 중얼거렸다. 실성한 사람 같았다. 명혜는 다시 울면서 말했다.

"동생, 그 심정 알겠지만……남아 있는 아이를 생각해서……"

"대운이를 찾아야 해요. 그애가 어떻게 태어난 아기인데……"

"하림씨가 아무리 찾았지만 찾을 수가 없었어요."

"저는 찾을 수 있어요."

여옥은 다시 걸음을 옮겼다. 명혜는 매달리다시피 하며 그녀를 따라갔다. 여옥의 태도가 단호했기 때문에 더 이상 뭐라고 말을 걸 수도 막을 수도 없었다.

"따라오지 마세요. 저 혼자 찾아보겠어요."

여옥은 그녀가 따라오는 것조차 거부했다. 명혜는 그 자리에 우두커니 서서 여옥의 뒷모습을 바라보고 있다가 발길을 돌렸다.

여옥은 제정신이 아니었다. 그녀는 두리번거리면서 걸어갔는데, 그녀의 눈에는 아이들만 보였다. 거리에는 의외로 방황하는 아이들이 많았다. 그 아이들을 볼 때마다 그녀는 혹시 자기 아들이 아닌가 해서 달려가 보곤 했지만 그때마다 힘없이 돌아설 수밖에 없었다. 그때까지도 그녀는 아들을 잃어버렸다는 것이 현실로 받아들여지지가 않았다. 어디서 놀고 있겠지. 금방 찾을 수 있을 거야. 그녀는 정말 어린 아들이 길모퉁이에서

"엄마!"

하고 부르며 뛰어나올 것만 같았다.

그러나 한 시간이 지나고 두 시간이 지나도 아이는 보이지 않았고, 엄마를 부르는 소리도 들려오지 않았다. 아이의 울음 소리도 들리지 않았다.

창백하던 얼굴이 햇볕에 빨갛게 익고 땀에 흠뻑 젖어들어 있었다. 눈빛이 이상했다. 그 눈에서 끊임없이 눈물이 흘러내리고 있었다. 눈물을 닦으려고도 하지 않았다.

어느덧 해가 지고 어둠이 밀려왔다. 그녀는 미쳐 버릴 것 같았다. 속으로 줄기차게 아들의 이름을 부르고 있었다.

그녀는 마침내 길가에 철퍼덕 주저앉았다. 붉은 도시가 안겨주는 공포 따위는 이제 느껴지지 않았다. 그런 것보다도 아이를 잃어버렸다는 것이 하나의 분명한 사실이 되어 비수처럼 가슴속을 후벼들고 있었다. 그것은 실로 무서운 고통이었다.

자기도 모르게 입에서 고통스러운 신음이 흘러나왔다. 그녀는 무릎 위에 얼굴을 파묻고 눈을 감아 버렸다. 그리고 죽은 듯이 움직이지 않았다.

탱크가 굴러가는 소리, 자동차의 엔진 소리, 사이렌 소리, 호루라기 소리, 오토바이 달리는 소리, 군화 소리, 점차 격렬해지는 포성, 그런 것들이 귀를 두드려대고 있었지만, 그녀는 그림자처럼 미동도 하지 않고 앉아 있었다.

그녀가 고개를 쳐든 것은 어깨에 충격을 느끼고서였다. 삼륜 오토바이 한대가 그녀 앞에 서 있었고, 오토바이 옆구리에는 공산군 장교가 앉아 있었다. 오토바이 운전병은 그녀를 가로막고 서 있었다.

초점 없이 멀거니 쳐다보는 그녀를 보고 장교가 입을 열었다.

"미쳤나보군."

"어떻게 할까요?"

"내버려 둬."

오토바이가 달려가 버리자 그녀는 주춤주춤 일어섰다. 내가 미쳤다고? 아니야. 난 미치지 않았어. 내가 미치면 정말 큰일이야. 미쳐서는 안 돼. 내가 미치면 대운이를 찾을 수 없어. 웅이는 또 누가 돌보나. 그 어린 것이 어디서 어떻게 지내고 있을까.

이 어두운 밤에, 천지가 진동하는 소리에 얼마나 놀라고 있을까. 엄마를 찾다 지쳐서 어디선가 잠들어 있을지도 몰라. 혹시 죽은 게 아닐까.

"아니야! 그럴 리가 없어!"

그녀는 머리를 완강히 저었다.

"미친년! 저주받아 마땅한 년! 아기를 잃어먹은 건 순전히 네 탓이야. 그애는 부모 잘못 만나 거리에 버려진 거야."

그녀는 걷다 말고 배를 움켜쥐고 쥐어뜯었다.

명혜는 집앞에서 서성거리고 있다가 여옥이 후줄근한 모습으로 돌아오자 달려가 부둥켜안았다. 그리고 또 울음을 터뜨렸다.

"용서해 줘요! 모든 게 제 잘못이에요! 제가 대운이를 잘 보살폈더라면 이런 일이 일어나지 않았을 거예요!"

"언니, 아니에요! 아니에요! 그런 말씀 마세요! 제 잘못이지 누구 잘못이겠어요!"

두 여인은 서로 끌어안고 울면서 집안으로 들어갔다. 아이들은 자지도 않고 모두 울고 있었다.

웅이는 일 년 만에 보는 엄마가 낯설었던지 울음을 그치고 조심스럽게 바라보기만 했다. 그 동안에 아기는 많이 자라 있었다. 아기를 와락 끌어안으면서 보니 몹시 허약한 느낌이 들었다.

"웅이야, 엄마다!"

명혜가 곁에서 눈물을 삼키며 말하자 그제야 아기는 힘없이

"엄마!"

하고 불렀다. 여옥은 으스러지게 아기를 부둥켜안고 그 동안 쌓이고 쌓인 모정을 송두리째 쏟아놓았다. 엄마의 품속에서 오랜만에 마음놓고 울게 된 아기는 형이 생각나는지

"엄마, 형……형……"

하면서 울었다.

여옥과 명혜가 담가를 만들어 들고 집을 나온 것은 그날 밤이 깊어서였다. 골목으로만 해서 서울역까지 간 그녀들은 하수구 속에서 하림의 시체를 끌어냈다.

그것은 보통 힘든 일이 아니었다. 하수구 속에 겹겹이 쌓인 시체들 사이에서 하림을 찾아낸다는 것부터가 여자로서는 매우 힘든 일이었다. 날씨가 무더운 바람에 시체들은 벌써 악취를 풍기고 있었다. 소매를 걷어붙이고 하수구로 들어가 하림의 시체를 찾아낸 것은 여옥이었다. 그때는 이미 비통한 마음 같은 것도 느껴지지 않았다.

두 여자가 혼신의 힘을 다해 시체를 길 위로 끌어올렸을 때 문득 가느다란 신음 소리가 들려왔다. 두 여자는 거의 동시에 서로를 쳐다보았다.

"살았어요!"

누군가의 입에서 낮은 부르짖음이 터져나왔다.

"빨리! 빨리!"

그녀들은 하림을 서둘러 담가에 싣고 달리기 시작했다. 다리

가 꼬이고 휘청거렸지만 정신없이 골목으로 달려들어가 하염없이 뛰어갔다. 하림의 몸은 몹시 무거웠다. 그녀들은 숨이 차서 헐떡거리기 시작했다.

쉰다는 것은 생각할 수도 없었다. 팔이 떨어질 것 같으면 잠시 들것을 땅에 댔다가 다시 들고 뛰었다. 상상할 수도 없는 일이었지만 연약한 그녀들은 초인적인 힘으로 그것을 운반했다. 어디서 그런 힘이 생겨났는지 모를 일이었다. 고무신짝이 자꾸만 벗겨지자 그녀들은 아예 그것들을 벗어 버리고 맨발로 달렸다.

암흑천지의 죽음의 도시에서 골목길을 할딱거리며 달려가는 그녀들의 모습은 바로 밤의 도둑들의 그것이었다. 밤하늘을 가르는 번개 같은 포탄의 불빛에 잠깐잠깐 드러나는 산발한 머리의 그녀들의 모습은 땀과 피와 먼지에 뒤범벅되어 흡사 악귀 같았다.

그녀들이 거의 집동네 가까이 도착했을 때 어둠 속에서 돌연
"정지! 누구야!"
하는 외침이 들려왔다.
들것을 떨어뜨리고 얼어붙어 서 있는 그녀들 앞으로 수명의 남자들이 다가섰다. 플래시의 불빛이 그녀들의 얼굴을 강렬히 찔렀다.
"당신들, 뭐하는 거야!"
그들은 흉기를 든 좌익들이었다. 사람 사냥을 하기 위해 돌아다니고 있는 것 같았다.

"이것들, 그러고 보니까 반동의 여편네들 아닌가!"

들것 위의 피투성이 시체를 내려다보고 그들은 모든 것을 짐작한 것 같았다. 제발, 신음 소리 내지 말아요. 제발……제발, 여옥은 명혜를 따라 두 손을 비비며 머리를 몇 번이고 숙였다. 날카로운 죽창 끝이 하림의 가슴팍을 헤칠 때는 여옥은 숨이 막혀 질식해 버릴 것만 같았다.

"누가 시체를 거두라고 그랬어? 이 쌍년들아!"

"죽을죄를 졌습니다! 용서해 주십시오! 다시는 안 그러겠습니다!"

"이런 반동의 시체는 무덤도 만들어서는 안 돼! 개가 뜯어먹게 내버려둬야 해!"

"아, 알겠습니다!"

두 여자는 바들바들 떨었다.

"빨리 돌아가! 시체는 여기 내버려둬!"

그녀들은 엉덩이를 걷어채이고 줄달음쳐 도망갔다. 한참 뛰다가 겨우 멈춰 서서 그녀들은 거친 숨을 몰아쉬며 또 한참을 기다렸다. 그리고 난 후 발소리를 죽여가며 들것을 버려둔 곳으로 다가갔다.

가까스로 거기에 닿았을 때 짐승의 으르렁거리는 소리가 들려왔다. 그녀들은 소스라치게 놀라 뒤로 물러섰다. 가만 보니 개 한 마리가 하림에게 달려들어 물어뜯고 있었다.

"쉿! 저리가!"

여옥은 돌멩이를 집어들어 힘껏 던졌다. 명혜도 발을 구르며 위협을 가했다. 굶주린 개는 눈에 불을 켜고 으르렁거리다가 슬그머니 어둠 속으로 물러가 버렸다.

그녀들은 주위를 살핀 다음 다시 들것을 들고 뛰기 시작했다. 마침내 그녀들이 집안으로 뛰어들었을 때, 집에서는 아이들이 한데 엉켜 울어대고 있었다. 그래도 명혜의 딸인 다련이 열 살짜리 소녀답게 아이들을 달래며 보살피고 있었다.

그녀들은 대문을 단단히 걸어 잠근 다음 하림을 뒤꼍의 골방으로 운반했다. 방문을 담요로 가리고 불을 켜고 보니 하림의 몸은 온통 짓이겨지고 찢기고 부서져 있었다. 차마 눈뜨고 볼 수 없을 정도로 참혹한 모습이었다. 일찍이 그런 모습을 본 적이 없는 두 여인은 터져나오는 신음을 손으로 틀어막으면서 고개를 돌려 버리고 말았다.

손을 대기에는 참혹하다 못해 차라리 끔찍스럽고 무서웠다. 그러고도 사람이 죽지 않고 살아 있다는 사실이 기적같이 생각되었다. 머리에서부터 발끝까지 온통 피로 엉겨붙어 있었는데 갈기갈기 찢긴 허벅지에서만은 선지피가 흐르고 있었다. 아마 개가 물어뜯은 자국인 것 같았다.

무엇보다 먼저 옷을 벗겨 내고 몸을 씻는 것이 급했다. 그런데 아무리 사람이 죽어간다고 하지만 여자가 남자를 벌거벗긴다는 것이 쉬운 일일 리 없었다. 그것은 몹시 난처한 일이었다. 두 여자 중 특히 명혜는 더욱 그런 느낌이었다. 그녀는 차마 시동생의 옷을 벗길 수가 없어 여옥을 쳐다보기만 했다. 그래도 여옥이 자기보다는 덜 난처할 것이기 때문이었다.

눈치 빠른 여옥이 그것을 모를 리 없었다. 사실 그녀로서는 그런 것을 가리거나 따지고 있을 여유가 없었다. 오로지 하림을 살려야 한다는 일념에 온통 정신을 빼앗기고 있었다.

"언니, 제가 할 테니 물이나 떠다 주세요!"

팔을 걷어붙이는 여옥을 보고 명혜는 두말 않고 밖으로 나가 양동이에 물을 길어왔다.

일단 손을 대기 시작한 여옥은 놀라울 정도로 기민하고 솜씨 좋게 일을 처리해 나갔다. 조금 전에 참혹한 모습을 보고 전율하던 것과는 아주 딴판이었다. 냉정을 되찾은 그녀는 동요의 빛 하나 없이 하림의 누더기 같은 옷들을 모두 벗긴 다음 수건에 물을 적셔 가지고 몸을 닦아내기 시작했다.

그것을 아는지 모르는지 하림은 들릴 듯 말 듯 가는 신음 소리만 내고 있었다. 맥박은 거의 느껴지지 않을 정도로 약하게 뛰고 있었다.

한쪽은 부지런히 물을 퍼 날랐고 다른 한쪽은 땀을 뻘뻘 흘리며 정성껏 더러운 몸을 닦아냈다. 여옥은 과감하게 움직이고 있었고 그때그때 필요한 것들을 머뭇거리지 않고 분명하게 주문했다.

"머큐롬 갖다 주세요."

집안에 있는 약이라고는 그것뿐이었다. 명혜는 시키는 대로 머큐롬을 가지고 왔다.

"붕대하고 가위를 갖다 주세요."

"붕대가 없는데 어떡하지?"

"그럼 깨끗하고 부드러운 헝겊을 갖다 주세요."

일단 그런 대로 손을 쓰고 났지만 피를 너무 많이 흘렸기 때문에 마음을 놓을 수가 없었다.

"물을 많이 넣고 쌀죽을 끓여 주세요. 방에 불도 지펴 주세요."

명혜는 일찍이 다른 사람의 말을 그렇게 순순히 들어본 적이 없었다.

"깨끗한 요와 이불을 갖다 주세요."

명혜는 시키는 대로 요와 이불을 날라왔다. 여옥은 하림을 요 위에 눕히고 이불을 덮어 주었다.

"이젠 하늘에 맡기는 수밖에 없어요."

"정말 수고했어요. 동생이 아니었으면 불가능했어요."

두 여인은 땀을 닦으며 겨우 한숨을 돌렸다. 아이들을 잠재우고 난 그녀들은 함께 하림을 지키고 앉아 밤을 지샜다.

밤이 깊어갈수록 포성은 더욱 커지고 있었다. 한강을 사이에 두고 치열한 전투가 벌어지고 있는 것 같았다.

그녀들은 얼어붙은 듯 앉아 있었다. 너무 오래 공포에 시달리다 보니 그것이 마치 공기 같았고, 공기처럼 자연스럽게 몸에 배어들어 이제는 그저 그러려니 하고 당연한 것처럼 생각하고 있었다.

아무도 입을 열어 말하려 들지 않았다. 그런 상황에서는 말이란 것이 얼마나 부담스럽고 쓸모없는 것인가를 서로가 잘 알고 있었기 때문이다. 그들이 보고 있는 것은 오로지 공포와 절망뿐이었다. 따라서 입을 연다는 것은 공포와 절망을 확인하는 것일 수밖에 없었다. 그것이 싫었고 그것을 피하고 싶었기 때문에 그녀들은 입을 열려고 들지 않았다. 약속이나 한 듯, 아니 벙어리가 된 듯 그녀들은 무거운 침묵을 지키고 있었다.

명혜는 여러 밤을 뜬눈으로 지샜기 때문에 피로를 이기지 못해 끝내 앉아서 졸았다. 그래도 여옥은 피로가 덜했기 때문에 심하게 졸지는 않았다. 하긴 그녀에게는 명혜와는 다른 감정이 있었다. 명혜에게 하림이 시동생이라면 여옥에게 있어서의 그는 목숨을 바쳐도 좋을 사랑하는 사람이었다. 그러니 남다른 감정으로 지켜보는 것이 당연했다.

여옥이 간곡히 권하자 명혜는 눈을 붙이기 위해 안방으로 돌아갔다. 아이들 곁에 쪼그리고 누우면서 그녀는 소리 없이 눈물을 흘렸다. 방바닥을 적시는 눈물을 손가락으로 문지르다가 그녀는 문득 하림에 대한 여옥의 사랑이 얼마나 지극한가를 깨달았다.

아까는 너무 정신을 차릴 수 없을 정도로 바빴기 때문에 그런 것을 느낄 겨를이 없었지만, 지금 생각하니 여옥의 정성은 분명 사랑을 동반한 것이었다. 그것도 죽음을 초월할 정도의 지극한 사랑이었다. 언제부터 그렇게 되었을까. 하긴 두 사람의 관계는 처음부터 운명적인 것이었으니까. 명혜는 자신이 형수로서 아무리 하림을 정성껏 간호한다 해도 여옥보다는 못할 것 같았다. 자기는 의무감에서 간호하는 것이고 여옥은 애정을 가지고 돌보는 것이다. 어느 쪽의 간호가 더 지극할 것인가는 자명한 일이다.

시간이 흐를수록 하림의 신음은 더 커져갔다. 머리를 좌우로 움직이기도 하고 몸을 뒤틀기도 하는 것으로 보아 죽음과의 싸움이 더 치열해지고 있는 것 같았다.

"이겨야 해요! 이겨야 해요!"

여옥은 안타까운 눈으로 하림을 쳐다보면서 속으로 이렇게 부르짖었다.

묽은 죽물을 흘려 넣어 주자 그는 처음에는 거부하다가 나중에야 조금씩 받아들이기 시작했다. 그러나 그것도 제정신으로 받아먹는 것이 아니었다.

그의 얼굴은 무섭게 일그러져 있어서 제 모습을 찾을는지도 의문이었다. 시퍼렇게 피멍이 든 한쪽 눈은 허공을 응시하고 있었고, 다른 쪽 눈은 주먹만큼 부어오른 채 감겨 있었다. 콧잔등도 잔뜩 부풀어올라 있었고 입은 아예 짓이겨져 있었다.

여옥은 그 모습을 물끄러미 바라보다가 그의 한 손을 가만히 잡아 그 위에 얼굴을 묻고 흐느껴 울었다.

뜨거운 눈물이 하림의 손을 질퍽하게 적실 때까지 그녀는 울었다. 절망적인 울음이었다. 소리를 죽여가며 우는 것이기에 더욱 비참해 보였다.

일찍이 그렇게 오래도록 울어본 적이 없었다. 너무 울어 머리가 멍할 지경이었다. 곁에 다른 누가 있었다면 그렇게 울 수가

붉은 도시 · 327

없었을 것이다. 울면서 그녀는 사랑한다는 말을 몇 번이고 되뇌었다. 하림이 받은 고통과 상처를 자기 것처럼 받아들이지 않고는 그렇게 울 수가 없을 것이다.

날이 밝아와서야 그녀는 겨우 울음을 그쳤다. 하림은 여전히 의식을 못 차리고 있었다. 그가 과연 의식을 되찾고 살아날 수 있을지는 아무도 모르는 일이었다.

머큐롬만 가지고 그의 상처를 치료한다는 것은 죽음을 기다리는 짓이나 다름없었다. 그런 줄 알면서도 속수무책이니 실로 안타까운 노릇이었다.

하림을 명혜에게 맡기고 여옥은 아침 일찍 아기를 둘러업고 거리로 나왔다. 두 가지 일을 위해서였다. 하나는 병원을 찾기 위해서였고, 다른 하나는 아들을 찾아보기 위해서였다. 두 가지 다 불가능하다는 것을 알면서도 나선 것이다.

서울은 완전히 붉은 도시로 변모해 있었다. 붉은 도시의 면모가 어제보다 더욱 진한 빛으로 드러나 있었다. 곳곳에 나부끼고 있는 붉은 깃발과 벽마다 붙어 있는 침략자의 포스터들이 붉은 도시의 면모를 가장 단적으로 보여 주고 있었다.

살육과 파괴는 더욱 가혹하고 조직적으로 진행되고 있었다. 그것은 전투부대를 바싹 뒤쫓아 온 요원들에 의해 자행되고 있었다. 그들은 완전한 파괴, 완전한 살육 위에서만 새로운 질서의 탄생이 가능하다는 것을 입증하려는 듯 무섭게 광란하고 있었다.

피로 얼룩진 거리에는 어제보다 더 많은 시체들이 뒹굴고 있었다. 하나같이 참혹한 시체들이었다.

그녀는 병원 간판이 붙어 있는 건물로 다가가 무턱대고 문을 두드렸다. 한참을 두드려도 응답이 없었다. 빈집인 것 같았다.

두번째도 마찬가지였다. 굳게 닫힌 문은 좀처럼 열려지지가 않았다.

세번째에는 노파가 나왔다. 아무도 없다는 거였다.

네번째 병원에서 그녀는 의사대신 간호원을 만날 수가 있었다. 의사도 집안 어디에 숨어 있는 것 같은데 딱 잡아떼고 없다는 거였다.

"부탁이에요! 사람이 죽어가고 있어요! 어떻게 안 될까요?"

여옥은 현관에서 간호원을 붙잡고 늘어졌다. 간호원은 차갑게 그녀의 손을 뿌리쳤다.

"이거 놔요! 의사 선생님 안 계신다고 하지 않아요? 이판에 치료는 무슨 치료를 하라는 거예요?"

여옥은 손가락에 끼고 있던 반지를 뽑았다. 백금반지로 결혼식 때 받은 것이었다. 간호원은 그것을 힐끔 보더니 다시 고개를 저었다.

"안 돼요! 나가 주세요!"

"의사 선생님이 안 계시면 아가씨라도 부탁해요!"

"내가요? 나보고 출장가자는 거예요! 어머, 싫어요!"

그것이 마치 죽으러 가자는 말이나 되는 듯 그녀는 펄쩍 뛰었다. 그래도 여옥은 끈질기게 늘어붙었다.

"정 안 되면 약이라도 좀 주세요! 상처에 바르는 약은 아실 거 아니에요?"

 간호원의 시선이 다시 반지를 스쳤다. 여옥은 기회를 놓치지 않고 반지를 내밀었다.

 "이걸 드리겠어요……약을 좀 주세요……부탁이에요……한 사람 살려 주시는 셈치고……"

 "잠깐 기다려 보세요."

 노처녀는 반지를 받아들더니, 안으로 들어갔다가 잠시 후에 나왔는데 손에 약이 들려 있었다. 약이라야 머큐롬과 흰 가루약이 전부였다.

 "붕대도 있으면 좀 주세요."

 "없어요! 빨리 나가 주세요!"

 "고맙습니다."

 여옥은 입술을 깨물며 병원을 나왔다.

 그녀는 곧장 집으로 달려가 가져온 약으로 하림을 치료한 다음 아기에게 죽을 먹이고 다시 밖으로 나왔다. 명혜가 아기를 두고 가라고 했지만 한사코 아기를 업고 나왔다. 명혜에게 부담을 끼치는 것이 미안했고 아기와 잠시도 떨어져 있기가 싫었던 것이다.

 언제까지고 명혜의 집에 함께 기거할 수도 없는 노릇이었다. 무엇보다도 먹는 것이 큰 문제였다. 보아하니 식량이라고 얼마 남지 않은 것 같았다. 명혜는 하루 한끼로 버티면서 우선적으로 아이들 배를 채워 주는데 급급하고 있었다. 얼마 가지 않아 그나마 떨어지면 모두가 굶어죽을 판이다. 거기에 얹혀 식량을 축

내는 것이 여옥은 매우 부담스럽게 느껴졌다.

그러나 그녀의 보다 절박한 현실은 아들을 찾는 일이었다. 아들이 가슴속에 턱 하니 들어앉아 그녀의 혼을 빼놓고 있었다. 그 어린것이 이 전쟁통에 어디에 갔을까. 잠은 어디서 자고 밥은 어디서 먹을까. 얼마나 엄마를 찾으며 울고 있을까. 얼마나 무서울까. 너무 울어 눈물도 나오지 않겠지.

큰애라면 구걸이라도 하련만 어린것이라 그런 것도 할 줄 모르겠지. 얼굴은 누가 씻겨 주고 옷은 누가 빨아 줄까. 떼만 쓰던 아인데. 이젠 그것도 못하겠지. 얼마나 까맣게 탔을까. 얼마나 배가 고플까.

모두가 이 에미 탓이다. 이 못된 에미 탓이다.

주여! 그애가 무슨 죄가 있다고 그 어린것한테 시련을 주시옵니까? 원망스럽습니다. 너무 하옵니다!

어젯밤에는 어디서 잤을까. 비가 오면 비를 고스란히 맞으며 잠자겠지. 감기 들었다고 누가 보살펴나 줄까.

어딘가에 죽어 있을지도 몰라. 아니야! 죽지는 않았어! 그애는 고스란히 앉아서 굶어죽을 애가 아니야. 배가 고프면 쓰레기통이라도 뒤져서 먹을 애야.

자식을 잃은 고통은 고통 중에 가장 큰 고통이었다. 그것은 가슴에 쐐기를 박아놓은 것 같은, 결코 지워질 수 없는 고통이었다. 차라리 죽었다면 체념이라도 한다. 그러나 살았는지 죽었는지 도대체 알 수가 없으니 생각할수록 미칠 노릇이다.

그녀는 목을 길게 빼고 땀과 눈물로 얼룩진 눈을 두리번거리면서 뙤약볕 아래를 한없이 헤매고 다녔다. 등에 업은 아이는 빨갛게 익은 채 울다 지쳐 아예 아무 소리도 없다.

여옥은 고스란히 굶은 채 그러고 다녔다. 이틀째 아무 것도 먹지 않았는데도 공복을 느끼지 못하고 있었다. 눈은 점점 커지기만 하고 있었고 입술은 바짝 말라붙어 있었다. 제정신을 가지고는 아이를 찾아 헤맨다는 것이 불가능했다.

그녀는 점점 멍해져 갔고 그러한 상태가 계속되자 눈에 자구만 헛것이 보이곤 했다. 눈에 띄는 아이마다 모두 자기 아들로 보였고 그래서 헐레벌떡 달려가 보면 영판 다른 아이가 거기서 울고 있는 거였고, 그때의 허탈감은 그녀를 비틀거리게 만들기에 충분한 것이었다.

그녀의 귀에는 이제 차륜 소리며 군화 소리, 총소리, 포성 같은 것이 들리지 않았다. 그런 것보다는 잃어버린 자기 아들의 울음 소리가 더 크게 들려오고 있었다. 환청이었지만 그것이 자꾸만 머리 속을 휘젓는 바람에 그녀는 혼란을 일으키고 있었다. 환청은 사실로 받아들여졌고, 그녀는 소리가 들려오는 쪽으로 무턱대고 걸어갔다. 이제는 그녀 자신이 길 잃은 미아처럼 방향 감각을 상실하고 있었다.

"우리 아이를 보지 못하셨나요?"

그녀는 아무나 붙잡고 이렇게 묻곤 했다. 기계적인 질문이었고, 그런 질문에 사람들은 이상한 눈초리로 쳐다볼 뿐 말이 없었다. 그러면 그녀는 덧붙여 말하는 것이었다.

"우리 대운이 말이에요. 우리 대운이 모르세요?"

혀를 끌끌 차며 지나가는 사람도 있었고, "미쳤군." 하고 중얼거리면서 지나치는 사람도 있었다.

서쪽 하늘에 노을이 졌을 때 그녀는 마침내 지쳐서 길가에 주저앉아 버렸다. 등에 업은 아기가 열에 떠서 울기 시작했는데 목이 잔뜩 쉬어서 제대로 울지도 못하고 있었다. 그녀는 아기를 앞으로 돌려 품에 안고 눈을 감았다. 눈꺼풀이 무거워지면서 졸음이 밀려왔다. 배에서 쪼르르 하는 소리가 들려왔다. 아기를 으스러지게 껴안았다. 마침내 그녀의 머리가 점점 밑으로 떨어졌다. 그녀는 담벽에 등을 기대고 편한 자세를 취했다. 얼굴에 행복한 미소가 떠올랐다. 가슴에 품고 있는 아기를 잃어버린 아들로 착각하고 있었다. 아들을 찾은 기쁨에 그녀는 웃고 있었다. 앞으로는 절대 자식들과 헤어지지 않겠다고 몇 번이나 다짐하고 있었다.

너무 기뻐서 눈물이 나왔다. 앞에는 넓은 초원이 그림처럼 펼쳐져 있었다. 그 초원 위에서 아이들이 뛰어놀고 있었다. 아이들과 함께 뛰어놀고 있는 사람은 하림이었다.

그녀는 숲속에 자리잡은 장난감 같은 집안에서 빨래를 널다 말고 그들의 모습을 눈부신 듯 바라보고 있었다. 그녀는 너무 행복해서 눈물이 다 나올 지경이었다. 모든 고난은 이제 과거의 추억에 불과했다.

그런 것은 생각하고 싶지도 않았다. 갑자기 하늘이 캄캄해지더니 뇌성이 우르르 울고 번개가 쳤다. 어둠이 앞을 가로막는 바람에 아이들과 하림의 모습이 보이지 않았다. 그녀는 와락 겁에 질려 그들을 부르며 초원으로 달려갔다. 그때 가까운 곳에서 벼락이 떨어지는 소리가 들려왔다. 그녀는 풀밭 위로 곤두박질 쳤다.

  눈을 뜨니 어둠이었고, 아기가 숨 넘어가는 소리로 울어대고 있었고, 포성에 하늘과 땅이 지진이라도 난 듯 흔들리고 있었다. 그녀는 아기를 들쳐업고 허둥지둥 일어났다.

지하시대

 그 장교는 키가 조그마하고 몸집이 땅땅했다. 오르막길을 붉은 완장을 찬 청년을 따라 땀을 흘리며 올라온 그는 골목길로 들어서서 조금 걷다가 이윽고 청년과 함께 어느 이층집 앞에서 걸음을 멈추었다.
 "이 집인가?"
 "네, 바로 이 집입니다."
 청년은 동직원으로 장교를 안내해 온 것이었다.
 "이 집이 틀림없나?"
 대문에는 문패도 없었다.
 "네, 틀림없이 윤여옥씨 집입니다."
 "알았고. 수고했소."
 "수고하십시오."
 청년은 꾸벅 절을 하고 나서 골목 밖으로 잽싸게 사라졌다. 장교는 군모를 벗어 얼굴에 흐르는 땀을 닦고 나서 모자를 다시 쓴 다음 대문을 두드렸다. 처음에는 조심스럽게 두드렸는데, 안에서 기척이 없자 좀더 세게 두드려댔다.

그는 최대치의 부관이었다. 아침에 갑자기 최대치의 지시를 받고 그의 가족의 안부를 알아 보기 위해 찾아온 것이었다. 그가 먼저 들른 곳은 서대문 형무소였다. 형무소는 어느새 새로운 죄수들로 가득 차 있었다. 그 전의 죄수들은 이미 석방되고 없었다. 수소문해서 알아 보니, 사형수 윤여옥은 사형 집행되기 직전 전쟁이 발발하는 바람에 아슬아슬하게 살아남아 출옥했다는 것이다.

한참 두드려도 반응이 없자 그는 빈집이 아닌가 하고 생각했다. 그렇다고 확인도 하지 않고 물러날 수도 없어 이번에는 부서져라 하고 대문을 걷어차 보았다. 그러자 안에서 인기척이 났다.

"뉘시오?"

쉬어빠진 노인 목소리가 들려왔다.

"들리지 않아요? 문좀 여시오!"

화가 잔뜩 난 그는 거칠게 쏘아붙였다. 문틈으로 들여다보니 듣던 대로 노인 부부의 모습이 보였다.

"뉘신가요?"

마당을 가로질러 온 노인이 대문 저쪽에서 떨리는 소리로 다시 한번 물었다.

"문좀 열란 말이오!"

문틈으로 밖을 내다본 노인은 허둥지둥 대문을 열었다.

"아이구, 죄송합니다. 귀가 어두워서……"

장교는 잡아먹을 듯이 눈을 부라리면서 노인 부부를 노려보

앉다. 노파는 현관 앞에서 떨고 있었다.

"여기가 윤여옥씨 댁이오?"

"예?"

"윤여옥씨 집이냐 말이오?"

"아, 네네, 그, 그렇습지요."

"안에 있소?"

"어, 없습니다."

"어디 갔소? 감옥에서 나왔소?"

"네네, 나왔습지요."

"그럼 어디 갔소?"

"실례지만 왜 그러시는가유?"

장교는 짜증이 났지만 자신이 방문한 이유를 설명했다. 이야기를 듣고 난 노인의 얼굴이 환해졌다.

"아이구, 주인 양반의 부탁을 받고 오셨군요. 그 양반이 그렇게 크게 되셨는가요?"

"그렇소. 윤여옥씨는 어디 갔어요?"

"저그……장선생 집에 간다고 갔습지요."

"아이들도 데려갔나요?"

"예, 아이들은 장선생이 먼저 데려갔지요. 늙은 것들이 아이들을 돌보는 것보다는 낫겠기에 데려가게 했지요. 나중에 어멈이 나타나서 그걸 알고 장선생 집에 간다고 갔는데 지금까지 소식이 없네요."

"장선생이라면……장하림이란 사람을 말하는 거요?"

"예, 그렇습니다."

"그 사람 집은 어디 있나요?"

"잘 모르겠습니다."

노인은 무슨 큰 죄나 지은 듯 계속 머리를 조아렸다.

"알겠소."

그곳을 물러나온 장교는 호주머니에서 약도를 꺼내들고 잠시 그것을 들여다보았다. 그것은 대치가 대강 그려준 것으로 하림의 집 위치를 그린 것이었다. 만일 집에 가족이 없을 경우 장하림을 찾아가 보라고 하면서 그려준 것인데, 대충 그린 것이라 그의 부관은 집을 찾는데 상당히 애를 먹어야 했다.

거의 두 시간만에 그 집을 찾은 그는 화가 머리끝까지 치밀어 올라 있었다. 높은 담과 고래등 같은 기와집을 보자 그는 불쾌하기까지 했다.

"이건 지주 새끼집 아닌가!"

그는 대문을 주먹으로 쾅쾅 두드렸다. 한참 두드리자 대문 저쪽에서

"누구세요?"

하는 여자 목소리가 들려왔는데, 불안에 잔뜩 떨고 있는 목소리였다.

"문 좀 여시오!"

"누, 누구세요?"

"열어보면 알 거 아니오!"

그는 버럭 고함을 질렀다. 안에서는 겁에 질렸는지 더 묻지

않았다.

빗장을 빼는 소리가 들리더니, 이윽고 삐걱하고 대문이 조금 열렸다. 열린 문 사이로 여자의 얼굴이 보였다. 그는 장화 끝으로 대문을 열어 젖혔다.

젊은 여자 둘이 잔뜩 겁먹은 눈으로 그를 바라보고 있었다. 앳되 보이는 여자는 등에 아기를 업고 있었다. 부관의 시선이 그 여자에게 집중되고 있었다.

"여기가 장하림이란 사람 집이오?"

"네, 그렇습니다."

앳된 여자에게 물었는데, 나이 든 여자 쪽에서 대답했다.

"그 사람 어디 있소?"

"주, 죽었습니다."

"왜?"

부관은 장하림이 어떠한 자인지도 모르고 있었다. 다만 그를 발견하거든 즉시 체포하던가 사살해 버리라는 명령을 대치로부터 받았을 뿐이다. 그는 옆구리에 찬 권총에 손을 얹었다.

"왜 죽었느냐 말이오?"

"이, 인민재판을 받고······"

명혜가 떨리는 목소리로 대답하자 장교는 바닥을 찼다.

"반동이었나 보군. 여기, 윤여옥이란 여자 있소?"

두 여자는 약속이나 한 듯 입을 다물고 장교의 시선을 피했다. 장교는 아기를 업고 있는 여자를 뚫어지게 응시했다. 상관이 보여준 사진에서 본 얼굴과 닮은 모습이었다. 눈앞에 있는 여인은 초라했지만 사진에서 느낀 아름다움이 그대로 남아 있었다.

"그런 여자 없어요."

처음으로 앳된 여인이 입을 열어 말했다. 장교는 장화 뒤축을 서로 딱 마주쳤다.

"여기 있는 줄 알고 왔는데 거짓말하는 겁니까?"

"없어요."

보기보다는 단호한 말투였다. 장교는 군모를 벗어 땀을 닦았다.

"당신이 윤여옥씨죠? 사진에서 봤습니다. 왜 거짓말하십니까?"

"아니에요. 잘못 보셨어요! 그런 여자 없어요!"

그녀는 맹렬히 머리를 저었다. 장교는 그녀 앞으로 바싹 다가섰다.

"거짓말하지 말아요! 해치려고 온 게 아닙니다. 최대치 동무의 부탁을 받고 온 겁니다."

일순 여옥의 얼굴에 경악의 빛이 나타났다. 명혜도 놀라기는 마찬가지였다. 너무 놀란 나머지 얼어붙어 있는 여옥을 향해 그 장교는 거수경례를 했다.

"최대치 동무의 부관인 박인태입니다! 인사가 늦었습니다!"

여옥은 장교를 외면했다. 정신을 차릴 수가 없었다. 무언가 물어 보고 싶은 것을 꾹 눌러 참았다.

"그분은 지금 어디 계신가요?"

그녀를 대신해서 명혜가 물었다.

"네, 현재 6사단 11연대를 이끌고 남진중입니다!"

장교는 아까와는 달리 예의바르게 나왔다. 직속상관의 부인임을 확인한 이상 그 앞에서 무례하게 나올 수가 없었던 것이다. 여옥이 좀처럼 입을 열지 않자 그가 자꾸 말을 걸었다.

"매우 걱정하고 계십니다. 그래서 저를 보내신 겁니다. 직접 오시고 싶지만 시간을 낼 수가 없어 제가 대신 오게 된 겁니다. 여기 편지를 가져왔습니다."

"……"

편지를 받아드는 여옥의 손끝이 떨렸다. 그녀는 그것을 읽지 않고 그대로 구겨 쥐었다.

"별일 없으십니까?"

"……"

"불편한 점이 있으면 말씀하십시오. 도와드리겠습니다."

여옥은 적의에 찬 눈으로 장교를 바라보다가 고개를 가만히 저었다. 장교는 이해할 수 없다는 듯 의아한 표정을 저었다.

"이야기는 대강 들었습니다만……정말 다행이십니다. 감옥에서 고생 많으셨지요?"

"……"

"이젠 안심하셔도 됩니다. 수일 내로 남조선은 해방되고 꿈에 그리던 남북통일이……"

"그만하세요! 돌아가 주세요!"

여옥이 갑자기 날카롭게 쏘아붙였다. 눈에는 어느새 분노의 눈물이 가득 괴어 있었다. 그때까지 당당하게 나오던 장교의 태도가 찬물을 맞은 듯 수그러지면서 얼굴에 당혹감이 나타났다.

"아니, 왜 그러십니까?"

"이야기하고 싶지 않아요. 그 사람하고 저는 아무 상관도 없어요. 가서 그렇게 말씀해 주세요."

"아니, 여옥이! 그럴 수가……"

명혜가 오히려 놀라 소리치는 것을 여옥이 막았다.

"언니는 가만 계셔요. 언니가 상관하실 일이 못 돼요."

무거운 침묵이 흘렀다. 장교의 당혹감은 불쾌감으로 서서히 변하고 있었다.

"저를 찾지 말라고 해 주세요! 저도 앞으로는 찾지 않겠어요! 아이들은 제가 기르겠다고 해 주세요. 그 사람은 가장이 될 자격이 없는 사람이에요! 저는 더 이상 불행해지고 싶지 않아요!"

장교는 땀을 닦고 나서 군모를 썼다. 그리고 뒤로 몇 걸음 물러나면서

"진정으로 하시는 말씀입니까?"

하고 물었다.

"네, 진정이에요!"

그녀는 서슴없이 대답했다.

"알겠습니다! 그대로 전해 드리죠!"

장교는 아니꼽다는 듯 쏘아보다가 몸을 홱 돌려 걸어가기 시작했다. 장교의 모습이 골목 쪽으로 사라지자 여옥은 심한 허탈

감에 몸을 가누기가 어려웠다. 그녀는 비틀거리다가 대문 기둥에 머리를 대고 눈을 감았다. 등에 업은 아기가 심상치 않은 것을 느꼈던지 맹렬히 울어대기 시작했다.

최대치의 부관은 몹시 불쾌한 감정을 안고 돌아갔다. 부대로 돌아가는 동안 그는 내내 투덜거렸다. 조막만한 계집이 보통이 아니라는 생각이 들었다. 상관의 여편네만 아니라면 가만두지 않았을 것이다.

그건 그렇다치고 그녀의 말을 그대로 고스란히 상관에게 일러바쳐야 할 지 어떨지를 두고 그는 얼른 판단이 내려지지가 않았다. 그대로 전하기에는 그녀의 말이 너무 충격적이었고 그렇다고 전하지 않고 묵살해 버리든가 거짓말할 수도 없는 노릇이었다.

한참을 망설이던 그는 결국 그대로 전해 주기로 마음먹었다. 성질이 불같은 상관에게 만일 바른대로 말하지 않았다가 들통이라도 나는 날에는 무슨 변을 당할 지 모르기때문이었다. 그가 생각하기에 그들의 부부 관계는 매우 위태로운 것 같았다. 그런 사람은 가장이 될 자격이 없어요, 하고 쏘아붙이던 그 조막막한 여인의 목소리가 아직도 그의 귀에 쟁쟁히 남아 있었다. 그 말을 곧이곧대로 전해 주면 그는 어떤 얼굴을 할까. 그런 말을 서슴없이 내뱉는 것을 보면 여자도 보통은 아닌 것 같았다. 그렇지만 이유야 어떻든 여편네가 그 따위 말을 하다니, 고약한 년 아닌가? 내 손에 걸리면 그런 년은 죽여 버리겠어! 그는 목에다 힘을 주면서 어깨를 으쓱거렸다.

그때 대치가 지휘하는 6사단 11연대는 안양을 눈앞에 두고 있었다. 한강에 구축된 국군의 최후 방어선을 막 돌파하고 한숨을 돌리고 있던 참이었다.

대치는 이제나저제나 하고 부관이 돌아오기만을 눈이 빠지게 기다리고 있었다. 그의 부관이 돌아온 것은 오후 1시경이었다. 땀에 흠뻑 젖은 모습으로 돌아온 부관이 채 숨을 돌리기도 전에 대치는

"어떻게 됐어?"

하고 다급하게 물었다. 그들은 야트막한 언덕 위의 노송 그늘 속에 서 있었다.

"만났습니다."

"뭐? 만났다구? 누구를 만났다는 거야?"

"사, 사모님을 만났습니다."

"우리 여편네를?"

"네, 그렇습니다."

대치의 외눈이 놀라움으로 가득 찼다.

"살아 있었단 말이야?"

"네, 살아 계십니다."

대치의 손에 들려 있던 지휘봉이 뚝 부러져나갔다. 그는 오른손 주먹으로 왼쪽 손바닥을 후려쳤다. 기쁨의 표시였다.

"정말인가?"

그는 아무래도 믿어지지 않는다는 듯 다시 한번 물었다.

"네, 정말입니다."

부관은 무표정하게 대답했다.

"불사조군, 불사조야. 우리 여편네는 불사조야! 꼭 사형당한 줄 알았는데……흐흐흐흐흐흐……"

그는 눈물을 글썽이면서 웃음도 울음도 아닌 기묘한 소리를 냈다.

"아, 아, 아이들은……? 우리 애들은 어떻게 됐어?"

"모두 잘 있습니다."

"음, 좋아, 좋아. 지금 모두 어디 있지?"

"장하림이란 자의 집에 있습니다."

"뭐라구?"

대치의 표정이 험악하게 일그러졌다.

"왜, 왜 그 자식 집에 가 있지?"

"모르겠습니다."

부관으로서는 모를 수밖에 없었다.

"장하림, 그 자식이 아직 살아 있단 말이야?"

그는 분노에 떨며 물었다.

"아, 아닙니다! 죽었습니다!"

"직접 사살했나?"

"사살 못했습니다!"

"왜? 사살하라고 그러지 않았나?"

"네, 그런데 이미 죽어 있었습니다! 인민재판을 받고……"

"인민재판을 받고 사형됐나?"

"네."

"시체를 봤나?"

"보지 못했습니다."

"그럼 어떻게 알았지? 우리 여편네가 그러던가?"

"네, 사모님이 알려줬습니다."

"으ㅎㅎㅎㅎㅎ……그놈이 마침내 죽었군. ㅎㅎㅎ……죽으면 아무 것도 아닌 걸 가지고……ㅎㅎㅎ……바보 같은 자식…… ㅎㅎㅎ 그놈도 고생만 하다가 죽었어. ㅎㅎ 하하……"

그는 갑자기 통쾌하게 웃기 시작했다. 한참 동안 정신없이 웃고 난 그는 부관의 어깨를 잡아 흔들었다.

"……ㅎㅎ……그래, 우리 여편네가 뭐라고 그러던가? 내 입장을 설명해 주었나?"

"네, 말씀드렸더니 아주 자랑스럽게 생각했습니다."

부관은 상관을 힐끗 바라보았다.

"우리 여편네 어떻던가? 고생을 많이 해서 많이 찌들었을 거야. 옛날에는 미인이었는데……"

"지금도 굉장히 미인이십니다. 보기 드문 미인이었습니다."

"ㅎㅎ……그래? 싫은 말은 아닌데……ㅎㅎ. 자, 담배나 한대 피우라구."

부관은 몹시 난처했다. 담배를 받아 피우면서도 그는 연방 대치의 눈치를 살피고 있었다. 한껏 부풀어 있는 상관의 기분에 차마 찬물을 끼얹을 수가 없어 망설이고 있었다.

"그래. 뭐라든가? 우리 마누라가 뭐라든가? 따라오려고 하지 않던가?"

"그, 그러지 않았습니다."

"하긴 따라올 수가 없었겠지. 불편한 거 없게 잘해 주었나?"

"그, 그건……"

비로소 대치의 표정이 굳어졌다. 그의 외눈이 사납게 부하를 쏘아보았다. 부관은 당황해서 어쩔 줄을 몰라했다.

"잘해 드릴려고 했는데 거절하시는 바람에 그냥 돌아왔습니다."

"왜 거절하던가? 편지는 전해 주었나?"

"네, 읽지도 않았습니다. 그리고……"

"그리고 뭐야?"

"아이들은 자기가 기르겠다고 하시면서 대좌 동무는 가장이 될 자격이 없는 사람이라고 그랬습니다."

대치는 고개를 끄덕였다.

"됐어. 가 봐."

부관이 도망치듯 언덕을 내려가자 대치는

"망할 년 같으니라구!"

하고 중얼거렸다. 그는 뒷짐을 지고 어슬렁거리다가 우뚝 멈춰 서서 들판을 바라보았다.

"건방진 년 같으니!"

부관이 전해준 아내의 말은 그의 가슴에 큰 파문을 던져 주고도 남았다. 하찮은 것이라고 묵살해 버릴 것인데도 사실은 그렇지가 못했다.

이별의 아픔보다는 자신의 모든 것이 송두리째 무시당하는 것 같은 기분을 그는 느꼈다. 그것은 패배 비슷한 감정이었고 그래서 승리의 자만심에 빠져 있던 그는 매우 참담한 기분을 맛보지 않을 수 없었다.

"건방진 년 같으니!"

그는 계속 혼자서 투덜거렸다.

"자기를 찾지 말아달라고? 흥, 좋아. 다시는 찾지 않겠다."

그는 심한 모욕감까지 느끼고 있었다. 아내로부터 그런 모욕을 받아 보기는 처음이었다. 그가 알고 있는 아내는 죽으라면 죽는 시늉까지 하는 여자였다. 그러한 아내가 일방적으로 이별을 고하고 나선 것이다. 매우 모욕적인 말과 함께. 여느 여자들 같으면 이런 판에 아무리 남편이 원망스럽다 해도 지푸라기라도 붙잡는 심정으로 기를 쓰고 남편에게 매달릴 것이다. 더구나 그는 승승장구하는 인민군의 한 지휘관이 아닌가. 그러나 그의 아내는 그런 모든 것을 비웃기나 하는 듯 그를 거부하고 나선 것이다. 정말 뜻밖이었고 건방지고 당돌하기 짝이 없을 뿐 아니라 이해하기 어려운 여자였다.

그는 비로소 자신이 얼마나 그녀에 대해 모르는 것이 많은가 하고 생각하게 되었다. 그와 함께 아내의 가슴속에 깊이 자리하고 있는 삶에 대한 의지가 이데올로기에 의해 조금도 채색되지 않은 순수한 그대로 살아 있는 것도 알게 되었다.

대단하고……강한 여자야. 그렇지 않다면 자진해서 먼저 그런 말을 할 수 없겠지. 그 동안 고생이 많았으니 화가 날만도 하지. 시간이 흐르면 괜찮아질 거야. 그리고 내가 그리워질 거야.

죽을 때까지 나를 잊을 수는 없을 걸. 제까짓 게 아무리 기를 쓴다 해도 치마 두른 여자지 별수 있을라구. 아, 아이들이 보고 싶다.

그가 멋대로 생각하고 있을 때 부관이 뛰어왔다.

"포로 다섯 명을 잡았습니다!"

"어떻게 잡았지?"

"패잔병인데 민가에 숨어 있는 걸 잡았습니다."

지금까지 그의 부대에는 포로가 없었다. 포로는 무조건 사살하는 것을 원칙으로 하고 있었기 때문이다.

"어떻게 할까요?"

"이용가치가 없으면 사살해 버려!"

"알겠습니다."

부관이 뛰어내려가는 것을 보고 그는 무슨 생각을 했는지 급히 뒤따라갔다.

포로 다섯 명은 굴비 두름처럼 한 줄에 묶여 냇가에 꿇어앉혀져 있었다. 햇볕에 까맣게 찌들고 공포에 질려 떨고 있는 그들의 모습은 유난히 조그맣게 보였다. 따발총을 든 병사 하나가 포로 뒤에 버티고 서더니 방아쇠에 손가락을 걸면서 발사 자세를 취했다.

"비켜!"

대치는 그 병사를 밀어젖히고 허리춤에서 권총을 뽑아들었다. 안전장치를 푼 다음 맨 왼쪽에 있는 포로의 뒤통수를 겨누고 방아쇠를 당겼다. 전장에서의 권총 소리란 어린애들의 딱총

소리만도 못하다. 포로는 풀쩍 튀어 올랐다가 냇물 속으로 거꾸로 처박혔다. 검붉은 피가 맑은 냇물을 붉게 물들이는 사이 두번째 총성이 울렸다. 두번째 포로도 똑같은 모습으로 물 속에 처박혔다.

그는 분풀이하듯 포로들을 직접 사살하고 있었다. 세번째를 사살했을 때 총알이 모두 떨어졌다. 그는 새로 장탄한 다음 다시 네 번째 포로를 겨누었다. 그러자 그때까지 떨어대고 있던 포로가 벌떡 일어나 도망치기 시작했다. 어느새 손목에서 줄을 벗기고 자유로운 상태에 놓여 있었다.

대치는 지체하지 않고 권총을 발사했다. 외눈인 그는 가까운 거리가 아니고는 명중률이 많이 떨어지는 편이었다. 포로는 일단 쓰러졌다가 다시 일어나 뛰어갔다. 내를 건너 언덕을 기어오르고 들판으로 허둥지둥 뛰어가는 그 모습은 흡사 사냥개에 쫓기는 가련한 짐승 같았다. 한쪽 어깨가 검붉은 피로 물들고 있는 것이 뚜렷이 보였다.

녹색과 황토색에 동화되어 널려져 있던 누런 병사들이 마치 땅거죽이 부풀어오르듯 여기저기서 슬금슬금 몸을 일으키기 시작했다.

"죽이지는 마! 죽지 않을 정도로 부상만 입혀!"

대치는 허리에 두 손을 걸치면서 소리쳤다. 잔혹한 심리가 다시 고개를 쳐들고 있었다.

포위된 포로는 울안의 짐승처럼 이리 뛰고 저리 뛰었다. 그가 가까이 갈 때마다 총이 발사되곤 했다. 그는 어느 곳으로도 뚫고 나갈 수가 없었다. 양쪽 어깨와 한쪽 다리에 총을 맞은 그는 그래도 살아 보겠다고 절뚝거리며 뛰어다녔다. 마침내 남은 다리마저 총에 맞자 그는 더 이상 뛰지 못하고 땅바닥에 철썩 주저앉았다. 피와 땀에 젖은 몸뚱이는 공포인지 분노인지 모를 감정에 휩싸여 격렬하게 떨어대고 있었다.

"간나새끼, 쉬고 있는 거냐? 계속 뛰어 봐. 뛰어 보라구."

여기저기서 껄껄거리는 웃음 소리가 들려왔다. 침략자들은 휴식을 위한 단순한 오락으로 그것을 즐기고 있는 듯했다.

포로가 갑자기 일어났다. 손에 돌을 들고 있었다. 대치를 향해 돌진해 왔다. 그러나 냇물을 건너다가 힘이 풀렸는지 물 속으로 드러누워 버리고는 다시 일어나지 않았다.

여옥은 마루 위에 멍하니 앉아 하늘을 바라보고 있었다.

남편이 보낸 사람을 쫓다시피 내보내고 나서 그녀는 그렇게 오랫동안 멍한 상태에 빠져 있었다. 후회스런 마음은 일지 않았다. 어차피 그럴 수밖에 없는 일인 것을 그녀가 먼저 칼을 빼들고 내려친 것에 불과했다. 그는 그가 가야할 곳으로 가는 것이고 나는 나의 길로 가면 되는 것이다. 우리는 처음부터 잘못 만난 거야. 이제부터 그를 잊어버리는 거야. 남김없이······.

그러나 착잡한 기분이 남아 있기는 했다. 누가 뭐래도 그는 그녀의 남편이었다. 아무리 사람 같지 않은 남편이라 해도 그가 그녀의 가슴에 파놓은 구멍은 너무도 컸다. 그것을 메우기에는 그녀는 아직 준비가 덜 되어 있었다. 덜 된 상태에서 남편에게 작별을 고한 것이다.

그녀는 왼손을 펴 보았다. 편지가 구겨져 있었다. 버릴까 하다가 아직까지 주저하고 가지고 있었던 것이다.

"나쁜 사람……"

그녀는 중얼거리면서 편지를 펴들었다. 연필로 휘갈겨 쓴 것이었다. 읽으려니 글자가 하나도 눈에 들어오지 않는다. 가까스로 마음을 진정하고 편지를 들여다보기 시작했다.

「여옥에게

살아 있으면 이 편지를 받아볼 것이고 죽었으면 못 보겠지. 하여간 살아 있기를 바라면서 편지를 쓰는 거다. 너의 고생이야 어찌 필설로 말할 수 있겠는가! 고생한 이야기는 나중에 만나서 하기로 하고 아이들은 잘 크고 있는지 궁금하다. 내가 애비 노릇 못하고 있다는 거 잘 알고 있다만 하는 수 없는 일 아닌가. 사나이 세상에 한번 태어나서 일신을 혁명에 불태운다는 것처럼 보람 있는 일이 또 어디 있겠는가. 여옥아, 너는 정말 혁명가의 아내답게 잘 싸워 왔으니 나도 너를 아내로 둔 것이 더없이 자랑스럽고 영광스럽다. 나는 지금 부산을 향해 밤낮으로 진격하고 있고, 부산에 제일 먼저 들어가는 것이 꿈인즉 남조선이 해방되어 남북통일이 되는 것도 이제는 시간 문제로 남았다. 장엄한 역사적 순간을 너와 함께 보지 못해 아쉽다만 아무튼 이 모든 것이 너와 나의 투쟁의 덕이 아니고 무엇이겠느냐! 길고 긴 고난의 끝에 영광의 길이 있다더니 이는 바로 우리를 두고 한 말인가 보다. 한달음에 너한테 달려가고 싶다만 바빠서 못 가니 그리 알고 만나는 그날까지 몸 성히 잘 있기 바라고 불편하거나 필요한 것이 있으면 내 부관한테 말해서 해결하여라. 윤여옥 만세! 최대치 만세!

6월 30일 최대치」

실로 오랜만에 받아 보는 남편의 편지였지만 여옥은 두 번 다시 읽으려고 하지 않았다. 그 대신 갈기갈기 찢어 버렸다. 편지를 찢는 그녀의 눈에 어느새 저주의 빛이 서려 있었다.

그녀가 멀거니 허공을 바라보고 있는데 명혜가 조심스럽게 다가와 그녀 곁에 앉았다.

"미음을 조금 들었어요. 조금씩 말도 하고요."

하림의 증세가 호전되고 있다는 말이었다.

"하늘이 보살피는군요."

"정말이에요."

명혜는 섬돌 밑에 흩어져 있는 종이조각을 유심히 바라보았다.

"편지에 뭐라고 하셨던가요?"

"미친 사람이에요. 이 참혹한 순간을 장엄한 역사적 순간이라고 했어요. 저보고 혁명가의 아내답게 잘 싸웠다고 그러고요. 그는 자기를 위대한 혁명가연하라고 생각하고 있는 사람이에요."

"동생, 너무 그렇게만 보지 말아요. 누가 뭐래도 남편인데……."

"흥, 남편이라고요?"

여옥은 얼굴 가득히 비웃음을 띠며 코웃음쳤다. 그녀가 그런 표정을 짓기는 처음이었다.

"남편이라고 죽으라면 죽는 시늉까지 했어요. 제가 무서운 짓을 한 것도 남편이 부탁했기 때문이에요. 그처럼 저는 남편을 섬겼어요. 그런데 남은 것이 뭐죠? 가정은 파괴되고 아들마저 잃어버렸어요. 그는 강산을 피로 물들이면서 혁명 운운하고 있어요. 남편이란 게 뭔가요? 자기 가정까지 파괴하는 남편이 남편인가요? 그런 남편한테 맹종해 온 제 자신이 부끄럽고 분해요. 무턱대고 남편한테 복종해야 한다는 그 고루한 사상에서 벗어나고 싶어요……"

"동생, 세상이 바뀌지 않았어요? 어차피 이제……"

"세상이 바뀌었으니까 그가 출세하게 됐다 이건가요? 그럴지도 모르죠. 그렇지만 저는 그를 경멸해요. 그를 남편으로 섬길 생각은 추호도 없어요."

여옥의 말은 조용하면서도 단호하고 격렬했다. 명혜는 아연한 눈길로 그녀를 바라보고 있었다.

"아무리 세상이 바뀌었다 해도 세상에 타협할 생각은 없어요! 하림씨도 마찬가지 생각일 거예요! 우리는 이상을 버릴 수 없어요! 그 이상은 영원한 것이에요! 어쩌면 영원히 이루어지지 않을지도 몰라요! 그렇지만 저는 포기할 수 없어요! 절대……"

충격적인 말이었다. 명혜는 감동한 나머지 여옥을 붙잡고 울었다.

며칠이 지났다. 날씨는 더욱 더워지고 있었고. 공포는 가중되고 있었다. 거리는 사람 사냥하러 다니는 짐승들의 발짝 소리로 소름이 끼치고 있었고, 사람들은 사냥 당하지 않으려고 모두 지하로 숨어들었다. 기약 없는 지하시대가 시작된 것이다.

여옥은 낮이면 아들을 찾아다녔고 밤이면 하림을 간호했다. 아들을 찾기가 불가능하다고 느낄수록 아들을 찾으려는 그녀의 열망은 더욱 강렬해지기만 했다.

하림은 조금씩 호전되어 갔다. 얼굴의 부기도 빠지고 눈의 초점도 자리잡혀 갔다. 입을 움직여 몇 마디 힘겹게 의사 표시도 할 수 있었다. 그러나 몸은 아직 움직일 수가 없었다.

하림의 곁에 있을 때면 여옥은 언제나 그의 손을 꼭 잡고 있었다. 하림은 그녀를 볼 때마다 고맙다는 말만 되풀이했다. 그리고 잃어버린 아이에 대해 자꾸만 묻는 것이었다.

그런 어느 날 대치의 연락을 받았는지 장교 하나가 사람들에게 생활필수품을 잔뜩 지워 가지고 들이닥쳤다. 여옥이 있는 것을 확인한 다음 그는 짐을 부리게 하고는

"불편한 것 없으십니까?"

하고 정중하게 물었다.

"없어요! 이건 뭐예요!"

여옥은 차갑게 물었다. 장교는 자랑스럽게 말했다.

"쌀과 부식입니다! 필요하시면 얼마든지 드리겠습니다!"

"필요 없어요! 가져가세요!"

"아니, 왜 그러십니까?"

장교는 의아해 하다가 미간을 찌푸렸다.

"도로 가져가세요! 길거리에서 굶주리는 사람들한테나 갖다 주세요!"

"전 모릅니다! 지시를 받고 가져왔을 뿐이니까요!"

장교는 도망치다시피 나가 버렸다. 마침 식량이 떨어져 걱정하던 판이라 우선 다행이라고 생각할 수도 있겠지만 여옥은 그게 아니었다. 대치의 손길이 계속된다고 생각하자 그녀는 고마움은커녕 소름이 쭉 끼쳤다.

다음날은 사복 차림의 사나이 두 명이 나타났다. 그녀를 잔뜩 추켜세운 다음 어디론가 데려가려고 했다.

"영웅적인 투쟁에 대한 포상겸 앞으로의 활동을 상의하려고 그럽니다."

그들은 북의 정보요원들인 듯했다.

"오늘은 안 되겠어요. 제가 몸이 아파서요. 내일쯤이면 되겠는데……"

"네, 그럼 내일 모시러 오겠습니다."

그들은 순순히 물러났다.

여옥은 다시 위험이 닥친 것을 깨달았다. 그대로 머물러 있다가는 그들에게 협조하지 않을 수 없는 상황이었다. 어차피 아들을 찾아 떠날 참이었기 때문에 그녀는 마침내 하림과 명혜에게 작별을 고하고 그곳을 떠났다.

이별의 마당에서 하림은 두 눈에 눈물이 가득 괸 채 그녀의 손을 잡고 놓지 않았다. 그는 무슨 말인가 애타게 하고 싶은 눈치였지만 아직 부상한 입을 마음대로 움직일 수 없어 그러지를 못했다. 여옥은 찢어지는 가슴을 안고 하림에게 이렇게 작별을 고했다.

"제가 이렇게 살아 있다는 거……부끄러워요. 선생님을 배반한 거 용서해 주세요. 간호해 드리지 못하고 떠나는 거 용서해 주세요. 제가 없더라도 형수님께서 잘 간호해 드릴 거예요. 저는 어쩔 수 없이 떠나는 거예요. 선생님 곁을 떠나고 싶지 않아요. 그렇지만……그렇지만 어쩔 수 없어요. 언제나 어쩔 수 없다는 이유만을 내세우는 제 자신이 미워요. 용서해 주세요. 저 같은 거 이미 죽은 몸이라 생각하고 잊어 주세요. 어디서 살더라도 선생님을 가해한 무리들과는 타협하지 않을 거예요. 선생님, 부디……"

놓지 않으려는 손을 뿌리치고 그녀는 뛰쳐나왔다. 사경을 헤매는 그를 두고 떠나는 것이 너무 가슴 아파 차마 발길을 떼어 놓을 수가 없었다.

그녀는 명혜에게도 용서를 빌었다. 여옥을 이해하게 된 명혜는 멀리까지 따라나오면서 이별을 서러워했다.

"부디 몸조심해요. 어디를 가든……몸조심해요. 가다가 싫으면 언제라도 돌아와요. 기다리고 있을께요."

"고마워요. 언니. 하림씨를 잘 부탁해요."

명혜와 헤어져 정처 없는 여로에 나선 여옥은 비오듯이 눈물을 흘렸다. 도중에 그녀는 필동에 있는 집에 잠깐 들러 김노인 부부를 만나 보았는데, 그것이 그녀가 아는 사람들을 만나본 마지막이었다.

등에 아기를 업고, 한 손에는 보따리를 든 채 그녀는 정처 없이 걸어갔다.

불과 며칠 사이에 그녀는 더욱 조그맣고 까맣게 변해 있었다.

눈에 드러나지 않으려고 일부러 낡은 옷을 입었기 때문에 행색이 초라할 수밖에 없었다. 길을 가는 동안 그녀는 잠시도 한눈을 팔지 않고 아들의 모습을 찾았다.

거리에는 부모를 잃고 헤매는 아이들이 적지 않았는데 모두가 하나같이 거지가 되어 있었다. 혼란에 빠진 그녀의 눈에는 거리를 헤매는 아이들이 모두 자기 아이들처럼 보이는 것이어서 갑자기 아들 이름을 부르며 달려갔다가 힘없이 돌아서는 것이 한두 번이 아니었다.

오직 아들 생각만 하고 있었기 때문에 그녀는 피로한 줄도 배고픈 줄도 몰랐다. 걸음을 옮기면서도 걷는 것 같지가 않았다. 등에 업은 아기는 밑으로 처져서 마치 봇짐처럼 대롱거리고 있었다.

그녀는 어느새 시내를 벗어나 들판까지 와 있었다. 밭에서는 참외가 익고 있었고, 여기저기 원두막도 서 있었다. 매미의 울음 소리도 들려오고 있었고 새들이 날아다니고 있는 것도 보였다. 이상할 정도로 평화로운 모습이었지만 그녀는 그것을 느낄 수가 없었다.

포성은 멀리서 들려오고 있었다. 남쪽 어딘가에서 치열한 전투가 벌어지고 있는 것 같았다.

그녀는 밭두렁에 주저앉아 땀을 닦았다. 그때 비행기 소리가 들려왔다. 가만 보니 미군 B29 같았다. 미군이 참전했나 보다, 하고 그녀는 생각했다.

참외밭에는 노오란 참외가 탐스럽게 익어 있었다. 먹을 것을 보자 여옥은 비로소 심한 공복을 느꼈다. 먹고 싶었다. 그녀는 두리번거리며 주위를 둘러보았다. 아무도 보이지 않았다. 원두막 위에 사람이 하나 누워 있는 것 같기도 하고 그렇지 않은 것 같기도 했다.

아이가 배가 고픈지 칭얼거리고 있었다. 아무리 달래 보았지만 울음을 그치려고 들지 않는다. 여옥은 다시 주위를 살펴보았다. 가슴이 두방망이질하기 시작했다. 자신이 도둑질하려 한다고 생각하자 얼굴이 화끈거리고 숨이 가빠왔다. 참외 하난데 뭐, 괜찮을 거야.

그녀는 머리를 저으며 하늘을 쳐다보았다. 도둑질해서는 안 돼, 남이 피땀 흘려 가꿔놓은 것인데 비록 참외 하나라도 도둑질은 도둑질이야. 그녀는 침을 삼키며 배고픔을 잊으려고 애를 썼다. 자신은 그래도 아직은 참아낼 수 있었다. 그러나 아기는 그렇지가 못했다. 배고픈 아이가 우는 것은 너무도 당연한 일이었다.

그는 눈을 감았다.

"하나만! 하나만이에요!"

손을 뻗어 참외 하나를 땄다. 주위에 경계의 눈초리를 보내고 나서 참외를 치마폭으로 깨끗이 닦았다. 돌로 찍어 조각을 내고 입으로 껍질을 벗겨 낸 다음 아기 입에 넣어 주었다. 아기는 울음을 뚝 그치더니 정신없이 먹어대기 시작했다.

"천천히 먹어. 목에 걸리니까 천천히 먹어, 응."

여옥은 눈물이 글썽한 눈으로 아기의 먹는 모습을 바라보았다. 세 살배기 아이는 순식간에 참외 하나를 다 먹어치우고 나서 또 달라고 칭얼거렸다.

"이제 됐어. 그만……"

여옥이 엄하게 말했지만 아기는 들으려고 하지 않았다. 엄마 품을 빠져나오더니 밭에 있는 참외 하나를 가리키면서

"이거……"

하고 말했다. 여옥은 입술을 깨물면서 참외 하나를 또 땄다.

아기는 반쯤 더 먹고 비로소 배가 찼는지 입속에 든 것을 뱉아냈다.

여옥은 남은 참외를 껍질 채 먹기 시작했다. 허겁지겁 먹는데 문득 대운이 생각이 났다. 그녀는 목이 메이면서 먹는 것을 그만두었다. 차마 먹을 수가 없었다. 그 어린것이 살아 있다면 필시 굶주림에 허덕이고 있을 것이다. 이 난리통에 누가 그애한테 먹을 것을 주겠는가. 배가 고파 울고 있겠지. 밤이면 모기떼에 뜯기며 엄마를 찾고 있겠지. 여옥은 먹다 만 참외를 든 채 흐느껴 울었다.

"대운아, 용서해……용서해……이 못된 엄마를 용서해 다오!"

그때 굵은 남자의 목소리가 그녀의 머리 위에 벼락같이 떨어졌다.

"뭐야?"

그녀는 어깨를 찔리고 비틀거렸다. 긴 장대를 든 초로의 남자가 험한 눈초리로 그녀를 노려보고 있었다.

"이 도둑년 같으니……허락도 없이 남의 참외를 따먹어? 엉?"

사내는 장대 끝으로 그녀의 몸을 쿡쿡 찔렀다. 아기가 놀라 울기 시작했다.

"죄송합니다. 배가 고파서……"

"뭣이 어째?"

성질이 사나운 사내는 장대로 사정없이 그녀를 후려쳤다.

"이 도둑년! 이 나쁜 년! 주인이 뻔히 보고 있는데 참외 도둑질을 해? 너, 이년! 이 오살할 년!"

가리지 않고 후려치는 매질을 여옥은 고스란히 받았다. 손에는 먹다 만 참외가 그대로 들려 있었다. 주인은 그녀를 때려죽이기라도 할 듯 눈에 불을 켜고 펄펄 뛰었다.

"아무리 난리가 났다고 계집년까지 대낮에 버젓이 도둑질을 해? 가랑이를 찢어 죽일 년 같으니! 몇 개 땄어? 몇 개?"

"두, 두 개 땄습니다. 잘못했으니 용서해 주십시오."

"예끼, 이년!"

장대로 후려친다는 것이 하필이면 아기 머리에 잘못 떨어졌다. 아기가 자지러지게 울어대자, 그때까지 당하기만 하던 여옥이 돌변했다.

"때리려면 저를 때리지 왜 아기를 때리는 거예요?"

먹다 만 참외를 사내의 발치에 집어던지며 악을 쓰자 주인은 주춤했다. 쏘아보는 눈초리에 그는 두려움을 느낀 것 같았다. 주인은 여옥의 시선을 피하며 슬슬 물러났다.

"하여간 잘못한 건 잘못한 거야."

"잘못했어요……그렇지만 아기는 잘못한 거 없어요……. 왜 아기를 때리는 거예요?"

"잘못 맞은 거야."

사내는 침을 퉤하고 뱉은 다음 휘적휘적 걸어가 버렸다. 여옥은 북받치는 울음을 목으로 삼키면서 돌아섰다.

몇 발짝 옮기다가 그녀는 되돌아와 아까 집어던졌던 참외 조각을 주워들었다. 이미 자존심 따위는 던져 버렸기 때문에 그럴 수가 있었다. 냇가에 이른 그녀는 참외 조각을 깨끗이 씻은 다음 그것을 호박잎에 싸서 보따리 속에 찔러 넣었다.

아기를 내려다보니 이마 한쪽이 시퍼렇게 피멍이 들어 있었다. 그것을 보자 그때까지 참았던 눈물이 왈칵 쏟아졌다. 여옥은 서럽게 오열하면서 아기를 목욕시킨 다음 멍든 곳을 물수건으로 가만가만 눌러 주자 비로소 아기가 울음을 그쳤다.

냇물을 벌컥벌컥 들이키고 나서 허탈한 모습으로 한참 동안 멀거니 앉아 있다가 일어나 다시 걸었다. 야산 밑을 걸어가는데, 어느새 해가 떨어지고 석양빛이 대지를 붉게 물들이고 있었다. 그녀는 걷다 말고 서서 붉은 낙조 밑에 가라앉기 시작하는 산자락들을 가만히 바라보았다. 우리 아기는 저 산너머에 있을지도 몰라. 빨리 가야지. 날이 저물기 전에 가야지.

그녀는 다시 부지런히 걸어갔다. 도중에 움푹 패인 웅덩이 앞에서 멈칫 서버리고 말았다. 철사 줄로 손목을 꽁꽁 묶인 사람들이 웅덩이 물 속에 가득 처박혀 있었다. 남자들이 대부분이었는데 개중에는 여자도 있었다. 흙탕물은 핏빛이었다. 참혹한 주검들이었다. 여옥은 뒷짐진 여자의 손에 한참 동안 시선을 박았다. 유난히도 가냘픈 손인데 그 손목에 철사줄이 칭칭 감겨 있었다. 철사줄이 손목을 파고들어 고리 같은 상처를 만들어 주고 있었다.

"무슨 죄가 있다고······나쁜 놈들······"

여옥은 웅덩이로 내려서서 죽은 여자의 손목에서 철사줄을 벗겨냈다. 이젠 자유롭게 하늘 나라로 날아갈 수 있겠지.

그녀는 갈수록 인간을 이해하기가 어려워지고 있었다. 인간의 잔인성은 영원히 없어지지 않는 것일까. 인간은 왜 그토록 잔인할까. 잔인함에 있어서는 인간이 짐승보다 훨씬 더한 것 같았다. 짐승은 단순히 상대의 육체를 물어뜯어 죽이는 것으로 끝내지만 인간은 육체는 물론 그 정신까지 깡그리 없애려고 든다. 그들은 복수의 이름으로 철두철미 피를 말리고 씨를 말리는 것이다. 그녀는 자신이 인간의 탈을 쓰고 있다는 사실에 부끄러움을 느꼈다.

해 저문 들녘을 그녀는 절룩거리며 걸어갔다. 그동안 너무 돌아다녔기 때문에 발에 물집이 생기고 다리가 아파 제대로 잘 걷기가 힘들었다. 그런데도 그녀는 쉬지 않고 걸어갔다.

지나는 마을마다 황량하기 이를 데 없었다. 사람들은 경계의 눈초리를 보내고 있었고, 마을 하늘에는 붉은 깃발이 나부끼고 있었다.

날이 저물어 여옥은 어느 마을로 들어가 먹을 것과 잠자리를 구했다. 이 집 저 집 돌아다니며 요기좀 하자고 했지만 하나같이 머리를 설레설레 흔드는 것이었다.

"없어요. 우리도 굶는 판이오."

그녀는 마지막으로 가난해 보이는 오막살이를 찾아들었다. 식구들이 마루 위에 나앉아 막 저녁식사를 하고 있었는데, 아이들이 자그마치 여섯이나 되었다.

몹시 쑥스러웠지만 그런 것을 가릴 계제가 못 되었으므로 그녀는 고개를 숙이며 나직이 구걸했다.

"밥 한술 얻을 수 없을까요?"

그러자 아이들이 부엌 쪽을 향해 일제히

"엄마, 거지 왔어! 거지!"

하고 소리쳤다.

"조용히들 해."

아이들과 함께 식사하고 있던 중년사내가 아이들을 나무랐다. 그때 부엌에서 중년 부인이 나왔는데, 가난에 찌든 전형적인 농부의 아내 모습이었다.

"밥이 얼마 없는데, 이거라도 들겠소?"

"고맙습니다."

여옥은 그릇을 받아들고 부엌문 앞에 쭈그리고 앉았다.

"쯔쯔……아기까지 업고……어디서 오는 길이오?"

"서울서 오는 길입니다."

"쯔쯔……서울은 불바다라면서요?"

"네……"

"여기만 해도 시골이라 피해가 적어요. 어서 들어요. 배 고플 텐데……"

그것은 된장국에 잡곡밥을 뒤섞은 것이었다.

여옥은 아기에게 먼저 밥을 먹인 다음 오랜만에 숟갈을 들었다. 첫 숟갈을 입에 넣자 또 잃어버린 아들 생각이 났다. 목이 콱 메이면서 밥이 넘어가지 않았다. 억지로 삼키자 목이 찢기는 듯 아팠다. 먹어야 한다. 먹지 않으면 쓰러져. 내가 쓰러지면 대운이를 누가 찾지? 그리고 웅이는 누가 돌보지? 안 돼. 억지로라도 먹어 기운을 차려야 해. 그렇지 않으면 큰일 날 거야. 내 자신을 위해서가 아니라 자식들을 위해서 먹어야 해.

두번째 숟갈을 입에 넣자 눈물이 후드득 떨어졌다. 눈물과 함께 국밥을 삼켰다.

남의 집 부엌 앞에 앉아 밥을 빌어먹는 그녀의 모습은 실로 눈물겹도록 처량해 보였다. 그녀를 아는 그 누가 그녀를 윤여옥이라고 보겠는가!

그날 밤을 여옥은 그 집의 골방에서 지냈다. 그녀의 처지를 가엾게 여긴 주인댁이 선선히 하룻밤 잠자리를 마련해 준 것이다.

구멍이 숭숭 뚫린 방문 틈으로 모기떼가 몰려들어 오고 있었고, 방안은 흙내음과 곰팡이 냄새로 가득 차 있었지만, 여옥은 그런 곳에서나마 이슬을 피할 수 있게 된 것을 다행으로 생각했다.

아기 곁에 지친 몸을 누이고 눈을 감으니 오만가지 회포가 눅눅히 가슴을 적셔온다. 몸을 뒤채며 한숨을 내쉬고, 엄마 품을 떠난 어린 자식 생각에 벌떡 일어났다가 도로 힘없이 쓰러져 버린다.

무더운데도 모기떼가 달려드는 바람에 아기는 깊이 잠들지 못하고 칭얼거린다. 부채질을 해 주자 그제야 비로소 조용해진다.

자식을 잃어버리고도 자신이 아무렇지도 않은 듯 누워 있다는 사실에 그녀는 몸을 떨며 전율했다. 다시 발작적으로 일어나 앉아 어둠 속을 응시한다. 오늘밤은 어디서 자고 있을까. 어느 집 처마 밑에 쪼그리고 앉아 졸고 있는 게 아닐까. 아니면 길바닥에 쓰러져 있는 게 아닐까. 너무 배가 고파 울음도 나오지 않겠지. 그 먹성 좋은 애가 얼마나 배고플까. 배가 고파 아무 거나 주워먹다가 혹시 배탈이라도 난 게 아닐까. 병이 나 쓰러진들 누가 돌봐 줄까. 설사로 옷을 버린다 해도 과연 누가 옷을 갈아 입혀 줄까. 스스로 병을 이기고 그 조그만 손으로 옷을 빨아 입는 수밖에 없겠지. 그렇지만 지혜를 배워 자신을 보호하기에는 나이가 너무 어리다.

여옥은 몸속에 있는 피가 마르는 것을 느꼈다. 끝내 아들을 찾지 못할 경우에는 말라죽을 것 같았다. 나는 죽을 거야. 우리 아들을 찾지 못하면 죽게 될 거야. 아들을 잃고 어떻게 내가 살아갈 수 있단 말인가. 그녀는 자는 아기를 꽉 끌어안는다. 내가 죽으면 우리 아기는 어떻게 되지. 안 돼. 죽으면 안 돼. 이 아기가 장성해서 자기 힘으로 살아갈 수 있을 때까지 나는 살아 있어야 해.

그렇지 않고 지금 죽으면 나는 자식한테 큰 죄를 짓는 거야. 어린 자식들을 버려두고 먼저 세상을 떠나는 어미처럼 큰 죄인이 또 어디 있겠는가. 욕된 삶일지라도 살아야 한다. 기꺼이 그것을 받아들여야 한다. 나에게 있어서 행복한 삶이란 한낱 꿈에 불과하다. 그런 삶을 생각하는 것만도 황송한 일이다. 여자로서의 아름다움도 꿈도 사랑도 자존심도 이미 사라진 지 오래다. 나는 단지 존재하고 있을 뿐이다. 두더지 같이 남아 있을 뿐이다. 내 자신을 위해 아무 것도 바라지 말자. 아무 것도 요구하지 말자.

방바닥은 차가웠다. 습기찬 냉기가 그대로 전해져 왔다. 그녀는 새우처럼 몸을 오그리면서 눈을 감았다. 그녀는 이제 겨우 스물 셋이었지만 기나긴 인생행로를 걸어온 것 같은 생각이 들었다. 자신의 초라함이 하나의 슬픔이 되어 가슴을 적셔온다. 자신에 대해 슬픔을 느끼는 것조차 사치라고 생각한다.

눈꺼풀이 무겁게 내려덮인다. 체력의 한계를 벗어난 지금 그녀는 자신의 육신이 완전히 해체되는 것을 느낀다. 마치 사람이 죽어 그 육신이 썩어 주저앉는 것처럼.

 어두운 골방 안에 불쌍한 여인 하나가 아기를 껴안고 누워 있다. 날이 밝으면 초토의 끝을 향해 걸어가야 하는데, 너무도 지친 모습이다.

 한편 하림은 그 어느 때보다도 죽음을 싫어했다. 의식이 돌아오자 그는 그대로 죽을 수는 없다는 생각과 함께 어떻게든 살아나 보려고 필사의 노력을 기울였다.

 어두운 방안의 찌는 듯한 무더위 속에서 그는 죽음과 싸웠다. 그것은 매우 고독한 싸움이었다. 그는 끊임없이 죽음의 유혹을 받아야 했다. 죽으면 모든 것이 끝나는데, 무엇 하러 살려고 그러지? 이리 오라구. 죽음의 세계는 편안하다구.

 지금 밖에는 살육과 파괴가 자행되고 있어. 살아 봐야 너는 갈곳이 없어. 붙잡히면 너는 다시 난도질당할 거야. 그럴 바에는 차라리 죽는 게 낫지 않을까. 자, 오라구. 모두가 너를 기다리고 있어. 너는 대대적인 환영을 받을 거야.

 그러나 그는 그 유혹에 넘어가지 않았다. 유혹에 넘어가지 않고 죽음과 싸웠다. 죽음은 그가 유혹에 넘어가지 않자 눈을 부라리며 위협적으로 나왔다. 죽음이란 놈이 날이 시퍼런 청룡도를 비껴들고 목을 내려치려고 할 때면 그는 식은땀을 뻘뻘 흘리며 몸부림치곤 했다. 하루에도 몇 번씩 그는 기절하곤 했다. 의식이 돌아오자 비로소 고통이 엄습했다. 그는 이를 악물고 고통을 참았다. 그의 초인적인 투지에 마침내 죽음은 슬그머니 칼을 내리고 뒷걸음질치기 시작했다.

그의 형수 명혜의 간호는 지극했다. 곁에서 그렇게 헌신적으로 간호해 주는 사람이 없었다면, 아무리 의지가 강하다 해도 살아나는 것이 불가능했을 것이다.

그는 주는 대로 곧잘 미음을 받아먹었다. 아직 몸을 움직일 수는 없었지만 얼마 안 가 손을 움직일 수 있게 되자 많은 불편을 덜게 되었다.

그런데 여옥의 떠남이 그에게 또 한번 깊은 충격을 주게 되었다. 그는 미칠 것 같은 심정을 가슴속 깊이 삭이면서 소리 없이 눈물을 삼키는 수밖에 별 도리가 없었다.

"어디로 간다고 하지 않던가요?"

여옥이 떠나고 난 뒤 한참이 지나서 그는 명혜에게 겨우 이렇게 물었다. 명혜는 눈물을 훔치면서 고개를 저었다.

"부역을 피하려면 할 수 없지 않아요? 아이도 찾을 겸, 그래서……"

"아이를 찾는다는 건 어려워요. 이미……"

하림은 차마 다음 말을 잇지 못한 채 입을 다물어 버렸다. 아이를 찾아 헤매고 있을 여옥의 모습이 눈에 선했다. 아무리 현명하고 냉정한 여자라 해도 자기 자식을 잃어버린 마당에 제정신을 지니기는 어려울 것이다.

이튿날 어제 왔던 사나이들이 나타나 여옥을 찾았다. 하림은 숨을 죽였고, 명혜가 나가서 그들을 맞았다. 여옥이 이미 어디론가 떠나 버리고 없다고 하자 그들은 눈을 부라렸다.

"어디 간다고 갔지?"

"모르겠어요. 말없이 나갔으니까요."

명혜는 차갑게 대꾸했다.

"모를 리가 있나?"

"정말 몰라요."

"도망친 게 분명해. 그 쌍년!"

그들이 집안을 뒤지지 않은 게 다행이었다. 그렇다고 안심할 수는 없었다. 언제 다시 나타나 집안을 뒤집어놓을지 알 수 없는 일이었으므로 그녀는 불안에 떨었다. 하림 역시 불안하기는 마찬가지였지만 될수록 내색하지 않으려고 애를 썼다.

하림은 라디오를 통해 미군이 참전한 것을 알았다. 매일 미군기가 서울 상공을 날아갔다.

그는 때때로 무섭게 경련을 일으키곤 했다. 어두운 밤에 죽음의 도시가 안겨주는 공포에 시달리다가 갑자기 발작하듯 전신을 떨어대는 것이었다. 그럴 때면 정신이 혼미해지면서 눈이 뒤집히고 입에서는 거품이 뿜어 나오는 것이었다. 간질병 증세였다.

한번은 명혜가 그것을 목격하고는 그의 손을 붙잡고 울었다.

무서운 것은 둘째치고 너무도 놀랍고 불쌍해서 울었던 것이다. 그렇다고 약을 쓸 수 있는 처지도 아니어서 보는 사람으로서는 이루 말할 수 없이 안타까웠다.

무자비하게 난자당하고 그것도 모자라 목에 올가미까지 씌워 질질 끌려 다녔으니 그런 병에 걸릴 만도 했다. 갑작스런 충격이 그런 증세를 가져온 것이다. 경련 끝에는 온몸이 식은땀으로 젖어 있게 마련이었고, 그것을 느끼면서 그는 전율하는 것이었다.

"살아서 복수해야 한다. 하늘은 나를 복수하라고 살려 주신 것이다."

복수의 칼을 품었을 때 그는 새로운 힘이 솟는 것을 느꼈다. 복수란 것이 유치한 감정이라는 것을 그는 잘 알고 있었다. 그러나 그는 그것을 버릴 수 없었다. 버리기는커녕 지금은 오히려 그것을 소중한 것으로 간직하고 있었다.

눈만 감으면 그를 내려치던 그 무자비한 모습들이 어른거렸다. 시체가 된 그는 평소에 그가 좋아하던 서울 거리를 새끼줄에 목이 매여 질질 끌려갔다. 온몸은 선혈로 시뻘겋게 물들여져 있었고, 살갗은 해지고 문드러져 뼈가 허옇게 드러나 있었다. 그리고 그는 다른 시체들과 함께 시궁창에 처박혔다.

그는 손으로 상처를 더듬어 어루만진다. 그때마다 쭉쭉 소름이 끼친다. 그런 상처들을 안고도 살아갈 수 있다니 도무지 믿어지지 않는다. 약 같은 것이 변변히 있을 리 없었다. 의사의 치료는 생각지도 못할 일이었다. 그런데도 그는 살아나고 있었다. 원래가 강인한 육체인데다 복수의 일념에 불타 살아야 한다는 의지가 크게 작용했기 때문이었다. 물론 명혜의 간호도 주요했다고 볼 수 있었다.

그는 몸을 일으켜 보려고 부단히 노력했다. 그때마다 허리가 끊어지는 것 같았지만 쉬지 않고 계속해 보았다. 그런 끝에 마침내 상체를 벽에 기대는데 성공했을 때, 그는 자기도 모르게 감격의 눈물을 흘렸다.

명혜가 들어왔다. 그가 벽에 기대앉아 있는 것을 보고는 소스라치게 놀랐다.

두번째부터는 좀더 쉽게 일어날 수가 있었다. 그는 그것을 반복했다. 다음에는 다리를 움직여 보았다.

두 다리는 그의 의지와는 상관없이 무겁게 동댕이쳐져 있는 것 같았다. 무릎을 굽힐 수도 없었다. 벽에 상체를 밀어붙이면서 일어나 보려고 했지만 헛수고였다. 방법을 바꾸어 기는 것부터 연습했다. 팔꿈치로 몸을 어느 정도 끌어갈 수가 있었다. 그러나 채 아물지 않은 상처들이 도로 터지는 바람에 몹시 고통스러웠다.

그러나 그는 포기하지 않고 기는 연습을 계속했다. 이를 악문 채 땀을 뻘뻘 흘리며 어떻게든 움직여 보려고 기를 쓰는 그의 모습은 매우 측은하면서도 감동적인 것이었다.

마침내 기어다닐 수 있게 되었을 때 그의 팔꿈치는 못이 박혀 돌처럼 단단해져 있었다. 이제 남은 것은 일어나 두 다리로 서는 것이었다. 그러나 그것만은 쉽지 않았다.

뒤뜰 장독대 밑에 두어 사람이 숨어 있을 수 있는 공간이 하나 있었다. 감쪽같이 만들어 놓은 것인데 벽과 바닥이 돌로 되어 있고 통풍구까지 있어서 숨어 지내기에는 안성맞춤인 곳이었다.

하림이 알기로는 그것은 증조부대에 만들어진 것이라 했다.

언젠가는 당대 아니면 후대에 화가 미칠 것을 염려한 증조부가 일시적인 도피처로 그것을 만들어 놓은 것 같았다. 앞을 내다볼 줄 아는 매우 현명한 분이었던 것 같다고 그는 생각했다.

어느 정도 기어다닐 수 있게 되었을 때 하림은 밤을 이용해 형수의 부축을 받고 그 비밀장소로 거처를 옮겼다. 언제 가택수색을 받을지 알 수 없었으므로 거기에 대비해서 은신처를 옮긴 것이다. 사실은 너무 늦은 감이 있었지만 골방에서 들키지 않고 치료받다가 별탈 없이 옮기게 된 것만도 큰 다행이라고 할 수 있었다.

장독을 치우고 받침대를 들어내자 한 사람이 겨우 드나들 수 있는 구멍이 나타났다. 하림은 매우 힘겹게 그 안으로 기어들면서 새삼 비참한 기분을 맛 보았다. 언제까지 자신이 거기에 숨어 있게 될지 그것은 아무도 알 수 없는 일이었다.

안으로 들어가 성냥불을 켰다. 벽에는 밖으로 빛이 새지 않는 위치에 등잔이 놓여 있었고, 바닥에는 나무로 만든 침상까지 배치되어 있었다. 천장에는 물건을 올려놓을 수 있도록 선반도 만들어져 있었고 한쪽 구석에는 배설용 통도 놓여 있었다. 밖에서 보이지 않도록 통풍구까지 교묘하게 뚫려 있었다. 뿐만 아니라 하수 시설도 되어 있었다. 더욱 놀라운 것은 조그만 우물이 있다는 점이었다. 우물은 별로 깊지 않아 손을 뻗어 물을 떠올릴 수가 있었다. 비상식량만 갖추어 놓는다면 남의 도움 없이도 상당기간 버티어 낼 수 있을 것 같았다.

그 완벽함에 하림은 새삼 탄성이 나왔다. 그가 그 속에 들어가 본 것은 어릴 때였다. 그때는 단지 호기심에서 장난질하러 들어가 본 것이기 때문에 별다른 기분을 느끼지는 않았다. 장성한 후에는 주로 밖으로 나돌았기 때문에 그런 것은 대수롭지 않게 여겨 거들떠보지도 않았다. 그런데 막상 목숨을 부지하기 위해 그곳을 찾은 지금은 그게 아니었다. 보면 볼수록 조상의 지혜로움과 그 완벽함에 그는 감동하지 않을 수 없었다.

명혜는 하림이 들어가기 전에 먼저 내부 청소를 하고 침구며 책, 바둑, 라디오 같은 것들을 넣어두는 것을 잊지 않았다.

"위험을 알릴 때는 항아리를 깨겠어요."

뚜껑이 덮이자 그는 침상 위에 누워 한숨을 내쉬었다. 마음을 독하게 먹지 않으면 지하생활을 이겨낼 수 없다는 것을 그는 잘 알고 있었다. 그것은 자기 자신과의 끊임없는 싸움을 의미한다. 그것은 또한 고독과의 싸움이기도 하다. 어느새 전신이 땀으로 젖어들고 있었다. 아무리 시설이 잘 되어 있다 해도 빛을 차단 당한 지하생활이란 고통의 연속인 것이다.

그는 자신의 지하생활이 쉽게 끝나지는 않을 것이라고 생각했다. 아니 어쩌면 일 년 이상 혹은 이삼 년, 더 나아가 자신이 늙어죽을 때까지 계속될지도 모른다는 생각이 들었다. 거기에 대비해서 마음을 독하게 먹어야 한다고 생각하면서도 그는 밀려드는 공포를 어찌할 수 없었다. 그것은 마치 법정에서 무기형을 언도 받을 때의 기분이라고나 할까.

아이의 머리는 열에 펄펄 끓고 있었다.

아이는 어느 건물 밑 길바닥 위에 쓰러져 있었다.

아이는 몸을 오그라붙인 채 죽은 듯이 누워 있었다.

아이는 너무 더러워 거리의 쓰레기처럼 보였다.

아이는 당연한 듯 거기에 그렇게 버림받아 누워 있었다.

지옥의 거리는 아이가 생존하기에는 너무도 참담했다.

그러나 아이는 아무도, 아무 것도 원망하지 않았다.

아이는 단지 엄마가 보고 싶었고, 밥을 먹고 싶었고, 물을 마시고 싶었고, 엄마의 품에서 실컷 울어 보고 싶었다. 그것이 아이의 모든 소망이었다. 아이가 밥을 먹으면 얼마나 먹을 것이고 물을 마시면 얼마나 마실 것인가. 그러나 아무도 아이에게 밥 한 숟갈, 물 한모금 주지 않았다.

아이는 감기에 걸려 있었다. 밖에서 비를 맞으며 잤기 때문이었다. 펄펄 끓는 열 때문에 아이는 정신을 차릴 수가 없었다. 아이는 여러 시간 동안 거기에 그렇게 의식을 잃고 쓰러져 있었다.

저녁때가 되자 또 비가 내렸다. 아이의 조그만 몽둥이는 금방 비에 흠뻑 젖어 버렸다. 죽은 듯이 누워 있던 아이가 비로소 몸을 약간 움직였다. 정신이 조금 드는지 얼굴을 쳐들고 주위를 둘러본다.

새까맣게 탄 데다 먹지 못해 조그맣게 찌들어 버린 얼굴은 피골이 상접해서 어린아이 같지가 않았다. 아이는 일어났다가 도로 픽 쓰러졌다. 어지럽고 힘이 없어 걸을 수가 없었다. 아이는 기어갔다. 짐승처럼 무릎으로 기어갔다.

마침 아이 곁을 지나던 개 한 마리가 털을 세우며 으르렁댔다. 자기와 비슷하게 생겼다고 생각한 것 같았다.

 트럭 위에서 누런 군인들이 밥을 먹고 있었다. 아이는 그것을 보고 움직이지 않았다. 밥좀 달라고 말하고 싶은데 입이 떨어지지가 않는다. 입을 열어 말할 기력조차 없었다. 군인 하나가 밥찌꺼기를 길바닥에 내버렸다. 아이의 눈이 처음으로 빛났다. 아이가 기어가서 밥찌꺼기를 주워먹으려고 하자 개가 먼저 달려와 아이를 밀어 제치고 그것을 먹어치웠다.

 아이는 개 때문에 먹을 수가 없었다. 겨우 밥알 몇 개를 집어 먹었을 뿐이다.

 군인들이 떠나 버리자 아이는 다시 기어갔다. 비가 억수같이 퍼붓고 있었다. 아이의 눈이 갑자기 빛났다. 아이는 노란 것을 집어들었다. 삶은 옥수수였는데, 누가 반쯤 먹다 버린 것이었다. 아이는 그것을 호주머니에 넣고 처마 밑으로 기어가 쪼그리고 앉았다.

 아이는 옥수수를 두 손으로 받쳐들고 물끄러미 들여다보다가 갑자기 미친 듯이 그것을 물어뜯기 시작했다. 순식간에 낱알을 모두 갉아먹고 난 아이는 뼈만 남은 자루를 버리기가 아까운 듯 자꾸만 그것을 혀로 핥았다. 입에서는 침이 흐르고 있었다. 옥수수를 먹는 바람에 그때까지 마비 상태에 빠져 있던 위가 뒤집히면서 심한 고통이 밀려왔다. 배고픔이 몰고 온 무서운 고통이었다.

 아이는 다시 먹을 것을 찾아 기어가기 시작했다. 얼마쯤 가다가 아이는 스르르 드러누워 버렸다. 힘이 없어 더 이상 움직일 수가 없었던 것이다.

아이는 빗물이 흐르는 보도 위에 얼굴을 대고 사지의 힘을 풀었다. 더위가 가시면서 얼굴에 와 닿는 감촉이 시원했다. 더러운 물이 얼굴과 머리를 적시고 몸속으로 스며들었지만 아이는 그대로 가만히 누워 있었다. 그러고 있는 것이 시원하고 편했기 때문이다.

아이는 손으로 길바닥을 철썩철썩 두드렸다. 아이의 얼굴에 미소가 나타났다. 아이는 혼자서 소리 없이 웃었다. 한번 웃기 시작하자 자꾸만 웃음이 나왔다.

그는 앞날을 걱정하지 않았다. 걱정할 줄을 모르기 때문이었다. 그는 다만 엄마의 품이 그리웠고, 엄마의 품에 안겨 자고 싶었다. 그리고 굶주린 배를 채우고 싶었다.

그는 눈만 감으면 엄마의 얼굴을 볼 수가 있었다. 그래서 틈만 나면 눈을 감았고, 감았던 눈을 뜨려고 하지 않았다. 눈을 뜨면 엄마가 사라지기 때문에 그것이 싫었던 것이다.

한참 누워 있자 몸에 한기가 들어 추웠다. 그는 뜨고 싶지 않는 눈을 뜨고 몸을 일으켰다. 물이 머리끝에서부터 주르르 흘러내렸다.

눈만 뜨면 엄마는 금방 사라져 버리고 배고픔이 몰려온다. 여섯 살 짜리 아이는 온통 먹고 싶은 생각뿐이다. 손가락을 빨면서 비틀비틀 걸어가다가 픽 쓰러진다. 다시 일어나 걸어간다. 이번에는 쓰러지지 않으려고 조심스럽게 걸음을 옮긴다. 무릎이 꺾이려고 하자 가로수를 붙잡고 늘어진다.

 아이는 출입문이 부서진 어느 집 앞에서 걸음을 멈추었다. 그 집은 일본식 집이었는데 한쪽 문이 떨어져나가고 없었다. 뒤쪽에 마당이 있는지 앞쪽은 길에서 바로 현관으로 들어서도록 되어 있었다.

 아이는 한참 그 앞에서 머뭇거리다가 용기를 내어 안으로 들어갔다. 인기척 하나 없이 조용하다. 부스럭거리는 소리에 아이는 긴장한다. 쥐 두 마리가 마루 위를 달려간다. 아이는 안심하고 마루 위로 올라선다. 물에 젖은 맨발이 마루 위에 발자국을 찍어놓는다.

 그는 열린 문을 통해 방안으로 들어선다. 어둠침침하다. 아이는 와락 무서움을 느끼고는 그 자리에 그만 서 버린다. 이상하게도 그는 울 줄을 모른다. 울 줄 모르는 아이가 아니라 너무 울어 눈물이 말라 버린 것이다. 그는 몸도 마음도 얼어붙어 있었다. 그래서 그 무엇에도 반응을 보이지 않았다. 그저 멍하니 쳐다보는 것이 고작이었다.

 안방을 지나자 부엌이 나타났다. 부엌에서는 쥐들이 난장판을 벌이고 있었다. 부엌 바닥에 쥐들이 먹다 만 날감자가 몇 개 뒹굴고 있었다. 그는 그것을 집어들고는 씻지도 않고 먹기 시작했다.

 밀려오는 어둠 속에서 부엌바닥에 주저앉아 감자를 갉아먹고 있는 아이의 모습은 마치 쥐 같았다. 숨이 가쁜지 그는 자주 숨을 몰아쉬면서 감자를 먹었다. 손으로 바닥을 더듬어 손에

집히는 것이 있으면 무턱대고 입으로 가져다 씹을 수 있으면 씹었다.

한참 후 그는 모로 쓰러져 잠들었다. 잠든 게 아니라 의식을 잃은 것이다.

아이가 눈을 떴을 때는 날이 훤히 밝아 있었다. 아이는 기침 소리를 듣고 깜짝 놀라 일어났다. 어지러운데다 다리에 힘이 없어 비틀비틀 쓰러지려다가 벽에 의지하여 버티고 섰다. 콜록 콜록 콜록, 가래 끓는 듯한 기침 소리는 계속 들려오고 있었다. 자기 혼자만 그 집에 있는 줄 알았다가 아이는 토끼 눈을 하고 기침 소리가 나는 쪽을 바라보았다. 누굴까? 이상하다.

마침내 그는 비틀거리면서 기침 소리가 들려오는 쪽으로 다가갔다. 기침 소리는 안방과 붙어 있는 작은 방에서 나오고 있었다. 그 방의 미닫이문은 닫혀 있었다. 아이는 찢긴 창호지 틈으로 방안을 들여다보았다.

놀랍게도 방안에는 백발이 성성한 노파 하나가 머리를 산발한 채 귀신 같은 모습으로 앉아 있었다. 방안으로 햇빛이 가득 비쳐들고 있었다. 노파는 때에 절은 이불 위에 앉아 부들부들 떨어대고 있었다. 중풍에 걸린 노파였다.

아이는 노파가 계속 떨어대는 게 무서워 보였다. 노파의 곁에는 놋쇠로 만든 요강이 놓여 있고 노파는 그 위에 올라앉으려고 기를 쓰고 있었다. 노파의 비쩍 마른손이 농짝 모서리를 더듬으며 몇 번씩이나 몸을 요강 위로 끌어올리려고 했지만 그 시도는 번번이 실패로 끝나 버렸다.

아이는 조심스럽게 문을 열었다. 그러자 노파는 더욱 무섭게 떨어대면서 문 쪽을 응시했다.

"뉘기여?"

"……"

방문을 연 채 아이는 가만히 서 있었다. 두 사람은 서로 상대방의 몰골에 놀라면서 한참 동안 말없이 쳐다보고 있었다. 이윽고 노파의 얼굴에서 놀라는 빛이 차츰 사라지기 시작했다.

"뉘기여?"

몸을 움직일 수 없는 노파는 앉은 채 손을 들었다가 놓았다. 서 있지 말고 안으로 들어오라는 뜻이었다. 그러나 아이는 거기에 그렇게 버티고 서 있었다.

"이, 이리 와. 이리 와, 와."

"……"

아이는 토끼 눈을 한 채 그대로 꼼짝 않고 서 있었다.

"이, 이리 와. 들어와, 와."

노파의 눈이 빛나고 있었다. 몹시 사람이 그리웠던지 노파는 호소하는 눈길로 아이를 바라보고 있었다. 아이가 도망가 버릴까 봐 몹시 걱정하는 눈치가 역력히 나타나 있었다.

그녀의 앙상한 손이 요 밑을 더듬더니 종이에 싼 것을 꺼냈다. 그녀는 종이를 헤치더니 굵은 사탕 하나를 아이 앞으로 던졌다. 그것은 아이의 바로 앞에 굴러와 멎었다.

"먹어, 먹어."

아이는 그런 것을 많이 보아온 터였으므로 입안에 금방 군침이 가득 고였다. 미끼에 걸린 아이는 이미 도망칠 의지를 상실하고 있었다. 노파는 아이의 변하는 모습을 독수리 같은 눈으로 지켜보고 있었다.

아이는 마침내 손을 뻗어 사탕을 집어들더니, 그것을 입에 넣고 어금니로 와작 깨물었다. 너무 맛있는 나머지 그는 눈물까지 글썽이며 그것을 와작와작 씹기 시작했다. 누런 콧물까지 흘러내려 입속으로 말려들고 있었지만 그는 상관하지 않고 정신없이 먹는데만 열중하고 있었다.

그것을 모두 먹고 난 그는 노파가 손짓하는 대로 안으로 슬금슬금 들어갔다. 그리고 굶주린 강아지가 다음 먹이를 기다리는 것처럼 애타는 눈으로 노파를 바라보았다. 노파는 더 이상 아이에게 먹이를 주지 않았다.

"맛있는 거 줄께……가지 말고……여기 있어. 나랑 함께 여기 있어."

"……"

"대답해. 나랑 함께……여기 있어, 응?"

"……"

아이는 찢어진 옷자락을 손가락으로 감아 올렸다. 그 바람에 새까맣게 때가 낀 배꼽 부위가 드러났다.

"저거……저거……저기다 걸어 줘."

노파는 방바닥에 있는 줄을 손가락으로 가리켰다. 그것을 농짝 고리에다 걸어달라는 뜻이었다.

아이는 한참 망설이다가 시키는 대로 줄을 집어들고 농짝 앞으로 다가섰다. 그리고 농짝 고리에다 그것을 걸었다.

"옳지⋯⋯옳지⋯⋯똑똑하다⋯⋯"

노파는 비비적거리며 농짝 앞으로 다가앉더니 줄끈을 붙들어맨 다음 그것을 움켜쥐고 끙하고 힘을 주었다. 몸이 들썩해지자 노파는

"요강! 요강!"

하고 다급하게 외쳤다. 아이는 무슨 말인지 영문을 몰라 그녀를 바라보기만 했다. 노파는 줄을 놓고 한숨을 내쉬었다.

"아가, 너 말 못하니?"

"⋯⋯"

"내 말 알아들어?"

"⋯⋯"

"내 말 들려?"

"⋯⋯"

아이는 고개를 끄덕했다. 최초의 반응이었다.

"듣기는 하는 모양이구나. 이렇게 하란 말이다. 내가 몸을 쳐들면⋯⋯밑으로 요강을 밀어 넣어. 엎질러지지 않게 조심히⋯⋯. 알아들어?"

아이는 끄덕였다. 노파는 다시 줄을 움켜잡고 몸을 쳐들었다. 동시에 다른 한 손으로는 치마를 걷어올렸다. 비쩍 마른 엉덩이가 훤히 드러났다.

그때까지 가만히 서 있던 아이는 놀라울 정도로 잽싸게 엎드리더니 요강을 그녀의 엉덩이 밑으로 밀어 넣었다. 요강에는 똥

오줌이 가득 차 있어서 조심히 밀지 않으면 넘칠 판이었다. 그런 일은 처음인데도 아이는 성공적으로 요강을 엉덩이 밑으로 밀어 넣을 수가 있었다.

"오냐, 오냐, 됐다. 착하구나."

노파는 마침내 배설하기 시작했다.

"넌 어쩌다가 혼자가 됐지?"

"……"

"거지새끼는 아닌 것 같은데……쯔쯔쯧……부모를 잃었나 보구나."

"……"

"이름이 뭐지?"

"……"

"너나 나나 피차 같은 신세니까……여기서 함께 살자. 자식 며느리가 이 늙은 것을 버리고 자기들끼리만 피난을 갔단다. 못된 것들……천하에 못된 것들……"

노파는 요강 위에 앉아 몸을 부들부들 떨었다.

"이대로는 죽을 수 없어. 살아서 그것들 낯짝을 봐야 해."

노파는 눈물을 주르르 흘렸다.

그날부터 아이는 하늘의 도움이었던지 노파와 함께 그 집에 기거하게 되었다. 아사 일보직전에 구출된 것이다. 자식에게 버림받아 죽음을 기다리고 있던 노파로서도 아이의 출현은 큰 위안과 도움이 되지 않을 수 없었다. 노파가 아이를 유혹하여 붙들어 둔 이유도 사실은 거기에 있었다.

그녀에게는 결혼한 외아들이 하나 있었는데 공무원이었다. 전쟁이 일어나자 그 아들은 며느리와 쑥닥거리고 나더니 자식들을 데리고 자기들만 피난가겠다고 나섰다.

노파로서는 청천벽력 같은 소리였다. 아들 부부의 말인 즉 아무리 적군이라도 병석에 있는 노파를 어쩌겠냐는 거였다. 그러면서 아들은 자기는 공무원이라 붙잡히면 총살당할 것이 뻔하기 때문에 어쩔 수 없이 피해야 한다는 것이었다. 어머니를 모시고 가고 싶지만 기동을 못하시니 정처 없는 피난길에 업고 갈 수도 없는 노릇이 아니냐고 하면서 아들은 갖은 말로 어머니에게 변명을 늘어놓은 다음 처자식을 데리고 떠나 버렸다. 그래도 기동을 못하는 어머니를 굶어죽게 만들 수는 없다고 생각했는지 미숫가루 같은 것을 만들어 놓기도 하고 쌀을 한 가마니 정도 남겨두기도 했다. 노파는 누운 채 생쌀을 씹으면서 아들 내외를 저주했다.

"천벌을 받아 마땅한 년놈들……자기들만 살겠다고 이 병든 어미를 내버리고 가다니……기껏 키워 놓으니까 개 같은 것들……어디 두고 봐라……내가 죽는가 두고 봐라……죽더라도 귀신이 돼서 년놈들을 잡아먹어야지……"

아이는 밤낮으로 노파가 저주하는 소리를 들을 수가 있었다. 그는 노파의 저주를 잘 이해할 수 없었다. 아이는 그 나이로서는 상상할 수조차 없는 강한 의지와 지혜로 생존방식을 터득해 나갔다.

벙어리처럼 말이 없어진 그는 모든 의사를 행동으로 표시했다. 그는 웬만한 잔병 따위는 스스로 이겨내게 되었고, 자기에게 해가 되는 것이 무엇인가를 재빨리 간파할 수 있는 능력도 갖추게 되었다.

현재로서는 노파의 말에 절대 복종하는 것만이 자신에게 유리하다는 것을 알고 있었으므로 그는 노파가 시키는 대로 온갖 궂은 일들을 다 했다. 제일 힘든 일은 노파의 배설을 도와주고 그 오물을 치우는 일이었다. 그는 얼굴 하나 찌푸리지 않고 그 어려운 일을 해냈다. 엄마에게 떼만 쓰던 아이가 그런 일을 해내다니 놀랍고도 기특한 일이었다.

그밖에 그는 물을 떠다가 노파의 손이 닿지 않는 부분을 씻어주어야 했고, 방 청소는 물론 빨래까지 해야 했다. 그 대가로 그는 노파로부터 쌀을 배급받을 수 있었다.

이제 그가 할 수 없는 일은 단 한가지 밥짓는 일이었다. 쌀을 씻고, 그것을 냄비에 앉히는 것 정도는 노파가 시키는 대로 할 수 있었다. 간장과 된장이 있으니 밥만 지으면 훌륭한 식사를 할 수 있을 것 같았다.

그러나 연료가 없었다. 가스 공급도 중단되고 전기도 들어오지 않으니 밥을 지을 수가 없었다. 땔감이 좀 있어 그것을 풍로에 넣고 불을 붙이려고 해 보았지만 그것만은 아무리 해도 불가능했다.

나무를 잘게 쪼개어 불을 붙여야 하는데 도끼를 다룰 힘이 없으니 그럴 수밖에 없었다. 밥을 짓지 못하는 것을 놓고 노파는 기회 있을 때마다 아이를 구박했다. 성깔이 좋지 않은 노파인지라 아이를 구박하는 것을 취미로 삼았다.

노파로부터 구박을 받을 때마다 아이는 어쩔 줄을 몰라 했다. 구박을 받아본 적이 없는 그로서는 그럴 수밖에 없었다. 세상에 태어나 지배받는 것에 익숙해지지 않은 그는 노파가 서슬 푸르게 해댈 때마다 깜짝깜짝 놀라곤 했다. 그리고는 하얗게 질린 채 몸이 뻣뻣이 굳어지는 것이었다.

한번은 노파가 그를 몹시 나무란 끝에 아이의 신상에 대해 꼬치꼬치 캐물었다.

"네 이름이 뭐지?"

"……"

"네 집이 어디니?"

"……"

"너 이놈, 대답 안 하면 내쫓을 거야. 네 이름부터 말해 봐."

"……"

"그렇게 말을 안 들으니까 네 엄마 아빠가 너를 버린 거야. 엄마보고 싶니?"

"……"

"아무도 보고 싶지 않니?"

가슴이 웅어리지고 입이 얼어붙은 아이는 노파가 아무리 위협하고 물어도 대답하려 들지 않았다 입을 꾹 다문 채 눈망울만 굴리고 있을 뿐이었다.

"원, 저런 고집불통 봤나, 쯔쯔쯧……. 너 키우느라고 부모가 애간장깨나 태웠겠다. 내가 성질이 못돼서 너한테 신경질을 부린다만 사실 본심은 그렇지가 않으니까 너무 기분 나빠하지 마. 다 네가 사람되라고 하는 소리다. 사람 버릇은 어릴 때부터 잘 잡아놔야 해. 너는 애가 너무 고집이 쎄. 그러면 안 되는 거야. 이 할미가 시키는 대로 해야지 쪼꼬만 것이 벌써부터 그렇게 삐뚜름하게 나오면 못써. 앞으로 내말 잘 듣고 나하고 오래 살자. 난 너를 손주로 생각할 테니까 그리 알고 너도 나를 친할머니처럼 받들어야 한다. 알겠니? 또또 대답 않는구나. 얘야, 이래 뵈도 이 할미한테는 숨겨 논 재산이 꽤 있단다. 나중에 내가 죽거들랑 네가 가져라. 앞으로는 엄마 아빠 생각하지 마. 네 엄마 아빠는 모두 죽었다! 죽어서 쩌어기 하늘 나라에 갔어!"

그때였다. 고개를 떨군 채 부동자세로 서 있던 아이가 갑자기 고개를 발딱 쳐들면서 타는 듯한 눈으로 노파를 노려보았다. 아이의 입에서 이내

"아니야!"

하는 소리가 터져나왔다.

오래 짓눌려 있다가 한꺼번에 터져나오는 소리였기 때문에 그것은 몹시 크게 방안을 울렸고, 노파를 그만 소스라치게 만들었다.

"아니야! 안 죽었어!"

아이는 연거푸 소리쳤다. 두 주먹을 불끈 쥐고 얼굴이 빨개진 채 명렬히 외쳐댔다.

"아니, 저저……저놈이……"

노파는 너무 놀라서 말도 못하고 안색이 창백하게 변한 채 부

들부들 떨었다. 아이의 눈에서는 어느새 비탄과 분노에 젖은 눈물이 흘러내리고 있었다.

노파는 너무 놀란 나머지 더 이상 말을 못하고 있었다. 아이가 처음으로 입을 열었다는 사실이, 그리고 그 기세가 하도 맹렬한 것이 그녀를 놀라게 해 주고 있었다.

"아가! 아가! 내가 잘못했다! 잘못했어! 가면 안 돼! 이 할미가……"

아이는 기둥을 끌어안고 소리 죽여 서럽게 울기 시작했다.

그 여름의 초연

 미군의 참전과 함께 미군기의 폭격이 날로 심해지고 있었다. 미군 전투기와 폭격기들이 하늘에 나타나기 시작하면서부터 공산군의 야크기는 자취를 감추었다.

 미군 폭격기의 파괴력은 엄청나서 일찍이 그런 것을 당해 보지 못한 공산군에게는 그것은 가장 큰 공포의 대상이 되었다. 그래서 공산군은 미군기를 피해 주로 야음을 이용하게 되었다. 노도처럼 남진하던 공산군으로서는 큰 타격이었지만 그렇다고 그들의 공격이 멈추어질 리는 없었다.

 담대한 대치도 미군기의 기총소사와 폭격에는 몇 번씩이나 전율을 느끼곤 했다. 전투에 참가한 이래 그가 공포를 느끼기는 그때가 처음이었다.

 6사단 선봉인 그의 부대는 조치원을 지나 대전을 노리고 남하하고 있었는데 금강선(錦江線)이 큰 장애로 나타나고 있었다. 그는 금강을 눈앞에 두고 일대 공격을 위한 휴식에 들어갔다. 그의 부대를 포함해서 6사단과 3사단의 2개 사단 병력이 금강 도하작전을 앞두고 강변에 길게 포진했다.

오염되지 않은 맑은 강물은 7월의 이글거리는 태양 아래 황금빛을 반사하면서 평화롭게 흐르고 있었다.

 금강은 대전(大田)을 에워싸듯이 하면서 흐르고 있었다. 금강에 둥글게 포위된 대전은 따라서 천연의 요새에 들어앉은 듯한 형상을 하고 있어서 공격해 오는 적을 맞아 치기에는 안성맞춤인 곳이었다.

 추풍낙엽처럼 밀리던 국군이 이 천혜의 방어선을 그냥 내줄 리 없었다. 때마침 미군 24사단이 일본으로부터 공수되어 최초로 금강방어선에 투입되었기 때문에 국군은 그들과 합동으로 방어계획을 세운 다음 강변에 진지를 구축했다.

 미군이 방어선을 구축하고 있는 것을 보고 공산군은 1개 사단을 더 전선에 투입시켰고 그래서 그들의 총병력은 3개 사단이나 되었으며, 돌격명령만 내리면 일거에 강을 건너갈 듯 그 기세가 가히 하늘을 찌르고 있었다.

 피아간 수만 병력이 강을 사이에 두고 포진하고 있으니 그 긴장감과 적막감은 숨막힐 정도로 무거울 수밖에 없었다. 그것을 아는지 밤이면 울어대던 풀벌레들도 죽은 듯이 침묵을 지켰고 강물 위에 쏟아져 내리는 달빛은 더욱 괴괴하기만 했다.

 강폭이 넓은데다 물이 불어 수심이 꽤 깊었기 때문에 희생 없이 도강한다는 것은 불가능한 일이었다. 부교를 설치하면 좋으련만 수만 개의 눈이 지켜보고 있는 판에 그것 또한 쉬운 일이 아니었다. 수십 대의 탱크와 수백 대의 차량이 발이 묶여 있는 것을 보고 대치는 가슴이 바짝바짝 타들어갔지만 어쩔 수가 없었다.

모두가 긴장하고 있었다. 최초로 강 저쪽에 미군 대병력이 나타났기 때문이었다. 2차대전을 승리로 이끈 용맹스러운 미군들을 상대로 이제 새로운 전투를 벌여야 한다는 사실이 그들을 긴장 속으로 몰아넣고 있었다.

대치는 저녁을 든든히 먹고 강변으로 나가 앉아 강 건너의 어둠 속을 바라보았다. 적들은 완전히 불을 끈 채 어둠 속에 모습을 감추고 있었는데, 그것은 마치 병사들이 송두리째 용해되어 하나의 거대한 괴물로 변신하여 웅크리고 있는 것 같았다.

공산군은 8·15광복절을 부산에서 지내려고 마음먹고 있었다. 계획대로라면 8월 15일까지 부산에 진격하여 그곳에서 광복절 행사를 벌이도록 되어 있었다. 모두가 꿈에 부풀어 있었음은 물론이다. 그런데 부산에 도착하기 전에 미군이 나타난 것이다. 염려하던 것이 기정사실로 나타나자 공산군은 당황하지 않을 수 없었다. 그럴 수밖에 없는 노릇이었다.

미군이 소부대 정도라면 대수로울 게 못 되지만, 그게 아니고 대부대가 모든 전선에 걸쳐 투입되고 있었기 때문에 문제가 심각했다. 맥아더는 일본에 주둔하고 있는 미군을 한국에 출동시켰는데 그것은 제7·14·15 등 3개 보병사단과 제1기갑사단으로 이루어진 대규모 병력이었다. 공산군이 두려워한 것은 미군의 우람한 체격보다도 그들의 우수한 화력이었다.

그렇다고 한창 남진하고 있는 터에 그것을 두려워하여 주춤거릴 수도 없는 터였다. 충돌을 피하며 갈 수도 없는 노릇이었다. 정면충돌하여 자웅을 겨뤄볼 수밖에 다른 도리가 없었다. 모두가 이제부터 전투다운 전투에 참가하게 되는 모양이라고 생각하고 있었다.

남진할수록 보급선이 길어지기 때문에 공산군의 전력은 남침 초기보다는 많이 약화되어 있었다. 단지 물밀듯이 밀고 내려왔기 때문에 각자가 개선장군 같은 기분에 싸여 사기가 크게 올라 있을 뿐이었다. 미군 역시 보급선이 길기는 마찬가지지만 그들은 제공권을 장악하고 있어서 공중 수송이 원활했고 세계 최고의 부국답게 무제한의 보급 능력을 갖추고 있었다. 공산군이 잡곡으로 된 주먹밥으로 겨우 배를 채우고 있을 때 미군은 기름진 육류로 힘을 축적하고 있었다. 전쟁이 단거리 경주가 아닌 이상 힘이 있는 자가 장거리의 승자가 되는 것은 당연한 일이었다. 따라서 장기적인 안목으로 볼 때 싸움은 이미 승부가 난 것이나 다름없었다.

그러나 사람이란 우매해서 최대의 희생을 맛보기 전에는 미리 패배를 자인하려 들지 않는다. 더욱이 승리에 도취되어 있는 자들이 그것을 인정하려들지 않는 것은 너무도 당연한 일이었다. 설사 어떤 현명한 자가 있어 미래의 패배를 예견하고 그것을 설명한다 해도 나머지 인간들의 들뜬 도취감이 그것을 받아들일 리가 만무했다. 그런 말을 하다가는 오히려 이적행위로 몰리거나 정신병자로 취급받기 십상이었다. 전쟁은 이미 터진 봇물이나 다름없었다. 그 누구도, 그 어떤 힘으로도 그것을 막을 수는 없었다. 수십, 아니 수백만의 죽음이 있기 전에 그것은 중

지될 수 없는 운명을 안고 있었다.

  패배할 전쟁이 수백만의 인명이 희생될 때까지 계속되어야 한다는 것은 확실히 비극이었다. 국토를 초토화시키고, 그 초토 위에 수백만 인간들의 피를 뿌려도 좋을 만큼 그 전쟁은 가치 있는 것일까. 모두가 고개를 저으리라. 그런데도 전쟁은 계속되고 있었다. 어리석은 전쟁이 말이다.

  서글프게도 대치만해도 자신이 어리석은 전쟁에 참가하고 있다고 한번도 생각하지 않았다. 생각해 본 적도 없었다. 그는 오직 부산에 먼저 도착하는 것만을 생각하고 있었다. 전쟁이 시작되었을 때는 명분과 목적을 안고 있었지만 정신없이 쳐내려온 지금은 명분도 목적도 다 잊어 먹고 단지 전쟁을 위한 전쟁에 몸과 마음을 빼앗기고 있었다. 전쟁은 필연적인 것이었고, 따라서 거기에는 어떤 반성이나 회의도 있을 수 없다는 것이 그의 생각이었다.

  불행하게도 그는 자신이 미쳐 있다는 것을 모르고 있었다. 그렇게 생각하기는커녕 자신이야말로 가장 위대한 일을 수행하고 있는 잘난 사나이라고 여기고 있었다. 한번 착각에 빠진 인간은 거기에서 벗어나기가 여간 어려운 법이 아니다. 미친 사람은 결코 자기가 미쳤다고 생각하지 않는다. 그는 바로 착각에 빠져 있었고 미쳐 있었다. 그가 언제쯤 그와 같은 상태에서 벗어날 수 있을지는 그 자신도 모르는 일이었다.

  강가의 잡초밭에 앉아 있었기 때문에 모기떼가 끊임없이 달려들고 있었다. 모기에 물릴 때마다 그는 손바닥으로 철썩철썩

갈기면서 모기야말로 빨치산 같은 놈들이라고 생각했다. 가만히 앉아 있어도 몸에서는 땀이 끈적끈적 배어 나오고 있었다. 군복은 땀에 절어 퀴퀴한 악취를 풍기고 있었다. 목덜미는 피부가 벗겨져서 쓰리고 가려웠다. 이마의 상처는 굳어 있었다.

불이 번쩍하는 것이 보였다. 섬광이었다. 이어서 뒤쪽에서 벼락치는 소리가 났다. 그는 자신의 몸뚱이가 허공으로 붕 뜨는 것을 느꼈다. 순간 그의 몸뚱이는 강물 위로 곤두박질했다. 첨벙하는 소리와 함께 그는 물 속으로 깊이 가라앉았다. 숨이 막혀 머리를 흔들면서 그는 수면 위로 솟구쳤다.

마침내 전투가 시작되고 있었다. 머리 위로 섬광이 어지럽게 흩어지고 있었다. 포성과 총소리에 귀가 멍멍했다. 그래도 자기를 부르는 소리만은 들을 수가 있었다. 그는 기어서 강변으로 나갔다.

"괜찮으십니까?"

그의 부관이 포복으로 기어와 물었다.

"음, 괜찮아!"

그는 물에 젖은 몸을 땅바닥에 찰싹 붙인 채 거친 숨을 몰아쉬었다. 조금 창피한 생각이 들었다.

"저쪽으로 가시죠!"

"괜찮아!"

그는 화가 나서 소리쳤다.

강 저쪽에서 쏟아붙이는 화력은 일찍이 경험하지 못한 강력한 것이었고 그 기세는 대단했다. 웬만하면 몸을 일으켜 볼 수도 있으련만 워낙 맹렬해서 고개조차 들 수도 없었다. 그야말로 무시무시한 화력이었다.

몸 위로는 계속 돌과 흙이 날아오고 있었다. 눈을 뜰 수도 없었고 숨쉬기조차 불편했다. 입안에는 흙이 가득했다. 뱉어내도 자꾸만 흙이 날아들고 있었다.

지진이라도 난 듯 땅이 흔들리고 있었다. 그의 몸도 들썩거리고 있었다. 도대체 움직일 수가 없었다.

한참 후 그는 흙을 뒤집어쓴 채 조금씩 기어가기 시작했다. 여기저기 시체가 나뒹굴고 있었다. 겨우 진지 뒤로 몸을 굴린 그는 담배를 찾았다.

"담배! 담배 없나?"

"네, 여기 있습니다!"

그는 흙을 뒤집어쓰면서 담배를 빨아댔다. 그는 자신이 마치 폭풍 속에 들어앉아 있는 것 같은 기분을 느꼈다. 담배를 들고 있는 손끝이 계속 덜덜 떨어대고 있었다. 부하들이 볼까 봐 그는 몇 모금 빨다 말고 담배를 던져 버렸다.

미군은 초전부터 자신들이 물량면에서 얼마나 막강한가를 보여주려는 것 같았다. 그야말로 정신을 차릴 수 없을 정도로 그들은 강 이쪽을 향해 무진장 쏟아 붓고 있었다.

움직이지 않고 가만 있자 몸이 금방 흙으로 덮인다. 입을 움직일 때마다 모래가 서걱거린다. 눈을 뜰 수가 없어 그는 무릎 위에 얼굴을 처박았다.

번쩍이는 섬광에 강물이 환하게 드러나 있었다. 조명탄까지 쏘아대는 바람에 강 이쪽은 대낮같이 밝았다. 공산군 쪽에서도 화력을 총동원해서 쏘아대고 있었지만 그 위력이 미군만 못했다.

당황하고 있을 때 무전병이 기어와 수화기를 디밀었다.

"11연대는 돌격하라! 부교를 설치할 때까지 강 건너를 확보하라!"

"포격이 끝나는 대로 돌격하겠습니다!"

"안 돼! 지금 당장 돌격해!"

두 사람은 무전기에다 악을 써댔다.

"전멸될지도 모릅니다!"

"무슨 개소리야! 희생 없이 쉽게 강을 건널 수 있을 것이라고 생각했나? 잔말 말고 돌격해!"

대치는 수화기를 동댕이쳤다. 머리를 쳐들 수도 없는 판에 부하들이 그의 명령을 들을 것 같지도 않았다. 그렇다고 사단장의 명령을 어길 수도 없는 노릇이었다. 돌격대가 강 건너를 확보해야만 부교가 놓이고 탱크 부대가 전진할 수가 있는 것이다.

그는 드러누운 채 돌격명령을 알리는 신호탄을 쏘아 올렸다.

"돌격!"

"돌격!"

여기저기서 고함 소리가 들려왔다. 병사들이 기어서 물 속으로 들어가는 것이 보였다. 그래도 전투 경험이 풍부한 고병들이라 총탄이 우박처럼 쏟아지는 속을 뚫고 돌격을 감행하고 있었다. 대치는 망원경으로 물위를 바라보았다. 총탄이 수면 위로 떨어지는 것이 마치 소나기가 쏟아지는 것 같았다. 더구나 강이 넓고 깊어서 도강한다는 것은 죽음을 각오하지 않고는 불가능한 일이었다.

어느새 강물 위에 시체들이 뜨고 있었다. 시체는 순식간에 불어나 금방 수면을 뒤덮다시피 했다.

그래도 강 중간까지 이른 병사들은 한길 깊이의 물속에 머리까지 푹 잠기면서 전진하고 있었다. 수면 위에 움직이고 있는 것은 머리 위로 높이 쳐든 따발총과 장총이었다. 수면 위에 뜬 시체들이 전진을 방해하고 있었다.

대치는 권총을 뽑아들고 강쪽으로 기어갔다.

"위험합니다!"

부관이 뒤에서 소리치자 그도 고함쳤다.

"후퇴하는 놈은 사살해!"

그는 물 속으로 들어갔다. 시체들이 떼를 지어 그에게 몰려드는 것 같았다. 강물은 숫제 핏빛이었다. 즉사하지 않은 자들은 살아나려고 허우적거리고 있었다.

그는 시체 두 구를 총탄받이로 삼아 앞으로 밀고 나갔다. 시체에 총탄이 박히는 소리가 퍽퍽 들려왔다.

돌격대는 강 중간에서 더 이상 전진하지 못하고 있었다. 소나기처럼 퍼부어지고 있는 총탄 속을 뚫고 나가는 데에도 한계가 있었다. 전멸 당하면서까지 전진할 수는 없었다. 그것은 더없이 어리석은 짓이었다.

뒤를 바짝 따라오던 부관이 갑자기 목을 휘어감으며 매달리는 바람에 대치는 물 속으로 푹 가라앉았다. 몸부림치며 뿌리치려 했지만 악착스럽게 매달리고 있어 떼어낼 수가 없었다.

"이 자식아! 이거 놔!"

물 속이라 소리가 나올 리가 없었다. 숨이 막혀 질식사할 것 같았다. 몸부림치며 물 위로 몸을 솟구쳤다. 숨을 들이키며 등에 달라붙어 있는 부관을 엎어치기로 메어꽂았다. 그러나 부관은 뒤집어지면서 이번에는 앞에서 그의 허리를 끌어안았다.

"살려 줘요! 살려 줘!"

총소리와 첨벙대는 물소리에 뒤엉켜 악을 쓰는 소리가 들려왔다. 부관은 어깨에 총상을 입은데다 공포에 질려 그에게 악착스레 매달리고 있었다. 죽을 힘을 다해 허리에 매달리는 바람에 그는 다시 한번 물 속으로 나동그라지고 말았다. 핏물을 잔뜩 들이마신 그는 코와 입으로 물을 내 쏟으며 몸을 일으켰다. 힘으로 부관을 뿌리친다는 것은 불가능했다. 그대로 놔두다가는 둘이 함께 수장될 판이었다. 한길이 넘는 물 속이라 자꾸만 몸이 밑으로 가라앉곤 했다. 권총을 놈의 머리에 대고 방아쇠를 당겼지만 물에 젖어 불발이었다. 수면 위로 올라오는 찰나 권총으로 이마를 후려쳤다. 부관은 피투성이가 된 머리를 흔들며 비통하게 울부짖었다.

"이거 놔! 이 새끼, 이거 놔!"

대치는 악을 쓰면서 권총 손잡이로 다시 한번 골통을 후려쳤다. 그래도 부관은 그의 허리춤을 움켜쥐고 놓지 않았다.

그들은 다시 물 속에서 한바탕 뒹굴었다. 대치는 미칠 것 같았다. 가까스로 왼팔로 부관의 목을 휘어 감아 온 힘을 다해 목을 죄었다. 오른팔로는 놈의 뒷덜미를 힘껏 밀어붙였다. 부관은 손을 뒤로 뻗어 그의 배를 쥐어뜯었다.

"이 간나새끼가"

우람한 팔뚝이 죄는 힘은 대단했다. 끙하고 힘을 주자 마침내 목이 앞으로 꺾이면서 몸에서 천천히 힘이 빠지기 시작했다. 그대로 죄면서 물 속으로 들어가 뒹굴었다. 숨이 끊어질 때까지 죄고 죄었다.

드디어 부관이 저항을 멈추고 축 늘어지자 비로소 팔을 풀었다. 거친 숨을 몰아쉬면서, 떠오른 부관의 시체를 노려보았다. 조금 후 그는 자신이 시체 속에 있는 것을 알았다. 그의 주위는 온통 시체로 둘러싸여 있었다. 강바닥에 가라앉아 발에 걸리는 시체들도 부지기수였다.

"돌격!"

그는 얼결에 소리쳤다. 그리고 두리번거렸다.

"후퇴하는 놈은 사살한다! 돌격!"

그의 외침이 신호이기라도 한 듯 갑자기 총소리가 뚝 멎었다.

그는 놀란 눈으로 수면을 바라보았다. 수면 위에는 시체들만 떠 있을 뿐 전진하는 병사는 하나도 보이지 않았다. 겨우 목숨을 건진 병사들은 이미 후퇴해 버린 뒤였고, 강 속에는 그 혼자만 남아 있었다. 그는 어릿광대처럼 서서 두리번거렸다.

화가 머리끝까지 치밀어 올랐지만 누구를 탓할 수도 없는 노릇이었다. 얼른 보기에도 희생이 너무 컸다는 것을 알 수 있었다.

개처럼 네 발로 기어 둑을 기어오르자 강 건너에서 그를 향해 총을 쏘기 시작했다. 이쪽에서도 엄호사격이 가해졌다.

수치심을 안고 그는 부하들 쪽으로 기어갔다. 그리고 파괴되지 않은 진지 뒤로 몸을 굴리고 나서 비틀비틀 일어섰다.

"누, 누가 후퇴하라고 했지?"

"……"

"누가 후퇴하라고 했느냔 말이야?"

"……"

아무도 대꾸하는 사람이 없었다. 그의 물음은 단지 허세에 불과했던 것이다. 수치심을 씻으려고 허세를 부리고 있는 자신을 아무도 상대해 주지 않자 그는 비참한 기분이 들었다.

"부관이 나를 물 속에 끌어들이려고 했어. 그대로 두면 함께 죽을 판이었어. 그래서 할 수 없이 그런 거야."

중대장들은 무표정한 눈으로 그를 쳐다보고만 있었다. 그가 자꾸만 변명하려고 하자 그들의 무표정은 의혹의 빛을 띠기 시작했다.

"희생자가 몇 명이야?"

"3개 중대가 전멸입니다."

"후퇴하다니, 부끄러운 일이다. 나는 후퇴하라고 명령하지 않았어! 겁쟁이들 같으니!"

"……"

그는 지휘관들을 노려보았다.

"이 따위 강 하나 도강하지 못하다니, 모두 할복 자살해!"

"사단장님이 후퇴명령을 내렸습니다."

듣다 못한 장교 하나가 볼멘 소리로 말했다.

"뭐라고? 그게 말이 되는 소리야? 언제는 돌격하라고 해 말이 되는 소리야?"

"후퇴명령을 내리지 않았다면 모두 전멸했을 겁니다!"

"빌어먹을! 권총을 이리 줘!"

그는 부하로부터 권총을 빼앗아들고 사단장이 있는 곳으로 뛰어갔다. 그렇게라도 해야 자신의 위신이 서기 때문이다. 그러한 그를 장교와 하사관들이 비웃는 눈으로 쳐다보고 있었다.

물에 흠뻑 젖은 채 살벌한 모습으로 나타난 대치를 보고 사단장은 외면했다. 대치의 군복은 가슴 부분에서 찢어질 듯 팽팽해져 있었다.

"왜 후퇴시켰습니까?"

그는 오른손에 권총을 든 채 물었다. 손을 내리고 있었지만 그의 태도는 다분히 위협적이었다. 팔로군 출신의 소장은 냉담한 눈으로 그를 쳐다보고 나서

"후퇴한 이유를 내가 설명해 주어야 하나?"

하고 물었다. 대치는 말문이 막혀 머뭇거리다가 겨우

"이해할 수 없습니다."

하고 말했다.

"작전은 수시로 변경될 수 있어. 너무 희생이 크기 때문에 후퇴시킨 거야. 적은 의외로 강하다. 3개 사단이 증원되어 올 테

니까 그때까지 기다린다."

금강 도하작전에 3개 사단이 더 투입된다는 말에 대치는 할 말이 없어졌다.

"3개 사단이 증강되면 그때 가서 일거에 도강한다. 인해전술로 밀어붙이는 수밖에 없다. 그 권총 치워! 어디서 함부로……"

대치는 슬그머니 권총을 거두고 물러났다.

날이 밝아왔다. 잔뜩 흐린 날씨였다.

정오 경에 공산군 3개 사단 병력이 증강되어 금강에 포진했다. 3만여 병력이 일거에 밀어닥치자 강변은 흡사 장마철에 울어대는 개구리들처럼 와글거리기 시작했다. 이제 금강에 집결한 공산군 병력은 6개 사단이나 되었다. 그 기세는 하늘을 찌를 듯했고 금방이라도 강을 건너 노도처럼 몰려갈 것만 같았다.

그러나 강 건너의 국군과 미군의 기세도 만만치가 않았다. 밤새에 국군은 4개 사단으로 불어나 있었고 미군은 3개 사단으로 증강되어 있었다. 도합 7개 사단이 금강선에서 공산군을 막아내려고 비장한 결의에 차 있었다.

마침내 대회전이 벌어진 것은 오후 5시 경이었다. 먼저 미군 전투기 3개 편대가 저공 비행하면서 공산군 머리 위로 기총소사를 퍼부었다. 수만 명의 공산군들은 제각기 뿔뿔이 흩어져 이리 뛰고 저리 뛰었다. 여기저기서 흙먼지가 뽀얗게 일고 있었다. 개구리처럼 와글거리던 공산군들은 시체를 상당수 남겨둔 채 어디로 숨어 버렸는지 보이지 않았다.

전투기가 한바탕 휩쓸고 지나간 자리 위로 이번에는 포탄이 날아왔다. 포탄이 떨어질 때마다 흙더미가 공중으로 높이 솟구쳤다가 와르르 쏟아져 내리곤 했다. 무진장으로 쏘아대는 포탄 세례에 비해 공산군의 포격은 미미하기만 했다.

수만의 공산군들은 숨을 죽이고 기다리고 있었다. 연합군은 강을 건너 돌격해 오지는 않았다. 어디까지나 방어에 주력하고 있는 것 같았다.

대치는 화약 냄새에 눈물이 다 나왔다. 군모를 쓰고 있지 않았기 때문에 그의 머리는 흙으로 수북히 덮여 있었다. 털어도 털어도 머리에서는 계속 흙이 나오고 있었다.

강변은 자욱한 흙먼지와 포연에 싸여 있었는데, 그것은 마치 새벽 안개 같았다.

달이 뜨자 공산군은 나팔과 피리를 불어대고 꽹과리를 쳐댔다. 그와 함께 일대 공격을 개시했다. 수만의 대병력이 강물 속으로 뛰어들었고, 기다렸다는 듯 총탄이 비오듯이 쏟아져 내리기 시작했다.

"와아!"

"와아!"

함성과 불 뿜는 총소리에 하늘과 땅이 덩달아 울부짖는 것 같았고 달빛마저 스러지는 듯했다. 독전대가 뒤에서 후퇴하는 자들을 무자비하게 사살하고 있었기 때문에 공산군 병사들은 죽을 힘을 다해 강물을 헤쳐 나가지 않으면 안 되었다.

이래도 죽고 저래도 죽는 판이라 강바닥에 쌓이는 시체를 밟고 앞으로 전진하는 도리밖에 없었다. 어떤 어린 병사는 무서움에 떨면서 흐느껴 울고 있었다. 그 병사는 울면서 물 속을 헤쳐 가다가 머리에 정통으로 총알을 맞고서야 울음을 그쳤다.

수만의 병력은 수킬로에 걸쳐 산개해서 도강하고 있었다. 될 수록 수심이 얕은 곳을 택해 도강하고 있었지만 그런 곳일수록 연합군의 저항이 심했다.

수심이 얕은 곳에서는 한편으로 모래주머니를 강바닥에 쌓고 있었다. 모래주머니 위에 시체가 쌓이면 치우려고 하지 않고 그대로 그 위에 다시 모래를 쌓곤 했다. 시체와 모래주머니가 쌓인 위로 먼저 탱크가 굴러갔다. 병사들은 총에 맞지 않으려고 탱크 뒤에 거머리처럼 달라붙어 따라갔다.

그런 듯 잠자고 있던 강물은 거센 파도처럼 출렁이고 있었다. 무수히 떨어지는 조명탄 불빛은 병사들의 얼굴 표정까지 환히 드러내 주고 있었다.

대치는 진지 위에 엎드려 망원경으로 앞을 살피면서 계속 무전지시를 내리고 있었다. 그의 입에서 떨어지는 한마디 한마디가 모두 욕설과 고함이었다. 도대체 욕을 섞어가며 고래고래 고함을 지르지 않으면 가슴이 터져 버릴 것만 같았다.

한 중대가 치명타를 입고 후퇴하는 기미라도 보일라치면 그는 중대장에게 벼락치듯 소리치는 것이었다.

"야, 이 개새끼야! 뒈지고 싶나? 대갈통에 구멍내기 전에 빨리 돌격해! 돌격하란 말이야!"

욕을 바가지로 얻어먹은 중대장은 하는 수 없이 다시 전진한다. 계속 악만 써대니 대치는 목이 쉴 대로 쉬어 소리지를 때마다 목이 찢어지는 것 같았다.

강 중간에서 탱크가 화염에 싸였다. 조금 후 탱크는 폭발했다. 시뻘건 불기둥이 높이 치솟았다가 강물 위로 부서져 내렸다.

슉슉슉슉!

쾅쾅쾅쾅!

다르르르륵!

다르르르륵!

우르릉 쾅!

다다다다다!

탕탕탕탕탕!

쿵쿵쿵쿵쿵!

온갖 화력이 짖어대는 소리로 귀청이 찢어지는 것 같았다.

대치는 호주머니에서 무엇인가 꺼냈다. 그것을 입에 넣고 씹었다. 먹다만 오징어 다리였다. 열심히 씹어댔다.

그때 시커먼 것이 날아와 그의 머리에 세게 부딪쳤다. 들여다 보니 사람의 머리통이었다. 집어들고 멀리 던져 버렸다.

강을 거의 건너간 공산군들이 연합군들과 뒤엉켜 백병전을 벌이고 있었다. 물 속에서 벌어지는 백병전이라 더욱 격렬해 보였다. 멀리서 볼 때는 마치 아이들이 물장구치며 노는 것 같기도 했다. 워낙 많은 수의 병사들이 뒤엉켜 싸우고 있었기 때문에 피아를 분간하기가 어려울 지경이었다.

공산군들은 시체를 넘고 넘어 악착스레 전진했다. 아무리 총탄을 퍼부어도 죽기를 각오하고 달려드는데는 세계 최강의 미군도 어쩌는 도리가 없었다. 기실 인해전술처럼 무서운 것이 없었다. 인해전술에서는 모든 병졸들이 총알받이가 되어 노도처럼 밀려간다. 그들은 인간이 아니고 한낱 소모품에 불과하다.

그들을 그렇게 몰아세우는 것은 사냥개 같은 독전대다. 독전대는 주춤거리거나 조금 후퇴하는 기미만 보여도 무자비하게 사살해 버리기 때문에 병사들은 하는 수 없이 앞으로 앞으로 뛰어가는 것이다. 강제로 끌려온 어린 병사들은 하나같이 울면서 뛰어갔다. 그리고 뒤따르는 병사대신 총탄을 맞고 쓰러지면서 으레 엄마를 부르곤 했다. 마지막으로 인간의 의지를 표현해 보는 것이다.

강 건너에서 터지는 화력이 약해지는가 하자 일부가 도강에 성공하여 방어선을 돌파했다는 소식이 들어왔다. 한쪽의 방어선이 뚫리자 금강에 쳐놓은 길고 견고한 방어선은 흡사 둑이 무너지듯 무너져 나갔다. 공산군은 함성을 지르며 일제히 돌진했다.

대치는 지프에 올라 물 속으로 들어갔다. 강물 속에 쌓아놓은 모래주머니와 시체더미 위로 철판을 깔자 차량통행이 일부 가능해지고 있었다. 그래도 수면 위까지 쌓은 것이 아니었기 때문에 바퀴는 물에 잠겼다.

공병대는 한편에서 이미 급조교량을 만들고 있었다.

강을 뒤덮고 있는 시체들은 거의가 공산군들의 시체였다. 그것들은 그렇게 강에 버려져 있었고 누구 하나 거기에 연민의 눈길을 보내려고 들지 않았다. 그것들은 진격에 방해가 되는 한낱 쓰레기 같은 것으로 취급되고 있었다.

피로 물든 강물 위로 포연이 안개처럼 자욱히 깔려 있었다. 강 건너 초가 마을들은 화염에 싸여 있었고, 총소리는 점점 남쪽으로 이동하고 있었다.

강을 건넌 대치는 강변에 쭈그리고 앉아 있는 미군 포로 수명과 만났다. 그들은 앳돼 보였고 전쟁 경험도 없는 풋내기들 같았다. 그들은 사슴같이 선한 눈으로 애꾸눈의 공산군 지휘관을 올려다보았다. 흑인도 한 명 있었는데, 그의 눈빛은 새벽빛을 받아서인지 유난히 영롱하게 빛나고 있었다.

"사살해 버려!"

그는 지시를 내리고 불타는 마을 쪽으로 향했다. 뒤에서 포로들을 사살하는 따발총 소리가 들렸지만 그는 돌아보려고도 하지 않았다.

이미 공산군은 도처에서 강을 건너 새까맣게 대전 쪽으로 몰려가고 있었다. 그들의 모습이 새벽빛을 받아 까만 실루엣을 이루면서 들판을 휩쓸고 가는 것을 대치는 망원경으로 묵묵히 바라보다가 어느 초가집으로 들어가 우물물을 퍼마셨다. 그 집만은 아직 불에 타지 않고 있었다.

찬물을 머리에 끼얹고 나오려는데 방안에서 아기 울음 소리가 들려왔다. 무전병이 뛰어가 방문을 벌컥 열더니 그를 돌아보았다.

"아기를 낳았습니다!"

대치는 미간을 찌푸리며 그냥 지나치려다가 방안을 들여다 보았다. 먼저 보인 것은 갓 태어난 핏덩이였다. 여아였는데 방 바닥에 버려져 있었다. 산모는 피투성이가 된 채 미동도 하지 않고 쓰러져 있었는데 살아 있는지 죽었는지 알 수가 없었다. 입에 수건을 틀어막고 있는 것이 비명을 막으려고 그런 것 같았다.

피비린내 나는 일대 살육이 전개되고 있는 마당에 한쪽에서는 새로운 생명이 태어났다. 이것을 어떻게 맞아들여야 하나? 대치는 당황했다. 모른 체하고 지나칠 것을 괜히 들여다봤다는 생각이 들었다.

"여자를 깨워 봐."

"일어나! 일어나라구!"

무전병이 총구로 여인의 엉덩이를 쿡쿡 찔렀지만 그녀는 아무 반응도 보이지 않았다.

"까무라친 것 같은데요."

"맥을 짚어 봐."

무전병은 방안으로 들어가 여인의 맥을 짚어 보았다.

"맥이 아직 뛰고 있습니다."

대치는 산모와 아기를 번갈아 쳐다보기만 했다.

"어떻게 할까요?"

새로 임명된 부관이 곁에서 물었다. 대치는 사나운 눈초리로 부관을 힐끗 쳐다볼 뿐 말이 없었다. 전쟁에 참가한 이래 그는 처음으로 야릇한 기분을 맛보고 있었다. 파괴와 살육만을 일삼던 그에게 새로운 생명의 탄생은 확실히 경이로운 느낌을 안겨주고 있었다. 지금까지 그의 머리 속에는 오로지 파괴와 살육만이 존재하고 있었다. 그는 파괴와 살육만이 이 세상에 존재해야 한다고 생각하고 있었던 것이다. 그런데 가냘픈 창조의 울음 소리가 들려오고 있지 않은가!

핏덩이가 꿈틀거리며 울고 있는 것을 보자 그는 차츰 피가 뜨거워지는 것을 느끼지 않을 수 없었다. 잠시 후 그것은 분노로 바뀌고 그는 얼굴이 시뻘개진 채 자기도 모르게 부들부들 떨었다. 완전한 파괴 위에서만 새로운 것이 태어나야 한다. 불완전한 상태에서의 탄생은 미래의 반혁명 요인이 될 뿐이다. 저것은 독소다! 저주할 생명이다! 반동의 씨가 복수하기 위해 태어난 것이다. 저것이 크면 나를 죽이려고 들겠지. 안 돼! 살려두면 안 돼!

눈을 부릅뜨고 거칠게 숨을 내뿜는 그를 보고 그의 부하들이 주춤주춤 물러섰다. 그의 눈에는 갓난아기의 꿈틀거림이 마치 저항의 몸짓으로 보였다. 그는 뒷걸음질로 물러나면서 방안을 손가락질했다.

"불을 질러! 왜 이 집만 안 타고 있는 거야? 당장 불을 질러!"

발광하듯 외치는 소리에 그의 부하들은 잠시 어리둥절해 하면서 서로 눈치를 보았다.

"왜들 그러고 있는 거야! 내 말 들리지 않나? 저건 반동의 새끼야! 반동의 새끼를 살려두면 어떻게 되는 줄 모르나? 우물거리지 말고 불을 질러! 불을 지르란 말이야! 싹 쓸어 버리지 않으면 안 돼! 반동의 씨는 말살시켜야 해! 불을 지르란 말이야!"

그가 권총을 빼들고 날뛰자 그제야 무전병과 부관은 정신을 차리고 불타고 있는 옆집으로 뛰어가 불덩이를 가지고 왔다. 그들 역시 파괴와 살육에 이골이 난 자들인지라 대치의 지시에 별로 놀라는 기색도 없이 곧장 방안으로 불덩이를 집어던졌다.

아기의 울음 소리가 조금 커지는 듯하다가 이내 꺼지고 방안은 순식간에 화염에 휩싸였다. 시커먼 연기와 시뻘건 불길이 천장을 뚫고 지붕 위로 치솟아 올랐다. 불길에 싸인 초가를 증오의 눈초리로 쏘아보면서 대치는 여전히 부들부들 떨고 있었다.

이윽고 지붕이 불꽃을 튕기면서 와르르 무너져 내리자 그는 느닷없이 웃음을 터뜨렸다. 그의 부하들도 그를 따라 웃기 시작했다. 그는 눈물까지 흘리면서 웃어댔다. 우스운 것이라고는 하나도 없었다. 그런데도 그는 자꾸만 웃어제꼈다. 그것은 광자의 웃음이었다. 정상인으로서는 할 수 없는 미친 자의 섬뜩한 웃음이었다. 지프 위에 올라 전진하면서도 그는 웃음을 그치지 않았다.

여명의 눈동자 · 제10권에 계속

● 김성종 추리소설

『**최후의 증인**』-**상·하** | 김성종 장편추리소설
한국일보 창간 20주년기념 공모 당선작! 살인혐의로 20년간 억울하게 옥살이를 한 황바우의 출옥과 동시에 일어나는 살인사건! 사건을 뒤쫓는 오병호 형사의 집념으로 20년 동안 뒤엉킨 사건의 전모가 백일하에 드러난다.

『**제 5 열**』-**상·중·하** | 김성종 장편추리소설
일간스포츠에 연재한 최고의 인기소설! 대통령선거를 기화로 국제 킬러를 고용, 국가를 송두리째 삼키려는 범죄 집단의 음모를 수사진이 적나라하게 파헤친다. 종래의 추리물과는 그 궤를 달리한 최초의 하드보일드 추리소설!

『**부랑의 강**』-김성종 장편추리소설
여대생과 외로운 중년신사가 벌인 불륜의 사랑이 몰고온 엽기적인 살인사건! 살인범으로 몰린 아버지의 무죄를 확신하고 이 사건에 뛰어든 딸의 집요한 추적의 정통 추리극! 사건의 종점에서 부딪치게 되는 악마의 얼굴은 과연?

『**일곱개의 장미송이**』-김성종 장편추리소설
임신 3개월 된 아내가 일곱 명에 의해 유린당하자 평범하고 왜소하고 얌전하던 남편이 복수의 집념을 불태운다. 아내의 유언에 따라 범인을 하나씩 찾아내어 잔인하게 죽이고 영전에 장미꽃을 한 송이씩 바치는 처절한 복수극!

『**백색인간**』-**상·하** | 김성종 장편추리소설
허영의 노예가 되어 신데렐라의 꿈을 쫓는 미녀의 끈질긴 집념과 방탕, 그리고 그녀를 죽도록 사랑하며 혼자 독차지하려는 이상 성격을 가진 청년의 단말마적인 광란! 그리고 명수사관이 벌이는 사각의 심리 추리극!

『**제5의 사나이**』-**상·중·하** | 김성종 장편추리소설
국제 마약조직이 분실한 2천만 달러의 헤로인 6kg! 배신자들을 처치하고 헤로인을 찾기 위해 홍콩으로부터 날아온 국제킬러 제5의 사나이! 킬러가 자행하는 냉혹한 살인극과 경찰이 벌이는 숨가쁜 추적의 하드보일드 추리극!

『반역의 벽』-상·하 | 김성종 장편추리소설

한국이 개발한 신무기 레이저 X, —핵무기를 순식간에 녹여버릴 수 있는 X의 가공할 위력! 이를 빼내려는 국제 스파이의 음모와 배신, 이들의 음모를 저지하려는 수사관들의 눈부신 활약. 국내 최초의 산업스파이 소설!

『아름다운 밀회』-상·하 | 김성종 장편추리소설

신혼여행 도중 실종된 미모의 신부로 인해 갑자기 용의자가 되어버린 신랑! 그가 벌이는 도피와 추적! 미녀의 뒤에 있던 치정과 재산을 둘러싼 악마들의 모습을 밝혀낸 수사극의 결정판! 김성종 추리소설의 새로운 지평!

『경부선특급 살인사건』-상·(중·하권 집필중) | 김성종 장편추리소설

그들은 연휴를 맞아 경부선 특급열차에 오른다. 밤열차에서 시작되는 불륜의 여로는 남자의 실종으로 일순간에 무너져 버린다. 실종이 몰고온 그 모호하고 안타까운 미스테리는 "열차속에서의 연속살인"으로 이어지는데……

『라인 X』-상·중·하 | 김성종 장편추리소설

교황을 살해하려는 KGB의 지령에 따라 잡입한 스파이 라인-X, 킬러의 총부리가 교황을 위협하는 절대절명의 순간 이를 제압하는 한국 경찰과 신출귀몰하는 라인—X와의 생사를 건 한판 승부를 묘사한 국제적 추리소설!

『어느 창녀의 죽음』-김성종 단편집

작가 김성종의 탄탄한 필력을 유감없이 보여주는 주옥같은 단편집! 신춘문예 당선작「경찰관」및「김교수 님의 죽음」,「소년의 꿈」,「사형집행」등을 수록. 문학적 흥미와 감동으로 독자를 매료하는 김성종 추리소설의 백미

『죽음의 도시』-김성종 SF단편집

김성종 SF단편소설집! 김성종이 예견한 기상천외한 미래사회의 청사진!「마지막 전화」,「회전목마」,「돌아온 사자」,「이상한 죽음」,「소년의 고향」등 SF 걸작들! 새로운 문학장르를 개척하려는 김성종의 끊임없는 실험정신!

『여자는 죽어야 한다』-상·하 | 김성종 장편추리소설

김성종이 시도한 실험적 추리소설! 독자는 특별한 예고살인 속으로 여행을 시작한다.「오늘밤 여자 한 명을 죽이겠다. 여자는 한쪽 귀가 없을 것이다. 잘해봐!!」살인 예고장을 보는 순간 독자들은 숨가쁜 긴장속으로 빠져든다.

『한국 국민에게 고함』-상·중·하 | 김성종 장편추리소설

추악한 한국 국민들에게 보내는 對국민 경고장! 「한국 국민에게 고함!」—이 경고를 받아들이지 않으면 테러를 감행할 수밖에 없다! 가공할 폭탄테러에 전율하는 시민들과 이를 추적하는 수사진의 필사적인 노력!

『국제열차 살인사건』-1·2·3 | 김성종 장편추리소설

이탈리아 밀라노에서 눈덮인 알프스산맥을 넘어 스위스 쮜리히에 이르는낭만의 기나긴 여로—그 여로 위를 달리는 국제열차에서 벌어지는 살인사건! 한 사나이의 父情과 분노가 역어내는 눈물겨운 드라마!

『슬픈 살인』-1·2·3·4 | 김성종 장편추리소설

부산 해운대를 무대로 펼쳐지는 김성종의 새롭고 야심찬 대하 추리소설! 뜨거운 여름 바닷가를 중심으로 벌어지는 젊은이들의 애욕과 애증의 파노라마가 몰고 온 엽기인 연쇄 살인사건! 범인과 수사진이 벌이는 추리극의 백미!

『불타는 여인』-상·하 | 김성종 장편추리소설

불처럼 화려한 여인의 육체에 공포의 AIDS가! 무서운 AIDS를 접목시켜 공포의 연쇄 살인을 연출해낸 김성종 최신 장편추리소설—현대여성의 비극적 자화상을 경탄할만한 솜씨로 묘파해낸 우리시대의 새로운 인간드라마!

『제3의 사나이』-상·하 | 김성종 장편추리소설

대통령 출마를 선언한 대재벌 회장의 과거! 일본에 의해 지배당할 운명에 처한 한국경제를 구하기 위해 독재자에게 도전장을 낸 그의 약점을 쥐고 협박을 해오는 검은 그림자! 그들을 무자비하게 칼로 살해한 제3의 사나이는?

『죽음을 부르는 소녀』-김성종 장편추리소설

친구들과 지리산에 올랐다가 실종된 무당의 딸 현미, 민가를 침범하는 호랑이와 산속에 사는 사냥꾼 부자의 숙명적인 대결. 수십년 간 벼랑의 굴속에서 숨어 살아온 빨치산 출신의 야수. 그들이 벌이는 죽음의 드라마!

『홍콩에서 온 여인』-상·하 | 김성종 장편추리소설

군부의 지원을 받아 쿠테타를 성공시킨 염광림의 개혁조치에 불안을 느낀극우 보수 세력은 홍콩의 범죄조직을 끌어들여 염광림을 제거하려 한다. 킬러의 뒤를 끈질기게 추적한 오병호 경감은 마침내 이들의 계획을 저지한다.

『버림받은 여자』-상·하 | 김성종 장편추리소설
밝은 보름달 아래 피냄새를 쫓아 여자사냥에 나선 식인개— 전설로만 전해오던 그 개는 실제로 존재하는가? 한 남자의 아내와 애인이 맹수에게 물어뜯겨 살해된 시체로 발견되었다. 그녀들은 왜 그렇게 잔인하게 살해되었을까?

『코리언 X파일』-상·하 | 김성종 장편추리소설
21세기를 향해 첫발을 내딛는 김성종 추리문학의 진수! 한반도의 운명을 좌우할 X파일을 찾아라! 한·중·일 3국의 비밀기관원들이 X—파일을 둘러싸고 벌이는 상상을 초월하는 음모와 배신이 연속되는 문학적 흥미와 감동!

『형사 오병호』-김성종 장편추리소설
고층호텔에서 추락사한 외국인에 이어 연쇄적으로 발생하는 살인사건! 배후에 도사린 일단의 국제 테러리스트! 그들의 음모를 분쇄하기 위해 목숨을 걸고 사지에 뛰어든 형사 오병오의 숨막히는 스릴과 불타는 투혼!

『서울의 황혼』-김성종 장편추리소설
도심의 20층 호텔에서 벌거숭이로 떨어져 죽은 여배우 오애라— 그 뒤에 도사리고 있는 비밀요정의 정체! 그리고 마약·인신매매·밀항·국제매음조직 등 깊고 우울한 함정을 날카로운 시각으로 추라한 김성종 장편추리소설!

『세 얼굴을 가진 사나이』-상·하 | 김성종 장편추리소설
지리산에 올랐다가 실종된 무당의 딸 현미와 시체로 발견된 5명의 친구들, 대규모 수색작업이 수포로 돌아가자 조준기 형사는 혼자 현미를 찾아나선다. 지리산의 험산준령속에 파묻혀 있던 몇십 년 묵은 비밀과 현미의 행방은?

『얼어붙은 시간』-김성종 장편추리소설
임신한 어린 소녀가 사창가로 흘러들어 갔다. 그녀의 어린 남동생은 골목에서 손님을 불러들인다. 그리고 어느 날 그 사창가 쓰레기 더미 속에서 중년남자의 시체가 발견되는데…… 강한 휴머니즘을 바탕에 둔 비극미의 극치!

『나는 살고싶다』-김성종 장편추리소설
성불능 남편에게 이혼을 요구하던 아내의 죽음 때문애 살인 누명을 쓰고 옥살이를 하던 최태오의 탈옥! 죽음의 의식 속에서 더욱 강렬해지는 삶의 욕구, 피와 살이 튀기는 성의 고통과 환희속에서 그는 집요하게 범인을 추적한다.

김성종

1941년 전남 구례출생
연세대학교 정외과 졸업
1969년 「조선일보」 신춘문예 소설당선
1971년 「현대문학」지 소설추천 완료
1974년 「한국일보」에 「최후의 증인」으로 장편소설 당선

黎明의 눈동자 제9권

김성종 장편대하소설

초판발행	1980년 9월 20일
2판발행	1991년 1월 20일
3판1쇄	2003년 10월 20일
저자	金聖鍾
발행인	金仁鍾
북디자인	정병규디자인
발행처	도서출판 남도
등록일자	서기 1978년 6월 26일(제1-73호)
주소	(134-023) 서울 강동구 천호동 451 산경빌딩 B동 5층 3-1호
전화	02-488-2923
팩스	02-473-0481
E.mail	namdoco@hanafos.com

ⓒ 2003 Kim Sung Jong. Printed in Korea

정가: 10,000원

ISBN 89-7265-509-0 03810
ISBN 89-7265-500-7(세트) 03810
파본이나 잘못된 책은 교환하여 드립니다.